O LOBO

J.R. WARD

O LOBO

IRMANDADE DA ADAGA NEGRA
PRISON CAMP
LIVRO 2

São Paulo
2023

Diretor editorial
Luis Matos

Gerente editorial
Marcia Batista

Assistentes editoriais
Letícia Nakamura
Raquel F. Abranches

Tradução
Cristina Calderini Tognelli

Preparação
Alessandra Miranda de Sá

Revisão
João Rodrigues
Bia Bernardi

Arte
Renato Klisman

Diagramação
Vanúcia Santos

Dados Internacionais de Catalogação na Publicação (CIP)
Angélica Ilacqua CRB-8/7057

W259L Ward, J. R.
O lobo / J. R. Ward ; tradução de Cristina Calderini Tognelli.
— São Paulo : Universo dos Livros, 2023.
448 p. (Irmandade da Adaga Negra - Prison Camp ; v. 2)

ISBN 978-65-5609-385-7
Título original: *The wolf*

1. Vampiros 2. Ficção norte-americana 3. Literatura erótica
I. Título II. Tognelli, Cristina Calderini III. Série

23-3856 CDD 813.6

Universo dos Livros Editora Ltda.
Avenida Ordem e Progresso, 157 - 8º andar - Conj. 803
CEP 01141-030 - Barra Funda - São Paulo/SP
Telefone: (11) 3392-3336
www.universodoslivros.com.br
e-mail: editor@universodoslivros.com.br

Dedicado a:
Um casal maravilhoso, que merece um futuro;
sobreviventes, em todos os sentidos.

GLOSSÁRIO DE TERMOS E NOMES PRÓPRIOS

***Ahstrux nohtrum*:** Guarda particular com licença para matar, nomeado(a) pelo Rei.

***Ahvenge*:** Cometer um ato de retribuição mortal, geralmente realizado por um macho amado.

As Escolhidas: Vampiras criadas para servir à Virgem Escriba. No passado eram voltadas mais para as coisas espirituais do que para as temporais, mas isso mudou com a ascensão do último Primale, que as libertou do Santuário. Com a renúncia da Virgem Escriba, elas estão completamente autônomas, aprendendo a viver na Terra. Continuam a atender às necessidades de sangue dos membros não vinculados da Irmandade, bem como as dos Irmãos que não podem se alimentar das suas *shellans*.

***Chrih*:** Símbolo de morte honrosa no Antigo Idioma.

Cio: Período fértil das vampiras. Em geral, dura dois dias e é acompanhado por intenso desejo sexual. Ocorre pela primeira vez aproximadamente cinco anos após a transição da fêmea e, a partir daí, uma vez a cada dez anos. Todos os machos respondem em certa medida se estiverem por perto de uma fêmea no cio. Pode ser uma época perigosa, com conflitos e lutas entre os machos, especialmente se a fêmea não tiver companheiro.

***Conthendha*:** Conflito entre dois machos que competem pelo direito de ser o companheiro de uma fêmea.

***Dhunhd*:** Inferno.

***Doggen*:** Membro da classe servil no mundo dos vampiros. Os *doggens* seguem as antigas e conservadoras tradições de servir a seus superiores, obedecendo a códigos formais no comportamento e no vestir. Podem sair durante o dia, mas envelhecem relativamente rápido. Sua expectativa de vida é de aproximadamente quinhentos anos.

***Ehnclausuramento*:** Status conferido pelo Rei a uma fêmea da aristocracia em resposta a uma petição de seus familiares. Subjuga uma fêmea à autoridade de um responsável único, o *tuhtor*, geralmente o macho mais velho da casa. Seu *tuhtor*, então, tem o direito legal de determinar todos os aspectos de sua vida, restringindo, segundo sua vontade, toda e qualquer interação dela com o mundo.

***Ehros*:** Uma Escolhida treinada em artes sexuais.

Escravo de sangue: Vampiro macho ou fêmea que foi subjugado para satisfazer a necessidade de sangue de outros vampiros. A prática de manter escravos de sangue recentemente foi proscrita.

***Exhile dhoble*:** O gêmeo mau ou maldito, o segundo a nascer.

***Fade*:** Reino atemporal onde os mortos reúnem-se com seus entes queridos e ali passam toda a eternidade.

***Ghia*:** Equivalente a padrinho ou madrinha de um indivíduo.

***Glymera*:** A nata da aristocracia, equivalente à Corte no período de Regência na Inglaterra.

***Hellren*:** Vampiro macho que tem uma companheira. Os machos podem ter mais de uma fêmea.

***Hyslop*:** Termo que se refere a um lapso de julgamento, tipicamente resultando no comprometimento das operações mecânicas ou da posse legal de um veículo ou transporte motorizado de qualquer tipo. Por exemplo, deixar as chaves no contato de um carro estacionado do lado de fora da casa da família durante a noite – resultando no roubo do carro.

***Inthocada*:** Uma virgem.

Irmandade da Adaga Negra: Guerreiros vampiros altamente treinados para proteger sua espécie contra a Sociedade Redutora. Resultado de cruzamentos seletivos dentro da raça, os membros da Irmandade possuem imensa força física e mental, assim como a capacidade de se recuperar rapidamente de ferimentos. Não é constituída majoritariamente por irmãos de sangue e são iniciados na Irmandade por indicação de seus membros. Agressivos, autossuficientes e reservados por natureza, são tema para lendas e reverenciados no mundo dos vampiros. Só podem ser mortos por ferimentos muito graves, como tiros ou uma punhalada no coração.

***Leelan*:** Termo carinhoso que pode ser traduzido aproximadamente como "muito amada".

***Lhenihan*:** Fera mítica reconhecida por suas proezas sexuais. Atualmente, refere-se a um macho de tamanho sobrenatural e alto vigor sexual.

***Lewlhen*:** Presente.

***Lheage*:** Um termo respeitoso utilizado por uma submissa sexual para referir-se a seu dominante.

***Libhertador*:** Salvador.

***Lídher*:** Pessoa com poder e influência.

***Lys*:** Instrumento de tortura usado para remover os olhos.

***Mahmen*:** Mãe. Usado como um termo identificador e de afeto.

***Mhis*:** O disfarce de um determinado ambiente físico; a criação de um campo de ilusão.

***Nalla/nallum*:** Termo carinhoso que significa "amada"/"amado".

***Ômega*:** Figura mística e maligna que almeja a extinção dos vampiros devido a um ressentimento contra a Virgem Escriba. Existe em um reino atemporal e possui grandes poderes, dentre os quais, no entanto, não se encontra a capacidade de criar.

Perdição: Refere-se a uma fraqueza crítica em um indivíduo. Pode ser interna, como um vício, ou externa, como uma paixão.

Primeira Família: O Rei e a Rainha dos vampiros e sua descendência.

***Princeps*:** O nível mais elevado da aristocracia dos vampiros, só suplantado pelos membros da Primeira Família ou pelas Escolhidas da Virgem Escriba. O título é hereditário e não pode ser outorgado.

Redutor**:** Membro da Sociedade Redutora, é um humano sem alma empenhado na exterminação dos vampiros. Os *redutores* só morrem se forem apunhalados no peito; do contrário, vivem eternamente, sem envelhecer. Não comem nem bebem e são impotentes. Com o tempo, seus cabelos, pele e íris perdem toda a pigmentação. Cheiram a talco de bebê. Depois de iniciados na Sociedade por Ômega, conservam uma urna de cerâmica, na qual seu coração foi depositado após ter sido removido.

Ríhgido**:** Termo que se refere à potência do órgão sexual masculino. A tradução literal seria algo aproximado a "digno de penetrar uma fêmea".

Rytho**:** Forma ritual de lavar a honra, oferecida pelo ofensor ao ofendido. Se aceito, o ofendido escolhe uma arma e ataca o ofensor, que se apresenta desprotegido perante ele.

Shellan**:** Vampira que tem um companheiro. Em geral, as fêmeas não têm mais de um macho devido à natureza fortemente territorial deles.

Sociedade Redutora: Ordem de assassinos constituída por Ômega com o propósito de erradicar a espécie dos vampiros.

Symphato**:** Espécie dentro da raça vampírica, caracterizada por capacidade e desejo de manipular emoções nos outros (com o propósito de trocar energia), entre outras peculiaridades. Historicamente, foram discriminados e, em certas épocas, caçados pelos vampiros. Estão quase extintos.

Transição: Momento crítico na vida dos vampiros, quando ele ou ela transforma-se em adulto. A partir daí, precisam beber sangue do sexo oposto para sobreviver e não suportam a luz do dia. Geralmente, ocorre por volta dos 25 anos. Alguns vampiros não sobrevivem à transição, sobretudo os machos. Antes da mudança, os vampiros são fisicamente frágeis, inaptos ou indiferentes ao sexo, e incapazes de se desmaterializar.

Talhman: O lado maligno de um indivíduo. Uma mancha obscura na alma que requer expressão se não for adequadamente expurgada.

Trahyner**:** Termo usado entre machos em sinal de respeito e afeição. Pode ser traduzido como "querido amigo".

***Tuhtor*:** Guardião de um indivíduo. Há vários graus de *tuhtors*, sendo o mais poderoso aquele responsável por uma fêmea *ehnclausurada*.

Tumba: Cripta sagrada da Irmandade da Adaga Negra. Usada como local de cerimônias e como depósito das urnas dos *redutores*. Entre as cerimônias ali realizadas estão iniciações, funerais e ações disciplinadoras contra os Irmãos. O acesso a ela é vedado, exceto aos membros da Irmandade, à Virgem Escriba e aos candidatos à iniciação.

Vampiro: Membro de uma espécie à parte do *Homo sapiens*. Os vampiros precisam beber sangue do sexo oposto para sobreviver. O sangue humano os mantém vivos, mas sua força não dura muito tempo. Após sua transição, que geralmente ocorre aos 25 anos, são incapazes de sair à luz do dia e devem alimentar-se na veia regularmente. Os vampiros não podem "converter" os humanos por meio de uma mordida ou transferência de sangue, embora, ainda que raramente, sejam capazes de procriar com a outra espécie. Podem se desmaterializar por meio da vontade, mas precisam estar calmos e concentrados para consegui-lo, e não podem levar nada pesado consigo. São capazes de apagar as lembranças das pessoas, desde que recentes. Alguns vampiros são capazes de ler a mente. Sua expectativa de vida ultrapassa os mil anos, sendo que, em certos casos, vai bem além disso.

Viajantes: Indivíduos que morreram e voltaram vivos do Fade. Inspiram grande respeito e são reverenciados por suas façanhas.

Virgem Escriba: Força mística que anteriormente foi conselheira do Rei, bem como guardiã dos registros vampíricos e distribuidora de privilégios. Existia em um reino atemporal e possuía grandes poderes, mas recentemente renunciou ao seu posto em favor de outro. Capaz de um único ato de criação, que usou para trazer os vampiros à existência.

CAPÍTULO 1

Sanatório Willow Hills
Connely, Nova York

ERA NOITE DE HALLOWEEN, tempestuosa, quando dois garotos, de treze anos e treze anos e oito meses, se encolheram para passar por uma seção cortada de uma cerca de arame cheia de avisos de "Entrada Proibida" pendurados. Aquele que era oito meses mais velho ficou com a jaqueta presa na cerca enferrujada e o som do tecido rasgando significava uma semana sem seu iPad. No mínimo.

– Mas que droga – disse Tiller ao puxar a jaqueta presa.

– Vem. Vamos acabar logo com isto.

Ele não deveria ter trazido Gordo, mas Isaac estava doente e Mark estava de castigo pelo que todos eles tinham feito no fim de semana anterior. Fogueira idiota. Não tiveram a intenção de deixar que ficasse tão intensa e, além do mais, a pilha de folhas já não existia mais e o gramado queimado do jardim dos Thompson voltaria a crescer.

Enquanto a garoa começava a engrossar, Gordo se aproximou e puxou a jaqueta.

– Tira ela.

– É o que tô fazendo.

Tiller empurrou o equipamento caça-fantasmas na direção do peito do amigo, desceu o zíper e tirou o braço da manga. Daí agarrou com as duas mãos e puxou com todas as forças…

Ele se soltou imediatamente e, quando aterrissou de bunda, chuva entrou em seus olhos e a lama o sujou todo.

– Cacete!

Gordo se inclinou para baixo.

– Tenho que voltar antes da meia-noite.

Como se o cara pensasse que Tiller ficaria ali à toa esperando que tudo se secasse ao vento, o que ocorreria em algum momento na semana seguinte.

– Relaxa. – Pôs-se de pé e sacudiu a jaqueta. Deu uma limpada nas calças com as mãos. – O que foi, tá com medo?

– Não, seu babaca. É que a gente tem que voltar em uma hora.

– E daí?

Estava mentindo quanto a não ter medo. Motivo pelo qual fora a terceira escolha quando Tiller decidira que não conseguiria fazer aquilo sozinho. Não que ele mesmo estivesse nervoso ou algo assim.

Amarrando a jaqueta ao redor da cintura, ele sentiu como se estivesse usando a esponja de cozinha da mãe, mas, quando olhou ao redor, esqueceu-se do frio e da umidade. As árvores estavam desprovidas de folhas em seus galhos esqueléticos, e as moitas, com suas extensões torcidas semelhantes a dedos, pareciam prontas a seguir o exemplo da cerca com espinhos venenosos…

Acima, um raio iluminou o céu.

Que bom que Gordo também se assustou.

– Onde fica o lugar?

– Lá na frente – disse Tiller, embora não soubesse para onde estavam indo.

Enquanto seguiam em frente, deixou que Gordo segurasse a câmera de visão noturna e o gravador de Fenômeno de Voz Eletrônica porque estava tentando não correr de volta para a cerca. Quanto mais avançavam na propriedade, mais ele só queria fazer o vídeo e enviar para o grupo de conversa do sétimo ano a fim de acabar de uma vez com aquela merda toda.

– É longe?

– Não muito.

Só que a caminhada parecia interminável. As árvores pareciam se mover ao redor deles, e Tiller começou a perder as esperanças também. Por isso, ligou o leitor de campo eletromagnético do seu celular e moveu o sensor. Os bipes emitidos o fizeram pensar naquele filme de submarino a que seu pai tanto gostava de assistir, um que tinha aquele cara, o Stewart Seagal, ou algo assim. O aplicativo caça-fantasmas, que ele instalara gratuitamente, o fez acreditar ter uma lanterna...

O uivo veio da direita. Alto e demorado. E não pareceu ser só um cachorro, nem mesmo um grande como um pastor-alemão ou um rottweiler. O que quer que estivesse produzindo aquele som era muito maior.

Tiller foi agarrar Gordo, mas o garoto fez a mesma coisa na mesma hora, então ele não era um covarde. Quando o celular tremeu na sua mão, ele quase o deixou cair. O que equivaleria a um mês sem seu iPad. Ou mais.

– Quero ir pra casa.

Gordo soou como um maldito bebê. Só que, pois é, Tiller também queria a mamãezinha dele, ainda que não fosse admitir tal coisa.

– É só um alto-falante – disse de uma vez.

– Como é?

Tiller deu um empurrão no garoto.

– Como fazem em noites do terror para assustar as pessoas que estão nos labirintos. Isso não foi real. Qual é, acha mesmo que tem um lobo dentro desta cerca?

– Você acha que tem alto-falantes nas árvores?

– Só siga em frente. Caramba.

Tiller voltou a erguer o celular porque tinha de parecer estar no controle. De outro modo, perderia Gordo e teria que fazer aquilo sozinho. E ele *não* ia deixar de enviar o vídeo...

– Tô fora – anunciou Gordo.

Virando-se, Tiller marchou de volta até o garoto.

– Quer parecer um idiota depois de não termos pulado na pedreira no verão? – Ele e Gordo deveriam ter simplesmente aceitado o maldito desafio. Se tivessem feito isso, não estariam ali. – Prometemos a filmagem e vamos conseguir a filmagem. Além do mais, não vai acontecer nada.

Agarrou o braço de Gordo e arrastaram-se para a frente. Quando mais raios surgiram, ambos gritaram e se abaixaram. Tiller se recuperou primeiro e continuou segurando o outro. De jeito nenhum deixaria a sua retaguarda descoberta. Se algo desse errado, ele era mais rápido do que Gordo. Era como no filme *Zumbilândia*. Regra número 1: Cardio…

– Viu? – disse Tiller. – É logo ali.

Seus pés pararam, embora ele tivesse a intenção de continuar. E Gordo não se opôs a essa coisa de não andar mais.

Quando um trovão ribombou pelo céu escuro, outro raio iluminou a estrutura assomando-se diante deles – e o Sanatório Willow Hills se tornou real demais. A estrutura decrépita tinha o dobro do tamanho da escola que frequentavam, com cinco andares e duas alas grandes. Janelas quebradas, venezianas penduradas, manchas nojentas escorrendo do telhado até as ervas daninhas que faziam o lugar parecer possuído. E talvez isso fosse verdade, Tiller pensou ao observar os vãos vazios em toda a parede alta da parte central.

– O que é isso? – Gordo murmurou.

– O que é o quê? – Deus, ele deveria ter trazido… Bem, não deveria ter vindo e ponto. – Qual é o seu problema?

Gordo balançou a cabeça. Parado ali com sua camiseta de *Minecraft*, com os cabelos castanhos bagunçados caindo sobre os olhos assustados, ele fez Tiller pensar num poste de cerca enterrado no chão.

O garoto não estava olhando para o prédio.

– Tem alguma coisa ali. – Gordo levantou o braço e apontou para o lado. – Tem uns olhos entre aquelas árvores…

Tiller se virou e lá estava. Um par de olhos amarelos brilhando nas sombras.

– Que se dane – Gordo gritou ao largar todo o equipamento e correr.

Por um segundo, Tiller ficou exatamente onde estava, com o corpo incapaz de se mexer. Mas, em seguida, o rosnado baixo trouxe a promessa de presas afiadas e tocos de membros ensanguentados e…

Tiller tropeçou nos próprios pés ao começar a fugir e, quando aterrissou com força, perdeu o celular. Mas não podia se preocupar com isso agora. Recuando, correu como se sua vida dependesse disso – porque ela dependia mesmo, porra – e não se preocupou com quanto tempo ficaria de castigo nem com quantos fins de semana teria que trabalhar para o pai no jardim para pagar por um iPhone novo.

Só queria chegar em casa sem estar morto.

Por isso, correu, correu o mais rápido que pôde de volta à cerca, para o buraco no meio do metal retorcido. Para alcançar o amigo. Para chegar em casa, onde lobos não uivavam e não grunhiam e garotos não aceitavam desafios idiotas que os levavam a lugares assombrados durante o Halloween com o menos corajoso do grupo de sete amigos do bairro...

Após as partidas apressadas, os rosnados na linha de árvores despidas cessaram. E houve uma pausa, seguida por estalos úmidos, um gemido ou dois, barulho de folhas remexidas no chão abafado com facilidade pelo ronco preguiçoso dos trovões passando pelas moléculas ionizadas do ar na tempestade.

Um momento depois, um par de pés descalços e enlameados se aproximou do 8S e uma mão humanoide se esticou e apanhou o celular. O aplicativo caça-fantasmas emitia bipes frenéticos e, quando o licantropo virou o sensor para si, a maldita coisa se acendeu como uma árvore de Natal, gritando em alerta.

O macho deu risada.

Então, uma voz feminina e ameaçadora disse atrás dele:

– Você não tem um lugar para ir em Caldwell?

O licantropo relanceou por sobre o ombro nu e mostrou as presas brancas como uma mortalha de necrotério, afiadas como instrumentos cirúrgicos.

– Já vou.

– Só estou garantindo que não se atrase. Sabe o que tem a perder.

– Sei – foi a resposta murmurada. – Não precisa se preocupar.

CAPÍTULO 2

Esquina das Ruas Trade e 29
Caldwell, Nova York

AINHOA FIORELA MAITE Hernandez-Guerrero sabia que estava sendo observada no beco. Parada nas sombras lançadas por uma escada de incêndio, Rio sentia olhos sobre ela, e deslizou a mão para dentro do bolso da jaqueta de couro. A automática de nove milímetros era pequena o suficiente para esconder, letal o bastante para defender.

Do que mais, de fato, se precisa numa arma?

Olhando ao redor, tinha ciência de que estava sozinha de um modo que tornava as coisas perigosas. Não por não haver ninguém por perto. Ela só não podia confiar em ninguém que…

Spaz virou a esquina cambaleando para entrar no beco. Seu casaco curto manchado e os jeans finos como papel eram o tipo de guarda-roupa que ele teria que ir a um lixão para modernizar. O homem ainda estava com vinte e poucos anos, mas o estilo de vida recheado de drogas era um câncer não biológico que carcomia seu corpo e sua mente, restando apenas uma casca.

Até que chegasse o tempo em que nem mesmo o vício poderia reanimar a casca novamente.

– Ei, Rio, você tem algum aí? – perguntou ele.

Ela olhou de relance para trás e rezou que o contato com o fornecedor a quem viera encontrar estivesse atrasado.

– Não. Aqui comigo, não.

– Olha só, Rio, você precisa me arrumar um trabalho aí. Quer dizer, eu tô de boa. Sei cuidar de mim. Quer dizer. Qual é. Posso vender pra você.

Os olhos marejados e injetados de Spaz circulavam pelo beco como se fossem morcegos, indo de um lado a outro desordenadamente. Ela podia apostar que ele tinha mantido o olhar focado pela última vez quando pôs um cachimbo de metanfetamina nos lábios pela primeira vez.

Quando uma onda de exaustão a assolou, ela disse:

– Acha que o Mozart não sabe o que você fez com a última porção que te demos pra vender?

– Eu te disse dois dias atrás, um cara me atacou. Ele levou a droga depois que me pegou.

Dedos sujos ergueram uma camiseta velha da banda Soundgarden que tinha mais furos do que fibras de algodão.

– Olha aqui.

Ela nem precisou se inclinar para ver a linha na pele. Tinha uns dois centímetros de comprimento, na lateral do quadril, e a coisa tinha um perfil vermelho e inchado de uma infecção.

– Spaz, você precisa cuidar disso.

– Não tenho plano de saúde. – Ele sorriu, mostrando os dentes rachados. – Mas eu poderia ter. Se você me der…

– Não depende de mim. Você sabe disso.

– Então fala com o Mozart.

– Ele faz o que quer.

As pupilas de pingue-pongue de Spaz se avizinharam do seu rosto e pairaram por ali.

– Consegue me dar uma grana, então?

– Olha só, eu não…

– Tenho que devolver pra uma pessoa. Sabe como funciona. E se eu não conseguir nem o produto nem a grana, eles vão me…

As palavras ficaram em suspenso, não porque ele tentasse insinuar o óbvio sem enunciar as sílabas. Havia tanto desespero no rosto esquelético dele, sua rendição às incontáveis decisões ruins agora impossíveis de serem revertidas ou provavelmente até mesmo compreendidas, a vida dele nada além de um carro em alta velocidade vindo desgovernado na sua direção enquanto tudo o que ele tinha era um par de patins quebrados nos pés.

– Pra quem você está devendo? – perguntou.

– Mickie.

Ah, cacete.

– Spaz. Você sabe que não deveria.

– Não tive a intenção.

Rio olhou para a esquerda. Para a direita. Consultou o relógio.

– Tenho que ir. Estou quase atrasada.

Só que ela estava no lugar certo na hora marcada. Era Spaz quem tinha que dar o fora dali…

– Mickie vai me matar. Depois de me usar por um tempo.

Não havia motivos para pensar muito sobre o assunto. De jeito nenhum ela conseguiria viver com a sua consciência se não o ajudasse.

Praguejando, Rio passou o braço pelo dele e começou a andar. Menos de meio quarteirão de caminhada depois, Spaz teve dificuldades para acompanhá-la, embora ela só estivesse andando um tantinho mais rápido do que num despreocupado passeio dominical.

– Para onde vamos, Rio?

– Você vem comigo.

– Ahhh, Rio… Você não vai me obrigar a ficar no abrigo de novo.

– Claro que vou.

Quando um raio cruzou o céu, ela ergueu os olhos – e meio que esperou que um meteoro estivesse vindo na direção da sua cabeça, a bola de fogo mirando nela, só nela, sendo que o pobre do Spaz morreria apenas como dano colateral da sua destruição predestinada.

Só que não. Era apenas uma maldita tempestade na noite de Halloween prestes a açoitar Caldwell com vento, chuva e altas voltagens de eletricidade atravessando o ar.

– Você sempre cuida de mim. – Spaz apoiou a cabeça no ombro dela. – Obrigado, amiga.

Fechando os olhos por um segundo, ela dobrou uma esquina e olhou duas vezes antes de conduzi-lo até o outro lado da rua.

– De nada, Spaz. E você precisa cuidar melhor de si mesmo.

– Eu sei, Rio. Eu sei.

Vishous, filho de Bloodletter, observou a mulher levar o viciado para longe de onde ela estivera esperando nos fundos da boate. Como era segunda-feira e o antro de perdição estava fechado, ele conseguiu ouvir a conversa com facilidade. Nenhum baixo reverberava como pano de fundo, nenhum bêbado cambaleava, nenhum usuário de ecstasy para atrapalhar, preenchendo o ar com dissertações sem importância sobre absolutamente nada.

O drogado que a abordara não fazia parte da multidão que formava o cenário das boates de Caldie. Talvez já tivesse feito em algum momento, mas passara pela peneira dos pensantes para o nível mais abaixo dos sem-teto. O que o aguardava em seguida? Uma cova.

Saindo de sua pose relaxada, V. acendeu um dos seus cigarros enrolados à mão e fumou à toa enquanto seguia a mulher e o seu projeto de serviço social. Não se veem muitos traficantes que levam os clientes para o caminho da recuperação. Seria o mesmo que um cozinheiro especializado em frituras pedir que seus clientes cuidassem do colesterol. Mas humanos, sabe-se lá. Eram multifacetados de tantas maneiras entediantes, e aquela mulher, em especial, tinha um segredo…

Quando seu celular começou a vibrar, ele pegou o Samsung do bolso de trás das calças de couro. Quando viu quem era, respondeu de pronto.

– Fala.

– A pista que eu estava investigando morreu.

V. revirou os olhos.

– Explicação rapidinha, Hollywood. O cara respirava quando você chegou ou a sua besta escapou por causa do molho para carnes A.1 na sua mão de novo?

De toda a Irmandade da Adaga Negra, Rhage era quem tinha os maiores apetites. Bem, *apetite*, no singular, agora que ele estava muito feliz vinculado à sua Mary. Desistira de todos os excessos, a não ser pela comida – o que não seria nenhum problema se ele só comesse litros de sorvete Breyers e o ocasional sexteto de perus assados com todas as guarnições. Mas Rhage há tempos embarcara num maldito avião de caça no que se referia ao consumo de comida pronta e, às vezes, não dava para saber se a sua besta reconheceria quem era amigo e quem era almoço.

– Que feio me julgar assim – disse o Irmão.

– Só estou perguntando. Sabemos que aquele comedor de pessoas roxo que você carrega debaixo da pele como uma bagagem já transformou estádios cheios de pessoas numa tábua de charcutaria. Portanto, não foi uma pergunta injusta.

Enquanto mencionava o alto e faminto *T. Rex*, V. permanecia no encalço da mulher e do seu melhor amigo irrequieto, seguindo-os até o que ele podia apostar seria o novo abrigo organizado pela Nossa Senhora do Perpétuo Fazer a Merda da Coisa Certa, na Rua 27.

– Não, eu não o comi. E eu só quis acertá-lo no joelho.

– Com o punho ou com a arma.

– Eu espirrei quando apertei o gatilho.

– Ops. – Acima, mais raios cruzaram as nuvens agitadas. – Por onde a bala entrou?

– Em minha defesa – interveio Rhage –, este lugar está um nojo. Se merda de rato fosse moeda, esse filho da puta seria Jeff Bezos.[1]

Quando um espasmo na laringe levantou a mão numa sala de aula imaginária, ele engoliu com força. Era um macho de verdade, maldição, não alguém que sentia *nojinho* de coisas. Mas, por Deus, merda de rato?

– Mas e aí, onde atirou nele?

– Bem… – A palavra pairou no ar, como se o Irmão estivesse se inclinando para perto para se certificar de que a descrição da anatomia

1 Jeff Bezos é o fundador da Amazon e sua fortuna está avaliada em 170 bilhões de dólares. (N.T.)

estivesse correta. – Digamos que ele vai apresentar um pouco de sangue na urina.

– Se estiver morto, não vai, não.

– Você *tem* que ser tão literal assim? Pois muito bem, se ele ainda estivesse vivo e fosse capaz de beber cerveja até desmaiar, estaria mijando sangue pelo que resta da sua salsicha e dos dois ovos. Mas não tem importância. Se alguém tenta apontar uma arma para mim, isso não vai terminar bem.

– Estou feliz que esteja bem, Hollywood – resmungou V. – Eu sentiria saudades das nossas conversas estimulantes. Além do mais, investi na empresa dos Tootsie Rolls há alguns anos e gosto muito de fazer parte da lista dos S&P 500.[2]

– Na verdade, você *ia* sentir saudades minhas pra cacete.

O Irmão, claro, estava certo. Porém, assim como a náusea em relação ao excremento de ratos antes, V. não via motivos para divulgar nenhuma emoção do tipo "ah, que fofo".

Em vez disso, atravessou a rua e bancou o detetive paranormal enquanto a mulher seguia – sim, ele tinha acertado – direto para as portas duplas do abrigo. Enquanto ela apertava a campainha e depois falava no interfone, o cara ao lado dela olhava ao redor como se estivesse avaliando oportunidades para escapar. No entanto, a mulher sabia muito bem que não devia largar daquela manga puída.

– Voltando ao assunto, consegue vir para cá? Achei um celular e um laptop. – Rhage espirrou de novo. – E as minhas cavidades nasais simplesmente têm que partilhar toda esta riqueza com um dos meus mais queridos amigos.

– Como tenho sorte.

Adiante, a porta do abrigo se abriu. Um homem com um moletom da SUNY Caldwell apareceu, gesticulando para que o par entrasse.

– Tá, tudo bem, meu alvo vai ficar ocupado por um tempo. – Vishous relanceou para o fim da rua. – Então estou com tempo.

---

2 A S&P 500 é uma carteira teórica das 500 ações mais representativas e negociadas na NYSE (Bolsa de Valores de Nova York) e na NASDAQ. (N.T.)

– Isto não deve demorar.

– Ainda não coloquei um rastreador nela, mas vai ser fácil encontrá-la. Ela cobre um determinado território.

– Posso ajudar depois que você vier pra cá.

– Entendido. Tempo de chegada estimado: dois segundos.

Quando V. desligou o telefone, olhou para trás de si. Caldwell estava molhada e melancólica naquela noite. Os espirais reluzentes dos arranha-céus do distrito financeiro não adiantavam de nada para aliviar a desolação opressiva da maldita frente fria.

Mas, pensando bem, talvez fosse apenas a sua frustração falando.

Desejava pra caralho que a Irmandade tivesse uma estratégia melhor para encontrar o local para o qual o campo de prisioneiros se mudara. Depois que a espécie como um todo se esquecera do lugar e a hoje defunta *glymera* usara o labirinto subterrâneo para despejar os vampiros que ela desaprovava, houve uma recente descoberta, que acontecera logo depois de o local ter sido abandonado. O quase encontro só conseguiu confirmar sua existência, e agora Wrath, o grande Rei Cego, estava determinado a encontrar o tanque de contenção ilegal e garantir uma justiça muito necessária aos falsamente acusados.

A única pista vinha do tráfico de drogas que aparentemente era usado para manter a infraestrutura e a população prisional. Embalagens dessa droga que foram encontradas no local subterrâneo agora começavam a aparecer nas ruas de Caldwell de novo. No segundo em que descobrira que a marca registrada em forma de cruz de ferro voltara a circular, Trez alertara a Irmandade.

Seria possível que alguém mais estivesse usando a mesma "marca"? Claro. Era provável? Não.

E eles não tinham mais nenhuma pista na qual se basear.

Tanto fazia. De um jeito ou de outro o campo de prisioneiros seria localizado. E Wrath estabeleceria um sistema penal adequado para a raça vampírica, que seria muito mais justo que a trama secreta da aristocracia. Mas quando se é tão impaciente quanto V., tudo demora demais.

Com isso em mente, ele deu dois passos na escuridão, verificou novamente se não havia ninguém de olho e desapareceu no ar, seguindo como fantasma para as coordenadas de Rhage.

Apenas uma noite como qualquer outra em Caldwell, com vampiros se movendo pela cidade abarrotada de humanos, que não sabiam da existência deles.

E isso era a única coisa que nunca poderia mudar.

CAPÍTULO 3

Rio voltou para a tempestade vinte minutos após ter deixado Spaz porta adentro no Abrigo Nossa Senhora de Lurdes para os Sem--Teto. Desejava que ele ficasse mais do que uma noite, mas, na verdade, não tinha muitas esperanças.

No entanto, resolveria um dos problemas dele pessoalmente.

Mickie iria deixá-lo em paz. E ela confrontaria o filho da puta agora, se não estivesse atrasada pra cacete.

Ainda que o mundo do tráfico não se ativesse a um cronograma rígido, ela se apressou para voltar ao mesmo lugar sob a escada de incêndio…

Seu telefone tocou, o toque sutil sobrepondo-se ao barulho da jaqueta de couro em movimento. Enfiando a mão no bolso interno, tirou o aparelho. Quando viu que era um número bloqueado, parou de pronto e atendeu num sussurro.

– Alô?

A voz masculina foi reconhecida de imediato.

– Rio, você está em perigo…

– Ficou louco pra me ligar neste número? – Olhou ao redor. – Quer que eu morra…

– Presta atenção. Não estou perto de você e não posso entrar em detalhes agora, mas o seu disfarce foi descoberto. Eu…

– Não posso falar sobre isso agora. E não me ligue neste…

– … vou te mandar uma coisa por fora dos meios oficiais…

– Tenho que ir – sibilou ela.

– Rio! Você tem que sair. Foi comprometida…

– Não fui, não…

Um raio cruzou o céu noturno, atraído pelo para-raios no topo do prédio One State Street Plaza, que ficava uns dois quarteirões a leste. O brilho foi ofuscante, e o barulho do impacto a fez se retrair e erguer o braço diante do rosto como um vampiro. Enquanto seu contato direto continuava falando em seu ouvido, ela interrompeu a ligação, enfiando o celular no bolso…

Mais adiante, o fornecedor saiu debaixo da escada de incêndio.

E seu tamanho não era bem o de um jogador de futebol americano, mas de uma linha de defesa inteira.

Subindo o zíper da jaqueta, enfiou uma mão nos cabelos curtos e a outra se escondeu para empunhar a arma escondida. Ainda bem que estava usando um colete Kevlar sob a malha.

Rio continuou andando, sabendo que precisava se recompor. Todos os envolvidos no tráfico eram espertos e sempre avaliavam os lugares em que entravam. Precisava manter a compostura e projetar a energia certa. De jeito nenhum seu perfil de infiltrada fora descoberto. Só havia duas pessoas no Departamento de Polícia de Caldwell que sabiam o que ela estava fazendo e seu passado fictício estava protegido, porque ela fora enviada pelo FBI – que apagara tudo a respeito dela.

Ela era um fantasma, flanando pelas ruas à noite, juntando as peças de um caso para que o poder de Mozart no comércio de drogas em Caldwell pudesse ser cortado com uma sentença perpétua atrás das grades

– Luke? – perguntou com aspereza.

Os olhos dourados do homem pareciam brilhar como chamas de velas e, quando outro raio atravessou o espaço acima deles, o rosto dele foi iluminado brevemente. Uau… Oi, tudo bem aí? Ele tinha os malares de um modelo, a boca de um amante italiano, o queixo de um lutador e cabelos em mechas de uma propaganda de John Frieda[3] dos anos 1990.

E também uma cicatriz estranha ao redor do pescoço.

---

3 John Frieda é uma linha de produtos para cabelos. (N.T.)

Esse último traço provavelmente era a única coisa sobre ele que fazia sentido. Havia todo tipo de motivo para que as pessoas da alta hierarquia do tráfico acabassem com coisas permanentes na pele, um mapa rodoviário de pecados sangrentos e brutais.

Pensou em Spaz e na ferida a faca. E soube que isso também era verdade para os subalternos.

– Rio – foi a resposta baixa do homem.

Ok, a voz era tão suave quanto um bom bourbon no estômago, relaxante, aquecendo – a despeito do fato de ela estar no meio de uma zona de tráfico, sem retaguarda. Como de hábito.

E… aquilo era perfume? Ele era bem cheiroso.

– Sim, sou eu. – Ergueu o queixo. – Você quer negociar os termos.

– Não aqui.

– Não estou sozinha. – Rio apontou com a cabeça para as janelas escurecidas do prédio do outro lado do beco e mentiu descaradamente. – E não vou deixar meus amigos aqui.

– Não confia em mim?

– Nem um pouco. E aí, quer negociar ou não?

O homem continuou onde estava. Por uma fração de segundo.

Então ele a agarrou, rodopiou e empurrou-a contra os tijolos frios e úmidos da boate. Quando o corpo imenso pressionou suas costas, ela ficou muito ciente daquela fragrância dele, o que, considerando-se o quanto a situação estava ruim, bem ruim mesmo, ela não deveria ter notado, muito menos aprovado.

– Sai de cima de mim – ela rosnou.

Empurrando o que a segurava pelos braços, ela tentou alcançar a arma. Ou a faca que tinha na cintura. Ou o spray de pimenta que tinha no bolso de trás. Se o pior acontecesse, ela morderia o dorso da mão dele e depois tomaria um remédio preventivo para o caso de ele ser HIV positivo.

Arreganhando os dentes, ela partiu para…

A bala passou raspando por cima da cabeça dela, de alguma forma estabelecendo um curso que evitou tanto o seu crânio quanto o maxilar dele.

Em seguida, o som da bala atingindo algo metálico, seguido, imediatamente, por outro *pop! Pop! Poppoppoppoppop…*

– Juro por Deus – a voz grave em seu ouvido murmurou – que, se você me morder, eu te jogo ali atrás pra você ficar cheia de buracos.

Rio virou a cabeça e baixou o olhar para a calha estreita entre os dois prédios sem portaria do outro lado da rua e a boate na qual estavam encostados.

Um dos atiradores usava o Charger de vidros escuros em que estava para se proteger. Não era má ideia, visto o tamanho do motor e o fato de que gasolina líquida na verdade não explode. Mas era melhor ele manter a cabeça baixa.

Aquele vidro blindado não era muito melhor do que um guardanapo de papel…

O estilhaçar do para-brisa foi algo espetacular, as rachaduras em forma de teia se multiplicando como um vírus a partir do buraco no meio do vidro.

O som da buzina disparando sugeria que alguém estava tirando uma soneca no banco do motorista. Mas ela não tinha tempo para descobrir quem era o responsável por aquele trabalho.

Seu corpo se moveu sem que ela desse qualquer comando para os braços e pernas.

Mas, pensando bem, bagagem não se move sozinha.

É carregada.

Ela era uma fêmea humana, Lucan pensou, ao apanhar a mulher a quem lhe disseram para encontrar e carregá-la para longe do tiroteio.

Quando acertaram o encontro, ele deduzira que Rio fosse um macho, e o fato de "ele" na verdade ser um "ela" era uma tremenda inconveniência. Em um tiroteio, ele teria deixado um macho morrer, mas lhe parecia, bem… rude, ou no mínimo falta de cavalheirismo, não salvar o sexo frágil…

– Ai! – ele ladrou.

Quando aquele Charger se moveu e os quatro pneus de borracha tentaram se agarrar ao asfalto molhado, sua dama em apuros girou e agarrou suas bolas, puxando para baixo suas "partes pessoais" como se quisesse que ele cantasse algo saído dos *Embalos de Sábado à Noite* para ela.

Incapacitado instantaneamente, ele soltou a mulher e deu uma de montador de touro, dobrando os joelhos e se acomodando numa sela invisível — e, ainda bem, a pegada foi afrouxada. Enquanto Lucan piscava tentando se endireitar, a mulher o empurrou, afastando-se dele...

E ficando exatamente no caminho do carro esportivo acelerando com seu vidro blindado trincado, provavelmente com o motorista morto e um copiloto que, pelo visto, estava abaixado no painel enquanto tentava guiar em fuga.

– Não! – Lucan exclamou.

A imagem da mulher virando de frente para o carro e sendo iluminada pelos faróis amarelados ficaria com ele para sempre: os olhos se arregalando, os cabelos pretos curtos como um capacete que nada faria para proteger o crânio, os reflexos insuficientes para salvá-la.

Ela foi atingida em cheio, bem nas pernas. Seu corpo foi lançado acima do capô, as cambalhotas levando-a por cima do para-brisa partido, pelo teto do carro e por trás do porta-malas: mãos, botas, mãos, botas; sua cabeça escura era o eixo pelo qual a força cinética transportava o tronco e balançava os membros.

A geometria estava malditamente clara. Ela atingiria o asfalto de cabeça ao aterrissar...

Lucan adiantou-se, colocando todas as suas forças no salto, e bem quando ficou dentro do raio de alcance, a gravidade levou a melhor na movimentação da garota, cujo corpo começou a descer com o crânio liderando...

Ele estava em pleno ar, lançando o corpo paralelo ao chão porque era a única chance que tinha de chegar a tempo. Com o vento nos ouvidos, o fedor do escapamento e da borracha queimada no nariz e um coração batendo acelerado no peito, ele voou, voou... *voou*...

Como se fosse um pássaro em vez de um licantropo.

Agarrou o que pôde da mulher, prendendo-a com os braços e rolando em pleno ar de modo que suas costas e não os miolos dela sofressem o impacto do peso combinado de ambos. Quando iniciaram a descida unidos, ele enrijeceu o braço esquerdo e apontou a arma do direito para as sombras logo além da saída de incêndio.

O atirador ainda estava focado no Charger, disparando balas no carro, ricochetes e faíscas transformando-o numa festa ao estilo disco, só que letal.

Lucan disparou o máximo que conseguiu antes de aterrissar com força, o ar escapando de dentro de si e a visão ficando comprometida. Disse a si mesmo que o grito de dor distante era o atirador sendo abatido, mas não tinha provas disso. Ele poderia ter emitido aquele som.

Agora... nenhum tiro mais. Apenas gemidos baixos.

Dele? Da fêmea humana? Não do atirador, que estava longe demais.

Nesse meio-tempo, o Charger não estava mais por ali. O ronco do motor diminuía... e desapareceu.

Respiração. Dele. Dela.

Em seguida, ele sentiu a pressão no peito diminuir e no quadril aumentar. Abriu os olhos que nem sabia que estavam fechados.

A mulher estava sentada de costas para ele. Bem em cima da sua pelve.

Falando em montadores de touro...

Enquanto sua mente ia para lugares em que ambos estavam nus, com ela cavalgando em cima dele e tudo ficando mais sensual e suado naquele encontro, ela praguejou e levou uma mão à cabeça. Olhou ao redor. Virou-se de novo. Encarou-o com os olhos que se arregalavam pela segunda vez.

– Ah, caramba... – ela ladrou.

A mulher se afastou do assento de cada brilhante ideia que ele já tivera e ficou bem claro que tinha a intenção de se levantar. Não deu. Ela cambaleou de lado e agarrou uma das pernas.

– Você está bem? – ele perguntou. Ou, pelo menos, foi o que teve a intenção de perguntar. Não teve certeza de qual havia sido a salada de frutas de sílabas que saíra da sua boca.

– Não está quebrada. – Ela sibilou ao esfregar a canela. – *Não* está quebrada, maldição.

Sentando-se e acomodando-se nos cotovelos, ele pensou em observar que, se um gesso fosse necessário, aquela conversa animadora não adiantaria porra nenhuma naquela situação. Mas para que desperdiçar fôlego no que era óbvio...

Bum!

Ambos se sobressaltaram com a explosão. Esticando o braço para protegê-la, apesar de não saber de onde vinha a ameaça, ele virou o olhar para o fim do beco. Chamas. O equivalente a um grande fogaréu. A uns seis quarteirões de distância, debaixo das pontes gêmeas da cidade sobre o rio.

A luz alaranjada era impressionante e, graças ao espetáculo tremeluzente, ele conseguiu ver que o carro esportivo preto estava no meio da explosão. Enquanto as pessoas na rua fugiam, ele soube que logo viriam as luzes piscantes azuis e vermelhas, junto com todo tipo de humanos com distintivos e espectadores com câmeras de celulares.

– Temos que sair daqui – disse ele ao se levantar e apoiar uma das mãos na lombar com uma imprecação.

Quando ela só ficou olhando, ele estendeu a mão que não portava a arma na direção dela.

– Precisa de um médico? – perguntou.

– Não.

Quando ela deixou a palma dele pairando no ar, ele ficou de saco cheio de como as coisas iam naquela noite.

– Não vou te machucar – murmurou ele. – Salvei a sua vida, duas vezes. E se ficarmos à toa aqui no meio da porra desta rua, você e eu talvez tenhamos um *ménage à trois*.

Houve uma pausa constrangedora depois da qual Lucan meneou a cabeça.

– Espera, isso saiu do jeito errado.

Ou não, ele pensou consigo mesmo.

CAPÍTULO 4

Vishous retomou sua forma no telhado de um prédio de apartamentos sem portaria com cara de boca de fumo. Quando seus quase 130 quilos de peso se solidificaram em suas botas – ei, ele vinha pegando pesado na academia, e todo aquele levantamento de peso vinha dando frutos –, houve um rangido que sugeria que ele precisava pisar com cautela. Avançando, verificou as folhas de piche no teto, os bolsões de folhas caídas em decomposição e alguns montinhos que pareciam roupas apanhadas na cena de um crime.

Porque carne humana era algo improvável. Não havia muitos Buffalo Bills[4] em Caldie no momento. Pelo menos não que alguém soubesse.

O telhado era comprido e estreito porque o prédio de cinco andares de apartamentos decrépitos era retangular e ficava ensanduichado entre dois outros de méritos e distinções semelhantes. Em um domicílio desinteressante como aquele, nem era preciso mencionar a ausência da ventilação de um sistema de calefação; não que ele fosse se aventurar em se desmaterializar dentro de uma tubulação desconhecida. Mas também não havia escada, nem mesmo um alçapão, e isso fez com que ele tivesse que encontrar um caminho até o apartamento de cima. Não seria um grande problema, contudo. Havia muitas janelas quebradas através das quais ele poderia se desmaterializar…

---

4 O Buffalo Bills é um time profissional de futebol americano da cidade de Buffalo, Nova York, fundado em 1960 que disputa a NFL. Aqui a autora deve estar se referindo aos torcedores arruaceiros do time. (N.T.)

Ops!

Lá estava.

Sem nem um rangido, uma fissura, um estalo de alerta, V. despencou em queda livre, os coturnos partindo o telhado apodrecido, o corpo sendo sugado pelo buraco criado, a queda tão rápida que ele mal teve tempo de erguer os braços a fim de impedir que eles se soltassem das juntas.

A queda durou uma piscada e uma única fungada de poeira urbana pútrida. Bem quando ele já imaginava se continuaria descendo até chegar ao porão, suas solas atingiram algo sólido, os joelhos se dobraram…

E a bunda quicou. Duas vezes.

Quando uma nuvem de poeira se formou no ar, seus braços bateram em rolos acolchoados.

– Porra! – Rhage berrou do outro lado da florescência de entulho.

V. baixou o olhar para si mesmo. Ora, ora, vejam só. Uma poltrona.

– Quer me dar um ataque cardíaco? – Hollywood exclamou. – Me assustando desse jeito?

Do outro lado do campo de guerra fétido forrado de colchões manchados, garrafas de bebida vazias e parafernália de drogas, o Irmão segurava o peito como uma velhinha de igreja que tinha acabado de descobrir a existência de sexo pré-marital.

V. cruzou as pernas na altura dos joelhos e moveu a mão enluvada ao redor como se estivesse sentado num trono.

– Você pode agir como um homem. Qual o seu problema?

– Não banque Vito Corleone pra cima de mim.

– Pelo menos você captou a referência.

Rhage apontou um dedo – e meio que perdeu a pose de valentão ao espirrar. Três vezes seguidas. Mas o loiro forte e sempre faminto se recuperava como o lutador que era.

– Eu gostava mais de você antes de você ter senso de humor. E eu conheço *O Poderoso Chefão* de cor. Então, antes que você me peça, não, não vou beijar o seu anel. Você não usa nenhum, de todo modo.

– Ah, mas eu uso. Só que você não gostaria de saber onde.

Rhage meneou a cabeça.

– Esse é um gráfico de anatomia que eu não preciso ver.

– Muito justo. – V. se levantou. Olhou para o buraco no telhado. Praguejou para si mesmo. – Quem poderia adivinhar?

Através do buraco denteado do telhado, a chuva que começava a cair molhou seu rosto enquanto pedaços das folhas de piche sacudiam ao vento como as asas de um pássaro.

Rhage se aproximou.

– Quer dizer que não planejou isso?

– Como diabos eu planejaria despencar por um…

O gemido fez com que ambos virassem a cabeça. Largado no canto de um sofá torto, um homem de vinte e poucos anos a caminho do túmulo prematuramente se sacudiu como se estivesse ligado a um soquete defeituoso, as mãos se esticando na direção do rio vermelho escorrendo pelo baixo-ventre.

– Ah, você está acordado – Hollywood disse com jovialidade. – Maravilha. Pensei que estivesse morto.

– Quem é o seu amigo? – V. perguntou ao se aproximarem e pairarem acima do cara.

Gemidos agora, da boca frouxa. Seguidos por uma tosse. De perto, o homem era mais forte do que V. acreditara a princípio, e não por ser gordo. Também era mais seboso, o que o aproximava mais de um quarteirão com queijo do que de um hambúrguer simples. Vestia uma camiseta que devia ter sido branca uns 365 dias atrás e um par de jeans que provavelmente ficariam de pé sozinhos, sem a ajuda dele.

Ele também estava armado, ou melhor, praticamente armado. Havia uma arma a uns dez centímetros do seu alcance, num sofá que era uma esponja de líquidos corporais que V. não tinha interesse algum em cultivar. Para se certificar de que não haveria mais nenhuma bala entrando em tecidos moles que não voltariam a crescer, V. confiscou a arma, tirou a munição e embolsou os componentes.

Rhage se inclinou para baixo e cutucou o ombro do homem.

– Oi?

– Não acho que ele esteja bancando o tímido. – V. pegou um dos seus cigarros e se certificou de que o papel estivesse bem enrolado. – E essa é uma observação sem nenhuma relação com o meu treinamento médico, já que ele está vazando como um tanque de combustível partido.

– Só queremos fazer umas duas perguntinhas. – Rhage ergueu a voz enquanto mostrava um saquinho plástico marcado com uma cruz para o rosto cada vez mais pálido. – Você está vendendo isto nas ruas, mas não se preocupe. Não estamos putos e não somos da polícia. Só queremos saber onde conseguiu.

Enquanto V. tateava em busca de um isqueiro, poeira subia de sua jaqueta de couro. E, sim, havia indícios de evacuação de ratos ali.

Bem na hora, Rhage espirrou e assustou o moribundo, mas a reanimação não durou muito.

– Estamos sem tempo pra toda essa terapia – V. resmungou. – É a minha vez.

Depois de acender o cigarro, exalou a fumaça e vasculhou a mente do homem… e praguejou.

– Mas que porra, filho. É melhor você dar um tempo no cachimbo.

Mesmo à beira da morte, os neurônios do cara estavam tão superestimulados que era impossível isolar áreas da sua memória, quer fossem recentes ou antigas. E logo não fez mais diferença. O homem cerrou os dentes, contraiu-se e ficou rijo num espasmo.

V. saiu rápido da mente dele.

– Não consegui nada. E não adianta mais fazer manobras de ressuscitação nele.

– Mas que droga. – Rhage olhou para a mesinha velha cheia de saquinhos plásticos com a marca da cruz de ferro. Havia também um celular e um laptop. – Acho que devemos pegar tudo daqui e ir embora.

No meio do quadrado de madeira manchado, havia um bloco envolvido em plástico azul com um dos cantos furado, como se um rato tivesse comido um naco de queijo. Pó branco, fino como aquele que as modelos passam no rosto, tinha sido derramado na mesinha.

Não era de admirar que a mente do cara estivesse toda acesa.

– Um belo estoque – V. murmurou.

– Ele é um traficante de peso.

– Não mais.

Hollywood pegou uma sacola de supermercado do chão. Sacudindo-a, direcionou com o antebraço o equivalente a uns duzentos pacotinhos daquele pó branco para dentro dela.

– Como é que esse babaca está aqui sozinho com toda essa coca? – V. voltou para o sofá e ficou cara a cara com o humano de boca escancarada que ainda se contorcia. – Era de se esperar que ele tivesse alguma retaguarda. A menos que você tenha atirado em mais alguém?

– Não, só nele – disse Rhage de modo agradável. – Ele deve ter reputação de durão.

Os olhos marejados e injetados do traficante reviraram para trás quando ele deu seu último suspiro. Então, ele se tornou mais uma peça da mobília, outro objeto usado naquela miséria toda.

– É isso. – V. se endireitou. – E talvez você e eu devamos praticar tiro durante o dia no centro de treinamento, hein? Você sabe, habilidades perecíveis e tal.

– Preciso de um Zyrtec – Rhage espirrou. – O problema é o meu nariz, não a minha mira.

– Podemos conseguir isso lá na clínica também. Vamos, Hollywood, vamos dar no pé. Com o pó.

Quando V. ergueu as sobrancelhas algumas vezes, o Irmão balançou a cabeça.

– Já disse isso antes, eu gostava mais de você antes de você ter senso de humor.

– Por quê? Está com inveja de eu ser bom em mais alguma coisa?

No chão do beco onde tinha sido atingida pelo carro, Rio tentava aliviar a dor da perna esquerda esfregando-a – e pensou no filme *Casamento Grego*. Windex. Se ao menos ela tivesse Windex ali.[5]

Talvez tivesse sofrido uma concussão também.

Quando o Charger avançou na sua direção, ela conseguira saltar e rolar pouco antes do impacto, e seu *timing* poupara suas pernas de serem completamente esmagadas na altura das canelas. Mas isso não significava que não tivesse fraturado alguma coisa ou que não seria uma coleção de hematomas pela manhã – porque o corpo humano não fora feito para agir como bola de squash.

– ... talvez tenhamos que fazer um *ménage à trois*. Espera, isso saiu do jeito errado.

Quando a voz masculina foi registrada, ela olhou para sua fonte.

Era o fornecedor com quem deveria se encontrar. Aquele que salvara sua vida. Ele conversava com ela, mas, por algum motivo, ela não conseguia entender o que ele dizia...

De repente, as palavras ouvidas foram adequadamente decifradas pelo seu cérebro.

– *Não* vou dormir com você – disparou.

Quando ele se levantou, acenou com as mãos, como quem diz que era para esquecer.

– Como já disse, isso saiu errado. Precisa de um médico ou não?

– Não. Definitivamente não preciso.

Era uma surpresa que alguém do tráfico de drogas quisesse ligar para a emergência para alguma ajuda, mas ele sabia que ela era do alto comando de Mozart. Então, talvez só estivesse preservando uma fonte de renda potencial. Se ela morresse ou saísse de circulação, ele teria que conseguir outro contato.

Como Mickie.

Quando Rio tentou se levantar, preparou-se para sentir bastante dor. Felizmente, não foi tão ruim quanto pensou que seria, apenas sentiu

---

5 No filme *Casamento Grego*, Gus Portokalos é um grego ortodoxo que tem a bizarra crença de que um limpa-vidro chamado Windex é capaz de curar qualquer machucado. (N.T.)

algumas fisgadas nas pernas. Nesse ínterim, o fornecedor – Luke era o nome que ele usava – olhava para ela como se esperasse que fosse cambalear de lado e desmaiar no asfalto. Quando ela manteve o equilíbrio, ele assobiou baixinho.

– Você é realmente impressionante, dona.

E daí, ela pensou. Algumas toneladas de metal e vidro na sua direção "te dão asas".

Pensou no comercial da Red Bull.

Ela guardou isso para si.

– Então, vamos falar de preço.

– Hum, está vendo aquela bola de fogo logo ali? – Ele apontou para o rio com a cabeça, onde o Charger tinha explodido após algum tipo de colisão e onde o fogo laranja não dava sinais de se extinguir. Depois levou a mão para trás da orelha. – Está ouvindo as sirenes? A situação vai ficar bem complicada por aqui, ainda mais porque eu atirei no atirador, apesar de não ter atirado no xerife.[6] Quer conversar, vamos para outro lugar.

Rio negou com a cabeça. Mas não porque estivesse machucada. Precisava descobrir se o telefonema que recebera antes de a merda atingir o ventilador estava ligado de alguma maneira ao que acabara de acontecer. Teria sido ela um transeunte aleatório… ou um alvo?

– Tenho que ir. Nos encontramos amanhã.

Luke, muito provavelmente um nome falso, só a encarou.

– Se me dispensar, vou diretamente ao Mozart.

– Ah, boa sorte com isso. Ele não se encontra diretamente com ninguém.

– Tenho habilidades especiais.

– Assim como muitas pessoas. – Seu tom entediado era um disfarce para todo o estresse sob a sua pele. – Entrarei em contato e tentaremos de novo amanhã à noite.

E, como se as viaturas do Departamento de Polícia de Caldwell tivessem lido a sua mente, as sirenes que o cara mencionara tinham

---

6 Referência e trocadilho com a canção "I shot the sheriff", de Bob Marley & The Wailers. (N.T.)

dobrado de volume, quer porque houvesse vinte carros mais vindo naquela direção quer porque a meia dúzia que estivera a caminho acabava de virar a última esquina.

– Faça o que achar melhor – disse o fornecedor. – Mas eu estava disposto a fechar o negócio hoje à noite e vou atrás de outra pessoa se você não pegar mais do que eu dei à sua organização na noite passada. Sem falar que você me deve.

– Como que é?

– Salvei a sua vida, duas vezes. – Os olhos dourados dele se estreitaram. – Você me deve, Rio. E eu cobro as minhas dívidas.

– Não pedi que fizesse porra nenhuma.

– Preferia estar morta?

– Do que em débito com alguém? Pode acreditar nisso. E você precisa de mim. Não pode fazer o tipo de negócio que quer com qualquer outra pessoa a não ser comigo. A organização do Mozart é a única que vai comprar nas quantidades que você deseja movimentar.

– Então vamos fechar o negócio.

Rio olhou ao redor e ouviu o aviso que desconsiderou assombrando-a.

– Entro em contato pelo número que tenho…

O homem a segurou pelo braço.

– Não tenta me foder. Tenho opções que você nem sabe.

Antes que ela pudesse reagir, ele a soltou e saiu andando, as roupas pretas ajudando-o a se mimetizar nas sombras.

– Maldição – Rio sussurrou ao se abaixar e desaparecer também.

Atendo-se à fachada da boate, sacou a arma e avaliou as janelas do outro lado do beco, a ruazinha atrás dela, a da frente. As viaturas berravam a um quarteirão de distância e ela vislumbrou a formação com suas sirenes piscantes quando elas atravessaram um cruzamento que ela conseguia enxergar.

As pernas a matavam, a esquerda logo abaixo do joelho em especial.

Um raio lhe deu mais visibilidade do que os postes da cidade e também a revelou. Quando ela se afundou numa soleira, franziu o cenho e se inclinou para fora de novo. Um momento depois… mais um raio.

– Pra onde você foi? – disse baixinho.

O fornecedor de algum modo... desaparecera. A menos que tivesse se enfiado em um dos prédios. Talvez. Era a única explicação. Na direção que ele tomara, distanciando-se do rio, não havia esquinas, nenhuma travessa, nenhum outro lugar para ir a não ser adiante por duas quadras retas.

Talvez ele tivesse corrido...

Não podia se preocupar com isso. Não àquela hora.

Verificando a munição da arma, abaixou-a e seguiu em frente. Encontrou o corpo uns doze metros adiante, largado de cara para baixo no asfalto atrás da lixeira. Era um homem, a julgar pelo físico e cabelos, bem como pelo tamanho das botas. Quando ela se ajoelhou ao lado dele, seu cérebro ligou os pontos.

A jaqueta. Reconheceu a jaqueta de couro preta por causa da costura vermelha que atravessava os ombros e descia até a barra.

– Erie.

Um dos tenentes de Mozart.

Teria atirado nela? Ou no Charger?

Enquanto olhava para a poça que aumentava debaixo do homem, pensou num homicídio em Manhattan no fim de semana anterior. Johnny Two Shoes, que trabalhava com o maior concorrente de Mozart no estado, fora executado e jogado no Rio Hudson. Havia boatos nas ruas de que a vingança era iminente.

Talvez Erie a estivesse protegendo, protegendo a transação em andamento. Será que o motorista do Charger quisera matá-la em retaliação?

Rio esticou o braço e encostou as pontas dos dedos no punho ainda quente de Erie. Tateou... e não encontrou pulsação. Fazendo o sinal da cruz, endireitou-se – e abandonou a área para ligar para o QG de um lugar mais seguro a fim de passar os detalhes do tiroteio.

O fato de estar só manquejando era melhor do que ela poderia ter desejado.

O que era bom, porque ela ainda não terminara a sua lista de coisas a fazer naquela noite.

CAPÍTULO 5

Lucan retomou sua forma praticamente no mesmo lugar de onde afugentara aqueles dois garotos portando o equipamento caça-fantasma. Erguendo o rosto para a chuva, deixou que as gotas suaves caíssem em sua testa e suas bochechas. Por trás das pálpebras viu aquela humana sendo atingida em cheio pelo carro. Depois a visualizou levantando-se em seguida, sacudindo a poeira, ralhando com ele.

Ela tinha um rosto forte, de feições marcantes, com lábios carnudos e olhos escuros grandes debaixo de sobrancelhas determinadas. A pele perdera toda a cor quando ela forçou o peso no local que recebera o impacto, mas ela se recusara a ceder à dor.

Ele não conseguia decidir se a determinação era sexy ou estúpida.

Bem… Imaginava que fosse estúpida, mas ele considerava sexy.

Passando a mão nos cabelos molhados, endireitou a cabeça e encarou adiante. Se ela não ligasse em algum momento durante o resto da noite ou no dia seguinte, ele teria que ir às ruas para procurá-la.

E depois disso?, a sua parte mais masculina perguntou.

– Não é da sua conta – ele resmungou.

Você a quer.

– Sim, pra tirar o Executor de cima de mim.

Ciente de que estava discutindo consigo mesmo, encarou seu novo lar – e por "lar" ele queria dizer servidão involuntária com um teto sobre a cabeça. O "campo de prisioneiros" fora o antigo termo, quando ocupavam o subterrâneo do local antigo que abandonaram. Esta era a ordem do mundo novo, sem celas, embora ainda no subterrâneo, com as coleiras rastreadoras sempre presentes.

Engraçado como se consegue controlar as pessoas quando, ao pressionar um controle remoto, seus cérebros são vaporizados. Também não existiam muitas opções para a maioria dos vampiros mantidos cativos.

Ele era um dos poucos sem a coleira. Mas tinha de ir e vir de Caldwell para fazer negócios, e não há como desaparecer em pleno ar quando se tem uma coleira de aço ao redor do pescoço.

Ademais, o Executor não estava preocupado com a possibilidade de ele fugir. O puto tinha poder sobre ele, o tipo de coisa tão boa quanto um colar explosivo. Mas isso não duraria muito tempo mais, por isso, ele esperava pacientemente. Com uma morte, ele estaria livre – e ele meio que não teria problemas em assumir a tarefa da Dona Morte. Àquela altura, seria uma morte piedosa de todo modo, duas liberdades pelo preço de uma garganta cortada.

Barato, considerando-se tudo.

Mais adiante, a construção do antigo hospital humano era algo saído de um filme de John Carpenter em que todos, exceto a garota virtuosa que não transara com o namorado, morriam de maneiras criativas e sangrentas.

Deus, que saudades sentia dos anos 1980. Em retrospecto, a última vez em que fora capaz de assistir à TV ou ouvir o rádio foi pouco antes de ser jogado no campo de prisioneiros. Portanto, sim, estava atualizado com a primavera de 1983. E talvez ele não sentisse saudades da época; ele sentia saudades... da vida e das liberdades simples que dera como certas.

Lucan parou diante dos degraus de pedra desgastados da entrada do sanatório. A parte central do prédio era uma torre de janelas fechadas, os andares se erguiam como uma lança quadrada, a ponta da qual era uma torre encimada por um para-raios. Em cada lateral do seu tronco havia duas alas de cinco andares com balcões abertos, cada uma se estendendo num ângulo aberto para apanhar a brisa prevalecente em benefício dos pulmões enfraquecidos.

O lugar fora construído para tratar os pacientes humanos com tuberculose que sofriam com mortes cruéis, sufocantes, dos anos 1800 até o século XX. Na época, o tratamento da infecção bacteriana incluía a aspiração de ar fresco, o mais que se conseguisse suportar, pouco importando a estação. Bem, isso e arrancar nacos dos pulmões, ou óleo de fígado de bacalhau ou inalação com cicuta.

Até a estreptomicina e outras drogas chegarem para o resgate no fim dos anos 1940.

Por que ele sabia todas essas coisas sobre os ratos sem cauda e suas tosses? Ele gostava de saber curiosidades, embora essas porcarias todas não afetassem os vampiros. Ou mestiços de vampiros com licantropos.

As palavras cruzadas do *The New York Times* tinham sido seu passatempo predileto.

Olhando para a ala sul, avaliou os balcões abertos que se perfilavam até o fim. Os quartos dos pacientes ficavam atrás das galerias. As molduras enferrujadas dos velhos leitos hospitalares bagunçavam todo o espaço apertado e havia todo tipo de entulho nos corredores e grafite marcando as paredes manchadas e apodrecidas. A ala norte era igual, assim como o centro administrativo que ancorava a estrutura.

Tudo abandonado e decrépito, restando agora apenas os fantasmas dos pacientes mortos.

Acima da terra, claro.

De certa forma, os prisioneiros como ele e os outros pertenciam àquele lugar. Também tinham sido descartados. Esquecidos. E a maioria apodrecia enquanto se arrastava debaixo da terra, sendo sua única utilidade cortar e fracionar drogas para ganhar dinheiro para outro déspota.

– Uma morte – disse com austeridade ao alcançar a maçaneta de latão desdourada. – Uma morte e caio fora daqui.

Havia vantagens em ter sido cortado da própria família.

Não havia mais o poder de barganha no que se referia à sua linhagem porque ele não se importava se os putos eram assassinados enquanto dormiam.

O velho lugar ainda dispunha de alguma eletricidade e uma lâmpada empoeirada pendurada por um fio elétrico lançava um brilho triste acima do que fora a recepção, sala de espera e admissão de pacientes. Pelo que lera na placa da parede, o hospital deixara de tratar de pacientes tuberculosos no início dos anos 1950, passando a cuidar dos mentalmente doentes. Isso durara até os anos 1970, quando tudo foi abandonado.

Ele não achava que alguém acrescentaria uma placa de bronze honrando o desfecho que incluía os vampiros.

Afastando-se da área aberta, com suas cadeiras mofadas e caídas e as mesas de madeira barata lascadas, seguiu pela direita. A ala norte tinha a indicação de "Ala Norte" – surpresa! – e havia escritórios administrativos dos dois lados, com portas ausentes possibilitando a visão do interior das salas com tetos desabando e janelas quebradas que permitiam a entrada tanto do clima quanto de anos de folhas caídas. Em alguns pontos, ervas daninhas haviam se estabelecido e começavam sua lenta subida sobre as paredes manchadas.

À medida que seguia em frente, ele não se dava ao trabalho de disfarçar o som das botas. Os sentinelas de plantão o aguardavam – bem, talvez não tão cedo assim, mas ele era uma commodity conhecida, com permissão para entrar e sair.

Quanto mais se distanciava da lâmpada, mais escuro tudo ficava, mas seus olhos eram mais aguçados do que os de um vampiro normal. Seu lado lupino lhe dava uma visão com efeito de óculos noturnos, com tudo ganhando tons de vermelho.

Por isso ele soube exatamente onde atirar naquele beco. Que confusão…

– Voltou cedo pra casa.

Lucan parou. Que merda. Mais uns vinte metros e estaria no complexo subterrâneo. Tão perto.

Manteve os olhos no prêmio, recusando-se a se virar da porta de aço reforçado que fora instalada pelos novos proprietários.

– Qual o problema, licantropo? Alguém roubou o seu petisco em Caldwell?

– Isso mesmo – disse ele com suavidade. – Na mesma hora em que arrancaram a sua alma.

A risada de escárnio no escuro foi como uma lâmina atravessando uma veia jugular. Bem, teria sido, se Lucan se importasse em continuar vivo.

– Você sabe que eu troco de lugar com você se não der conta.

Dessa vez Lucan olhou por cima do ombro, para o caso de a cutucada verbal virar uma cotovelada – e, olha só, por ele tudo bem. Ele queria bater em alguma coisa.

– Que pena que o Executor não permite – murmurou Lucan. – Não se pode confiar em você, Apex, não é verdade?

O vampiro saiu para o corredor. Era um cara bem desagradável, o tipo de coisa para a qual até mesmo os assassinos de verdade e os sociopatas do campo de prisioneiros abriam caminho. Com olhos negros que brilhavam com o instinto de um predador atrás de sangue fresco e um corpo muito musculoso e igualmente ágil, ele era simplesmente o que aparentava: um assassino sem alma que, diferentemente de algumas das pessoas aprisionadas naquele inferno, de fato merecia sua sentença.

E, maldição, o fato de que o macho começara a raspar a cabeça dificilmente o tornava mais acolhedor e carinhoso.

– Você não tem que voltar pra cá – disse Apex. – Você poderia simplesmente desaparecer na cidade.

– Você sabe exatamente por que eu volto. E eu não vou ficar justificando as minhas escolhas pra alguém como você.

A boca do outro macho se ergueu no que poderia ter sido um sorriso na de outra pessoa. Considerando-se quem e o que ele era, o movimento foi apenas uma mostra de presas.

– Não fique na defensiva por conta de uma morte que escolheu para si, lobo. Ou acha que isso vai terminar de alguma outra maneira para você?

Lucan ficou de frente para o vampiro de raça, aproximando-se tanto que os peitorais se tocaram. Em seguida, retribuiu o sorriso, exatamente como lhe fora direcionado.

– Desde quando se importa com alguém que não você mesmo? – Manteve o tom de voz imparcial. – E se está me ameaçando, que tal tentar alguma coisa agora mesmo? Tive uma noite de merda e não me faria mal um pouco de exercício.

Os brilhantes olhos de ônix de Apex se estreitaram.

– Você é um animal.

– Assim. Como. Você...

– Ei, ei, meninos. Não podemos dar uma respirada aqui?

Mayhem se juntou ao alegre encontro, mais como um líder de torcida do que como participante do combate. Lançando os braços musculosos ao redor da bomba hipotética que estava prestes a explodir, ele olhou de um a outro.

– Vamos lá, quero que vocês se deem um beijo e façam as pazes. Depois me sigam. Sequestrei um entregador de pizza que ia a uma festa de futebol. Não se preocupem, eu o deixei ir, e levarei o carro de volta com o dinheiro para cobrir a pizza e a gorjeta. Tenho o recibo e o cartão do plano de saúde com o endereço dele. O que eu estava mesmo dizendo... Ah, sim. Tenho Dominos quentinhas lá atrás. Venham!

Apex socou os ombros de Lucan, e o golpe duplo fez com que ele se sentisse bem. Houve uma pausa, como se ele estivesse lhe dando a chance de retribuir. Quando ele declinou, Apex recuou.

– Estou de olho em você.

O lábio superior de Lucan se retorceu.

– Quando quiser, filho da puta.

O outro macho se desmaterializou. Lucan se afastou e começou a andar num círculo.

– Ele gosta de você – disse Mayhem. – Debaixo de tudo aquilo, ele gosta de você...

– Você está *louco*?

– Bem, não. Pelo menos acho que não. E aí, pizza?

Lucan esfregou o rosto.

– Uh-hum, estou faminto.

– Vem, eu te levo até ela.

Com isso, Lucan enfim se concentrou devidamente no cara que eternamente segurava vela. Com os cabelos pretos e brancos, olhos sem cor, Mayhem era forte o bastante, e poderia se defender sozinho, caso necessário, mas era despreocupado demais para ser uma ameaça maior.

– Preciso ir ver o Executor – Lucan se ouviu dizer.

– Comida primeiro. Você está faminto e bravo demais para não se meter numa situação ruim.

Era um bom conselho, de uma fonte mais conhecida por ser irritante. Mas a cavalo dado não se olham os dentes e tal.

Quando começaram a andar para a saída de emergência juntos, Mayhem deu seguimento:

– E a boa notícia é que apenas uma das pizzas é aquela porcaria de havaiana. Por que alguém coloca abacaxi e presunto em uma caminha de muçarela perfeita está além da minha compreensão.

– Humanos são estranhos.

E infinitamente menos perigosos do que as pessoas com quem estou vivendo, Lucan pensou consigo.

CAPÍTULO 6

QUANDO RIO CHEGOU ÀS proximidades da última parada da noite, a perna esquerda cantarolava no ritmo das batidas do seu coração: *bum, bum, bum…*

Não havia uma canção parecida? Charlie X ou alguma coisa assim. Ouvia isso na rádio do Sirius a cada quinze minutos uns anos atrás.

À medida que seguia em frente, apoiava-se no lado oposto do seu claudicar pronunciado, o que pouco adiantava para atenuar as pontadas de dor inundando seu sistema nervoso. A boa notícia era que ela só tinha que avançar mais um quarteirão, e era para isso que servia Motrin, não? Havia uma embalagem econômica pela metade no porta-luvas do seu carro e, bônus, a lata velha estava mais próxima agora do que quando refizera seus passos desde o beco.

Olhando ao redor, verificou novamente se alguém a seguia. Os prédios sem portaria de ambos os lados da rua eram altos e estreitos, espremidos a poucos centímetros das cercas de alumínio que não combinavam entre si. A taxa de ocupação era no máximo de cinquenta por cento, e dava para saber quais prédios eram habitados legalmente pelas janelas cobertas. Se havia cortinas fechadas ou lençóis pendurados por pregos, havia pessoas pagando aluguel dentro dos apartamentos. O restante estava disponível para invasores, os vidros quebrados e a luz de velas era um testemunho triste das almas perdidas em busca de refúgio dos seus demônios nas profundezas do inferno urbano.

Aquele bairro era incrivelmente perigoso depois do pôr do sol, um campo de guerra das gangues de rua e dos fornecedores de drogas, e a população infeliz que existia no espaço do conflito por territórios e pelo comércio ilegal era um dano colateral em mais de um aspecto. Graças à tempestade e à reunião de policiais debaixo da ponte, as esquinas estavam desertas. Mas não permaneceriam assim por muito tempo.

E ela teria vindo de todo modo, mesmo que a noite estivesse normal.

Ao chegar ao prédio que procurava, olhou ao redor de novo. Depois subiu os degraus manchados e lascados de concreto. Não havia motivo para bater. Mickie tinha guardas espalhados em todos os lugares. Ele já sabia que ela estava ali.

Empurrando a porta esburacada, uma lufada de ar úmido e fedorento a atingiu em cheio no rosto. Havia dois apartamentos em cada andar, com uma escada central serpenteando pelo meio do prédio. Quando ela chegou aos degraus acarpetados, a subida colocou tanta pressão no que quer que estivesse acontecendo na perna esquerda que ela teve que usar o corrimão grudento. Em cada andar ela parava para se certificar de que sabia o que a cercava: nada atrás dela, nada na frente; ninguém saindo dos apartamentos abandonados cujas portas estavam todas abertas.

Esses últimos eram o que havia de mais perigoso. A luz da escada adentrava os cômodos principais dos apartamentos sujos, mas havia quartos no interior que ela não enxergava, espaços que podiam esconder todo tipo de perigo. Só podia contar com o fato de que, caso não tivesse permissão para estar ali, não teria chegado tão longe.

Além do mais, Mickie sabia que ela estava no nível dele. O que significava que, se alguém a atacasse e ela se machucasse, Mickie teria que lidar com o chefe deles, e ninguém queria fazer isso.

Quando ela chegou ao último andar, a porta da esquerda estava fechada.

Portanto, Mickie estava lá dentro.

– Sou eu, Rio – disse em voz alta.

Não se postou diretamente na frente da porta de madeira. Encostou-se na parede, esticou a mão além do batente e bateu com firmeza com a mão esquerda. A direita ficou dentro do bolso, na empunhadura da arma.

– Mickie. Sou eu, Rio.

Enquanto esperava, olhou para o apartamento do outro lado. A sala de estar tinha um sofá e três poltronas que não combinavam. A mobília estava disposta ao redor de um tanque de óleo que queimava madeira durante o inverno, quando os seguranças tinham que acampar ali.

– Qual é, Mickie. – Bateu de novo. – Não fode comigo.

Não havia a menor possibilidade de ele ter evacuado por causa da presença do polícia junto ao rio. Era longe demais. E não havia nenhuma batida policial agendada. Ela sempre era informada, quer fosse por parte do FBI, do ATF[7] ou do departamento de Polícia, e teria resolvido a questão usando os canais regulares.

– Mickie! – Ela bateu de novo. – Qual é?

Nenhuma resposta. Tudo bem. Três… dois… um…

Rio ergueu a arma e escancarou a porta. No segundo em que ela deu uma olhada no interior, resmungou:

– Filho da puta.

Do outro lado da sala bagunçada, no brilho das luzes do teto, Mickie estava sentado no sofá, com a cabeça para trás, o corpo largado, os pés pensos para os lados. Mas ele não estava relaxando. Ele tinha um imenso ferimento abdominal e o sangue escorria, manchando a camiseta suja com um tom de vermelho vivo do tipo Quatro de Julho.[8]

E aquilo não era a única novidade interessante do lugar.

Havia um buraco no telhado do prédio, e a chuva minguante caía pela abertura denteada para transformar uma poltrona *bergère* numa esponja.

Mantendo a pistola empunhada, aproximou-se e mais uma vez encostou dois dedos num punho. E, assim como o atirador junto à caçamba de lixo do beco, Mickie batera as botas – mas ainda estava quente.

---

7 A ATF é o departamento responsável pelo controle de Álcool, Tabaco, Armas de Fogo e Explosivos dos Estados Unidos. (N.T.)

8 Quatro de Julho é a data da Independência dos Estados Unidos, celebrada com fogos de artifício, desfiles e piqueniques. Aqui a cor vermelha se refere a uma das três da bandeira americana, adicionalmente ao azul e o branco. (N.T.)

O homicídio era recente, ocorrido talvez uns trinta ou quarenta minutos antes. Não que ela fosse médica-legista.

– Maravilha. Maravilha do caralho.

Rio resmungou todo tipo de coisa para si mesma ao sacar o telefone. Com a mão esquerda, enviou uma mensagem sobre o ocorrido. Depois tirou uma foto do corpo e da estação de trabalho onde algumas balanças, um pouco de resíduo de pó e um monte de saquinhos de cinco centímetros quadrados eram evidência incontestável do que vinha acontecendo naquele apartamento.

Não que alguém fosse presumir que Mickie dava aulas de culinária ali.

Depois raspou o que só podia ser cocaína do tampo da mesa com seu canivete suíço…

– Só vou usar um destes saquinhos, Mickie – disse. – Não vai mais precisar deles, vai?

Tirou uma foto da amostra e depois a guardou no bolso.

E voltou para perto do corpo. Enquanto encarava o rosto congelado, a pele pálida e encerada a paralisou, levando-a de volta a outra época quando vira um ser humano morto… quando viu pela primeira vez um cadáver. As lembranças do momento em que entrara no quarto do irmão mais novo eram tão vívidas que ela própria ficou inerte, suspensa entre o passado e o presente. E, assim que essa lembrança foi libertada, não havia como deter o transbordamento daquilo que era tão capaz de manter escondido em circunstâncias normais.

– Pare já – sussurrou.

Mas o pesadelo não ia embora. Pensando bem, naquela noite ela quase morrera. Duas vezes. Não era surpreendente que a pior e mais longa noite da sua vida, assim como tudo o que aconteceu depois, a atormentasse.

Demorou um tempo até conseguir pensar direito de novo.

– Você merece coisa pior, seu maldito bastardo – disse.

Por tudo o que Mickie fizera com Spaz e tantos outros. E era por isso que ela estava ali, para avisar ao traficante que ele teria que deixar em paz seu amigo ou as consequências recairiam sobre sua cabeça. Embora Mickie fosse – hum, *tivesse sido* – um filho da puta sádico, havia uns pauzinhos que ela podia mexer, ainda dentro dos limites da lei, mas que causariam problemas para ele junto a Mozart.

Claro que toda essa queda de braço era completamente irrelevante agora.

E a triste realidade era que Spaz muito provavelmente encontraria outra fonte para o que precisava. Ainda assim, ninguém fora tão mau quanto Mickie.

– Descanse no inferno, seu merda – disse ela. – Espero que asse lá…

O rangido suave atrás dela fez com que virasse a cabeça – e a arma.

CAPÍTULO 7

A mansão da Irmandade da Adaga Negra tinha sido construída na virada do século XX por Darius, um Irmão de coração grande, mão da adaga forte e uma esperança ilusória de que, um dia, os lutadores da raça viveriam sob um único teto com suas famílias e pessoas amadas.

Quando Vishous enfiou a cara de cavanhaque diante da câmera de segurança do vestíbulo e esperou que a tranca de cobre fosse solta, pensou que aquele macho teria aprovado aonde eles tinham chegado.

Uma pena do cacete que o Irmão não vivera tempo suficiente para ver aquilo pessoalmente...

Clunk!

Vishous abriu a porta de 300 quilos. O mordomo *doggen* centenário do outro lado tinha um sorriso reluzente e andava em seu uniforme de pinguim. Fritz Perlmutter amava tanto o seu trabalho e a casa a que servia que chegou a ser irritante no início. Por exemplo, como é que alguém conseguia ficar animado por servir drinques em bandejas de prata, comandar o resto da equipe e tirar manchas de sangue de tapetes?

– Chegaram em casa! – exclamou Fritz, como se V. e Rhage tivessem retornado de uma missão perigosa no Círculo Ártico com apenas queimaduras de frio num lóbulo e num dedinho do pé. – E chegaram cedo também.

Rhage avançou para dentro, como de hábito.

– Fritz, meu chapa, estou morrendo de fome. Você poderia...

– Tenho três sanduíches de metro pré-preparados para o senhor. Presunto e queijo, salame e queijo, e peru e queijo. Permita-me passar maionese neles primeiro e eu os levarei de pronto ao senhor. – Fritz olhou para V. – Grey Goose e tônica para o senhor?

Só o que V. pôde fazer foi assentir maravilhado. O cara simplesmente tinha a capacidade de fazer as pessoas se afeiçoarem a ele com o passar do tempo, entende?

– Sim, obrigado. Estaremos com Wrath.

– Agora mesmo!

A despeito das queixadas e das rugas, Fritz se afastou com passos lépidos, os sapatos bem lustrados clicando no piso de mosaico do átrio, as mãos com luvas brancas impulsionadas ao ritmo do amor que sentia pelo seu trabalho.

– É como se ele lesse mentes – disse Rhage quando se direcionaram para a grande escadaria, com sua balaustrada folhada a ouro e passadeira vermelho-sangue. – Quer dizer, como ele sabia…

– Você sempre está com fome e quando foi que eu recusei uma vodca com tônica? – V. ergueu um indicador. – Não estou dizendo que ele não é um gênio, mas deduzir que você está pronto para um sanduíche de metro não é nenhum trabalho de adivinhação.

– Você tem razão nisso, meu irmão.

Quando chegaram ao segundo andar, as portas do escritório estavam abertas e, do outro lado do cômodo azul-claro com mobília francesa, Wrath, filho de Wrath, pai de Wrath, estava no modo "pesada é a cabeça que sustenta a coroa". Preso à antiga escrivaninha entalhada que seu pai usara, sentado no trono entalhado em que o pai se sentara, os óculos escuros justos do Grande Rei Cego estavam voltados para baixo enquanto ele deslizava as pontas dos dedos por cima de linhas escritas em braile. Sem dúvida era mais um relatório de Saxton, o advogado da Irmandade e perito nas Leis Antigas.

– Ora, ora, ora – murmurou Wrath erguendo o olhar como se seus olhos funcionassem –, já de volta tão cedo. O que deu errado?

Com cabelos negros na altura da cintura que partiam do bico de viúva e feições aristocráticas que tinham uma pegada cruel, ele parecia exatamente a força da natureza que era, e que tinha que ser, se o objetivo era manter a espécie viva e unida, debaixo dos narizes dos humanos e a despeito da perseguição dos inimigos.

Nem era preciso dizer que lidar com o Irmão não era nada fácil às vezes. Pensando bem, qualquer um na sua posição, com aquele tipo de estresse, tinha o direito de ficar de mau humor de vez em quando – ainda que, para ser justo, mesmo antes de ele começar com aquela merda toda de obrigações da realeza já tinha as habilidades interpessoais de uma espingarda.

– Consegui um bilhete premiado – disse Rhage ao entrar com tudo e se largar num dos sofás de seda junto à lareira. – Bem, diversos deles.

Quando Hollywood ergueu a sacola de supermercado cheia de cocaína, embora Wrath não enxergasse, V. fechou as portas duplas.

– Só o que ele precisou fazer foi esvaziar o intestino de um traficante no sofá do cara.

– A sua besta escapou? – perguntou o Rei.

– Não, eu espirrei.

Sobrancelhas negras se ergueram acima dos óculos.

– Sério? Eu não sabia que o seu nariz tinha esse poder de fogo.

– Não tem – V. respondeu ao pegar um cigarro. – Ele atirou sem querer.

– Precisa treinar tiro…?

– Você também teria espirrado – Rhage interrompeu o Rei. – E não, não preciso ir para o estande de tiros. Bem, a menos que Lassiter tenha um alvo na bunda…

– Eu prontifico o anjo agora mesmo, aqui mesmo. – V. estacionou do lado oposto da escrivaninha. – E posso ficar com o grampeador e pregar o rabo de burro dele? Porque, já vou avisando, vou ficar apertando até a porra emperrar.

Wrath se recostou, a mão esticada para baixo para afagar a cabeçorra do seu cão guia. Quando George ergueu a cabeça em adoração, o Rei de fato chegou a rir da piada. Um raro evento. Assim como Zsadist sorrir.

– Eu pagaria para ver. – E foi nessa hora que a situação voltou a ficar séria. – Digam logo que merda aconteceu.

V. acendeu o isqueiro, sugou a chama para a ponta e exalou.

– Conseguimos umas amostras do produto. Nada mais que isso. Como disse, Rhage atirou num contato e a outra... Bem, ela ficou ocupada salvando o mundo, por isso, perdeu o compromisso com o intermediário.

– Por que não entra na mente dela? – Wrath exigiu saber. – Procure debaixo das pedras, encontre os vermes. Se essa porra está chegando nas ruas e ela é um dos distribuidores do traficante, deve saber de onde a droga vem.

– Ela não sabe. Ainda não. Mas está tentando fazer uma transação. Algo ia acontecer hoje, mas... bem, ela teve que ir para a reabilitação.

Wrath meneou a cabeça.

– Bons traficantes nunca usam seus produtos.

– Ah, não foi pra ela. Ela estava cuidando de um drogado. – V. cofiou o cavanhaque. – Veja só, a nossa garota tem um segredinho. Ela é policial trabalhando disfarçada.

Sobrancelhas negras uma vez mais se ergueram acima dos óculos escuros.

– Jogo perigoso.

– Ela é uma boa samaritana, tentando compensar por algo ruim que não foi culpa dela. Definitivamente vai acabar se matando no processo, mas tenho esperanças de que vou descobrir o que precisamos antes que ela bata as botas.

– Como você é bondoso, V. – Wrath se inclinou para o lado e apanhou o cachorro, transferindo o peso loiro adormecido do chão para o seu colo. – Mas vá em frente. Precisamos encontrar aquele campo de prisioneiros.

V. pensou na sua visita ao local anterior. O lugar ficava debaixo da terra, a noroeste de Caldwell, um labirinto subterrâneo de celas velhas e espaços comunais cavernosos escondidos de tudo e de todos. Montado pela *glymera* para os criminosos nos idos de 1800, transformara-se num tanque de contenção corrompido para todo tipo de infração menor, insultos sociais e para pessoas inconvenientes que precisavam desaparecer segundo a aristocracia. No decorrer dos anos, o local acabou esquecido e, no vácuo da administração, uma nova estrutura de poder e fonte de sustento surgiram, sendo que os custos da comida e de suprimentos eram cobertos pelo tráfico de drogas do centro de Caldwell.

A descoberta da sua existência surgiu quando uma fêmea foi para o campo de prisioneiros para resgatar a irmã e a merda toda chegou a um ponto crítico. O Jackal, um macho de valor que fora falsamente aprisionado, conseguira sair vivo de lá com ela, mas, quando a Irmandade chegou, o local já tinha sido parcialmente destruído e totalmente esvaziado.

Do ponto de vista tático, V. tinha que respeitar a coordenação necessária para transportar tantas pessoas. Não é que se desmaterializaram todos de lá. Isso seria como assoprar a cabeça de um dente-de-leão, espalhando ao vento a mão de obra forçada para nunca mais ser vista. Não, a liderança ilícita usara caminhões – caminhões grandes. Havia evidências de uma pequena frota saindo do local abandonado por uma estrada que partia da instalação.

Também deixaram os restos de uma estação de processamento de drogas do tamanho de uma faculdade menor, cujos detalhes o Jackal partilhara o melhor que pôde.

– Encontraremos a prisão. – V. inalou profundamente e deixou a fumaça escapar pela boca. – E vamos assumir o controle.

Uma batida sutil à porta fez com que Rhage se levantasse num pulo.

– Fritz com a comida, finalmente! Estou faminto.

Enquanto Hollywood disparava para deixar o mordomo entrar, como se estivesse com deficiência aguda de açúcar no sangue, Wrath meneou a cabeça.

– Ele *alguma vez* não está comendo?

– Não que eu já tenha notado – V. disse com secura.

O Centro Médico St. Francis era uma construção de última geração que, por acaso, estava no caminho de Rio para casa. Quando ela chegou ao farol vermelho na entrada do complexo, olhou para as vagas de estacionamento iluminadas e praticamente desertas e para o brilho das salas cirúrgicas quase sempre tomadas, das salas de exame, dos quartos dos pacientes e dos escritórios administrativos. Mesmo com todas as placas de indicação bem iluminadas, a ideia de descobrir como chegar ao pronto-socorro era exaustiva…

Seu telefone vibrou no interior do bolso da jaqueta e ela tateou para pescá-lo. Não se deu ao trabalho de verificar quem ligava. Sabia quem era.

– Não posso falar. Vou ser examinada. – Acionando a seta, passou pelo farol vermelho e virou no caminho principal do terreno. – E, não, não estou sangrando. Só me envolvi num pequeno acidente de carro, mas estou bem.

O Capitão Stanley Carmichael acionou a voz de chefe.

– Encontro você aí.

– Não. Estou infiltrada e usando o meu…

– Não quero tratar disso pelo telefone.

Os olhos de Rio acompanhavam as placas vermelhas e brancas nas quais se lia “EMERGÊNCIA”, e o fato de que suas mãos e pés operavam o carro velho quase instintivamente mostrava bem o quanto ela estava acostumada a lidar com emergências.

– Tratar do que – disse ela distraída – pelo telefone?

O pronto-socorro estava iluminado como um estádio. As baias para as ambulâncias e a entrada de vidro para os pacientes que chegavam a pé brilhavam como uma terra prometida para os aflitos.

Deus, esperava não ter que colocar gesso.

– Alô? – chamou. – Diga de uma vez, capitão. Vou ter que desligar no segundo em que entrar.

– Em que tipo de acidente de carro esteve envolvida?

Um lampejo da lembrança de ter voado por cima do Charger passou pela sua mente. Deveria ter deixado esse detalhe de lado quando relatou a morte de Erie.

– Só uma batida de para-choques – disse.

– Então por que está indo ao hospital?

– Ah, você me conhece, sempre sigo as regras.

Havia um estacionamento com múltiplos andares para carros do outro lado do P.S., mas, por força do hábito, ela o evitou e estacionou na rua, diretamente abaixo de um poste de luz. Seu molho de chaves fez um barulho metálico quando ela desligou o motor e, assim que saiu, certificou-se de que não tinha sido seguida.

– Alô? – disse ao telefone, como se os papéis tivessem sido invertidos e ela não estivesse falando com alguém do alto escalão.

O Capitão Carmichael na verdade era o Chefe de Polícia, mas do tipo de homem humilde que não ligava para títulos. Segundo ele, "capitão" bastava no que se referia a isso, embora ele não recusasse o escritório nem o banheiro privativo.

– Rio.

– O que foi?

Quando o capitão não respondeu, ela fechou os olhos e se apoiou na lateral do carro.

– Eu não vou parar. Você não vai me tirar d…

– Você relatou dois homicídios esta noite. Ambos com vítimas de ferimentos a bala.

– Fiz o que tinha que fazer para…

– Você conhece as regras. Além de relatar, se algum policial estiver envolvido no tiroteio, existe a licença administrativa obrigatória até ele ser avaliado por um psicólogo e liberado pelo promotor público do condado e pelo procurador-geral…

– Eu não atirei em nenhum dos dois. E, se não acredita em mim, cheque com a balística. A minha arma não foi usada.

– As regras são essas. Se você está fora das ruas…

– Estou perto assim de conseguir o que precisamos para pegar o Mozart. Capitão, qual é, eu só preciso de mais umas duas semanas… e vou conseguir o fornecedor também. Eu o conheci hoje, e vou conseguir fechar o negócio…

– As regras existem por um motivo…

– Estou sendo punida porque estava no lugar errado na hora errada!

– Isso não é um castigo. É para a sua saúde e segurança, Rio. Vou tirá-la do caso. Mozart não é mais importante do que a sua vida.

Então ele sabe sobre o meu disfarce ter sido comprometido, pensou. Esse era o motivo real.

E ele era um cara legal, então não diria com todas as letras… porque nada era menos profissional do que um policial trabalhando infiltrado com a identidade comprometida. Ainda mais como ela que, no caso, tinha treinamento federal.

Rio olhou para a entrada do P.S. Um casal de mais idade saía, o homem oferecendo o braço, a mulher o aceitando e se apoiando nele. Ela não mancava, mas pendia para o lado como se precisasse de ajuda para carregar o próprio peso. Mas o seu problema não era o mesmo de Rio, não estava machucada. Estava doente. Na luz gélida e forte, o rosto dela estava corado demais e ela respirava pela boca e tossia.

– … avaliação no fim da semana – seu superior dizia. – E depois um interrogatório. Em seguida, vai tirar umas duas semanas de folga e…

– Como você vai me substituir? Na rua? – Ela se inclinou para a frente, como se o homem estivesse diante dela em seu terno e gravata. – Quem vai assumir o meu lugar com o Mozart? Fui quem chegou mais perto, e trabalhei nisso por dezoito meses direto. Eu já disse, conheci o contato do fornecedor esta noite e estava prestes a fechar o negócio quando fomos rudemente interrompidos por um maldito tiroteio que não tinha nada a ver comigo. – *Bem, pelo menos teoricamente*, pensou. – Não é minha culpa se os Ballous vieram pra Caldwell para vingar a morte de Johnny Two Shoes. E antes que me critique por marcar um encontro num beco, onde mais eu deveria me encontrar com os meus contatos? Numa biblioteca pública? Claro, porque assim tudo teria dado *muito* mais certo...

– A sua vida é mais importante do que o caso.

– Aceitei os riscos quando aceitei o trabalho.

– Não há como se livrar disso, portanto, sejamos profissionais. O seu horário com o psicólogo foi agendado, e eu espero vê-la no meu escritório amanhã, digamos... às onze? Maravilha. Te vejo então... E, ah, se precisa dar entrada no pedido de reembolso por ferimentos sofridos no trabalho, traga a papelada do hospital. Boa noite, detetive.

A ligação foi interrompida e a voz grave e séria se apagou como um abajur à meia-noite.

– Filho da mãe.

Quando enfiou o aparelho no bolso, pensou em Spaz e ficou imaginando como o abrigo o estava ajudando. Ele talvez estivesse sendo avaliado àquela altura, seu ferimento deveria estar sendo tratado. Também teria uma refeição quente na barriga e uma cama limpa para descansar o corpo. Desejou que houvesse um modo de ele permanecer por tempo suficiente para passar para uma instituição de maior permanência na qual se desintoxicaria e começaria a se recuperar de modo permanente.

Mas não era assim que as coisas funcionavam.

Rio observou o casal entrar numa perua. O homem ajudou a mulher a se acomodar no banco do passageiro, depois deu a volta e se postou atrás do volante. Os faróis foram acesos, mas o casal não saiu de pronto. Estavam conversando.

Ela imaginou que o marido estivesse preocupado com a esposa adoecida. Em seguida, Rio dublou a esposa dizendo ao marido que estava bem, não, de verdade, estava bem. Ele perguntaria se ela ainda tinha forças para ir buscar o antibiótico/anti-inflamatório/analgésico ou qualquer outra coisa na farmácia de plantão dentro do supermercado a caminho de casa. Se não, ele a levaria para lá primeiro e...

Estou bem, meu amor. Podemos ir.

No fim, a perua se moveu e atravessou o estacionamento, ficando à esquerda para pegar o caminho principal que levava para a saída do complexo.

Rio ficou onde estava, junto ao carro, até não conseguir mais ver os faróis deles.

E fechou os olhos. Sem nenhum bom motivo, pensou no fornecedor daquele beco. Ele tinha razão. Salvara a vida dela. Duas vezes.

Mas não haveria uma terceira vez.

Por tantos motivos.

CAPÍTULO 8

A OESTE, LONGE DE CALDWELL, uma casa de fazenda com uma varanda em toda a volta, um bordo grande no gramado lateral e uma família debaixo do telhado empenado, se iluminava com luz, calor e risadas. Dentro dela, havia um filho encontrado e uma irmã que era a luz do sol à meia-noite... E um macho e uma fêmea que se uniram pelo amor. Embora a faixa de terra fosse isolada, dificilmente havia solidão na propriedade. Em seu interior, a despensa estava cheia e fotos de família decoravam a cornija da lareira. Havia tantas coisas pelas quais ansiar e festejar: aniversários, noites de festivais, até mesmo eventos simples como uma Primeira Refeição partilhada, uma sobremesa preparada em casa para a Última Refeição ou um livro bem lido, um jogo de baralho bem jogado ou uma piada trocada.

Era uma boa vida. Uma vida excelente, de todos os modos.

E quando o macho da casa saiu pela porta da frente e inspirou fundo o ar saturado de chuva, mentiu para aquela que mais importava ao seu coração ao abrir a porta com o tênis de corrida.

– Não, não muito – o Jackal disse. – Talvez uns quinze quilômetros e depois a volta. Vou precisar de umas duas horas.

Na cozinha, sua *shellan*, Nyx, se inclinou pela lateral do batente.

– Parece ótimo. Só cuidado com esse seu tornozelo.

Por uma fração de segundo, sua companheira foi só o que ele conseguiu ver, desde os compridos cabelos negros até o rosto familiar, o brilho nos olhos castanho-esverdeados e o belo sorriso. Num período de tempo mínimo, Nyx se tornara o seu mundo... Nyx e seu filho, Peter, e a irmã e o avô dela.

Eles eram o seu esteio. Com o presente, com as boas partes de si mesmo... com a decência que um dia tivera e só recentemente redescobrira.

– Pode deixar – sussurrou, embora não se lembrasse exatamente do que ela lhe pedira. – Eu te amo.

A cabeça de Nyx se inclinou de lado. Em seguida, ela foi até ele, com seus jeans folgados e camisa larga, devastadoramente sexy. Trazia um pano de prato úmido nas mãos porque a casa não tinha lava-louça. E, na realidade, uma das tarefas prediletas dele era ficar diante da pia com ela, usando a esponja e entregando-lhe o que quer que tivesse lavado. Ou, às vezes, era ela quem lavava e ele enxugava.

Era uma coisa simples. Mas também o tipo de coisa que, quando estivera no campo de prisioneiros, ele desistira de um ter um dia.

Quando sua fêmea parou diante dele, algo no modo com que Nyx o fitou nos olhos o fez sentir que ela era capaz de ler a sua mente. E ele não queria que ela enxergasse o seu interior. Não esta noite. Não agora.

– Fico feliz que goste de correr – disse ela. – E você pode correr o quanto quiser. Nunca vou impedir.

Com uma leve mudança de posição, ela se pôs na ponta dos pés. Quando os lábios se encontraram, o Jackal meneou a cabeça.

– Só vou correr – disse a ela. – Sério.

Porque desejou que isso fosse verdade. Queria que fosse verdade. E, no entanto, sabia que estava mentindo para sua fêmea.

Mas estava mesmo? Se, de todo modo, ela sabia?

– Desculpa – disse com suavidade.

– Não há por que se desculpar. Agora vá. Faça o que tem que fazer. Eu estarei aqui.

O Jackal beijou sua *shellan* de novo. Depois se virou e fechou a porta. As tábuas da varanda rangeram quando ele desceu os degraus, e assim que se viu no chão, começou a trotar. E passou para uma corrida rápida.

Não percebeu que passava pela grama morta ou o instante em que o gramado se transformou em asfalto. Mas sabia que estava distante de casa quando o primeiro quilômetro e meio passou.

Sem decidir parar conscientemente, virou estátua no meio da estrada rural. Em cada lado, um monte de nada por perto, apenas moitas agora amarronzadas. Mais adiante, porém, as montanhas se erguiam do fundo do vale como se fossem as beiradas de uma tigela que impediam que a terra se derramasse pelo ar.

Visualizou como ficava o cenário nos meses mais quentes.

De tempos em tempos, só porque podia, ele saía da casa de fazenda quando era seguro, depois que o sol tinha não só se posto como guardado seus raios dourado consigo, e apreciava o cheiro do ar fresco.

Ele imaginava que levaria até o ano seguinte para descobrir que aquilo era o curso normal das coisas. Tinha esperança de que fosse assim.

Inspirando fundo, fechou os olhos.

Um bom minuto e meio mais tarde, conseguiu, por fim, se desmaterializar.

Voltou a se formar alguns quilômetros mais adiante no caminho, já bem no interior da paisagem. Ao se concentrar no terreno acidentado, não encontrou de imediato aquilo que procurava. Teve que andar em círculos cada vez mais amplos até…

Sim, lá estava.

Caso não estivesse procurando, o alçapão continuaria camuflado como estava, nada além de um quadrado afundado na terra, marcado por um punhado de heras casuais, sem nada de especial.

Mas ele estava procurando, portanto, lá estava ele.

Quando o Jackal se ajoelhou, ambos os joelhos estalaram – prova de que às vezes ele corria de verdade quando saía da casa de fazenda. Na maioria das vezes.

Mas não sempre.

Afastando um pouco da terra solta com a mão, passou os dedos por um aro e puxou o peso do painel para abri-lo.

O fedor denso que atingiu seu rosto o levou de volta ao *Dhunhd*: terra, mofo, ar parado… e os resquícios de odores corporais que ainda resistiam, mesmo tanto tempo depois que os machos e as fêmeas tinham perecido. Havia uma escada que descia até a escuridão – e ele se virou e desceu alguns degraus em direção às trevas, as pontas dos tênis saindo para fora dos degraus. Equilibrando-se, esticou a mão para fora e puxou o alçapão de volta para o seu lugar. Quando a escuridão o engoliu por completo, ele teve que abrir a boca para respirar. Havia simplesmente coisas demais em seu nariz, atrás da garganta, dentro da sua mente… e uma raiva desmedida o dilacerou, embora ele continuasse inteiro.

Pelo menos ele achava que estava inteiro.

Levando a mão para as costas, tirou o celular da pochete na cintura e acendeu a lanterna. O facho de luz fria foi quase consumido pelo vazio, um lembrete de que nada era tão escuro quanto o subterrâneo.

Assim que chegou ao chão, o Jackal começou a andar pelo túnel que fora escavado na terra e reforçado por vigas velhas cortadas à mão. Chegou a pensar que deveria ter trazido uma arma – não que pensasse haver alguém ali embaixo. Os cheiros presentes eram antigos, nada novo.

Não foi difícil encontrar seu caminho, mesmo com os desabamentos que aconteceram. Uma boa parte do labirinto estava intransponível, ou instável demais para ser seguro, mas nem tudo fora destruído – e ele tomou cuidado.

Quase morrera lá antes.

Portanto, não tinha intenção de acabar morrendo ali naquela noite.

Um século soterrado. Pelo defloramento de uma jovem da *glymera* – ato cometido por outro.

Se Nyx não tivesse aparecido ali quando apareceu…

Ele ainda estaria ali embaixo.

Seguindo adiante, o Jackal moveu o facho ao redor. Paredes de terra. Chão de terra. Teto de terra, reforçado com mais daquelas pranchas de madeira. Mas nem sempre fora daquele jeito. Um dia houve seções da prisão com acabamento, calefação e ar-condicionado. E privacidade. E guardas.

Peter, seu filho, fora mantido numa cela nessa parte. Com livros, uma cama e uma mesa.

Peter, seu filho, fora miraculosamente libertado pela *mahmen* dele. Que controlara tudo antes de ser morta de um modo adequado, um monstro sendo comido por outro monstro.

– Por que estou aqui? – o Jackal perguntou em voz alta.

Não respondeu. Não sabia ao certo o que procurava, se é que isso tinha alguma importância de fato…

Parando de repente, virou-se. Em seguida, uma voz profunda disse em meio à escuridão:

– Não atire.

Rio abriu a porta do seu apartamento escuro e acionou o controle remoto para desligar o sistema de alarme. Ao entrar, deixou que a porta se fechasse sozinha e andou pelo curto corredor, deixando a luz principal apagada. O lugar não era grande nem tinha uma planta confusa: um quarto, um banheiro, uma cozinha do tamanho de um armário. Com carpete cinza de fora a fora e paredes pintadas de platina, ela sentia como se morasse numa daquelas latas antigas, em que as avós guardariam açúcar ou farinha e manteriam sobre uma bancada de fórmica.

Servia como um teto, porém.

Quando guardou as chaves e a bolsa em cima da mesa de jantar para dois lugares, percebeu que se esquecera de tirar os sapatos. Ela sempre os tirava no capacho logo ao lado da porta principal. Era como trocava de identidade.

Baixando o olhar para as botas pretas, pensou em onde elas estiveram desde que foram calçadas lá pelas… oito? Oito e meia? Naturalmente, enquanto considerava os eventos da noite, uma imagem do fornecedor invadiu sua mente e se recusou a obedecer à ordem de despejo: era de logo depois de ela ter sido atingida pelo carro, depois que o mundo girou num círculo e ela se preparou para um contato ruim com o asfalto.

O corpo daquele traficante fora seu colchão de aterrissagem.

Ela ainda conseguia visualizar a mirada especulativa nos olhos de pálpebras semicerradas enquanto ela olhava por sobre o ombro e descobria que estava sentada sobre o quadril dele... de um modo que teria sido sexual em qualquer outra circunstância, apesar de serem desconhecidos.

Interessante como balas, bolas de fogo e cadáveres conseguem acabar com o clima.

Meneando a cabeça, mediu a distância até o capacho com o "Bem-vindo" escrito e resolveu seguir para o quarto. A rotina de descalçar os sapatos não estava mais dando certo, de todo modo. Ultimamente, ela estava nas ruas mesmo enquanto estava ali, pouco importando o que tinha nos pés.

No brilho das luzes de segurança do estacionamento, os lençóis bagunçados da sua cama *queen-size* eram como a cobertura de um bolo aplicada por um confeiteiro que estava pouco se fodendo com o seu trabalho. Do mesmo modo, metade da colcha estava no chão de quando ela saltara da cama à hora do jantar. Claro que perdera a hora. É isso o que acontece quando você não se deita antes da uma da tarde depois de ter chegado do trabalho pouco antes do meio-dia.

Era de se pensar que o trabalho infiltrado a liberaria da burocracia de preencher papelada, já que tudo era muito secreto. Não liberava. Tinha que preencher relatórios depois de cada turno, listando em detalhes com quem se encontrara, qual o tom e o conteúdo das conversas, cruzando as referências com as informações de outras investigações em andamento. Mas tudo bem. Era parte do trabalho.

Sentando-se no colchão, deixou a mochila que trazia nos ombros cair no chão e, quando aterrissou, ouviu uma salva de palmas dentro das dobras, como se uma plateia em miniatura estivesse ali dentro e aprovasse o fato de ela finalmente estar em segurança atrás de uma porta trancada.

Era o Motrin. Que ela ainda tinha que tomar. Por causa da perna que ela ainda não sabia se estava ou não fraturada.

Rio não chegara a entrar no P.S. No fim, parou diante das portas giratórias da instalação. Olhando através delas, continuou pensando na conversa com o Capitão Carmichael.

Recusava-se a desistir. Devia existir um jeito de continuar no caso. Uma brecha. Algum tipo de persuasão de que poderia se valer.

Portanto, não, não daria ao chefe um motivo médico para afastá-la. Além do quê, a perna estava melhor.

Ah, bem, estava dormente. Portanto, não sabia exatamente como ela estava.

Abaixando a cabeça para as mãos, xingou e esfregou os olhos. Quando se endireitou, fitava a si mesma nas portas espelhadas do closet.

Se os painéis estivessem abertos, revelariam todo o seu guarda-roupa – e pense em algo que não remontava a abundância. Só o que ela tinha pendurado ali era o vestido que usava em velórios, seu tailleur de entrevista de emprego e um punhado de parcas, moletons e outras peças de inverno grossas demais para ficarem penduradas nos ganchos ao lado da porta de entrada do apartamento.

Não era lá um grande guarda-roupa. Pensando bem, ela era uma daquelas pessoas que simplesmente ficava agradecida quando tinha as partes importantes cobertas, e ao diabo com a moda.

– Hora de tomar banho – disse diante do seu reflexo ao despir a jaqueta de couro, a malha de velo e o colete de Kevlar.

Quando não se moveu, foi difícil determinar quem não dera ouvidos à brilhante ideia. Ela… ou ela mesma.

Enquanto continuava ali e avaliava seu reflexo, sentiu frio e voltou a subir o zíper da jaqueta. Algo no aquecimento trazido pela ação a fez pensar no que aquele fornecedor pensara sobre ela. Seus cabelos negros eram cortados curtos, o rosto não tinha nenhuma maquiagem e os olhos escuros estavam… Bem, exaustos era um modo de descrevê-los. Injetados era outro.

Se tivesse que escolher um terceiro? Não conseguiria pensar em nenhum remotamente elogioso.

Ah, sim, ela era uma tremenda gata, claro. E gostaria de poder dizer que não reconhecia a casca vazia que por acaso estava vestindo roupas que sabia serem dela mesma. Só que reconhecia. Talvez o capitão estivesse certo e ela precisasse de um tempo, mas isso viria depois que ela finalmente ligasse Mozart ao fornecedor e depois…

A figura de preto saltou por trás do lado mais distante da cama e chegou a ela tão rápido que ficou claro que, quem quer que fosse, era um profissional. Pouco antes de ser atingida na cabeça, ela teve um breve vislumbre de uma balaclava cobrindo o rosto – em seguida, o golpe na base do crânio deixando-a atordoada e levando-a ao chão.

Arfando, lutando contra a paralisia abrupta, os instintos de autoproteção de Rio rugiram – mas havia trânsito demais em seus caminhos neurais, os sinais para a mão se enfiar na jaqueta atrás da arma, para as pernas chutarem, para ela revidar de alguma maneira, para fazer… qualquer coisa… se atolaram na confusão de adrenalina e dor.

O homem deu a volta e a encarou do alto. Imaginou que ele fosse dizer algo, como um vilão de filme diria, mas não. Ele estava mais para um anestesista tentando analisar se o paciente precisava de mais uma dose de propofol.

Ele a segurou por um dos tornozelos. E depois pelo outro.

Agora ele a puxava, e as mãos dela ficaram no lugar enquanto o resto do corpo começou a se mover – até o relaxamento nos braços dobrados ser vencido e tudo então começar a se mover, com ela sendo arrastada pelo carpete, para longe da cama. Quando ele chegou à sala de estar, largou-a e a tateou debaixo dos braços e ao longo das pernas. Item a item, ele removeu a arma, a faca, o celular e o spray de pimenta. E voltou a ficar de pé.

Uma série de barulhinhos eletrônicos sugeria que o homem estava digitando alguma mensagem. E um *swoop!* se seguiu, indicando uma iMessage sendo enviada.

Estranhamente, os sons normais a acalmaram. Sem nenhum motivo justificável.

Uma breve pausa. Em seguida, um *bing!* quando a resposta chegou.

Mais puxadas. Em direção às portas de correr.

Foi então que ela notou que não havia nenhuma luz acesa do outro lado do painel de vidro. Ele evidentemente dera cabo das luzes de segurança junto à entrada do prédio, que forneciam um brilho perene para aquela parte do seu apartamento.

Não notara exatamente o quão escuro estava quando entrara em casa.

O homem soltou seus tornozelos de novo e usou mãos enluvadas para deslizar uma metade da porta. O ar que entrou era úmido e frio por conta da tempestade, e a reavivou um pouco.

Assim como a realidade de que ele, sem dúvida, a removeria para o domínio dele, onde quer que fosse. Sem dúvida, ele tinha um comparsa parado logo abaixo da sacada minúscula, e a queda de dois andares não era tão alta assim.

Grite, Rio ordenou a si mesma. *Só abra a boca e bote a casa abaixo.*

Mas não fez isso. Em vez de fazer barulho, ela esperou até que o homem tivesse que se aproximar do seu tronco para apanhá-la. Peso morto é um problema, não importa o quanto se é forte, e quando o homem grunhiu e a ergueu do carpete…

Ela usou suas últimas forças para levar a mão às costas, em busca do coldre pequeno que estava na parte de trás do seu cinto.

Três. Dois. Um…

Com um puxão que provocou dor em cada osso do seu corpo machucado, ela acionou o Taser e acertou o bastardo bem na lateral do pescoço. Quando ele ladrou e se retesou com força demais para produzir qualquer som, soltou-a – e ela levou sua arma consigo.

Enquanto ele cambaleava, ela rolou de lado, puxando a perna da calça dele e acertando de novo, dessa vez na panturrilha.

Seu agressor despencou tal qual uma árvore numa floresta, o impacto do corpo no chão o tipo de coisa que os vizinhos no andar de baixo teriam ouvido de imediato – se ela tivesse algum. Seu apartamento estava localizado em cima de uma imobiliária, e não haveria ninguém ali assim tão tarde da noite.

Rio ergueu-se do chão e cambaleou até a porta, seu avanço bom, o equilíbrio uma merda. Bateu na lateral do sofá com força suficiente para chocar os dentes, mas seguiu em frente, com o Taser ainda empunhado, um estalido persistente e distante sugerindo que a mão apertara o gatilho por vontade própria…

Ela deu de cara com o segundo homem bem quando ele passava pela porta. Um capuz cobria suas feições e ele estava armado com uma pistola acoplada a um silenciador.

– Puta que o pariu! – ele murmurou. – Mas que pé no saco que você é.

Bum!

Antes que ela conseguisse responder, sentiu outra descarga de dor em sua cabeça. O último pensamento consciente de Rio foi de que ele a golpeara com a coronha da arma na têmpora.

Depois disso, não houve mais nada.

CAPÍTULO 9

Eis uma coisa a respeito de pessoas que – como Butch O'Neal, nativo do sul de Boston, sempre dizia – são assustadoramente sobressaltadas. A menos que você queira briga, é do interesse de todos que avise antes quando estiver chegando por trás.

No túnel que tinha todo o frescor de um poço, Rhage ergueu as mãos quando o Jackal se virou para ficar de frente para ele.

– Sou só eu – disse ao cara –, seu meio-irmão. Não dá uma de doido.

O outro vampiro não tinha boa aparência em seus shorts de corrida e camiseta fina demais para a estação do ano, meio que um zumbi entrando numa onda de hábitos saudáveis. E, por um instante, Rhage voltou cento e poucos anos no tempo e viu o macho quando seus caminhos se cruzaram pela primeira vez – na casa daquele aristocrata entediante.

Na época, o Jackal fora contratado por Darius para criar a planta de um lugar no qual a Irmandade da Adaga Negra moraria reunida, e o Jackal, como arquiteto, se dispusera e fora capaz de cuidar do assunto com um lápis e uma régua. Também se vestira à altura, com aparência distinta e elegante num terno bem cortado ao estilo da época, o colete ancorado por um relógio de bolso de ouro e corrente, o colarinho da camisa social arredondado, as lapelas da jaqueta elegante erguidas no alto.

E lá estava ele agora em lycra da Nike. Os cabelos e o rosto eram os mesmos, claro – não, isso não era verdade. No brilho da lanterninha do celular, ele estava muito, mas muito mais velho, com olhos já cansados, embora ele não estivesse nem perto da meia-idade.

– O que está fazendo aqui? – o macho perguntou rouco.

– Temos o lugar monitorado. – Rhage gesticulou ao redor, embora a luz da câmera não fosse muito longe, portanto, não havia muito para se ver. – Você acionou o sistema de segurança quando ergueu o alçapão.

O Jackal franziu o cenho.

– Mas já estive aqui antes.

– Sabemos disso.

– Sabem?

– Sim, quer ver as datas? Tenho tudo no meu celular. – Rhage ponderou se mostrava ou não o Samsung, mas o cara já parecia ter muita coisa na cabeça no momento. – Ou você pode acreditar na minha palavra.

– Então por que veio me encontrar hoje? Está aqui para me dizer que preciso ir embora? Que estou invadindo a propriedade?

– Nada disso. – Rhage fez um gesto de dispensa. – Não estou bancando o segurança do shopping.

– Segurança do shopping?

– Kevin James no papel de Paul Blart? Esquece. – Rhage enfiou a mão na jaqueta e pegou um Tootsie Roll. – Ah, que merda.

– O que foi? – O Jackal olhou ao redor. – O que...

– Laranja. Odeio os de laranja. – Desembrulhou o pirulito e fez uma careta. – Quer me acompanhar? Eu te dou um dos bons.

O Jackal piscou como se a discussão a respeito do doce não fosse algo que ele pudesse compreender, a julgar pelo que se passava na sua mente.

– Por que está aqui? – exigiu saber.

Rhage deu de ombros.

– Os intervalos das suas vindas ao subterrâneo estão cada vez mais curtos. Não sou perito em nada... Bem, a não ser matar e sorvete, e quem é que poderia imaginar esses dois assuntos andando lado a lado? Mas está claro que você está passando por alguma coisa, e eu deduzi que vir dar uma olhada não era má ideia.

– Não sei por que me sinto tão atraído por este lugar.

– Acredito nisso. Então, pra onde você ia? De volta à sua cela?

– Ah… sim. Não. Não sei. Não tinha um plano.

– Vá em frente. – Rhage ponderou se deveria mastigar com os molares e decidiu-se contra a inundação cítrica na língua. Às vezes é melhor aguentar a merda. – E, sim, vou junto. Desculpe.

O outro macho o encarou e depois relanceou para as adagas negras embainhadas, com os cabos para baixo, diante do peito de Rhage.

– Eu deveria voltar para casa.

– É, provavelmente deveria. – Rhage concordou. – Mas, às vezes, o passado não permite que a cabeça tome as rédeas. E brigar contra esse tipo de coisa é bem inútil.

O Jackal olhou na direção do corredor e, quando os olhos se moveram ao redor, apesar de ainda não haver muita coisa para enxergar, era como se ele estivesse, em sua mente, andando, virando à esquerda, à direita, seguindo em linha reta.

Depois de um instante, o macho disse:

– Eles eram… minha família, de certa forma. Não por escolha, mas estávamos juntos no sofrimento. Lucan, Mayhem… Até mesmo Apex, filho da puta doente que era. Sinto como se tivesse negócios inacabados. Eu saí… e eles precisam sair também.

– Nós vamos encontrá-los. Eu estava trabalhando nisso hoje à noite, pra falar a verdade…

– Kane morreu por nós. Por mim e por Nyx. Estávamos amarrados na Colmeia, prestes a sermos torturados até a morte e… ele puxou a coleira do pescoço, sabendo que ela explodiria. Se ele não tivesse feito isso… – O Jackal esfregou os olhos. – Ele me disse que vale a pena se sacrificar pelo amor verdadeiro e, então, arrancou a porra da coleira. A explosão o partiu em pedacinhos, mas fez o teto desabar e os postes onde estávamos amarrados caíram. Ele foi o único motivo de termos conseguido fugir.

Rhage pensou em sua Mary. E em como ele manteve a maldição para que ela vivesse.

– O amor verdadeiro é uma espada sobre a qual vale a pena cair. Ele fez uma escolha heroica.

– E morreu por causa dela.

– É assim que as coisas acontecem. Algumas escolhas são irrevogáveis. E você está dizendo que queria que ele não tivesse feito isso?

– Não sei.

– Ah, sabe. Você só se sente mal por ter sobrevivido.

– Não tenho a porra da mínima ideia de como me sinto. – O Jackal virou o rosto para o vácuo negro do túnel. – Por que diabos ele fez aquilo? E o que aconteceu com os outros três? Sei que ele morreu, mas e quanto... Cacete. Talvez você esteja certo. Talvez seja isso que esteja me comendo vivo. Estou do lado de fora, tenho uma companheira, uma família. O que eles têm? Nada. Inferno, nem sei se estão vivos, mas e se estiverem? Eu ganhei na loteria, mas nada mudou para eles. Ainda estão aprisionados.

– O sentimento de culpa do sobrevivente é uma merda. – Rhage pensou em Phury e em tudo o que o cara fizera pelo gêmeo arruinado, Z. – Conheço pessoas que quase se destruíram com isso.

Os olhos do Jackal se desviaram.

– Você me disse que eu poderia ajudar a encontrar o campo de prisioneiros.

– Disse e falei a sério. – Bem, até o ponto em que o cara poderia acabar morrendo. A caneta, de fato, não é mais poderosa do que a espada quando se está em campo. – A escolha para ajudar é sua, mas não vai ser fácil. Há riscos sérios na missão e só conseguiremos protegê-lo até certo ponto.

– Tenho muito a perder – foi a resposta murmurada. – Nyx é... tudo para mim, e tenho meu filho em quem pensar. E é por isso que não entendo. Quer dizer, Kane está morto. Apex é um sociopata. Mayhem *gosta* de verdade de estar na prisão, e não me faça falar desse assunto. E Lucan sempre cuidou de si. Não precisa de mim. Então, qual é a *porra* do meu problema. Eu tenho um amor verdadeiro, eu tenho tudo o que poderia querer... e estou enfiado aqui embaixo. Ainda dentro desta prisão, mesmo enquanto caminho como um macho livre lá fora.

Rhage cerrou os molares no Tootsie Roll e mordeu com força, partindo o recheio de chocolate. Enquanto mastigava, o repuxão conhecido nos dentes à medida que o recheio se agarrava fez com que se esquecesse do quanto detestava a laranja naquela mistura.

Antes que pudesse responder, o Jackal ergueu as mãos.

– Que porra, a minha companheira está em nossa casa neste instante, lavando os pratos em que comemos a nossa Primeira Refeição… e eu menti para ela sobre onde estaria e o que faria. Assim como fiz na outra dúzia de vezes que vim para cá. Que *porra* está acontecendo comigo?

Rhage extraiu o palito branco vazio da boca.

– Bem, pelo menos uma parte da resposta é simples.

– Ah, é? Qual?

– Eles são os seus irmãos – Rhage disse com voz séria. – E precisa salvá-los porque, quando o fizer, estará salvando a si mesmo. É por isso que você continua vindo aqui, embora tenha uma fêmea de valor em casa. Você precisa salvar os seus irmãos… para salvar a si mesmo.

O Jackal esfregou a cabeça como se ela doesse.

– Mas eles não são o meu sangue.

– O sangue não é um dos requisitos nesse caso. Confie em mim.

De volta ao sanatório, Lucan andava pelos corredores azulejados do quinto andar da ala sul. Para matar o tempo, lia as pichações nas paredes. Eram extraordinariamente pouco originais. O tipo de coisa semelhante à planta nada confusa do hospital, que era fácil de memorizar. Algumas olhadas para elas e ele já conhecia de cabeça as fontes, as cores, o mapa completo. Apelidos em letras de forma. Nomes de casais grafados dentro de corações simulando equações matemáticas que totalizavam "para sempre". A merda satânica ocasional só para causar impacto. E uma ou outra citação de Edgar Allan Poe que ele sabia serem dele só porque embaixo estava escrito: Edgar Allan Poe.

A tempestade do início da noite já cessara e a luz do luar que invadia a varanda aberta e entrava nos quartos dos pacientes era suficiente para que ele lesse as missivas humanas. À medida que seguia em frente, com o gesso caído sendo esmagado pelas suas botas e os pios das corujas ao longe soando como uma estação de rádio distante dos sons da fauna, ele concluiu que a iluminação era como a luz do sol ao fim do dia, com fachos compridos e inclinados atravessando o corredor num padrão regular.

Quatro da manhã, concluiu. Devia ser perto das quatro, a julgar pela posição da Lua no céu repleto de estrelas.

Logo ele teria que descer para o subterrâneo, junto aos outros, e era por isso que ele sempre subia antes que o amanhecer o prendesse. O lobo dentro dele precisava respirar, tinha que ser livre – e isso era o melhor que ele podia fazer para honrar esse lado da sua linhagem.

Para que ele não o consumisse.

Mas, talvez, já o tivesse feito.

Tentando não pensar na loucura, voltou a se concentrar na caminhada. Havia um quarto em especial para o qual ele se sentia atraído, embora não pudesse dizer que fosse diferente de nenhum dos outros. No entanto, meio que se tornara uma espécie de talismã e, quando se aproximou dele, foi acompanhando os números nas portas: 511, 513, 515… 517.

Era um número de azar, que violava todas as suas regras. Ele gostava de números pares, sendo que 2 e 4 eram os favoritos.

Mas lá estava o 517.

Quando parou na soleira, foi como se houvesse alguém ali dentro e ele estivesse esperando para ser convidado a entrar. O que era uma tremenda loucura. E, no entanto, quando passou uma perna pela soleira, sentiu que devia se desculpar por estar invadindo.

Assim como todos os outros cômodos do andar, o quarto tinha uns 2,5 metros quadrados e o colchão de molas enferrujadas entre a cabeceira e a peseira de metal oxidado ocupava grande parte do espaço aberto. O restante da mobília era composto por uma mesinha e um banquinho. Encontrara-os caídos de cabeça para baixo, mas, umas duas semanas atrás, ele os endireitara, de modo que, se houvesse alguém no quarto, poderia escrever uma carta para a casa. Ou, quem sabe, ler uma carta enviada pelos entes queridos.

Em seguida, movera a cama decrépita de forma que, se alguém estivesse deitado num colchão daquele conjunto, poderia olhar para fora das portas basculantes, através dos arcos abertos, para o céu.

Tremendo bobalhão ele era. Mas houve muito sofrimento ali. Grandes, inimagináveis sofrimento e tristeza, humanos tendo mortes demoradas, prolongadas, cercados por outros que passavam pela mesma situação. Nunca fora um grande fã da outra espécie, mas algo a respeito daquele lugar, da simples magnitude dos números dos que ali morreram, lhe trazia uma pontada de empatia.

Ele sabia como era estar fadado a algo além do seu controle.

Passando pela mesinha e pelo banquinho, foi para a varanda. A galeria era estreita, mas tinha a mesma extensão da ala, e quando ele se aproximou do gradil e olhou para a colina do sanatório com árvores esqueléticas e grama morta, imaginou os humanos que se deitaram ali, sabendo que havia algo incurável em seus corpos, cientes de que pessoas iguais a eles desapareciam dos quartos ao lado – e não por terem se curado e deixado o lugar.

Foram prisioneiros ali, isolados da população geral, embora não tivessem culpa.

Quando ele se inclinou por cima da grade, relanceou para baixo, para a elevação do prédio. Daquele ponto de vista, a enormidade da estrutura o embasbacava de fato. Embora não fosse muito alto, suas alas enormes faziam com que parecesse se estender até onde a vista alcançava, como um oceano.

E, apesar de todos aqueles andares, de todas aquelas galerias, não havia mais ninguém olhando para fora como ele.

Ninguém além dele e, talvez, Mayhem e Apex, jamais subia ali. A operação do campo de prisioneiros ficava no subsolo, no vasto espaço superpovoado subterrâneo dos andares de baixo.

O sanatório era literalmente o local perfeito para um bando de vampiros que evitavam o sol e operavam um negócio de processamento de drogas. Muito melhor do que o alegre sistema de túneis em que estiveram antes. Não que a mudança tivesse ido bem. Cerca de duzentos prisioneiros morreram logo depois da chegada. Algo no ambiente havia sido o último dominó a cair em suas existências miseráveis, com seus corações fracos e pulmões ruins desistindo.

Que bom que tinham a calha deslizante para os corpos.

Assim como ocorria quando o lugar tratava dos humanos com a doença terminal, os mortos eram lançados pelo tubo de 300 metros de comprimento que terminava na base da elevação em que se assentava a construção. Mas, ao contrário dos humanos removidos, os corpos dos vampiros não precisavam ser levados de carrinho pelos trilhos que dali partiam. Só era necessário um pouco de luz do sol e, em seguida, tornavam-se cinzas tão finas que eram levadas como neve no vento abaixo de zero.

– É uma linda noite – disse para ninguém ao redor.

Foi quando ele pensou na mulher. Rio.

O lobo nele chamou por ela, certo como se ela soubesse o nome de sua alma e o dissesse em um tom que só ele podia ouvir... Certo como se ela enxergasse dentro dele e o perdoasse pelos seus pecados, pela sua linhagem ruim, pelas suas piores escolhas desde que fora aprisionado ali.

Mas humanos não leem mentes. Nem sequer sabiam da existência dos vampiros – e que alguns daqueles com presas e sede de sangue se acasalaram, de livre e espontânea vontade ou não, com licantropos. Para ter filhos que não eram aceitos em lugar algum.

E que, no fim, eram enganados e enviados para campos de prisioneiros geridos pelos aristocratas malvados e, pior, mais tarde por criminosos loucos, crias da casa.

– Porra – murmurou.

Aquela fêmea era apenas uma ferramenta a ser usada no jogo pelo qual, cada vez mais, ele se via desinteressado. Não mais.

Que diabos havia de errado com ele.

Dando as costas para a vista das árvores de galhos despidos e folhas mortas no chão, imaginou como a varanda teria sido 90 anos atrás, as camas ligadas a estações de trabalho como se fossem barcos a remo correndo o risco de ficarem à deriva na correnteza do vento.

Vira fotos na sala de registros do porão. Lera os registros dos mortos – ou, no mínimo, os folheara.

Sentia-se tão indefeso quanto os pacientes atormentados naquelas fotos em preto e branco, sem nada pelo que ansiar, sem escolhas a fazer, sem um futuro a almejar.

Cansado de si mesmo, cansado daquele lugar, cansado… de tudo, Lucan voltou a entrar. Como de costume, antes de conseguir sair do andar, ele teve que olhar o quarto do paciente do outro lado do corredor. 518.

Diferentemente dos espaços de tratamento na frente do prédio, esses dos fundos não tinham acesso a nenhuma varanda, tendo apenas uma única janela. Mas as mesmas camas. No entanto, nenhuma mesa, nenhum banquinho.

Durante suas leituras na sala de registros, descobrira que os moribundos eram movidos para os fundos. Não havia mais motivos para tentar a terapia do ar livre. Será que sabiam o que a mudança para o outro lado do corredor significava?

Tinham que ter sabido.

Assim como ele soubera quando seus primos o procuraram com aquela expressão nos olhos… Ele soubera que iriam matá-lo e aprontou-se para lutar.

Só que, em vez disso, armaram para cima dele com o homicídio de um vampiro para que o tirassem do caminho de modo permanente sem que sujassem suas mãos de sangue.

Covardes. Sempre foram covardes.

Lucan caminhou para a escada que havia no final da ala. Depois de empurrar a porta de incêndio com um rangido, trotou na descida, desviando-se do entulho na escada: velhas latas de cerveja vazias, velas derretidas e as bolas vermelhas desbotadas que os humanos acreditavam que os fantasmas das crianças moveriam, tudo cobrindo o chão.

A cada passo ele pensava naquela humana do beco.

Como ela podia estar envolvida num negócio tão escuso?

E, não, não estava sendo sexista.

Mesmo um cretino como ele não se meteria com drogas se tivesse alguma escolha.

Mas talvez ela também não tivesse. Talvez fosse como ele. Alguém aprisionado.

Contudo, ela estava num jogo perigoso. Uma coisa era estar do lado do fornecedor, como ele. A distribuição nas ruas era como as pessoas acabavam morrendo, e ela estava metida naquilo.

Pensando bem, ela saíra andando depois de ser atingida por um carro como se fosse a Mulher Maravilha.

Evidentemente, ela era imortal.

CAPÍTULO 10

Rio recobrou os sentidos com um arquejo e um movimento para erguer a cabeça. Antes que conseguisse entender onde estava, um rápido inventário físico exigiu sua completa atenção: sentia uma dor imensa na parte de trás do crânio, tinha uma mordaça na boca e não conseguia movimentar nem os braços nem as pernas…

Estava numa cadeira. Estava amarrada a uma cadeira de encosto reto com as mãos para trás e os tornozelos presos.

E água caía diante dela.

Água? Espere… aquilo era uma fonte?

Ao piscar para focalizar o olhar, o inconcebível se tornou improvável… que passou para um "sim, isso é de verdade": aparentemente havia uma fonte de mármore de 1,5 metro de comprimento diante de onde ela estava presa e os detalhes ficavam mais nítidos a cada instante. Da cuba larga até a carpa estilizada, situada bem no centro e equilibrada sobre a cauda, lançando um jato de água em arco a partir da boca, a instalação parecia o tipo de coisa que pertencia a um castelo ou museu.

E, veja bem, o restante do cômodo era igualmente elegante: metros e metros de seda amarelo-limão cobrindo o que ela imaginava serem janelas altas e estreitas, piso de mármore semelhante a um tabuleiro de xadrez preto e branco e paredes cobertas com murais de cenas pastorais.

Mas de que importava a decoração? Quer estivesse em uma réplica de Versailles ou numa armadilha, precisava sair dali.

Puxando as mãos, forçando para soltar as pernas aos chutes, recebeu um catálogo de todo tipo de dor possível. O pescoço doía como se a cabeça só pudesse pender para o lado esquerdo e os ombros berravam, assim como a parte de cima das coxas. Tudo debaixo dos joelhos estava entorpecido dos dois lados, e isso podia ser bom ou ruim. Provavelmente ruim, porque teria que tentar correr dali e sabia que, caso não sentisse os pés, isso não terminaria bem.

Girando os punhos, não conseguiu nada, e os tornozelos estavam tão imobilizados que era como se tivessem que ser cirurgicamente removidos das pernas da...

– Está acordada.

Os olhos de Rio se arregalaram. *Mozart?*

A voz soara diretamente atrás dela, só que, quando ela foi olhar por cima do ombro, não viu nada a não ser mais decoração. Relanceando para a outra direção, o mesmo aconteceu – ela tinha a sensação de que ele se colocara fora do seu campo de visão, mantendo-se escondido.

Como sempre fazia.

Uma mão apareceu diante do seu rosto e removeu a mordaça.

– Lamento que a sua viagem de Uber tenha sido um tanto agitada.

Rio inspirou profundamente uma vez. E de novo.

– Não foi o trajeto – disse rouca. – E, se queria me ver, eu poderia simplesmente ter vindo para cá.

– Mas, nesse caso, você saberia onde moro.

Eles iriam matá-la. Apenas poder ver aquele único cômodo da casa de Mozart era demais para os hábitos hiper-reservados dele.

– Já ouviu falar de vendas? – As palavras saíam arrastadas e ela, deliberadamente, as dizia juntas. – Ou, se não quer fornecer seu endereço, poderíamos nos encontrar em algum lugar neutro.

– Prefiro que as pessoas venham até mim.

– Não, não prefere. Você se recusa a encontrá-las pessoalmente.

– Bem, digamos que seu charme único tenha me seduzido.

Ficando fora do campo de visão, ele se moveu, as solas duras dos sapatos soando alto no piso de pedra sólida. Enquanto o homem andava de um lado a outro, ela procurou por qualquer coisa com uma superfície reflexiva. A fonte não servia, mas ela viu uma lareira ornamentada com achas de madeira não queimadas. Sobre a cornija, havia um relógio de ouro elegante que funcionava. Inclinando a cabeça, ela quase conseguia ver o reflexo no vidro circular que cobria a face da peça.

No entanto, não foi muito além do que isso na identificação.

– Você me criou um problema – murmurou Mozart.

– E você me deu duas concussões. Estamos quites?

– Não, lamento dizer que não. Mickie não valia muito como ser humano, mas era útil para mim.

– Não o matei.

– Nunca pensei que fosse mentirosa.

– E não estou mentindo.

Foi um alívio não ter que fingir nada em relação a Mickie. Não sabia se poderia sustentar mentiras recém-fabricadas. As antigas, a respeito de quem ela era de verdade e o porquê de estar nas ruas, eram como a rota que a levava ao seu apartamento. Tão executadas que eram um hábito mesmo quando não pensava com muita clareza.

– Fui até lá para vê-lo, cheguei lá e ele estava morto.

– Não acredito em você.

Enquanto ela tentava pensar em alguma argumentação plausível, embora estivesse dizendo a verdade, visualizou Mickie naquele sofá sujo, como se fosse um Al Bundy que tropeçara e caíra num filme de Jordan Peele.

Mais passos de Mozart.

– Você é uma mulher ambiciosa.

– Pode me soltar agora?

– Investiguei o seu passado. Não encontrei nada.

Apenas a identidade fictícia dela, que não era nada de especial.

– Algumas pessoas não têm vidas interessantes.

– Você trabalhou bem para mim.

– Sei disso. E a menos que me mate por algo que não fiz, vou continuar fazendo isso.

– Se queria o trabalho dele, poderia ter pedido.

– Tenho feito as funções dele de todo modo. Matá-lo só significaria mais trabalho.

Enquanto dava continuidade à conversa, ela prestava atenção aos sons exteriores à sala. Aos cheiros. A qualquer coisa que estivesse acontecendo no lado de fora. O relógio em cima da cornija da lareira informava que eram sete horas, portanto, só podia ser de manhã. Parecia-lhe impossível que ela tivesse ficado desacordada tempo suficiente para ser noite.

– Como me tiraram do meu apartamento? – perguntou, embora deduzisse que seus sequestradores tivessem dado seguimento ao plano de evacuação pelas portas de correr, jogando-a pela varanda.

– Você acertou direitinho um amigo meu com seu Taser.

– Esperava que eu lhe estendesse a mão para um aperto depois que ele me atacou por trás? Depois de ter me arrastado pelo carpete pelos tornozelos?

Houve uma risada.

– Rio, Rio, o que vou fazer com você?

– Vai cobrir a minha cabeça com um saco, me soltar desta cadeira e me levar de volta ao meu apartamento. Então, formalmente assumirei o controle de tudo o que Mickie fazia, embora trabalhar no "escritório" dele seja nojento demais.

– Você acredita que eu a deixarei ir embora?

– Sim, acredito. Porque, de outro modo, ficará com duas pessoas a menos no topo da sua cadeia alimentar. E com quem nos substituirá?

– Esse é um problema meu, não seu.

– Sou a sua solução.

Houve uma longa pausa e Rio se endireitou o quanto pôde na cadeira.

– Ei!

Uma mão aterrissou em seu ombro e ela se sobressaltou. Quando Mozart apertou com força, a dor desceu pelo seu braço.

– O que vou fazer com você? – disse ele, seriamente.

Rio fechou os olhos e se lembrou do telefonema frenético que recebera pouco antes de se encontrar com o fornecedor.

– Muito bem – resmungou. – Estou pouco me fodendo. Matei o Mickie e não me arrependo disso.

– Por que mentiu?

Rio forçou as amarras ao redor dos punhos.

– Não sou exatamente uma convidada aqui, sou? Além disso, de tudo o que sei sobre a sua situação financeira, você pode muito bem substituir este maravilhoso piso de mármore se ele ficar manchado de sangue. Portanto, não será isso que o impedirá de meter uma bala na minha cabeça.

Houve uma pausa longa.

– Odeio mentirosos, Rio. Odeio pra cacete.

Uma imagem em preto e branco surgiu diante do seu rosto e ela reconheceu a foto não posada de imediato. Fora tirada de longe no dia da sua formatura na academia do FBI, numa cerimônia secreta da qual, supostamente, não havia registros e que certamente não contava com nenhum fotógrafo.

Seu rosto era mais jovem e um pouco mais rechonchudo. E aquele sorriso? Não reaparecera desde então, pelo que ela se lembrava.

– Para minha sorte – murmurou Mozart –, tenho amigos em todo tipo de lugar.

Então era assim que morreria, pensou Rio.

Desde que encontrara o cadáver do irmão no chão do quarto, passou a imaginar como seria seu último respiro. Se seria por causa de um acidente ou devido a alguma doença. Se estaria gemendo de dor ou entorpecida com medicamentos. Se seria demorado ou rápido.

Algumas dessas perguntas seriam respondidas hoje. Logo.

Estranhamente, ela pensou no casal que saíra do pronto-socorro na noite anterior, aqueles dois idosos que se ajudavam a não só sair do prédio, mas até a grande partida.

– Policial Hernandez-Guerrero, o que vou fazer com você?

Rio fechou os olhos e fez uma prece silenciosa. Apesar de tudo, aquela era uma pergunta retórica, não?

A picada no seu braço veio de repente e ela virou os olhos para baixo e para a direita.

Uma agulha hipodérmica estava espetada no alto do seu bíceps e, quando ela arquejou, tentou girar o membro para que ela saísse. Mas... isso lá... era... algum tipo de... plano?

Tudo foi desacelerando, não só dentro do seu corpo, com a respiração, os batimentos cardíacos, os pensamentos, mas do lado externo também, e o mundo começou a derreter.

Sua última imagem, ao perder a consciência, foi do antigo relógio de ouro, com seus arabescos e a face com os números romanos pintados, o tipo de coisa que uma princesa poderia ter tido em seu quarto.

Em seguida, ela não viu nada, não entendeu nada, não sentiu nada.

CAPÍTULO 11

Naquela noite, assim que escureceu o suficiente para ele sair do isolamento sufocante do sanatório, Lucan se desmaterializou para o centro de Caldwell. Quando retomou a forma corpórea, estava no telhado da boate em cuja lateral se encontrara com a mulher. As batidas ritmadas do baixo da música passavam pelas solas das suas botas e, quando a brisa deu a volta no prédio, ele captou os cheiros dos humanos na fila de entrada.

Pegou o telefone portátil que lhe fora dado. Nenhuma resposta de Rio.

Ligara para o número quatro vezes desde que se separaram.

Embora ela tivesse lhe dito que se encontrariam novamente, ele não tinha um local ou um horário de referência. Voltou àquele lugar porque… quais eram as suas opções?

Teria ela morrido devido a alguma hemorragia interna? Alguém a assassinara?

Teria sido despedida do jeito antigo, isto é, direto para o caixão?

Andando para a beira do telhado, olhou para baixo pela borda. O beco estava vazio, nada além de lixo espalhado, um carro estacionado do outro lado e uma fila de lixeiras que haviam sido esvaziadas recentemente por alguém preguiçoso ou descuidado, pois as tampas ainda estavam abertas, os interiores imundos à mostra. Como o vento mudara de direção, a temperatura caiu drasticamente. O calor inesperado da noite anterior tinha sumido, com o inverno já dando as caras.

Girando o corpo por cima da lateral do beiral do telhado, atingiu o alto da escada de incêndio com um baque e não disfarçou o barulho que fazia ao descer em vaivém pelos andares e patamares. Quando chegou à escada inferior, não a abaixou até o chão; só se pendurou pelas mãos e se largou no chão.

Inspirando o ar, analisou os cheiros que chegavam até ele: óleo e combustível daquele carro; comida podre do lixo na esquina, aquele em que o atirador estivera; fogo em algum lugar, provavelmente debaixo da ponte junto ao rio, onde os sem-teto se agrupavam ao redor de tambores e ateavam fogo ao lixo para se aquecerem.

Deduzia que tanto o que restava do Charger quanto o cadáver do atirador tivessem sido retirados há tempos. Sem dúvida a polícia humana tivera um longo dia de trabalho de campo com aqueles dois crimes.

– Onde você está, Rio? – murmurou. – Estou esperando por você.

Como se sua voz tivesse poderes mágicos sobre aquela mulher, como se fosse capaz de invocá-la.

Ah, tá bom, pensou ele. Estava mais para o contrário...

Lá no início do beco, um punhado de humanos virou a esquina e veio andando na sua direção. Recuando, Lucan postou-se sob as sombras lançadas pelas fracas luzes de segurança. Eram quatro homens vestidos para uma noite na boate, com os cabelos espetados para cima, os puxões e empurrões não provocados pela bebida, mas pela antecipação do que aconteceria naquela noite.

Ele imaginou que aquilo era o melhor que poderiam aparentar. E às quatro da manhã? Toda aquela arrumação estaria perdida...

De repente, eles pararam diante de uma soleira afundada e um deles sacou o telefone. Um instante depois, um cara com uma camiseta com os dizeres "EQUIPE" abriu a porta e gesticulou para que se movessem rápido, como se estivesse deixando que entrassem sem pagar.

A porta se fechou num baque.

Lucan cruzou os braços diante do peito. Olhou para a direita. Para a esquerda. Quando suas presas tiniram com agressividade, ele teve que andar até a esquina porque não conseguia ficar parado. A cada três ou quatro passos, ele verificava o celular que o Executor lhe permitira ter... O que era uma perda de tempo.

Se ela tivesse ligado, ele teria vibrado.

Se ela tivesse enviado uma mensagem, ele teria vibrado.

Se houvesse uma terceira opção? Puta que o pariu...

Seus sentidos se avivaram antes que o nariz lhe informasse sobre o que estava prestes a entrar no beco – e seu corpo se moveu por vontade própria para a segurança relativa: num momento ele andava ao longo do prédio diante da boate; no seguinte, ele se abaixava atrás do carro estacionado.

As duas figuras saíram das sombras no início do beco e pararam junto à escada de incêndio.

Vampiros. Conseguia sentir o seu cheiro – e não eram da aristocracia nem civis. Lutadores. O da esquerda era loiro e tinha ombros tão largos quanto a envergadura de uma ponte. O outro tinha cabelos pretos, cavanhaque e uma expressão no rosto de que o mundo o entediava até não poder mais. Ambos vestiam couro preto, e ele sabia que o volume debaixo das jaquetas não era só de músculos.

Eles carregavam armas de metal.

Ficaram pouco além do limite das luzes de segurança, sombras enormes que, se ele não os tivesse farejado por causa da direção do vento, talvez nem ele tivesse percebido.

Maldição o quanto se misturavam à noite.

– ... não, era aqui que ela estava na noite passada – o cara de cavanhaque murmurou.

O lábio superior de Lucan se curvou para trás. Mas qual era a possibilidade...

– Ela estava esperando pelo contato. – O macho pegou o que pareceu ser um cigarro fino e o colocou entre os dentes, como se quisesse morder algo que sangrasse em vez de acender. – Ela levou aquele humano para a reabilitação. É só o que consegui, Hollywood... Por causa do seu ataquezinho de espirros.

Quando um isqueiro Bic foi sacado e acionado, a breve chama delineou ambos os rostos. Lucan não os reconheceu.

– Não foi um ataque, V. Foi um único atchim.

– Atchim, capim, tanto faz. Se você não tivesse espirrado com a arma, eu a teria abordado…

Os vampiros se calaram quando um novo grupo de humanos apareceu no beco, três dessa vez. Junto à porta dos fundos da boate, pararam e enviaram uma mensagem de texto. Um momento depois, o mesmo segurança abriu a porta e os deixou entrar.

Lucan guardou o celular dentro do bolso da jaqueta. Em seguida, acolheu seu lado licantropo, deixando-o à frente da sua consciência – não o bastante para passar para a sua outra forma… mas o suficiente para aguçar ainda mais os seus sentidos.

Ao fechar os olhos, sabia que teria que ser cuidadoso.

Na noite anterior, quando se deparara com aqueles garotos humanos que entraram sorrateiros pela cerca de metal, soubera que eles estavam tão aquém do seu lado lupino que não se preocupara com a possibilidade de seu outro lado decidir persegui-los. Não representavam uma ameaça de modo algum e ele não estava com fome. Como com todos os predadores, só havia duas ocasiões em que seu lobo partia para a ofensiva. Uma, se estivesse com fome; a outra, para defender seu território. De outro modo, não valia a pena despender calorias.

Aqueles vampiros fodões? Ele teria um problema, ainda mais se o vento mudasse de direção e eles o farejassem. Primeiro, eram páreo para a sua agressividade, muito mais letais do que qualquer humano vagando em Caldwell. Mas o pior? Eles estavam falando sobre aquela sua fêmea – não que ela fosse sua – e isso era receita para duas porções de carne fresca, mesmo ele tendo se alimentado antes de sair do campo de prisioneiros.

Caso os matasse? Não descobriria o que mais eles sabiam sobre a sua fêmea, não é mesmo?

Não que ela fosse sua.

Vishous sabia que havia algo de errado no beco. Sentia isso em seu cerne: algo… não estava certo.

Estreitando os olhos, olhou para trás, para a porta dos fundos da boate. Três humanos tinham acabado de entrar lá de graça, enquanto na frente do prédio havia uma imensa fila de espera, com todo tipo de pessoa tentando entrar para se embebedar, se dar bem e pelo menos tentar voltar para casa inteiro.

Relanceou por sobre o ombro. Pela direção em que soprava o vento, ele sentia o cheiro do que estava atrás deles, portanto, o problema devia estar à frente.

– Olha só – disse Rhage. – Acho que a gente tem que voltar e fazer uma visita ao cara em que espirrei.

V. exalou, a fumaça se afastando do rosto.

– Ele está morto, lembra?

– Não matei o apartamento dele. Essa foi uma tentativa de homicídio sua quando despencou pelo telhado.

Por mais irresistível que fosse corrigir o Irmão de que ele não planejara fazer aquela descida destrutiva, V. deixou para lá e se concentrou no carro estacionado uns 40 metros adiante. Havia uma luzinha vermelha piscando na parte de cima do painel e o brilho intermitente iluminava o interior, visível através do para-brisa.

Isso queria dizer que o Hyundai estava trancado e não havia ninguém nos bancos da frente. Nos de trás? Quem é que podia saber. No porta-malas? Talvez houvesse um corpo ali.

Ele tinha um sexto sentido apurado para mortes. Por conta de quem fora sua *mahmen* e por estar morando com Lassiter, ele teria desconsiderado essa merda de premonição se pudesse.

Pelo menos assim, se não tivesse esse tipo de radar, ele teria certeza de que a contração que sentia se devia aos seus instintos de fato em vez de algum tipo de bruxaria.

– Alguém vai procurar todo aquele produto com a marca da cruz de ferro que nós pegamos. – Rhage bateu os coturnos como se estivesse ansioso para sair dali. – Talvez a gente possa usar esse alguém para nos levar até o comprador, que acabará nos levando até o fornecedor.

– Se o corpo foi encontrado, a polícia ficou lá o dia inteiro, portanto, ninguém vai chegar perto daquela boca de fumo…

– Tem alguma coisa errada? – Rhage perguntou num rompante. – Você está estranho.

V. balançou a cabeça de um lado a outro lentamente. Depois respondeu:

– Acho que a gente tem que subir pro telhado. Agora.

Um dos pontos positivos de Hollywood – além da sua aparência de estrela de cinema e da sua capacidade de consumir quantidades infinitas de comida – era que ele conseguia passar do casual ao pronto para combate numa fração de segundo.

E nunca era preciso lhe dizer uma coisa duas vezes.

O Irmão tirou a arma do coldre, assentiu e os dois se desmaterializaram para o telhado do prédio diante da boate. Quando retomaram suas formas, V. se maravilhou por sequer ter que dizer ao Irmão para qual lado do beco ir. Rhage simplesmente sabia.

Continuando em sincronia, vasculharam o telhado plano com seu equipamento de ar-condicionado que chegava à altura do quadril e a porta de acesso fechada. Quando o vento soprou nos ouvidos de V., ele sacou sua arma. Ante seu aceno, andaram na direção em que o Hyundai estava estacionado e, ao longe, a buzina de um carro soou quando o alarme foi acionado sabe lá Deus pelo quê.

Quando estavam próximos o suficiente, V. ergueu a mão enluvada e mostrou o indicador na contagem de um. O indicador e o dedo médio indicaram o dois. E, por fim, o indicador, o dedo médio e o anular…

Juntos, ele e Rhage empunharam as armas e apontaram-nas por cima do beiral, na direção do carro.

Mas não havia ninguém se protegendo entre o sedan e a lateral do prédio.

– Quer enchê-lo de buracos? – Rhage perguntou sério. – Tenho um silenciador e posso transformá-lo numa puta de uma peneira.

– Não. – V. manteve a mira no Hyundai e olhou para o telhado da boate. – Ainda não.

– Vou lá pra baixo. Se houver alguma coisa debaixo do…

V. agarrou a manga do Irmão.

– Liga pro Butch. Quero retaguarda antes de a gente se aproximar.

– Pode deixar.

Rhage pegou o celular e apertou o botão de enviar. Quando o toque suave da chamada borbulhou pelo ouvido do lutador, V. meneou a cabeça. Depois abaixou a arma e praguejou.

Talvez estivesse ficando louco.

– Ei, tira – Hollywood disse ao seu lado. – Está na hora de reunir o triunvirato, meu irmão. O seu coleguinha de apartamento e eu queremos que você venha brincar com a gente. Estamos a quatro quarteirões de onde você está, ao lado da boate na…

– Não – V. o interrompeu. – Diz pra ele nos encontrar no apartamento. Passa o endereço pra ele. Ele consegue chegar lá em oito minutos de carro.

Rhage franziu o cenho e afastou a parte de baixo do aparelho da boca.

– Certeza?

V. deu mais uma olhada para o telhado, para o carro.

– Tenho. Só estou com o pavio curto hoje. Diz pro tira nos encontrar lá.

Rhage voltou a guardar a arma.

– Entendido. Ei, Butch, mudança de planos. Você precisa nos encontrar na esquina da rua Market com a Trinta e Dois…

– Espera – disse V. – Mas que porra é *essa*?

Debaixo do carro atrás do qual vinha se escondendo, Lucan permaneceu colado no asfalto com pernas e braços afastados, a cabeça virada na direção do prédio. Os vampiros estavam no telhado. Deduzira corretamente que era para lá que iriam quando desapareceram das sombras e nunca se jogara no asfalto com tanta rapidez antes. Meter-se com aqueles dois era a última coisa em sua lista de afazeres.

Cacete, esperava que continuassem lá em cima.

Enquanto ouvia as vozes dos dois, porque era um prédio de apenas dois andares e seu lado lobo tinha ouvidos mais aguçados do que um sonar, ele visualizou a luta que iria acontecer caso seu lado licantropo assumisse o controle, eles sacassem as armas e os humanos ao redor pegassem seus malditos celulares para gravar…

Naturalmente, tudo ficaria muito mais complicado. Porque era o tipo de noite que estava tendo.

Do outro lado do beco, a porta dos fundos da boate se escancarou e um par de saltos altos veio correndo na direção da porta do motorista do carro. A mulher parou bem ao lado dele – e se atrapalhou, deixando as chaves caírem no chão. Quando ela se inclinou para apanhá-las, as pontas dos cabelos compridos loiros entraram no seu campo de visão…

Bip-bip.

Luzes piscaram quando ela destrancou o sedan com a chave e Lucan tentou se acalmar para poder se desmaterializar para longe dali – mas não teve muito sucesso. Seu lado licantropo estava próximo demais da superfície, ainda provocado por aqueles vampiros machos, ainda animado demais por ter sido lhe dado um pouco de liberdade para se projetar.

Maravilha. O maldito era capaz de comer aquela mulher que abria a porta…

– Ei! Onde diabos você acha que vai? – Um homem saiu em disparada da boate atrás dela, falando numa altura que parecia que ele tinha engolido um alto-falante em algum momento da vida. – Mas que porra! Vai me deixar aqui assim! Vai se foder, Maria!

A mulher se jogou para dentro, bateu a porta e trancou o carro. Em seguida, ligou o motor quando o homem se aproximou e começou a bater na janela e a puxar a maçaneta.

– Sua puta! – *Soc, soc, soc.* – Sua maldita filha da…

Lucan teve um breve vislumbre de um par de sapatos pretos. Em seguida, a mulher engatou a marcha e pisou no acelerador.

Debaixo do carro, ele teve que pensar rápido. Não poderia se desmaterializar porque não havia a mínima chance de se acalmar – e ela virou tanto os pneus para a esquerda que ele estava na trajetória exata dos radiais traseiros. E, ah, ainda havia aqueles dois vampiros, que procuravam pela mesma mulher que ele.

E, surpresa, ele era o fornecedor ao qual eles aparentemente queriam chegar.

Porra, articulou ao esticar as mãos para a parte de baixo da carroceria do Hyundai e agarrar o que pôde.

Quando as rodas giraram e o cheiro de borracha queimada entrou em seu nariz, com o homem junto à janela ainda gritando, Lucan se posicionou, afastando os ombros do asfalto e esticando as pernas. Com o abdômen ardendo e a bunda mais tensa do que um torno, segurou-se como se não houvesse amanhã enquanto os pneus do carro se agarravam ao asfalto. Então, houve um baque.

Como se o homem tivesse saltado diante do carro e ela o tivesse atingido.

Caramba, o que havia de errado com aquele beco? Existia alguma cota de atropelamentos a ser atingida todas as noites?

Esse foi o último pensamento de Lucan quando o Hyundai se moveu, e ele teve que usar todas as suas forças e cada célula neural para garantir que as bochechas não ganhassem um polimento vitalício.

Não podia dizer que despendera muito tempo avaliando os atributos – ou a ausência deles – da sua região posterior, mas uma coisa sobre a qual ele tinha absoluta certeza?

Queria ficar com tudo o que a sua mamãe tinha lhe dado.

CAPÍTULO 12

O DETETIVE DE HOMICÍDIOS José de la Cruz sabia que estava na hora de encerrar a noite e ir para casa, mas olhou para a cena do crime mais uma vez. Como se algo tivesse mudado nos últimos dois segundos. Aquilo ainda era um pardieiro que tinha sido usado por traficantes de drogas, com um buraco no telhado, um sofá ensanguentado e resíduo de coca suficiente sobre a mesa velha ali adiante para matar um homem adulto. O corpo que transformara o sofá no maior Band-Aid do mundo fora removido cerca de uma hora antes, e a equipe técnica concluíra as fotografias e o recolhimento de amostras uns trinta minutos antes disso. Agora estavam apenas ele e...

– Verdade que está se aposentando, detetive?

José olhou para o garoto que fora seu parceiro nos últimos seis meses – e que, na verdade, tinha 30 anos, uma esposa e dois filhos em casa. Treyvon Abscott era tenaz, um pouquinho arrogante e inteligente pra cacete. Com a aparência bem cuidada e o moletom azul-marinho do departamento, ele mais parecia um fuzileiro naval de folga do que um detetive de homicídios devorador de donuts...

– É. Estou dando este trabalho por encerrado. – José passou a mão por baixo do blazer para puxar as calças para cima da barriga de paizão. – Faltam 62 dias. Não que eu esteja contando.

Trey andou até o sofá e olhou para o acolchoado manchado de sangue.

– Detesto vê-lo ir embora, senhor. Vamos sentir a sua falta.

Apesar da postura casual do cara em suas calças cáqui e blusão de velo, que ele usava sempre, a despeito da estação do ano, a despeito da temperatura, havia uma formalidade em Treyvon que José aprovava. Em retrospecto, quando você já está completamente exausto, cansado de tudo, acaba apreciando quando alguém duas décadas mais jovem do que você o trata com um pouco de respeito.

Um novato no ano passado tentou chamá-lo de Joey, pelo amor de Deus. Quase arrancara o apelido a tapa da boca do cara.

– Gentil da sua parte dizer isso. – José fechou o bloco de anotações e passou o indicador pela capa. E pensar que não teria mais que comprar outro desses cadernos em espiral. – Acho que acabamos por aqui, Trey.

– É, não temos muito o que investigar.

– Não mesmo.

E, no entanto, ambos pareciam hesitantes em sair. Que era o traço de um bom detetive, não? Até você obter as suas respostas, não consegue largar mão.

Talvez esse fosse o motivo de ele estar tão cansado depois de todo esse tempo. Perguntas demais sem resposta, um catálogo do que ele considerava fracassos pesando em seus ombros. Rezava para que a aposentadoria lhe garantisse não só o relógio de ouro por parte do departamento, mas uma ruptura de toda aquela merda, uma liberdade de tudo o que atormentava.

Crianças mortas. Mulheres brutalizadas. Homens inocentes que estavam no lugar errado na hora errada.

Parceiros desaparecidos, que sumiram sem deixar rastro.

– Talvez a bala nos revele alguma coisa – disse Trey.

– Quem sabe. – Mas José não acreditava nisso. Tudo aquilo fora bem profissional. Não no que se referia à habilidade do atirador, mas quanto ao contexto de tráfico de drogas do homicídio. – Bem, vou voltar para preencher o relatório.

Trey franziu o cenho.

– Tem certeza? Posso cuidar disso.

– É a minha vez de cuidar da papelada. Além disso, Quiana vai gostar do par extra de mãos para cuidar daquele seu recém-nascido. Que horas você saiu da cena do crime ontem à noite?

– Não me lembro.

– E assim vem a próxima geração – José murmurou. Em seguida, um pouco mais alto, ele se sentiu compelido a dizer: – Tome cuidado. Esse trabalho não só pode comê-lo vivo, mas à sua família inteira também.

– O senhor ainda é um homem casado feliz.

– Tenho sorte. Desejo o mesmo para você.

– A minha esposa me entende.

– Apenas se certifique de reservar um tempo para entendê-la também. Esse é o pulo do gato.

– Sim, senhor. – Trey olhou para a mesa. – Olha só, se ficar sabendo de alguma coisa sobre a policial infiltrada que está desaparecida, poderia me avisar?

José franziu o cenho.

– Há alguém desaparecido?

– É o boato.

– Quem?

Houve uma pausa e o policial mais jovem enfiou as mãos nos bolsos da calça, um paralelo físico para o que guardava para si.

– É uma mulher. Não sei. Só ouvi a respeito. Talvez seja só um boato.

Não, José pensou. Não havia boatos a respeito de assuntos assim – e havia um protocolo em relação a todos os envolvidos em trabalhos disfarçados. Eles tinham que procurar seu contato administrativo a cada doze horas com um código quando trabalhavam ativamente num caso.

– Mozart filho da puta – murmurou, pensando no traficante que tomara conta da cidade. – O que mais você sabe? Ela deixou de entrar em contato…

– Não sei de nada.

Então era por isso que o detetive não queria ir para casa. Trey estava esperando que a má notícia envolvendo a policial sumida se concretizasse, e José não pretendia usar sua patente para que o cara revelasse suas fontes. Conseguia imaginar como a informação surgira. As identidades dos infiltrados só eram conhecidas pelos essenciais, mas, evidentemente, o contato administrativo procurara a divisão de homicídios – e, sem dúvida, tinha algum tipo de relacionamento pessoal com Trey que tornava isso mais fácil.

José também já recebera sua parcela de telefonemas semelhantes no decorrer dos anos e o fato de não ter recebido esse era mais um sinal de que o pessoal já seguia a vida sem ele.

– Se surgir algo – disse ele –, eu aviso na mesma hora.

– Obrigado.

Quando seus olhos se encontraram, ambos sabiam o que esse "algo" significava: um corpo. Também sabiam que, às vezes, nem isso conseguiam. Havia muitas pessoas desaparecidas que continuavam desaparecidas, e muitos casos que nunca eram solucionados. Aquela cena, por exemplo. Sim, tinham o corpo, mas você podia apostar o seu donut que o exame de balística da bala dentro do cara não daria nenhuma pista. E havia tanta contaminação na cena que não encontrariam muitas impressões digitais úteis ou fibras com algum significado relevante.

Só mais uma morte no mundo brutal das drogas.

– Vá para casa – José disse ao cara. – E diga à sua bela esposa que quero mais daquele gumbo[9] dela.

– Farei isso.

Trey foi para a saída e relanceou para trás, um cara alto e forte com olhos inteligentes e expressão séria.

– Vou ligar para o senhor quando não estiver mais no departamento. E não só pra tomar café.

---

9 O gumbo é o prato mais emblemático da culinária cajun da Louisiana. É um guisado ou uma sopa grossa, geralmente com vários tipos de carne ou mariscos, que se come com arroz branco, podendo constituir uma refeição completa. (N.T.)

– Quando precisar que eu analise alguma coisa, pode contar comigo.

– Obrigado, detetive.

Quando o último parceiro que teria em sua vida profissional saiu e chegou às escadas que rangiam, José voltou para perto do sofá. A mancha de sangue ainda estava vermelha, mas quando essa peça de mobília arruinada fosse para o lixo, a marca já estaria marrom. Visualizou o sofá quando comprado pela primeira vez, exposto em alguma loja ou depósito, o tecido novo, o acolchoado fofo e firme nos cantos, os pés retos em relação ao chão. Se objetos inanimados podiam morrer, então este sofrera muito até chegar ao seu derradeiro ocupante, surrado e manchado antes mesmo da poça de sangue, dilacerado.

José tentou se imaginar não fazendo mais aquilo, não ter de ficar parado diante de uma cena de homicídio tentando encaixar as peças do quebra-cabeça – e foi muito bem-sucedido nessa tarefa. Passaria mais tempo com suas meninas, ajudaria mais a esposa nas tarefas domésticas, compareceria a formaturas, cortaria bolos de aniversário, soltaria fogos de artifício, levaria os cachorros para passear. Não perderia mais Natais nem Dias de Ação de Graças.

Diabos, se quisesse comemorar o Dia da Marmota, comemoraria.

Pescaria no verão. Cerveja feita em casa no outono. Invernos aconchegantes e primaveras alegres.

Sem cadáveres.

Sem... corpos desaparecidos.

Sem perguntas que não têm respostas, sem pistas, sem nada.

Mesmo não querendo pensar em seu antigo parceiro, Butch O'Neal, não resistiu. Chegar ao fim da carreira lhe trouxera muitas histórias sem fim, e a de Butch era a mais incompleta... talvez porque sentisse que aquele tira do sul de Boston, com seu sotaque pesado reminiscente do filme *Gênio Indomável*, com seu dedo rápido no gatilho e seu incrível faro para a verdade, ainda estava com ele.

José ainda se lembrava de quando entrou no apartamento do seu parceiro naquela última manhã. Como de costume, estava preparado para encontrar um corpo, não porque alguém o tivesse matado, mas porque Butch se embebedara até desmaiar, sofrendo uma queda no banheiro e fraturando o crânio.

Ou talvez por ter sofrido uma overdose ao misturar acidentalmente algum medicamento controlado a toda aquela bebida que ele consumia todas as noites.

Naquela manhã em especial, José percebeu que estava viciado no ciclo de sentir tanto o pico de adrenalina ao bater na porta de Butch e abri-la ele mesmo como, depois, o doce alívio de encontrá-lo largado na cama, desmaiado, mas ainda respirando. O ritual da aspirina, da água e de jogar o cara debaixo do chuveiro fazia parte do seu dia.

Só que, naquela última manhã... Não encontrara ninguém lá. Ninguém dormindo de bruços sobre os lençóis. Ou largado no sofá. Ou abraçando o vaso sanitário.

E nos dias e semanas que se seguiram, não houve... nada. Nenhuma pista, nenhuma prova, nenhum corpo. Desaparecido. Mas ao pensar no modo como Butch cuidava de si e na vida que levava, José não podia dizer que ficara surpreso.

Nada disso. Só ficara arrasado.

Olhou para o sofá.

– Nada pior do que tentar salvar alguém.

Como bom católico que era, José passara muito tempo rezando pelo seu parceiro. Também sentia falta do cara, e não só por motivos pessoais. Assim como Trey, desejou que Butch pudesse estar ali naquela cena, de volta à delegacia examinando arquivos, batendo em portas e fazendo perguntas.

O'Neal fora um bosta na vida pessoal, mas um tremendo de um detetive.

Que homem mais atormentado.

De tempos em tempos, José pensava nele, e quando as lembranças ficavam muito dolorosas – o que acontecia quase imediatamente –, ele se punha a imaginar que Butch tinha uma vida num universo paralelo do outro lado de Caldwell, com uma bela esposa e um punhado de protetores ao seu redor…

Quando uma dor aguda perfurou seu lobo frontal, José gemeu e interrompeu os pensamentos. Era tudo apenas ficção, de todo modo, algo que sua mente produzia quando ele não suportava o fato de não ter havido um corpo para enterrar.

Esfregando o rosto, entendeu que jamais superaria o fato de não saber o que acontecera com o cara. E isso sempre o deixava pior em relação às famílias que nunca recebiam justiça.

– Para onde você foi, Butch? – disse em voz alta.

Estava acostumado a falar com seu parceiro favorito, por mais que soubesse que isso era loucura, mas decidira há tempos que, ei, as pessoas usam seus cachorros como caixa de ressonância, certo?

Direcionando-se à porta, apagou a luz do teto e fechou a porta atrás de si. Apanhou o rolo de fita policial amarela que havia sido deixado no chão do lado de fora e o passou pela porta, pendurando o aviso oficial entre um par de pregos que haviam sido pregados aos batentes. Depois afixou um papel selando a junção e assinou-o com a sua caneta.

Quando desceu as escadas, subiu as calças de novo e deu um tapinha na barriga. Talvez começasse a correr. Jogar futebol. Que tal os jogos de basquete na igreja às terças e quintas à noite?

Os degraus estavam manchados e empoeirados – mas o que não estava assim naquele prédio? – e rangeram sob os seus sapatos. Pensando bem, quando considerava o estrago feito no telhado da cena do crime, o fato de a estrutura estar de pé parecia um milagre. Com isso em mente, cuidou para pisar apenas nos cantos dos degraus. Quando chegou ao andar de baixo, ele…

Barulho de algo se arrastando, como ratos correndo num piso plano, fez com que sua cabeça se virasse para a direita. O apartamento diretamente abaixo do da vítima estava com a porta fechada. Ao contrário dos demais.

Por certo verificaram se havia alguém lá dentro.

Andou até lá, cerrou o punho e bateu na porta.

– Olá? Detetive de la Cruz, Polícia de Caldwell. – Enfiou a mão dentro da jaqueta e pegou o distintivo para mostrar. – Oi, tem um minuto para conversar comigo sobre o vizinho de cima?

Mas era difícil de acreditar que houvesse alguém lá dentro. O traficante evidentemente fazia muito dos seus negócios ali e haveria de ter garantido a segurança do prédio inteiro – que, de acordo com os registros que José conseguira na busca em seu celular, fora abandonado pelos proprietários que detinham a licença comercial, tivera a hipoteca executada pelo banco e depois permanecera largado pelos últimos oito anos.

José olhou para o outro lado do corredor. Aquela porta estava aberta. Virando-se, bateu novamente.

– Olá? – disse mais alto.

Um som abafado foi o que teve como resposta, o que sugeria que era habitado por algo maior do que um cachorro de médio porte – mas, embora ninguém respondesse, ele não tinha motivo provável para invadir. Podia ser um gato, alguém se protegendo, um homem ou uma mulher só cuidando da própria vida.

Que tinha que estar ligada à do traficante.

– Vou deixar o meu cartão. – Pegou um da carteira e o depositou dentro do batente. – Eu gostaria de fazer algumas perguntas.

José esperou um pouco mais; depois, desceu o resto da escada. Foi frustrante, mas ele poderia tentar novamente – e montar um esquema de vigilância do lado de fora. A pessoa ou pessoas ali tinham que sair para comprar comida em algum momento. Seus caminhos se cruzariam cedo ou tarde.

Bem quando ele saía do prédio, um Escalade preto parou do outro lado da rua. A julgar pelas janelas escuras e os para-choques pretos sem brilho, era evidente que pertencia a alguém da mesma profissão escolhida pela vítima.

Não havia muitos entregadores de iFood com um carro como aquele. Nem motoristas de Uber.

Talvez fosse um diplomata. Mas como ele teria acabado num bairro como aquele?

Bem, a situação estava prestes a se tornar bem interessante, não?

Olhou para a esquerda. Para a direita. Não havia nenhum outro carro, nem estacionado nem de passagem sobre o asfalto rachado. Nenhuma luz em nenhum dos prédios daquele quarteirão. Ninguém andando nas calçadas nem parado em uma das janelas.

Considerando que estava sozinho, encontrar quem quer que estivesse dirigindo aquela coisa na rua talvez fosse mesmo melhor. Não que não pudesse ser alvejado ali, mas era um pouco menos provável do que na escada, por exemplo.

Onde estava Butch O'Neil quando ele precisava do cara? O louco de Southie teria sido sua melhor retaguarda…

A porta do motorista se abriu e uma perna comprida se esticou para fora. Calças pretas – e de couro. E, então…

José ficou imobilizado. E não conseguiu acreditar no que estava vendo.

Para *quem* estava olhando.

– … deixar o meu cartão. Eu gostaria de fazer algumas perguntas.

À medida que a voz masculina atravessava a porta do outro lado do cômodo, Rio forçava a mordaça na boca, tentando produzir algum som que o homem conseguisse ouvir. Quando fracassou, de novo, arqueou-se contra as cordas que prendiam o pescoço e os tornozelos. Estava deitada de lado, com as mãos presas atrás das costas, o corpo esticado entre dois pontos fixos que não conseguia ver.

A despeito de todos os seus esforços, o melhor que conseguiu foi fazer um som de algo deslizando pelo chão – mas não era possível que aquele som suave fosse muito longe.

Com um gemido estrangulado, ela virou o pescoço o máximo que conseguiu – até, pela visão periférica, conseguir enxergar o quadrado iluminado pela luz da escada brilhando ao redor da porta. Na parte inferior, os pés do homem cortavam um par de sombras tranquilizadoras na luz.

Do outro lado daquela barreira, o detetive de la Cruz, que ela sabia ser muitíssimo respeitado em todas as divisões, bateu uma última vez…

O par de sapatos se afastou, a linha de luz junto ao chão uma vez mais sem interrupções.

À medida que os passos dele se distanciavam e seguiam para os degraus instáveis, a chance remota de Rio se tornou uma impossibilidade.

Cerrando os dentes ao redor da massa de algodão em sua boca, ela gritou em frustração – ou tentou. Estava fraca e, à medida que a pressão enrubescia seu rosto, sentia que a parte de trás do crânio estava para explodir. Ou talvez fosse efeito da ressaca das drogas.

Quando recobrara a consciência depois do que quer que Mozart tivesse injetado nela, Rio se sentira totalmente desorientada e enjoada – e a primeira coisa com que se preocupou foi em vomitar. Com a mordaça, era possível que engasgasse até morrer. Em seguida, quando o estômago parou de se revirar tanto e ela não encontrou nenhum ferimento novo, tentou ver o que podia do quarto decrépito em que estava. As janelas estavam cobertas com cortinas escuras, mas com as barras soltas, de modo que a luz do dia atravessava por baixo, trazendo um pouco de luz.

O suficiente para ela poder enxergar. O bastante para que a câmera de vídeo montada num tripé diante dela conseguisse gravar.

Não havia mais nada notável, ninguém ali com ela, e ninguém nem nada que ela conseguisse visualizar nos outros espaços escuros.

Conhecia a planta do lugar, no entanto. Conhecia os cheiros também.

O prédio do Mickie. Estava na boca de fumo do Mickie. E havia pessoas no andar de cima, logo acima dela. O dia inteiro.

Pelo menos ela deduziu que era dia. O tempo era algo fluido e somente a progressão da luz fora uma medida concreta das horas passando. Bem, isso e os sons das vozes, masculinas e femininas, e os tantos passos subindo e descendo as escadas. Houvera muitas pessoas no prédio, e ela sabia quem eram e o que estavam fazendo.

Eram a equipe de homicídios.

Mozart a prendera bem debaixo da cena do crime.

Maldito bastardo doente da cabeça.

E agora que eles tinham ido embora, ela sabia que alguém viria atrás dela. Mozart não a deixaria viver para sempre. O dia e o início da noite foram apenas uma preliminar de tortura mental antes de a brincadeira pra valer começar para ela.

Ele já fizera isso antes com outras pessoas. Ela ouvira os boatos, sabia que ele gostava de assistir.

Desesperada, arqueou as costas e forçou os ombros, puxando a corda ao redor do pescoço. Quando a traqueia começou a fechar, ela passou o esforço para as pernas, arrastando-as até que a garganta uma vez mais se recusasse a deixar oxigênio passar.

Não conseguiu nada. E, em outras circunstâncias, ela teria mostrado seu respeito em relação aos detalhes empregados num arranjo como aquele. Se ela tivesse um pouco mais de folga, poderia ter chamado a atenção de alguém batendo os pés, a cabeça, os braços.

Definitivamente já tinham feito isso antes, talvez até naquele mesmo cômodo.

E, em breve, todos aqueles profissionais de antes, que trabalharam com tanto afinco em Mickie… teriam mais uma cena de crime em que trabalhar quando Mozart ou quem quer que ele tivesse contratado tivesse acabado com ela. Não que ele fosse fazer o trabalho sujo com as próprias mãos.

Uma descarga de adrenalina a inundou quando ela pensou no que estava para lhe acontecer, mas não havia como lutar, nenhum lugar para ir e…

Mais distante, na entrada do apartamento, o som de uma porta se abrindo suavemente. Seus olhos desceram pelo corpo.

Que cheiro era aquele? Como… doçura e morte ao mesmo tempo.

A risada no escuro foi baixa.

– Acho que estamos sozinhos agora.

Passos se aproximaram dela e a figura parou junto aos seus joelhos.

– Isso não faz parte de uma música pop? Tiffany, acredito que seja esse o nome da cantora. Sou velho demais para tê-la ouvido no rádio.

Os olhos de Rio se fixaram na escuridão e seu corpo deu uma sacudida quando ela tentou ver qual era a do homem. Além do sotaque leve, ela não tinha nada em que se basear.

– Gostaria de me ver?

Uma luz se acendeu. Era a lanterna que o homem segurava na mão direita ganhando vida com uma luz de LED brilhante e gélida. Seu assassino estava vestido de preto e tinha um capuz preto cobrindo-lhe o rosto, fazendo com que se parecesse com uma aparição saída de um pesadelo.

Retraindo-se e piscando, Rio tentou pensar. Depois, passou a se preocupar em respirar, já que o nariz estava entupindo e não havia como entrar nem sair nada pela boca por causa da mordaça. Enquanto o pânico a paralisava, o homem abaixou a lanterna e se aproximou.

Quando se ajoelhou ao lado dela, tomou o cuidado de ficar longe do campo de visão da câmera, e ela conseguiu sentir seus olhos nela enquanto a fitava de cima a baixo.

Com uma mão firme, tirou o capuz.

– Fico feliz em conhecê-la, Ainhoa.

Ele tinha um tom de pele pálido, olhos quase brancos e cabelos alvos. A idade dele era… um enigma. Não era jovem, mas tampouco era velho, o rosto magro e aquilino não tinha rugas.

Ouviu um som agudo de metal contra metal, um canivete sendo acionado.

A lâmina entrou em seu campo de visão, brilhante e limpa, e a mão que a segurava vestia uma luva cinza-escura. Nos recessos de sua mente, ela pensou que a luz refletida na lâmina afiada era a cor do homem.

Fria como gelo.

– Agora nós vamos nos divertir um pouco.

A lâmina deixou seu campo de visão…

Quando ela sentiu a ponta entre os seios, gemeu e o homem riu de novo.

– Vamos nos divertir tanto, Ainhoa. E eu a chamarei pelo seu nome enquanto avançamos as etapas. Embora eu tenha ouvido pessoas chamando-a de Rio, prefiro ser formal em algumas coisas. Não há razão para ser vulgar nisso.

CAPÍTULO 13

Enquanto o Hyundai saía em disparada do beco, Lucan sabia que não duraria muito debaixo da barriga do maldito. Suas mãos estavam suadas pelo esforço de manter os seus cem quilos afastados do asfalto em movimento – e o motor transferia mais calor para as partes de metal às quais ele se agarrava e às que estavam ao seu redor. E a mulher não parava de acelerar.

Também esterçava o volante. Portanto, se ele calculasse sua queda errado, seria aparado mais rente do que grama.

Nesse ínterim, os músculos abdominais gritavam de dor por conta da posição em prancha, os peitorais e os bíceps ainda mais – e o caminho estava péssimo, cada bueiro ou tampa de acesso ao esgoto em Caldwell passava debaixo do carro como se a mulher estivesse mirando neles.

– Poooooorra – ele grunhiu entre dentes cerrados.

O carro derrapou em uma esquina…

Os freios foram acionados com tanta força que ele não teve tempo de formar uma opinião quanto a soltar ou não as mãos. O corpo simplesmente foi lançado para a frente quando o carro parou de repente, a força cinética assumindo o controle do seu destino quando ele foi projetado como um míssil.

Lucan teve um breve vislumbre das rodas dianteiras passando ao seu lado e depois o para-choque dianteiro…

Buzinas. Altas. Luzes fortes.

Morte súbita.

Quando ele explodiu no cruzamento, os veículos que passavam pelo farol verde desviaram e frearam com tudo. Girando de lado, ele foi quicando no asfalto e no caos dos carros, como uma bola de pingue-pongue batendo no para-choque de um Toyota velho antes de rolar por cima do capô de um Pontiac rebaixado dos anos 1980. Impressionou-se com o decalque do "firebird", apesar do perigo que ele corria, e pensou na sua fêmea da noite anterior.

Não que ela fosse sua.

Em seguida, tinha chegado a hora de pôr um fim à acrobacia em estilo livre. Chutando o para-brisa do Firebird, saltou para mudar de direção e saiu do caminho da porra de um caminhão…

Bem quando um engavetamento se iniciou no meio do cruzamento, com os veículos se chocando uns contra os outros.

As botas de Lucan aterrissaram no chão e, no segundo em que sentiu os pés debaixo de si, ele disparou a correr. Mirando as sombras diante de si, mergulhou na escuridão em busca de abrigo. Quando se certificou de que ninguém o via – não que aqueles humanos estivessem olhando para qualquer outra coisa que não seus airbags –, chocou as costas contra uma lixeira que estava vazia, a julgar pelo barulho metálico oco que emitiu.

Arfando, recuperou o fôlego e se concentrou no engavetamento. Mais adiante, debaixo dos faróis pendurados, uma coleção de trabalhos de funilaria substituiu a preocupação de locomoção de cinco veículos – mas a sua involuntária motorista de Uber loira não queria saber de nada disso. Embora o farol ainda estivesse vermelho e houvesse uma pilha de carros bem na sua frente, ela subiu na calçada, desviou dos acidentes pelos quais fora responsável e pisou fundo no acelerador.

Pensando no cretino que fora atrás dela, Lucan não podia dizer que a culpava.

Fechando os olhos, ouviu os humanos enquanto eles saíam dos carros e seguiam uma das duas direções possíveis: metade ligou para o 190 e a outra metade começou a berrar.

Nunca pensara num engavetamento como um teste de personalidade antes, mas lá estava ele.

Quando sua respiração acalmou e o coração desacelerou, uma coisa boa tinha acontecido: seu lado lobo recuara por completo e foi um alívio não ter que controlá-lo.

Quando as sirenes começaram a soar ao longe, deu-se conta de que era melhor dar o fora. Mas quando tentou se desmaterializar, não aconteceu nenhuma mudança nas suas moléculas, não deu uma de fantasma.

Tentou de novo.

Nada.

Foi quando ele percebeu que um dos pés estava úmido dentro da bota, como se ele tivesse pisado numa poça. Abaixando o olhar, balançou a cabeça porque não enxergava o que os olhos pareciam relatar: de jeito nenhum estava olhando para uma mancha escura que se espalhava do lado externo na perna da calça. Não mesmo.

Quando seus olhos se recusaram a seguir ordens, ele pensou… Ok, tudo bem. Talvez houvesse uma mancha se espalhando pelo lado de fora da panturrilha, mas era óleo automotivo. Sim, claro que era.

Não era sangue. Apesar de todo o cheiro cuprífero no ar.

Do lado externo da boca de fumo, José tropeçou nos próprios pés ao esbarrar na viatura sem identificação. Quando o corpo bateu no para-choque dianteiro, ele teve que apoiar a mão no capô para se equilibrar – ainda mais quando teve uma visão clara do homem que saía do Escalade.

Sua tontura não melhorou quando deu uma bela olhada no motorista.

Do outro lado da rua, parecendo mais ereto, mais alto e mais largo do que José se lembrava… estava o seu velho parceiro morto. Certo como se José tivesse invocado Butch O'Neal a plenos pulmões ao desejar que ele ainda estivesse por perto para ser a sua retaguarda.

E, veja só, Butch parecia igualmente surpreso.

Os dois andaram para a frente como se fossem um par de zumbis encontrando-se no meio da rua.

Quando José piscou, resolveu que sabia o que era aquilo. Era um sonho, formulado depois de ter voltado para casa, vindo da cena do crime em que estivera o dia inteiro. Com a esposa na escola e os filhos ocupados, ele evidentemente comera muito do que sobrara da carne assada da terça-feira e cochilara no sofá. Preocupado com a própria aposentadoria, seu subconsciente havia criado em sua mente aquele evento, que não estava de fato acontecendo...

– Oi – Butch disse rouco.

– Você está mais alto. – Quando José disse essas palavras, teve a estranha convicção de que já haviam passado por aquilo antes. Não no meio daquela rua, especificamente, mas em outros becos, estradas... e numa igreja. – Do que me lembro.

– São os sapatos.

Os dois olharam para baixo e José assobiou.

– Belas botas. De que marca são?

– Nós só as chamamos de coturnos.

– Intimidantes. – José deu um leve sorriso. – Você está bem?

No instante em que fez a pergunta, se retraiu, aquela dor de cabeça voltando.

– Acho que sou eu quem tem que perguntar isso. – Butch pigarreou. – É bom te ver, velho amigo.

José tentou focar os olhos, mas eles não estavam desfocados – em seguida, ele atendeu a uma convicção interna de que tinha que falar rápido porque Butch não duraria muito. Ou melhor, o sonho não duraria muito.

Sim, aquilo só podia ser um sonho.

– Estou me aposentando – disse rápido.

– Está? – Butch pareceu chocado, pois seus olhos se arregalaram. – Espera, é sério?

– É. Estou cansado de receber telefonemas no meio da noite e ando com muita coisa na cabeça. Além do mais, estou ficando velho.

– Você não está velho. – Havia uma ponta de desespero naquela voz conhecida. – Não diga isso.

– Aceitaram a minha aposentadoria, sabe. Vou ficar mais um mês depois de recebê-la, mas, ei, você está ótimo. Quer dizer, muito saudável. Você deu um jeito na sua vida.

Aquele era um sonho bom, resolveu. Considerando a matéria bruta, ele tinha sorte de não ser um pesadelo dilacerante envolvendo muito sangue.

– Conheci uma pessoa – Butch sussurrou. – Eu me apaixonei e me casei. Ela é muito boa para mim.

José sorriu, embora a sua cabeça começasse a latejar forte.

– Eu juro que já tivemos essa conversa antes, mas, sabe, estou dormindo e imaginando tudo, não é? Sempre tive esperanças de que você encontrasse uma mulher boa com quem se assentar.

– Você é um bom amigo, José.

– Por que parece tão triste se está feliz?

– Sinto a sua falta.

Palavras tão simples. Que cortaram o peito de José como um bisturi.

– Éramos um ótimo time. – José fechou os olhos e depois os esfregou. – Cara, que dor de cabeça.

– Acho que é melhor você ir.

– Por que sinto que já fizemos isso antes? – murmurou. Pela centésima vez. Mas era assim mesmo nos sonhos, não? As coisas eram sempre meio torcidas, meio tremidas… Reais, sem serem.

Ele quisera ver Butch uma última vez antes de se aposentar, antes de não ter mais que ficar no centro da cidade à noite. Como se a sua aposentadoria impedisse que esses sonhos acontecessem, como se fossem semelhantes ao distintivo e às armas de serviço, algo que ele devolveria em sua entrevista de saída.

– Já fizemos isso antes.

Abrindo os olhos, José assentiu.

– Acho que sim.

Os olhos castanho-esverdeados de Butch desviaram para a esquerda e ele se concentrou em algo acima do ombro de José.

– Eu também tenho que ir.

Virando, José se retraiu, embora… de alguma forma não estivesse surpreso. Dois homens tinham chegado à entrada da boca de fumo e pareciam esperar por Butch. Um era enorme e loiro e parecia uma estrela de cinema. O outro tinha cabelos negros, tatuagens numa têmpora e cavanhaque. Ambos vestiam roupas de couro.

José se virou para seu antigo parceiro, com uma estranha sensação tomando conta dele.

– Nós já fizemos isso antes, não fizemos?

– Sim, fizemos.

– E isto não é um sonho, é?

– A vida é um sonho, José. Tudo é uma longa ficção embaralhada, e eu fico feliz que esteja saindo da divisão de homicídios. As ruas são perigosas…

– Você precisa vir me ver – José o interrompeu. – Eu fico esbarrando em você por aí, não? Mas nossos caminhos não vão mais se cruzar depois que eu parar. Por isso, você tem que vir me visitar.

Tudo bem, aquilo era loucura. Afinal, mesmo se repetindo e brigando contra a confusão, que era semelhante a um sonho, ele sentia a necessidade de se comunicar com seu velho parceiro como se o cara estivesse mesmo na sua frente, ele ainda estivesse na boca de fumo e eles estivessem juntos não pela primeira vez, não mesmo.

– Prometa. – Ele cerrou os dentes.

– Claro. Eu te acho. Agora, é melhor você ir. A sua cabeça está doendo pra cacete.

– Cara, como dói. – José recuou um passo. – Estou muito feliz mesmo que você esteja bem.

– Eu também – foi a resposta triste.

Quando ele deu mais um passo e depois outro, Butch simplesmente continuou onde estava.

– É melhor você escolher um lado – disse José. – Ou vai acabar sendo atropelado na rua.

– Já escolhi o meu lado – o cara sussurrou. – Eu tive que fazer isso…

Uma discussão na sarjeta fez com que ambos se virassem. Na calçada junto à entrada do prédio, o homem loiro e o moreno estavam discutindo.

– Esses dois são seus amigos?

– Sim – respondeu Butch. – E sei que parece que estão prestes a se matar. Não se preocupe, é improvável que haja algum dano permanente. Bem… quase improvável.

José encarou seu velho parceiro.

– Pra onde você foi, Butch? Preciso saber. Por favor, só me conte algo com que eu consiga lidar todos os dias. Você foi o meu grande caso não resolvido.

– Você não vai se lembrar disto, José…

– Você está errado. – Balançando a cabeça latejante, José segurou o braço de Butch e murmurou em meio à dor, um pânico do qual não conseguia se livrar o atormentando. – Você tem que me contar. Porque… eu me lembro destes encontros. E isso está acabando comigo.

CAPÍTULO 14

Enquanto assistia ao encontro do seu colega de apartamento com aquele tira no meio da rua, Vishous literalmente quis que o detetive de homicídios fosse abalroado por um ônibus escolar. Depois, atropelado por um caminhão de lixo. E quem sabe, talvez, depois disso… algo que envolvesse um tanque de guerra. Uma fila de veículos de transporte de tropas com cinquenta unidades de comprimento.

Ah, espere. Que tal o comprimento equivalente a uma ponte de um daqueles veículos de transporte de componentes pesados?

Era uma fantasia muito satisfatória, cujo resultado seria aquele detetive humano de homicídios virando um saco de moléculas de carbono tão achatado que não passaria de uma mancha.

Uma pena que veículos automotivos daquele porte não eram vistos com muita frequência em bairros como aquele. Ou em parte alguma. Seria o mesmo que vencer a loteria automotiva e chegar ao exato lugar em que o desfile aconteceria.

A questão era: algo a respeito daquele José de la Cruz o incomodava pra cacete, e ele já estava com aquele sentimento ruim e fétido aumentando no meio do peito. De novo. Caldwell era uma cidade grande, mas um lugar pequeno, quando se trata do seu submundo – onde a Irmandade caçava seus inimigos e os humanos acordavam mortos por disparos de armas, esfaqueamentos e overdoses de drogas o tempo todo.

O que significava que detetives de homicídios, como o velho parceiro de Butch, cruzavam seus caminhos com os dos Irmãos, se não de forma regular, mensalmente, pelo menos uma ou duas vezes ao ano.

E toda vez que Butch e José de la Cruz orbitavam ao redor um do outro era a mesma coisa, os dois se encontrando cara a cara e fitando-se nos olhos como se não tivessem feito exatamente isso malditos seis meses antes.

Uma vez já mais do que bastava como amostra e – depois de *quantos anos* daquilo? – V. já estava cansado pra caralho do "showzinho na proa do *Titanic* com Kate Winslet e Leonardo di Caprio".

Claro que, do lado do humano, era uma descoberta ao estilo das expedições de Lewis e Clark, os "ó, meu Deus, é você mesmo" uma novidade porque suas lembranças eram sempre apagadas. Mas Butch *tinha* que parecer que sentia *tanta* saudade assim da porra do cara? Jesus Cristo. Dá uns amassos nele de uma vez, caralho.

Não que V. se importasse com isso minimamente.

Só era irritante.

Inferno, V. estava tranquilo com aquilo… só ficando ali, de lado, esperando, pela centésima quinquagésima vez, assistindo ao seu melhor amigo dar uma de Bambi ao encontrar a porra da sua mãe humana…

Tanto faz.

Do nada, uma imagem invadiu a sua mente, e a maldita era tão especificamente vívida quanto um composto de muitos eventos distintos, mas idênticos: viu-se correndo num beco escuro e encontrando seu colega de apartamento no chão, morrendo, o fedor de *redutores* espesso no ar, um halo de maldade não exatamente cercando Butch, mas emanando dos seus poros.

Na época em que a guerra contra a Sociedade Redutora estava em andamento, vampiros eram caçados pelo exército de assassinos mortos-vivos de Ômega, e a Irmandade fora a única defesa contra esses predadores. Esfaqueá-los com uma lâmina de aço no peito os tiraria do planeta, mas eles não iam para o inferno.

Bem, não no sentido judaico-cristão.

Eles retornavam para o seu criador, num círculo infindável de regeneração em que Ômega transformava humanos em assassinos, mantendo a população de perseguidores de vampiros relativamente constante durante séculos. Mas, então, Butch, antigo detetive da divisão de homicídios, entrou em cena. Capturado pelo mal, fora infectado antes de ser resgatado. Por fim, fora transformado por ser um mestiço, de alguma forma sobrevivendo à transição forçada.

O cara era como a melhor das baratas. Impossível de matar.

Sua jornada fora a manifestação da profecia do *Dhestroyer*, e o colega de apartamento de V. era capaz de impedir que os assassinos retornassem ao seu criador ao inalar sua essência nojenta para dentro de si.

V. baixou o olhar para a mão enluvada. A peça estilo Michael Jackson, de couro com forro de chumbo, protegia todos e tudo ao seu redor da energia potente e destrutiva que emanava da sua palma, um presentinho do pé no saco que era a sua mamãezinha, a Virgem Escriba. A maldita coisa podia ser uma arma na sua mão – naturalmente – em algumas circunstâncias, mas também um problema.

No tocante a Butch, um salva-vidas.

O antigo policial de Southie era o profetizado, mas V. era um componente essencial, o segundo passo crítico na limpeza. Toda vez que seu colega de apartamento ia ao chão, marinando na lavagem maligna de Ômega, só o que V. tinha que fazer era tomar o macho nos braços, segurá-lo com força e deixar aquela luz fluir.

Como um filtro HEPA existencial.

Juntos, dizimaram o inimigo da espécie.

Como parceiros.

Mas e agora? Com Ômega fora de cena? Aquela proximidade especial se fora…

– Não tem importância – resmungou ao pegar o celular.

– O que foi? – perguntou Rhage.

– Nada.

Rhage olhou de volta para o prédio de apartamentos.

– Quer entrar e deixar esses dois aí?

– Não. – V. rolou a tela do celular a esmo sem enxergar nada. – Não vou deixá-lo aqui fora sozinho.

– Ele não está sozinho. Está com o velho camarada humano.

Por que a mídia social não era mais interessante?, V. se perguntou enquanto deslizava o polegar pelo que, no fim, descobriu ser o Instagram. Ah, certo. Era entediante porque ele estava pouco se fodendo com pessoas de modo geral, com os humanos em especial, e com nada relacionado a bichos de estimação, comida, crianças, hashtags, influenciadores, citações inspiradoras...

– Está com ciúme?

V. relanceou para o Irmão.

– Do quê?

O modo como as sobrancelhas de Rhage se ergueram e ele recuou um passo provavelmente era um indicador de que V. precisava relaxar.

– Não estou com nenhuma porra de ciúme *daquilo*. – V. apontou com a cabeça na direção do casal feliz na rua, mas não olhou para lá de novo. – Essa não é mais a vida dele. Ele está comigo... Quer dizer, com a gente.

– Quer chocolate? Tenho M&M's...

– O quê? Por que eu ia querer chocolate?

– Porque alegra as pessoas. – Hollywood pegou um saco plástico repleto dos pequenos OVNIs brilhantes e animadores. – Toma...

V. afastou de si as calorias com um tapa.

– Pode ir se foder com isso.

– Por quê? São os mesmos ingredientes químicos que estimulam a sensação de estar se apaixonando. – Rhage abriu a parte de cima do plástico. – Fritz os coloca num Ziploc pra mim porque às vezes a embalagem original rasga quando estou em campo. Odeio guardar chocolate nos bolsos, fica tudo derretido. É como se eu enfiasse a mão na merda...

– Puta que o pariu, para de falar, por favor...

– ... só que comestível, claro.

– *Quê?*

Rhage mandou um punhado para dentro da boca e mastigou.

– Só estou tentando distraí-lo da reunião familiar do Butch.

– Eles *não* são parentes.

– Assim como nós não somos, certo?

– Cala a boca.

– Tudo bem ficar com ciúmes…

– Não estou com ciúmes! – Quando a voz de V. se elevou, Butch e aquele detetive de homicídios olharam para lá, então ele se segurou. – Não tem nada a ver.

– Existe um motivo para chamarem de *bromance*. É só a minha opinião, sem querer ofender. – Mais daquelas mãos cheias e das mastigadas. – E do que sente vergonha? Eu também fico com ciúmes, às vezes.

– De quê? De alguém comendo alguma coisa na porra do planeta?

– Não. De pessoas.

– Pare de se projetar em mim.

– Só estou dizendo que é totalmente normal se sentir excluído quando duas pessoas têm um vínculo especial. Butch e aquele cara trabalharam juntos por muito tempo…

– *Não* preciso de uma aula de história…

– … e passaram por muitas situações de merda juntos…

– Ah, como se eu e ele lutarmos contra Ômega fosse o mesmo que dar uma passada no Chuck E. Cheese.

– … e por conta do quanto você e Butch são próximos, seria estranho vê-lo com alguém com quem ele tem uma proximidade semelhante.

– Ele mora *comigo* – V. retrucou.

– E você tem razão, o Chuck E. Cheese é demais.

– O quê? – V. piscou para o Irmão. – Sabe, uma conversa com você é uma experiência e tanto.

Rhage levou a mão ao coração.

– Essa é a coisa *mais gentil* que você já me disse.

Balançando a cabeça, V. mergulhou a mão naquele Ziploc e pôs um pouco de M&M's na boca. Enquanto mastigava, tentou fingir que não estava assistindo ao seu colega de apartamento parado no meio da rua com seu arqui-inimigo, o detetive Luthor.

– Pra sua informação, eu nunca sinto ciúmes da Marissa – disse com a boca cheia de chocolate.

– E por que sentiria? Ela não é uma ameaça. Ela é a companheira dele…

– É o que estou dizendo. – V. pegou mais doce porque ele *certamente não* estava já se animando nem um pouco com uma única engolida daquela coisa. – Não quero ser a porra da *shellan* dele.

– Exato. Você quer ser o melhor amigo dele. – Rhage acenou com a cabeça para a rua. – E, não se preocupe, você é.

Muito bem, V. não se sentiu nem um pouco aliviado com aquela declaração. E os M&M's não ajudaram.

– Sem querer ofender – resmungou –, mas acho que você precisa deixar essa coisa de análise pra sua Mary. Você não poderia estar mais errado nem se estivesse falando de uma pessoa totalmente diferente…

Nesse instante, houve uma vibração na mão livre de V. Erguendo o celular, ficou aliviado por ser uma mensagem para toda a Irmandade. Quando puxou a mensagem, e Butch e Rhage também pegaram seus Samsungs, V. desejou que fosse algo sério o bastante para exigir atenção imediata, mas nada que envolvesse morte ou desmembramento.

Bem, não entre a Irmandade, pelo menos.

– Merda, sombras – murmurou Rhage ao guardar o doce. – E não do tipo bom.

– Temos que ir. – V. fez o mesmo com seu aparelho e ergueu a voz. – Butch, vamos sair daqui.

Quando seu colega de apartamento olhou para ele e assentiu, Vishous atentamente ignorou a pequena onda de triunfo – como se tivesse ganhado uma corrida e o troféu fosse o antigo detetive de Southie ex-alcoólatra com grande senso de estilo, mais lealdade do que a distância da Lua à Terra e a melhor risada do mundo depois da de Jane Whitcomb.

Mas não existia uma competição de verdade ali, ainda mais porque um humano não podia ser uma ameaça, certo? Não importava. Rhage tinha essa coisa de ciúme enfiada na cabeça…

Lá no meio da rua, Butch finalmente começou a se mexer, mas para diminuir a distância entre ele e seu antigo parceiro. Houve uma pausa; em seguida, os dois se abraçaram.

Felizmente, aquela merda não durou muito. Quando Butch se aproximou de V. para combinar onde todos eles iriam se encontrar, aquele detetive de homicídios de la Cruz entrou em sua viatura sem marcação e dirigiu para longe dali.

– Vou junto com você – V. disse. – Como retaguarda. Vamos.

– Beleza – o colega de apartamento concordou.

E, simples assim, tudo voltava a ser como tinha que ser.

Quase.

Quando V. entrou no Escalade pelo lado do passageiro, embora o SUV fosse tecnicamente seu veículo, passou os olhos pelo console e não se conteve.

– Você tem que pôr um fim nessas interações. Entrar e sair das lembranças dele assim, apagando-as tantas vezes, não é nada bom.

Butch encarou o para-brisa por um momento. Depois ligou o motor.

– É, eu sei. Mas ele está se aposentando. Então, não vamos mais encontrá-lo no centro da cidade.

Puxa, aquilo era um alívio, V. disse a si mesmo.

Mas, cacete, seu colega de apartamento parecia triste pra caralho.

– Você tinha que escolher – disse V. – Um lado ou o outro… e foi o que fez.

– Não quero voltar para a minha antiga vida. – Butch meneou a cabeça. – Eu não tinha nada na época. Tenho tudo agora. Mas quando vejo José? Ele me faz lembrar do que eu era e odeio o modo como o abandonei, simplesmente desaparecendo. Aquele pobre bastardo me viu no meu pior, ficou ao meu lado e o que eu fiz? Nem disse adeus, não dei uma explicação… não o tranquilizei. Faz com que eu me sinta um merda de amigo.

– Você não é isso.

Butch deu de ombros e passou a marcha.

– Eu fui isso com o José. Fui o pior dos amigos para ele, e tudo o que ele fez foi cuidar de mim e me tratar com respeito. Faz com que um macho se sinta pequeno pra cacete.

V. franziu o cenho e olhou para fora da janela enquanto desciam a rua.

– Você nunca poderia ser pequeno. Você tem o maior coração que conheço e é um macho de valor. Sempre foi.

– Sua opinião é parcial.

– Não tenho como ser parcial. Sou lógico demais para isso.

Assim como ele era lógico demaaaaais para ter ciúmes de um humano. Que não fazia mais parte da vida do seu colega de apartamento.

– Eu gostaria de poder compensar o José de alguma forma. Odeio tê-lo deixado na mão, porém, ele não pode ter nenhuma lembrança do que sou no presente.

– Você tem que esquecer isso, tira. Algumas coisas simplesmente têm que ser deixadas para trás, entende?

Ao seu lado, Butch assentiu.

E nenhum deles disse mais nada.

Quando Lucan deixou o(s) acidente(s) no cruzamento, não soube para onde ir de imediato. Mas enquanto estava no estado de moléculas dispersas, sua mente ligou os dois pontos e ele se redirecionou para um quarteirão de prédios praticamente abandonados. Ao retomar sua forma no lado oposto da rua ao prédio a que pretendia ir, teve uma bela surpresa.

Como duas pedras no sapato, Lucan encontrou os vampiros loiro e moreno, com suas roupas de couro combinando, na frente do prédio decrépito de cinco andares em que pretendia entrar.

Aquilo mais estava parecendo uma merda de uma convenção de vampiros – e ele pensou que, se o de cavanhaque também queria encontrar Rio, então aquele era um bom lugar para estar. Lucan estivera ali uma vez antes, quando deixara umas amostras do produto para o pessoal do Mozart experimentar, bem como os saquinhos para serem distribuídos nas ruas. Parecia uma boa aposta que Rio estivesse ali também – ou, se conseguisse encontrar um humano que soubesse dela, poderia invadir seu cérebro e obter algumas pistas.

Só que havia problemas no seu Paraíso, não-Paraíso. Aqueles companheiros seus, também membros do submundo paranormal de Caldwell, não pareciam ter pressa para ir embora. Até havia um terceiro membro da espécie no meio da rua, conversando com um humano.

Maravilha.

Enquanto Lucan aguardava impacientemente que o que quer que estivesse rolando ali acabasse, deu uma espiada nos apartamentos abandonados. Todos os andares estavam escuros – não, isso não era verdade. Além do que parecia ser uma luzinha na entrada, havia um brilho sutil nas janelas do quarto andar à esquerda, como se um lençol escuro ou, quem sabe, uma cortina de fato tivesse sido puxada por cima do vidro sujo.

– Cacete, acabem logo com isso – murmurou ao cruzar os braços diante do peito e se recostar num lance de escada pintado com spray.

Depois de uns mil e duzentos anos, o vampiro e o humano no meio da rua se abraçaram. Em seguida, um carro sem identificação saiu dali, um SUV preto potente se afastou e o vampiro loiro andou para as sombras e se desmaterializou.

Lucan esperou mais um minuto ou dois, para o caso de alguém ter esquecido a carteira ou quem sabe as chaves de casa, e então atravessou a rua. À medida que seguia em frente, sua bota ficava cada vez mais molhada, mas ele operava segundo o clichê de que se algo não é reconhecido não existe. Portanto, não, ele não estava sangrando da perna para a porra do calçado. Pisara numa poça, naquela noite seca, com sua bota à prova d'água.

Nada para ver aqui, circulando, circulando...

Literalmente.

Subiu os degraus de pedra até a porta do prédio de apartamentos, e a fisgada que sentia toda vez que apoiava o peso na perna esquerda era acrescida à lista das coisas que ele ignorava. Teve que admitir que ficou aliviado por não precisar brigar com uma fechadura nem nada assim quando abriu a porta. Por causa da criminalidade do bairro, não havia nada que impedisse alguém de entrar em lugar algum; pensando bem, não foi uma surpresa que não houvesse nada de valor para ser roubado no lugar.

A não ser pelas drogas do quinto andar. E elas estariam protegidas.

De fato, ele esperava um comitê de recepção de rifles a qualquer segundo.

Enquanto aguardava que um punhado de humanos armados até os dentes viesse correndo na sua direção, olhou ao redor do corredor de entrada. Havia um apartamento de cada lado e ambas as portas estavam abertas, revelando interiores cobertos por poeira e sujeira, com a mobília quebrada e revirada. O cheiro no ar era um coquetel denso de coisas podres e urina humana e, de maneira ridícula, ele odiou a ideia de aquela mulher passar por um lugar como aquele, quanto mais entrar nele.

Mas ela não era nem uma civil nem uma usuária. Ela estava afundada até os joelhos naquilo.

Assim como ele.

E, quer saber, ele também não queria aquilo para ela.

O que acontecia com a atração sexual que fazia você encontrar qualidades no objeto do seu desejo? Imaginou que devia ser algum filtro de livramento de culpa, para que você não se sentisse mal por querer estar com alguém nos limites da moralidade.

Quando ele percebeu que ninguém o confrontaria, foi até a base da escada e apoiou a bota esquerda molhada no primeiro degrau. Calculando quantos lances tinha à frente e dividindo-os pela soma de tudo para o que não dava a mínima – outros vampiros, humanos, o próprio tráfico de drogas –, viu-se atingido por uma onda de "ao diabo com tudo isso".

Passara o dia e a noite dizendo a si mesmo que encontraria aquela mulher para fechar o negócio, mas talvez tenha sido a sua súbita exaustão – ou um básico e muito tardio choque de realidade – que o fizera enxergar a verdade por trás da sua busca insana.

Na verdade, estava procurando por ela porque queria saber se estava viva. Se não precisava de um médico. Se ficaria bem depois de toda a brincadeira da noite anterior.

Não tinha nada a ver com a compra e venda dos produtos em pó do campo de prisioneiros.

Se ela estava morta, ou mesmo se não estivesse, tal conhecimento não o ajudaria em nada com seus próprios planos; quando muito, o meteria numa confusão nada relacionada com o que ele tinha que conseguir para si.

Aquilo era pior do que uma busca vã. Aquilo faria merda chover na sua cabeça.

O trabalho que tinha que fazer estava relacionado àquela mulher caso ela estivesse com o dinheiro. Fora isso, ela não era da sua conta. E ele precisava entrar em contato com aquele outro cara, aquele para quem levara o produto originalmente.

Lucan olhou ao redor. Se não havia seguranças ali, também não havia produto. Nenhum traficante. Nenhum negócio sendo fechado.

Ao contrário do que acontecia naquela faixa de dez quarteirões entre as boates, perto da ponte. Onde ele encontrara o homem com quem inicialmente tratara, antes de a mulher aparecer para cuidar da negociação.

Além do mais… como ninguém atendia ao telefone se havia milhões em jogo?

Ele sabia o que tinha acontecido com ela, mesmo sem ter os detalhes.

Com isso em mente, deu as costas para a escada e esticou a coluna para aliviar parte da tensão nos seus músculos abdominais espasmódicos…

O que foi aquele barulho?

Parou e prendeu a respiração, prestando atenção. Na rua, um carro com música alta passou. Alguém berrando com outro alguém. Ao longe, havia sirenes – pensando bem, quando é que não havia sirenes em Caldwell?

Farejando o ar, só captou mais do mesmo. E o cheiro do seu próprio sangue.

Bastante desse último.

– Isso é idiotice – resmungou ao seguir para a saída.

Seu foco tinha que permanecer onde estivera antes que aquela mulher cruzasse seu caminho… e ele acabasse numa pior.

CAPÍTULO 15

RIO SENTIU O CANIVETE DESCER do meio dos seios para o abdômen. A ponta estava fazendo um tremendo trabalho tanto na malha de velo quanto na camiseta fina de algodão por baixo dela, as camadas cedendo, a pele registrando o contato com um tremor de alerta. Ainda não sabia se ele a estava cortando ou não porque estava tanto entorpecida quanto hiperalerta ao mesmo tempo.

Mas quer estivesse acontecendo agora ou não, a situação seguiria nessa direção cirúrgica. E rápido.

– Eu gosto muito mesmo de filmar esse tipo de coisa – o homem disse com suavidade em seu sotaque. – Mozart precisa de provas, mas eu gosto dos vídeos também por serem uma lembrança pessoal minha. Sorria para a câmera.

O canivete desapareceu e ele voltou a segurá-la pelo queixo, forçando-a a olhar para o tripé. Quando ela inspirou fundo pelo nariz tampado, as narinas inflando e se retraindo, inflando e se retraindo, sentiu a lâmina descendo pelo seio, a ponta fazendo um círculo ao redor do mamilo.

– Você vai ficar tão linda quando eu tiver acabado com você. – O tom era tranquilizador, como o de alguém acalmando um paciente prestes a se submeter a um tratamento médico. – E, não se preocupe, vou me certificar de que sinta tudo o que farei com você. Se tivermos que fazer umas pausas para você se recuperar, faremos. E quando o fim chegar, e eu entrar em você como se deve, você irá direto para o paraíso.

Rio apertou os olhos com força e se debateu contra as amarras, o corpo lutando pela liberdade por si só, o cérebro cedendo ao instinto devido ao medo de alta octanagem que atravessava suas veias.

O homem deu uma pausa nas provocações e se sentou nos calcanhares, observando-a tal qual uma criança que arrancara as asas de uma mosca e observa o sofrimento vão do inseto.

Ela ficou sem forças bem rápido e, depois, afrouxou, suando a despeito do frio.

– Tão bela – murmurou ele ao inclinar a cabeça e depois afastar a franja dela com o canivete. – Eu gostaria de poder tirar a mordaça. Quero ouvir tudo o que você tem a me dizer, quero beijá-la…

A porta do apartamento foi arrancada das dobradiças, não abrindo, mas caindo, a madeira atingindo o chão com um baque e uma nuvem de poeira, os parafusos quicando ao baterem pelas tábuas do piso.

Depois disso… Rio não entendeu direito o que aconteceu.

O homem do canivete foi atacado, mas não por outra pessoa. Era um animal, um grande… cachorro? O cão cinza e branco imenso pulou para dentro do apartamento e se lançou sobre o torturador de Rio, atingindo-o nas costas com as patas dianteiras de modo que o agressor caiu de cara no chão. Depois, agarrou-o pela nuca com as presas impressionantes.

O homem tentou revidar, o canivete se moveu em círculos amplos e fúteis enquanto o animal conseguia mantê-lo pregado ao chão na altura do estômago ao se plantar em suas costas. Em seguida, as batidas. O tronco do homem era erguido e socado no chão, erguido e batido, o cachorro movendo a cabeçorra para cima e para baixo, as batidas tornando rubras as feições pálidas da sua vítima quando o nariz foi fraturado.

Quando o homem afrouxou os braços e ficou completamente inerte, o cachorro passou a mordida para um braço e rolou o peso morto, como se tivesse planejado tudo aquilo, como se houvesse uma estratégia específica para o que estava acontecendo.

Depois inclinou a cabeça, como se estivesse confuso.

A pausa não durou muito, e tudo ficou muito mais sangrento depois disso. A fera arrancou a frente da garganta, abrindo-a, e depois foi trabalhar… no rosto.

Apertando bem os olhos, Rio tremeu e a náusea retornou… ainda mais quando o cheiro estranho que percebera assim que o homem se revelara chegou ainda mais forte ao seu nariz. E, sem que os olhos acompanhassem a carnificina, os sons ficaram insuportavelmente altos: barulhos molhados, rasgos, o esmagamento que só podia ser dos ossos.

Rio seria a próxima.

Esse foi seu pensamento final quando sua pressão despencou e ela…

Rio recobrou a consciência lentamente. A cabeça latejava e ela se sentia enjoada… Toda vez que respirava pelo nariz, engasgava com o fedor do ar: uma mistura de animal morto com pó usado por velhinhas…

– Está tudo bem, você está bem.

As pálpebras se ergueram. Alguém estava ajoelhado diante dela, alguém que a sua memória lhe informava conhecer, no entanto, não conseguia determinar de onde… Um homem de beleza bruta, com um rosto tanto inflexível quanto preocupado, os cabelos negros e longos pendendo para o lado…

Os cabelos dele estavam molhados. Estava chovendo?

Pelo modo como a sua boca se movia, Rio deduziu que ele devia estar falando com ela, e foi quando viu a câmera no tripé atrás dele. De uma vez só, toda a sórdida confusão se esclareceu, desde ter sido derrubada em seu apartamento, drogada na casa de Mozart até o que acontecera ali…

Precisava alertá-lo. Precisava lhe contar sobre o…

– Cachorro – grasnou.

Quando a palavra saiu, ela percebeu que já não estava mais amordaçada. Com uma expansão dos pulmões, que causou dor em todo o corpo, ela inspirou tão profundamente e com tanta força que foi como se tivesse soluçado. Ou talvez tivesse soluçado mesmo? Em seguida, a amarra ao redor do pescoço foi apertada e ela gemeu de medo.

A voz grave masculina interrompeu o protesto.

– Está tudo bem. Só vou desamarrá-la. Vou ter que puxar um pouco as cordas para fazer isso. Psssssiu… está tudo bem. Vou cuidar de você.

De uma vez só, a tensão ao redor da garganta sumiu. Ela ouviu um som arrastado e sentiu os tornozelos sendo puxados. Capaz de erguer a cabeça, baixou o olhar para si e viu…

Luke.

Era o fornecedor, Luke. Era ele, e seus olhos estavam cheios de preocupação e afeto ao olhar para ela…

– Como… me encontrou? – ela gemeu quando ele voltou ao trabalho para cortar o que parecia ser uma corda de nylon de escalada com uma faca…

Entre um piscar de olhos e o seguinte, ela viu o canivete que ele usava perto do seu rosto… sentiu-o entre os seios… ouviu o sotaque do homem de tez pálida lhe dizer que eles fariam uma pausa para que ela recobrasse o fôlego.

Rio soltou um soluço engasgado.

– Deus. Ele ia me matar…

– Não pense nisso agora. – Luke deixou o canivete cair e voltou para perto da cabeça dela. – Vou tirá-la daqui.

Braços fortes a ampararam como se ela fosse vidro quebrado e a atraíram para o peito forte. Apesar de não conhecê-lo e de ter todos os motivos para desconfiar dele, Rio passou os braços ao seu redor, agradecida. Mas não tinha forças.

– Não consigo andar – murmurou ao virar o rosto para o pescoço dele. – Minhas pernas… não consigo senti-las.

Puxa, como ele cheirava bem. Mais daquele perfume que ele usara antes… e estava forte o bastante para dar um fim em todo aquele fedor horrível.

Ele relanceou por cima do ombro para a porta que fora derrubada por aquele animal.

– Tenho que conseguir um carro pra nós…

– O meu está… – Na casa do Mozart, não, espere… no seu apartamento. Que ficava a quilômetros e quilômetros e a uma vida de distância. – Sumido.

– Eu dou um jeito. – Ele voltou a sentá-la. – Vou deitá-la um pouco, está bem?

Depois que ele a acomodou no chão uma vez mais, ficou de pé e foi até uma espécie de mochila.

– Talvez haja alguma chave aqui.

– O que… aconteceu… cachorro? – E se o animal voltasse…

– Ele se foi. – Luke falou distraído ao continuar a vasculhar o que quer que houvesse naquela mochila. – Foi por causa dele que eu a encontrei, na verdade.

Foi nessa hora que ela virou a cabeça… e vomitou. Do outro lado do cômodo, como se estivesse segurando uma bomba junto ao peito quando ela explodiu… estava o homem de cabelos brancos: o corpo nu encostado no canto mais distante, um rastro de sangue espalhado pelo chão sujo como se ele tivesse sido arrastado até lá.

– Meu Deus – ela murmurou.

Quer por conta da profanação daquele corpo, quer pela desidratação, ou ainda por conta daquela mordaça de pano, parecia que sua boca era de palha de aço, a parte interna das bochechas em carne viva, a língua nada além de uma placa seca entre duas fileiras de dentes.

– Muito bem, encontrei uma chave de carro, mas não é seguro. Aposto que colocaram um rastreador nele… – Lançou a chave para o cadáver dilacerado. – Filhos da puta.

Luke se ergueu, encarou a parede e foi nessa hora que ela o enxergou direito pela primeira vez. Ele vestia calças pretas que não chegavam aos tornozelos, apertadas demais nas coxas, e uma jaqueta de couro preta com o zíper fechado até o colarinho. A jaqueta parecia pequena demais, havia uma faixa de pele exposta entre o quadril e a parte inferior da barriga. E ele também estava descalço.

Mas ela lá ia discutir as escolhas de vestuário do seu salvador?

Ou os cabelos molhados, ela notou atordoada, quando ele afastou as mechas para trás novamente.

Quando ele se virou para ela, desviou os olhos rápido demais e ela ficou preocupada que ele tivesse se equivocado, que o cachorro tivesse retornado. Mas, em seguida, suas mãos gentis rearranjaram sua camiseta e a malha que tinham sido cortadas, certificando-se de que os seios estivessem cobertos.

– Você pode precisar disto.

Os olhos dela se recusaram a obedecer o seu comando de focalizar. Mas, no fim, ela reconheceu o que ele estendia para ela. Uma arma.

– Tenho que encontrar um carro pra nós – disse ele. – Sei que não há ninguém no prédio. Você estará mais segura aqui do que lá embaixo na rua, ainda mais se estiver armada.

Ela precisou de tudo o que tinha dentro de si para não implorar que ele a levasse junto. Mas ele estava certo.

– Me ajuda… a levantar. Me apoia na parede.

Luke fechou os olhos brevemente.

– Sim.

Inclinando-se para baixo, suas mãos grandes e cuidadosas deslizaram por baixo dos seus braços. Quando ele a ergueu, ela sibilou de dor e o rosto dele empalideceu.

– Sinto muito…

– Vai – ela ordenou. – Só me mova de uma vez.

Cerrando os molares, ela suportou a agonia da mudança de posição, os braços e as pernas berrando nas juntas enrijecidas agora forçadas a se dobrar. Em seguida, quando ela estava apoiada na parede, o tronco deu uma leve deslizada para o lado, suas energias acabadas, o corpo se recusando a funcionar.

Luke acabou tendo que acomodá-la em um dos cantos.

– Arma – grunhiu ela.

Ela tentou erguer as mãos para segurá-la. Não conseguiu.

Luke pegou a mochila e a acomodou no colo dela com cuidado. Depois posicionou seus antebraços sobre o monte e firmou a arma entre suas mãos, de modo a apontar o cano para a porta, à altura do peito de um homem de altura mediana.

– Eu consigo – disse ela. – Vai… Eu me cuido.

Houve uma pausa. Depois da qual Luke se inclinou para a frente e depositou um beijo em sua testa.

Ele se foi depois disso, apressando-se porta afora.

Quando Rio inspirou fundo, as costelas pareceram uma gaiola de aço ao redor dos pulmões e a náusea voltou. A visão se estreitou para um pontinho apenas, embora voltasse ao normal rapidamente.

Passando os olhos para o cadáver, ela arfou compulsivamente. Na luz que entrava da lâmpada pendurada no corredor, o brilho do sangue parecia maligno… e, então, algo se mexeu.

Ou… ela achou que algo tivesse se movido. Provavelmente tivesse sido apenas um resquício automático das fibras musculares.

Bem, sem dúvida, era isso – considerando-se que boa parte dos músculos do peito tinha sumido e ela não tinha certeza de que parte dos restos mortais fosse o rosto.

Voltou a se concentrar na porta aberta e direcionou todas as suas forças para o dedo do gatilho.

Para o caso de ter que puxar com força.

CAPÍTULO 16

Lucan desceu a escada do prédio aos pulos, aterrissando de patamar em patamar, girando o corpo por cima dos corrimãos. No térreo, ignorou a entrada da frente e foi para o corredor dos fundos. Ao passar pela porta surrada e sair, encontrou várias vagas no beco, mas estavam todas desocupadas – de carros. Porém, colchões descartados, uma TV quebrada e um sofá cujo estofamento estava à mercê do clima tomavam conta do espaço asfaltado.

Enquanto praguejava em voz alta, sentiu de novo o gosto do sangue do homem que comera.

Embora tivesse sido seu lobo quem o mastigara, era ele, como sempre, quem ficava com os efeitos secundários, e o estômago cheio não era o tipo de companhia de que ele precisava no momento.

Passando a trotar, os pés descalços não causavam ruídos no asfalto frio e úmido do beco. Quando chegou ao primeiro cruzamento com uma avenida de fato, olhou para a esquerda e para a direita.

E saltou diante de um carro.

Quando os faróis o iluminaram, ele ergueu as duas mãos como se fosse o Super-Homem e pudesse levantar o veículo pelo para-choque dianteiro. Em seguida, porque não era herói coisa nenhuma, muito menos super, teve que saltar para fora do caminho quando os pneus travaram e o carro começou a derrapar.

A cinética sendo o que era, ele correu para a frente para acompanhar o lado da janela do motorista e, no segundo em que o sedan parou, ele fixou o olhar no – merda, era um garoto atrás do volante, um jovem humano que não deveria ter mais do que catorze ou quinze anos, se é que Lucan sabia alguma coisa a respeito do ciclo de envelhecimento da outra espécie.

Na verdade, eram dois garotos, e estavam discutindo um com o outro sobre, por exemplo, qual dos dois escolhera vir por aquele caminho. Em seguida, as duas portas se abriram e eles fugiram do lugar, correndo tão rápido que Lucan não teve tempo de entrar na mente deles e exigir que lhe cedessem o controle do veículo.

Aquela, provavelmente, havia sido a única coisa que acontecera em seu favor naquela noite, Lucan pensou.

Os fugitivos tinham deixado o motor ligado, portanto, sem ninguém para freá-lo, o sedan seguia adiante preguiçosamente. Saltando dentro do carro, Lucan virou o volante e acelerou. A porta do lado do passageiro escancarou-se na curva, mas, quando ele endireitou o curso, ela se fechou.

Sem nenhum motivo aparente, ele sentiu cheiro de fast food e olhou para o outro lado do painel. O espaço debaixo do painel do lado do passageiro estava repleto de sacos do Burger King, e aqueles dois obviamente tinham parado para comprar comida. Também havia algo mais no ar – essência de morango e fumaça de cigarro.

O carro evidentemente fora roubado. Não exatamente uma complicação que ele procurava. Preferia ter mexido nas lembranças de um humano para não ter que se preocupar com a polícia de Caldwell emitindo um alerta sobre a rota de fuga de Rio daquele prédio. Mas ele não tinha tempo para procurar por outra opção de quatro rodas.

De volta ao prédio, ele estacionou junto ao sofá desconstruído, puxou o freio de mão e arrancou as chaves da coluna de direção. Que bom que o carro era tão velho. Nos últimos dois meses, descobrira que os carros modernos tinham controles que podiam ficar num bolso ou numa bolsa sem que houvesse necessidade de serem ligados à ignição.

Aqueles garotos poderiam muito bem ter levado consigo o único jeito de religar o carro.

Esticando-se sobre os bancos, travou a porta do passageiro. Em seguida, saiu e trancou a do motorista com a chave.

Nunca se movera tão rápido na vida: entrada dos fundos, corredor escuro, contorno ao redor da base da escada e, depois, três degraus de cada vez, com a mão segurando o corrimão e erguendo o seu peso.

Quarto andar agora – e ele se lembrou de que a deixara com a arma.

– Sou eu – anunciou antes de aparecer na soleira aberta. – Rio? Não atire, sou eu.

– Estou aqui – foi a resposta fraca.

Faltou pouco para Lucan voar para dentro do apartamento, esperando ver a mulher largada no chão. Não estava. A cabeça pendia para o lado, mas, a não ser por isso, ela estava exatamente onde ele a tinha ajeitado, como uma boneca de pano abandonada pelo seu criador.

Deus, ela parecia estar mal.

No entanto, os olhos brilhavam com determinação, e a nove milímetros estava no ângulo em que deveria estar.

O corpo talvez a estivesse deixando na mão; sua força de vontade não.

Quando ele se apressou para ela, o tempo pareceu rastejar. Pareceu demorar cem anos até ajoelhar ao lado dela de novo, e a imagem dela tão maltratada e machucada estava gravada em sua mente, indelével. Dos cabelos escuros sujos até as manchas de sangue na malha e na camiseta, passando pelas marcas de ligaduras ao redor do pescoço pálido, ela não se parecia em nada com a mulher que ele conhecera na noite anterior.

E pensar que ele quase ignorara aquele som que ouvira, aquele comichão de alerta que sentira na frente do prédio quando estava prestes a ir embora.

Se tivesse chegado dez minutos mais tarde ou tivesse ido embora... ela teria sido ferida de maneiras intoleráveis demais para sequer considerar.

O cadáver nu e ensanguentado no canto do cômodo não pagara o suficiente.

– Vamos – ele disse com voz engasgada.

Quando foi pegar a arma da mão dela, ela meneou a cabeça.

– Eu dou cobertura. Só me leva daqui e eu atiro no que aparecer pela frente.

A voz dela estava mais forte do que antes, e ele se deu um momento para respeitar a guerreira que existia por baixo daquela pele. Depois ajeitou no ombro a mochila que o agressor levara consigo, suspendeu-a... e fez uma careta quando ela arquejou e grunhiu de dor. Quando ele marchou para a luz do corredor, encarou furioso o corpo dilacerado do outro lado.

No patamar da escada, ele teve que bater palmas para ela. A despeito da sua condição, ela manteve a arma apontada para a frente. A tarefa exigia que usasse ambas as mãos, mas ele sabia que ela não a derrubaria.

Ela os protegeria... enquanto Lucan dava o melhor de si para salvar a vida dela.

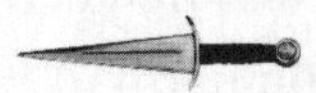

Nem era preciso dizer que, se Luke não tivesse aparecido quando apareceu, Rio estaria morta àquela altura.

Foi esse o pensamento que ela usou para se distrair das ondas de agonia ardente que atravessavam seus músculos e ossos. O trajeto escada abaixo foi incrivelmente doloroso, cada passo apressado um lembrete irritante de tudo pelo que passara.

No fim, Luke a salvara três vezes.

Mas quem sabe ela não era uma gata. E ainda tivesse quatro vidas restando.

Quando chegou ao fim da escada diante da porta da frente, Luke fez uma pausa e olhou para a esquerda, para a direita. Segurava com tanta firmeza o cabo da arma que o cano se virou na direção de ambos os apartamentos abertos. Ninguém saiu da escuridão de nenhum dos dois lados.

– Vamos sair pelos fundos – ele explicou.

A dor recomeçou quando as passadas longas os levaram pelo corredor estreito que tinha papel de parede vinílico descascando do teto e lixo espalhado em ambos os lados da passagem, um Mar de Lixo apartado por aqueles que criaram o problema.

A porta dos fundos tinha uma janelinha a 1,5 metro do chão, um vidro opaco coberto por tela de galinheiro. Luke a abriu com um chute e logo adiante havia um velho sedan Cutlass de duas portas. Azul-marinho. Com uma faixa branca.

Ele deu a volta e destrancou a porta do passageiro com a chave, do jeito antigo. Depois, teve que incliná-la para baixo para puxar a maçaneta, e houve um rangido de metal contra metal quando ele abriu a porta.

– Vou tomar o máximo de cuidado que puder…

– Só me solte logo pra gente poder sair daqui.

Rio tentou não desmaiar quando ele a acomodou no banco, mas seu corpo estava tão flexível quanto uma parede de tijolos – e pareceu propenso a se partir ao meio sob pressão suficiente. Quando os lábios deixaram à mostra os dentes da frente, ela fechou os olhos e se inclinou para fora, para o caso de vomitar.

Talvez ainda houvesse drogas em seu corpo.

Sentiu a arma sendo retirada das suas mãos e ficou mais do que à vontade com isso. Inspirando e expirando pela boca, tentou se concentrar em algo para se manter consciente… para se manter viva.

Aquele perfume dele. Rio concentrou toda a sua atenção no cheiro de Luke – e quer isso fosse um efeito placebo, quer houvesse mesmo algum tipo de magia naquilo que ele usara como pós-barba, por fim ela foi capaz de se afastar do precipício.

Como se soubesse que ela estava pronta para ser presa ao cinto, Luke empurrou seus ombros com cuidado até que ela estivesse bem apoiada no banco.

– Cuido do cinto de segurança. – A voz de Luke, tão grave, tão impassível, estava bem junto do seu ouvido. – Só continue respirando.

Bom conselho, ela pensou consigo.

Depois de correr o cinto sobre ela e ajustá-lo no lugar, Luke fechou a porta e ela o seguiu com os olhos embaçados enquanto ele dava a volta pela frente do carro. Quando ele fez uma pausa e girou o molho de chaves na mão, ela tentou se esticar para abrir a trava para ele. Mas não conseguiu erguer o braço.

No ritmo em que seu corpo voltava a se imobilizar na posição atual, ela teria que ser removida cirurgicamente daquele carro.

Felizmente, Luke não tinha os mesmos problemas de mobilidade. Ele praticamente se enterrou atrás do volante e o modo tranquilo como jogou a mochila no banco de trás, sem nenhum esforço, foi o tipo de coisa que ela jamais imaginou que invejaria. Assim que o motor foi ligado, ele engatou a ré e pisou no acelerador.

– Não se apresse – ela murmurou quando eles foram lançados para trás. – Sem acidentes.

– Certo. – Ele manobrou o carro a uma velocidade mais razoável. – Tente dormir. Temos um longo caminho pela frente.

– Onde... – Completar uma frase lhe parecia trabalhoso demais. – Me sequestrando?

Ele negou com a cabeça.

– Mas que porra?

– Acho que eu estaria no porta-malas. – Ela tentou sorrir, mas só conseguiu virar a cabeça na direção dele. – Certo?

– Isso não foi engraçado.

– Um pouquinho.

– Não, nem um pouco.

Seguiram em direção ao rio, um pouco abaixo do limite de 50 quilômetros por hora. Ela olhava para Luke em vez de olhar para a rua. Ele forçava o volante como se quisesse arrancá-lo da coluna, inclinava-se para a frente como se pudesse fazê-los chegar mais rápido aonde quer que iam se o rosto estivesse mais próximo do para-brisa.

Quando a dor aumentou e ela teve aquela terrível sensação de enjoo ameaçando voltar pelo fundo da garganta, ela gemeu.

– Acho que... preciso de um médico.

– Eu sei. Vou cuidar disso.

Ela queria pedir que só a levasse para casa, mas não era seguro. Mozart descobriria cedo ou tarde que seu assassino não só fracassara como havia sido comido. E com apenas um corpo dilacerado na cena, seu antigo "chefe" deduziria que ela ainda estava solta pelo mundo, em algum lugar.

Com todo tipo de informação sobre ele.

– De onde veio o cachorro? – ouviu-se dizer.

Quando Luke não respondeu, Rio deduziu que, assim como ela, ele não fazia ideia. Ou talvez ela não tivesse falado em voz alta? Ela simplesmente não parecia capaz de se conectar com o mundo, a agonia em seu corpo era do tipo que sobrepujava tão completamente seus sentidos que era difícil atravessar aquele torpor para se conectar com qualquer coisa fora de si mesma.

A rampa de acesso da Northway pela Rua Trade chegou rápido demais – e ela suspeitou ter perdido a consciência por um ou dois minutos, o ângulo do carro despertando-a quando chegaram à inclinação e aceleraram. Quando o carro nivelou e eles seguiram para o norte, ela respirou com um tremor.

– Aonde… vamos?

Luke olhou para ela, o rosto sério no brilho do painel.

– É seguro, eu prometo. Tente descansar, está bem?

– Três vezes – disse ela.

– Heim?

– Me salvou… três vezes.

Ele voltou a olhar para a estrada adiante.

– E eu faria isso uma centena de vezes se fosse preciso.

As palavras foram ditas com tanta suavidade que ela não teve certeza de tê-las ouvido direito. E se tivesse? Bem… Nesse caso, ele seria um criminoso com pelo menos algum tipo de bússola moral, não?

CAPÍTULO 17

UNS QUARENTA MINUTOS DEPOIS que Lucan finalmente saiu da Northway, entrou com o Cutlass num caminho para carros com mato crescido e seguiu por uns 150 metros, distanciando-se de uma estradinha rural com menos trânsito do que um caminho para cabras.

À medida que avançava, verificava o estado de Rio. Ela parecia… morta. Estava pálida, com a boca frouxa e o corpo imóvel a não ser pela respiração superficial e rápida, que não era um bom sinal. Durante o trajeto, que demorou mais do que deveria porque ele quis se certificar de que não estavam sendo seguidos, ela se encostou na porta, com o tronco inclinado para longe dele – embora o rosto tivesse permanecido num ângulo que, caso abrisse os olhos, conseguiria vê-lo.

E agora ele se preocupava com não conseguir tirá-la do banco. De não conseguir a ajuda de que ela necessitava desesperadamente.

O caminho terminava ao lado de uma casa de fazenda com fachada de alumínio que já vira dias melhores. Dirigiu até a única vaga da garagem descoberta, freou e desligou o motor.

Ela não se mexeu.

– Rio?

Ao som da sua voz, as pálpebras dela se remexeram e ela gemeu, mas, em seguida, pareceu mergulhar de novo no sono. Ou talvez fosse um coma.

– Eu já volto – disse. – Aguente firme.

Saindo, fechou a porta para que ela ficasse aquecida e andou até a porta dos fundos daquilo que ele pretendia que fosse um refúgio temporário. Infelizmente, a casa muito modesta de dois andares estava em tão mau estado quanto aquele prédio de apartamentos – e ele pensou que, um dia, a levaria para algum lugar muito melhor.

O que, considerando-se o ponto de partida, poderia incluir locais com luxos exóticos como água corrente, eletricidade confiável e aquecimento central.

A entrada dos fundos se abria para um alpendre que mal se sustentava. Ele testou a trava da porta. Quando ela se manteve firme, ele virou o ombro na direção do painel...

E forçou a maldita a se abrir.

O ar que escapou era frio como o da noite e nada mofado – o que significava que existiam tantas janelas quebradas que havia sempre muita brisa passando pelos cômodos. Ele estivera lá dentro uma vez, na época em que o campo de prisioneiros ganhara um novo endereço. Naquele tempo, ele vagava constantemente pelo cenário, seu lado lobo desesperado para sair e se mover sob o luar depois de tantas décadas de confinamento subterrâneo forçado. No entanto, ele sempre voltava para aquele sanatório.

O Executor começara de imediato com aquela merda de demonstração de poder.

Pensando bem, quando se tem meios para agir e coisas a serem feitas, você não fica sentado sem fazer nada se quer criar um império.

Lucan entrou na cozinha. Deduzia que a casa fora abandonada em algum momento nos anos 1970, porque os eletrodomésticos enferrujados cor de abacate e o piso de linóleo amarelo mostarda eram modernos quando ele ainda nem tinha sido jogado na prisão. As janelas e paredes eram uma combinação de girassóis desbotados e não havia mobília digna de nota. Mais parecia uma exposição de museu de como deveria ser uma vida rural idílica que fora roubada.

Uma inspeção rápida nos outros quatro cômodos do primeiro andar não resultou em nada. A rápida passada pelos cinco do segundo andar deu no mesmo. Não estava surpreso: seu nariz lhe dissera de antemão o que os seus olhos levaram seis minutos para confirmar. Mas ele não estava de fato interessado no que havia acima da terra.

A porta para o porão ficava debaixo da escada e estava solidamente fechada, mas se abriu com facilidade. Enquanto ele espiava a escuridão abaixo, a mão se enfiou dentro da jaqueta, mas, então, percebeu que não vestia suas próprias roupas. E não seria inteligente usar a lanterna do celular, de todo modo. Não podia descartar a possibilidade de haver rastreadores, motivo pelo qual desligara o aparelho.

Abrindo armários e gavetas, não esperou encontrar nada, mas havia uma surpreendente coleção de tranqueiras deixadas para trás. Por um golpe de sorte, encontrou uma vela, que acendeu com um fósforo de uma caixa na qual estava escrito "Joe's Steak Shack".

Ah, ok, a vela na verdade era um número 5 e tinha bolo seco na base, o marco esquecido de alguém com aquela idade. Ou 15, 25, 35…

Segurando a base da vela entre os dedos, tomou cuidado ao descer pela escada velha.

Ora, ora… vejam só. Havia um candelabro numa base reta, como se os proprietários ficassem sem luz com frequência e quisessem estar preparados. Usando o 5, acendeu os quatro braços cheios de teias de aranha e se sentiu como Vincent Price ao mover as chamas ao redor.

Tecidos por todos os lados. E tinas, que ele deduzia terem sido usadas para tingimento. Viu também mesas compridas que pareciam ter sido construídas no porão com madeira compensada.

– Perfeito pra cacete.

Pôs o candelabro no chão e se abaixou para juntar rolos e mais rolos de tecido, os quais então abriu para formar uma cama macia. Escolheu posicioná-la atrás da escada – de modo que, se alguém descesse por ela durante o dia, Rio teria tempo de ouvir e se preparar para atirar em quem quer que fosse.

Ela estaria segura ali – pelo menos foi o que ele disse para si mesmo. E ele não ficaria afastado por muito tempo.

Pelo menos não enquanto ainda estivesse escuro lá fora.

Quando Rio despertou novamente, viu-se deitada em uma cama num cômodo iluminado por velas. Quando tentou se levantar, o mundo girou ao redor, por isso, voltou para o colchão.

Só que não era um colchão. Eram… lençóis pesados. Camadas e camadas de… Não, tecido, como os que se encontram na Jo Ann's,[10] todos com diferentes estampas, pesos e cores.

Totalmente desorientada, tentou enxergar além do halo de luz dourada lançado pelas velas. Onde diabos ela estava…

Tudo voltou de uma vez: o homem de cabelos brancos com o canivete se aproximando enquanto ela estava amarrada e amordaçada no chão. O ataque do cachorro. Luke a libertando e carregando para fora até um carro. Esta casa abandonada, para a qual tinha uma lembrança nebulosa de ter sido transportada.

Agora ela estava ali, no porão, naquela cama de tecidos multicoloridos…

Vozes no andar de cima. E passos que fizeram a poeira cair das tábuas acima da sua cabeça.

Uma porta se abrindo e um facho de luz penetrando escada abaixo.

– Rio, sou eu.

Ao som da voz de Luke, ela estremeceu de alívio – e percebeu que erguera a arma e a apontara para a escada de degraus vazados diante dela.

A realidade de que ele não a deixara indefesa significava que ele, e qualquer um com ele, não tinha intenção de machucá-la. Se bem que, considerando-se o quanto ele já a resgatara ultimamente, ela ainda duvidava mesmo do seu gesto de salvador?

Pensando bem, velhos hábitos de autoproteção somem com dificuldade.

– Estou aqui – disse com voz rouca.

– Trouxe ajuda.

---

10 Jo-Ann Stores, LLC., mais conhecida como Jo-Ann, é uma varejista americana especializada em artesanato e tecidos. Sua sede fica em Hudson, Ohio. (N.T.)

Houve uma pausa; em seguida, ela viu as pernas dele no topo da escada velha de madeira. Sabia que eram dele porque ainda vestiam aquelas calças pretas estranhas justas e curtas demais – e, através das aberturas da escada, viu que ele descia um degrau de cada vez. Estaria ferido?

Não. Ele ajudava alguém num manto marrom, alguém que parecia ter pouco equilíbrio.

O avanço foi lento.

E quando, por fim, ele chegou ao piso de concreto, ofereceu o braço a quem quer que estivesse com ele e deram a volta, chegando à luz... Ah, havia mesmo um claudicar. A pessoa manquejava bastante, e a cabeça e o corpo estavam todos cobertos. Nada do rosto estava à mostra, pois uma tela escondia as feições.

– Ela está aqui para ajudá-la – explicou Luke.

Rio relanceou para ele, precisando relembrar tudo o que sabia a respeito do seu rosto, do corpo, da energia. Na luz tremeluzente, ele parecia feroz, com seu corpo imenso. Ao lado dele, a figura com o manto era magra e baixa, mal chegando ao peitoral dele.

Havia uma mulher sob o manto, Rio pensou.

– Permitirá que eu a examine?

A voz, de fato, era feminina, além de suave como seda, e, por algum motivo, Rio visualizou quem quer que estivesse ali embaixo com cabelos escuros e compridos.

– Fui golpeada na cabeça – Rio disse num murmúrio.

– Então, posso examiná-la?

O sotaque era estranho, um misto de francês com alguma coisa de romeno. Não que ela fosse linguista.

– Sim, claro.

Ela nem sequer se deu ao trabalho de perguntar se a mulher era médica ou enfermeira. Ou veterinária. Qualquer coisa era melhor do que nada, e não era seguro ser vista nem por um clínico geral qualquer. Mozart dispunha de informantes em toda parte, dentro e ao redor de Caldwell...

– Você é freira – Rio disse num rompante ao deixar a arma de lado. – É isso o que você é.

Quando a mulher se sentou na beirada da pilha de tecidos, contou com o apoio do braço de Luke e, em seguida, se dirigiu a ele.

– Pode nos deixar agora, e me deixe usar a sua lanterna. Obrigada.

Luke hesitou.

– Você nos deixará – disse a mulher com mais determinação. – Não é o companheiro dela. É inapropriado que cuide dela. Vá.

Depois de um momento, Luke olhou para Rio.

– Estarei lá em cima.

– Não tem problema – disse Rio. Embora temesse estar mentindo para ele.

– Você precisa achar algo para ela comer e beber – a freira ordenou. – Agora. Ela está desidratada e precisa de alimento.

Luke não parecia o tipo de cara que recebia ordens. Mas saiu de fininho na direção da escada, como se tivesse levado bronca de uma professora do ensino primário.

Depois que o peso dele forçou os degraus na subida, a figura de manto e rosto coberto por uma tela se voltou para Rio. Mas a mulher não disse mais nada até Luke fechar a porta.

– Conte-me, fêmea – pediu com gentileza –, o que aconteceu com você?

Os olhos de Rio marejaram. Teve a intenção de falar… mas, de repente, não tinha mais ar nos pulmões.

– Ah, fêmea. Lamento muito. – Uma mão suave segurou a sua. – Apenas respire, não temos pressa.

– Estou bem. – Quando inspirou fundo, Rio se retraiu. – De verdade.

Estaria? Ela não tinha certeza absoluta. Ou talvez nenhuma.

– Onde sente dor?

Em toda parte.

– A cabeça é o pior. Bateram nela com uma arma, acho. Pelo menos duas vezes.

Determinada a ser uma boa paciente, embora não estivesse perto de alguém com uma prancheta julgando a sua atuação como convalescente, sentou-se. O tecido rosa e branco que a cobria até o queixo caiu…

Revelando a camiseta cortada e a marca vermelha onde a ponta do canivete a cortara.

Rio olhou para si mesma. E, com mãos trêmulas, juntou as duas metades para se cobrir.

– Você ficará bem – disse a mulher com tristeza. – Pelo menos fisicamente. Eu vou me certificar disso.

Entre um piscar de olhos e o seguinte, Rio se viu novamente deitada no chão daquele apartamento, presa entre duas estacas, aquela lâmina prateada descendo…

O tremor se apossou dela tão rapidamente que o corpo inteiro se viu inundado pelo flashback de adrenalina.

– Venha, vamos cuidar da sua cabeça – disse a mulher depois de um momento. – Começaremos por ela.

Ou, pelo menos, Rio pensou que as palavras tinham sido essas.

De repente, ela não conseguia ouvir direito por cima dos gritos dentro do seu crânio.

CAPÍTULO 18

Lucan ficou parado de pé na cozinha antiquada, encarando a janela empoeirada, tentando não pensar no que estava acontecendo lá embaixo. Enquanto o tempo se arrastava até um limite insuportável e ele sentia vontade de socar alguma coisa, explodir numa chuva de cartilagem ou enfiar a cabeça através da parede, um par de faróis surgiu no longo caminho para carros e se aproximou da casa de fazenda.

Ele sacou duas pistolas e baixou o olhar para as armas. Uma era do campo de prisioneiros, concedida a ele para ser usada contra os humanos no tráfico de drogas. A outra era da mochila que ele pegara daquele apartamento. Sabia quantas balas havia na primeira, não fazia a mínima ideia da quantidade na segunda.

Aproximando-se da porta, encostou-se na parede e olhou para fora. Quando os faróis foram apagados, seus olhos de licantropo se ajustaram.

Um hatchback estacionado rente ao para-choque do Cutlass roubado, e quando Mayhem saiu com três caixas de pizza, Lucan sussurrou uma oração para a Loba Anciã, embora não acreditasse na coisa. Nela. Na porra que fosse.

– Estou te devendo essa – disse para Ela ao sair da casa. Depois falou mais alto: – Você conseguiu.

Mayhem aproximou-se com seu característico modo jovial, erguendo as caixas como se elas fossem troféus de uma competição de corrida de obstáculos.

– Trouxe de queijo, de pepperoni e queijo, e de calabresa.

– Também trouxe…

O prisioneiro apontou com a cabeça por cima do ombro.

– Trouxe um galão de água filtrada. Foi o melhor que consegui fazer. Está no banco de trás, aqui, pega isto…

Lucan aceitou a pilha de caixas, ensanduichando-as entre as armas que ainda segurava, sentindo o calor e o cheiro de queijo derretido e molho.

– Volto pra pegar a água…

– Eu levo…

– Não.

Mayhem parou antes de abrir a porta de trás.

– Por que não? Você disse que precisava de ajuda.

– Fique aqui – Lucan retrucou. – Você não vai entrar.

Ele entrou na casa, deixou a comida na bancada lascada e saiu apressado.

– Pode esquecer – disse no segundo em que pisou no lado de fora. – Nem começa.

Mayhem estava encostado no hatchback, com os braços cruzados diante do peito, o galão de água pendurado entre dois dedos. E não estava sorrindo.

– Não vou falar a respeito. – Lucan adiantou-se. – Me dá a água. Estou te devendo. E paramos por aqui.

– Você tem um problema, prisioneiro.

– Talvez sim, talvez não. Mas, o que quer que seja, não é da sua conta.

– O diabo que não. Você me pediu pra trazer comida. Se for apanhado com... o que quer que esteja acontecendo aqui, eu estou metido nisso.

– Ninguém sabe que você está aqui.

– Não há garantias disso. Você sabe como a porra acontece no campo. Existem poucos segredos e as raras coisas que ficam escondidas podem ser usadas contra você.

– Então, quanto menos você souber, melhor, certo?

– Não, neste caso, quanto menos retaguarda você tiver, em mais perigo eu estarei.

– Não preciso de retaguarda.

– Precisou das pizzas. E o que vai fazer pra conseguir comida amanhã?

– Eu mesmo vou buscar. Hora de ir embora, Mayhem...

– Sei que trouxe a enfermeira para cá. – Quando Lucan estreitou os olhos, o outro prisioneiro meneou a cabeça. – Portanto, uma de duas coisas está acontecendo. Ou você está trepando com aquela mulher de manto ou ela está tratando de alguém pra você. Como o seu pedido não incluiu uma dúzia de rosas vermelhas, acho que não se trata de um encontro.

Lucan se inclinou para a frente e apanhou a água.

– Faça um favor a si mesmo e pare de pensar em mim, nesta casa e em toda a merda que não está acontecendo.

– *Você* me pediu para vir.

O "babaca" ficou implícito no tom.

– E, agora, estou pedindo para dar o fora daqui.

Pela primeira vez, os olhos de Mayhem faiscaram com uma agressividade dissonante da sua personalidade costumeiramente inabalável, de que nada tinha importância.

– Você não vai querer fazer isso sozinho, licantropo – o macho disse numa voz baixa ao puxar de volta o galão de água. – E não estou falando da porra que está acontecendo nesse buraco de casa. Estou falando do campo de prisioneiros. Temos apenas trezentos machos e fêmeas, e o Executor precisa de cada um de nós. Você tem permissão para ir para Caldwell e tratar de negócios porque ele vai te foder com força se você não fizer isso. Essa liberdade não vai durar para sempre. Vão dar pela sua falta se ninguém te der cobertura. Ou tinha planejado sair daqui para a contagem em menos de uma hora?

– Porra. – Lucan ficou andando em círculos. – Não posso sair ainda.

– Então, o que pretende fazer a respeito da contagem? – Quando Lucan não respondeu, Mayhem entregou a garrafa plástica. – O meu preço é saber que diabos está acontecendo. A comida e a água são de graça.

Lucan deixou a cabeça pender para trás e olhou para as estrelas. Depois nivelou seu olhar de novo.

– Por que diabos se importa?

Com um dar de ombros, Mayhem respondeu:

– Não tenho nada melhor a fazer. E faz quanto tempo mesmo que não tenho permissão para ver TV? O seu dramalhão vai ser o meu programa predileto.

– Isto aqui não é uma porra de uma brincadeira.

– Eu não disse que era. O que eu disse foi que você precisa de mim e dei o meu preço. O que as palavras custam para você?

A vida de Rio, Lucan pensou.

– Jesus Cristo – murmurou.

– Como é? Estou mais pra Lúcifer.

– Não, você se parece mais com um criançião. – Depois de lançar ao outro um olhar bravo e tenso, Lucan apanhou a água. – Você não vai descer ao porão. Vai ficar no térreo.

Quando ele se virou, Mayhem o acompanhou de perto.

– Onde estão os seus sapatos?

– Não nos meus pés.

– Isso eu estou vendo.

Pela porta dos fundos, os dois entraram na cozinha...

Mayhem parou quando as narinas inflaram. Em seguida, meneou a cabeça.

– Um humano. Então se trata de um maldito de um *humano*?

Naquele momento, a porta do porão se abriu e Nadya, a enfermeira, surgiu no último degrau junto à soleira.

Tanto Mayhem quanto Lucan saltaram adiante para ajudá-la, mas ela os afastou com um gesto. Depois de recobrar o fôlego, ela disse a única coisa que Lucan não queria ouvir.

– Temos que levá-la. Ela sofreu duas pancadas na cabeça e precisa ser monitorada. Não posso ficar aqui muito tempo mais e você não vai saber o que fazer se ela tiver uma convulsão.

Mayhem lançou as mãos para o alto, foi até as pizzas e levantou a tampa da caixa de cima. Quando deu uma mordida, Lucan praguejou.

E praguejou um pouco mais.

José acabara de sair da delegacia, tendo terminado de preencher o relatório com os detalhes da cena naquela boca de fumo, quando seu celular tocou. Agora, ele não estava mais a caminho de casa, mas seguia para a parte urbana mais distante da periferia.

Sua casa fora o plano, mas não uma promessa. Depois de todos esses anos, sabia que não podia prometer nada à sua esposa quando se tratava de fazer hora extra. Era uma boa regra a seguir, uma da qual não sentiria falta quando já não fosse um requisito operacional.

– Sim, sim, estou vendo. – Passou o celular para o outro ouvido, aquele que sempre funcionara melhor. – De tijolos, certo? Três andares, sim, estou encostando agora. Aí está você.

Estacionando sua viatura não identificada entre um caminhão e uma minivan, ele saiu e trancou o carro. Sua dor de cabeça, que fora um barulho de fundo constante por uma bela hora ou duas, misteriosamente desaparecera assim que atendera ao chamado do capitão. Que se recusava a ser conhecido como chefe.

Considerando-se tudo, deveria ter sido o oposto, pensou ao esperar que uns dois carros passasse. Mas concentrar-se em meio ao desconforto era ou um hábito ou uma habilidade sua.

De todo modo, refinara isso ao longo do tempo.

Com o caminho livre, atravessou as duas pistas. Ou se arrastou, mais precisamente.

– Capitão – disse erguendo a mão.

Parado diante da entrada de um prédio de apartamentos como qualquer outro com fachada de tijolos, o Capitão Stanley Carmichael vestia roupas normais – o que equivalia a dizer que usava um terno escuro. A gravada estava frouxa, contudo. Era apenas uma faixa de seda pendurada no pescoço. O homem também estava fumando. Segurava um cigarro pela metade entre os dentes e havia duas bitucas esmagadas junto aos sapatos sociais.

– Obrigado por vir, José – foi a saudação cansada.

– Stan, o que está acontecendo?

Quando José se aproximou dos degraus de concreto, enfiou as mãos nos bolsos e pensou nas tantas vezes que estiveram lado a lado em todos os diferentes contextos de proximidade: tinham ingressado na academia de polícia ao mesmo tempo, uns 150 milhões de anos atrás. José não tivera muita paciência para o lado político da coisa, contudo; envolvera-se demais na solução de crimes. Seu camarada, por outro lado, sobressaíra-se em manter bons contatos, mas não de maneira fingida. Mesmo enquanto galgava os degraus da hierarquia, Stan permanecera próximo de todos os níveis: os novatos, todas as patentes de policiais e até a própria prefeita.

– Estou com um problema – disse o capitão.

Quando o cara só continuou olhando ao longe e fumando seu cigarro, José se recostou na grade do outro lado da entrada do prédio.

Há momentos em que perguntas são invasivas, mesmo quando você é convidado a participar da conversa. Nessas ocasiões, o silêncio e a respiração pausada são os preparativos para a coisa difícil que está por vir.

– Muito bem – disse Stan –, vamos entrar.

O capitão largou o cigarro ainda com muito tabaco antes do filtro. Esmagando-o com a ponta do sapato, ele abriu a porta externa que dava para o espaço onde ficavam as caixas de correio. Após a fileira de quadrados pequenos, havia uma segunda entrada toda de vidro, e Stan a destrancou com uma senha que inseriu num teclado.

A recepção do outro lado tinha um carpete genérico, papel de parede feio e um elevador de cuja porta pendia uma placa torta de "Quebrado" presa com fita adesiva. O cheiro era uma mistura de comida feita em panela elétrica, café fresco e amaciante de roupas; não exatamente ruim, mas um pouco excessivo para o nariz. Enquanto isso, debaixo dos pés, o chão rangia como se talvez pudesse ter se beneficiado de um conjunto extra de vigas de sustentação no porão.

Aquele poderia ser um dos milhares de prédios semelhantes espalhados pela cidade. Pelo estado. Pelo país.

À medida que avançavam, o capitão que se recusava a ser chamado de chefe não dizia nada, e José estava satisfeito em apenas segui-lo

– porque não estava com pressa de ouvir a história. Já sabia do que se tratava, embora ainda não tivesse um nome, e podia deduzir as circunstâncias, ainda que não tivesse os fatos.

A escada tinha degraus baixos mais profundos do que o normal, e José podia apostar que muitas pessoas tropeçavam neles porque não atendiam ao padrão de altura e profundidade. No topo do lance, o capitão virou à esquerda. Dois apartamentos adiante, ele parou na frente de uma porta que não era diferente das outras no corredor. Por força do hábito, José olhou para a esquerda e para a direita, notando que todas as portas tinham números que começavam com 2 porque estavam no segundo andar. Também verificou se havia alguém espiando por elas e se havia alguma mancha diferente na passadeira.

O capitão pegou uma luva de nitrilo do bolso, ajustou-a e inseriu uma chave na tranca. Com o polegar e o indicador, girou a maçaneta de latão e empurrou.

O apartamento estava escuro e abafado, iluminado por uma única lâmpada acesa no meio do teto da sala de estar. Quando Stan fez menção de entrar, José o segurou pelo braço…

– Pare.

O outro homem congelou como uma estátua.

– O que foi?

José apontou para as marcas no carpete.

– Marcas de arrasto e sangue. Esta é uma cena de crime em potencial, capitão.

Stan fechou os olhos por um momento e depois pareceu murchar.

– Você tem razão.

– Não podemos entrar sem as botas descartáveis. Temos um corpo?

– Não sei. Foi por isso que o chamei.

– Stan, venha cá. – José o puxou de volta para o corredor, a porta do apartamento se fechando sozinha ainda com a chave na fechadura. – Fale comigo. Quem diabos mora aqui?

– Rio Hernandez-Guerrero. Ela é uma das nossas infiltradas. Envolveu-se em dois incidentes ontem à noite. Eu a transferi para o trabalho administrativo, seguindo o protocolo, e ela deveria ter ido à sede hoje de manhã. Ela não apareceu nem telefonou. Procuramos as fontes dela no centro da cidade, ninguém a viu. O carro dela está estacionado aí na frente. O celular está desligado. E ela não esteve aqui…

– Alguém já entrou no apartamento?

– O policial Tan da Divisão Interna veio verificar se ela estava bem. Não houve resposta à sua batida, por isso ele entrou, acendeu a luz e investigou o apartamento. Conseguiu entrar porque o antigo colega de patrulha de Rio ainda tinha a chave e nos deu. – O capitão apontou com a cabeça para a porta. – Tan voltou e verificou tudo de novo às quatro. Nada. Ninguém.

– Certo. – José consultou o relógio apesar de ter uma ideia de que horas eram. – Só pra confirmar, ninguém teve notícias dela desde que você conversou com ela ontem à noite?

– Ninguém. Ela disse que ia para o P.S. do St. Francis para ser examinada. Tenho um conhecido no hospital que disse que não registraram nenhum paciente com nome dela, seja o real ou o codinome. E nenhum dos nossos informantes ou policiais disfarçados a viram ou tiveram notícias dela.

– Parentes?

– Nenhum em Caldwell. Ela tem alguns primos distantes fora da cidade, que também não falaram com ela.

– Marido, namorado, colega de quarto?

– Não que saibamos.

– E a quem ela se reportava?

– A mim, basicamente. Portanto, estou me sentindo responsável pra cacete por ela.

José deu um apertão no ombro do homem.

– Fique aqui no corredor, Stan.

O capitão assentiu.

– Tenho luvas, se precisar.

– Sim, claro. – José tinha luvas de nitrilo no bolso, junto aos protetores para os sapatos, mas aceitou as que o capitão lhe oferecia porque, às vezes, as pessoas precisam sentir que estão ajudando. – Obrigado.

De luvas e com os sapatos cobertos, José entrou no apartamento. Havia um pequeno corredor, que terminava numa área aberta com um sofá e uma TV, e uma cozinha estreita. As portas fechadas no cômodo eram armários e talvez um lavabo. Do outro lado, uma porta de correr de vidro permitia que a luz ambiente das lâmpadas de segurança do lado externo do prédio entrasse.

Um corpo fora arrastado pelo carpete. As marcas de saltos formavam trilhos paralelos salpicados por pontos vermelhos.

Ele seguiu a trilha até a porta do quarto. Lá dentro, as janelas estavam cobertas por cortinas parcialmente abertas e, na penumbra da luminosidade externa, ele conseguia ver marcas de luta no colchão, lençóis e cobertas que haviam sido jogados no chão, assim como em um travesseiro torto junto à cabeceira. Marcas no lençol de baixo também sugeriam sangue.

Aquilo era ruim.

José pegou o celular e ligou para um número conhecido em sua lista de contatos. Depois de dois toques, uma voz feminina atendeu.

– Kim, sou eu – anunciou. – Sim. Bem. Você? Maravilha. Escuta, sei que está de folga hoje, mas preciso da uma ajudinha numa cena de crime… – Fechou os olhos. – Você é demais. Deixa eu te passar o endereço.

Quando desligou, encarou a cama. Ficara sabendo de uma agente chamada Hernandez-Guerrero na força policial, mas não sabia que trabalhava infiltrada. E esse era o objetivo, não?

Certamente era a mulher sobre quem Trey tinha falado.

Merda.

CAPÍTULO 19

A MELHOR LEMBRANÇA QUE Rio tinha de seu irmão mais novo, Luis, era da tarde em que levaram o barco de pesca do avô para o Lago Saranac. Tinham doze e dez anos na época, e ela ficou encarregada do motor de manivela Evinrude de quinze cavalos de potência, acoplado à popa. Enquanto avançavam aos solavancos, houve uma sensação hipnótica no modo como balançavam ao longo da margem. Ela não gostava muito de minhocas, anzóis e varas, mas gostara de estar no comando, e Luis e o barco foram seu pequeno reino pelo tempo em que ficaram sozinhos.

Quando, por fim, ela desligou o motor, conseguia se lembrar como se fosse hoje dos dois lá na baía tranquila, do leve balançar do casco raso de metal e da luz do sol em sua cabeça e ombros, com o céu azul acima das árvores perenes escuras como num sonho.

Ela lá estava de volta, no barco, olhando para além do assento acolchoado cor de mel do meio. Luis estava na proa com uma linha no lago, os olhos castanhos fixamente apontados para o flutuador como se desejasse mentalmente que um robalo mordesse. Ele fora um garoto esquelético de boca grande: a primeira característica, um dado da balança; a segunda, uma fanfarrice para encobrir o coração doce e uma natureza preocupada.

Se soubesse o que aconteceria, ela teria sido mais gentil com ele naquele dia. Também teria sido mais cuidadosa.

Ele era menos energético do que todos pensavam, e isso foi a raiz de tudo o que se seguiu.

Em retrospecto, ela tivera que encontrar um modo de racionalizar tudo sem culpá-lo. Logo depois da overdose, tentou odiá-lo e não conseguiu viver dessa maneira.

Enquanto o barco continuava a balançar, seus pensamentos se desviaram para fragmentos, nada se fixando, nem mesmo o passado sobrecarregado…

– … cheiro? Temos que disfarçá-lo.

– Vou cuidar disso.

Um homem e uma mulher conversavam, bem perto dela, e isso foi confuso porque: como diabos isso aconteceu no meio da baía? Desistindo de tentar entender qualquer coisa, ela ficou aliviada ao reconhecer as vozes, especialmente a masculina. E, por falar em cheiro, havia algo terroso em seu nariz.

Só depois que forçou as pálpebras a se levantarem ela percebeu que estavam abaixadas, e quando seus olhos se esforçaram numa escuridão intensa, não havia muito a ser visto – e não porque sua visão não estivesse funcionando. Estava muito escuro, com apenas um brilho fraco de uma lâmpada acima para orientá-la.

E, ah, esqueça aquela coisa de barco. Não estava num lago; estava sendo carregada, com as pernas dobradas e o tronco amparado nos braços fortes de alguém, as passadas largas criando o movimento de vaivém.

– Luke? – Ou, pelo menos, foi isso o que ela tentou dizer. O nome saiu num grunhido.

– Está tudo bem, estamos quase lá – ele respondeu tenso.

Nos recessos da mente, ela tinha ciência de que estava em grandes apuros, e não somente porque era uma policial disfarçada se infiltrando ainda mais profundamente no ambiente do fornecedor: sentia que estava muito mais seriamente ferida do que conseguia compreender – que é o que acontece quando o seu cérebro é a parte mais machucada do seu corpo.

Como as pálpebras pesavam 300 quilos cada, ela deixou que fechassem novamente – e foi bem nessa hora que notou o eco dos passos ao seu redor, como se tivesse sido levada para um espaço aberto. O cheiro também estava diferente: adstringente, com um toque de limão florescendo em seu nariz. Que era bem melhor do que o fedor opressivo de terra de antes.

– Por aqui – disse a voz feminina. – A última da fila, por favor.

Mais balanço. Em seguida, um abaixar suave e algo foi colocado acima dela. Depois disso, o som de um fósforo sendo aceso e uma fragrância doce e amadeirada.

Incenso, pensou.

– Isso vai mascarar o cheiro. – A mulher era firme, como se estivesse no comando. – Mas ninguém vem aqui. O Executor acredita em azar.

– Está bem – Luke disse baixinho. – E obrigado.

– Estou fazendo por ela.

– Ela vai viver?

Não sei, Rio respondeu para si.

Quando o medo surgiu forte em seu peito, ela ergueu uma das mãos. Uma manga de couro estava bem onde ela precisava, e Rio a agarrou como se fosse um salva-vidas.

Porque era.

– Não me deixe – gemeu.

Houve uma pausa. Em seguida, o fornecedor de drogas, Luke, fez uma promessa que ambos sabiam que ele não podia cumprir:

– Nunca.

Lucan não sabia que porra dizia. Inferno, mal sabia onde estava. Aquilo *não* era parte do plano.

Porém, ao se ajoelhar no chão ao lado do leito hospitalar, ficou se perguntando que diabos pensou que iria acontecer? Rio estava machucada demais para continuar no frio daquela casa de fazenda sozinha o dia inteiro.

Claro que agora ele tinha grandes problemas – assim como ela, piores do que os hematomas e os ferimentos. No campo de prisioneiros, a probabilidade de sobrevivência aumentava enormemente quanto menos pessoas houvesse na sua lista de dependentes. Por exemplo, se você só tivesse que se preocupar consigo mesmo, automaticamente sabia onde estavam todos com quem você se importava.

Graças ao seu reflexo de salvador, ele tinha a ela... e aquele seu outro assuntinho.

Naquele ritmo, acabaria com uma lista à altura da agência de recenseamento.

A enfermeira, Nadya, voltou com uma panela rasa e algumas toalhas macias.

– Preciso limpar o ferimento na parte de trás da cabeça. Por favor, role-a na direção da parede.

Lucan olhou ao redor. O depósito grande onde estavam tinha todo tipo de equipamento médico nas prateleiras e embalagens descartadas das mais diversas coisas no chão, além de latas repletas de coisas que tinham que estar vencidas demais para serem usadas. De alguma forma, a enfermeira também conseguira encontrar sete camas hospitalares em estado razoável. Duas estavam ocupadas no momento.

Na ponta oposta da fila, o outro paciente estava escondido atrás de lençóis pregados em painéis ao redor do colchão. Para dar privacidade.

Porra, Lucan pensou. Desejou que aquilo fosse uma clínica de verdade.

– Aguenta firme, Rio – murmurou. – Só vou movê-la um pouco.

Ela gemeu e ficou rija quando ele virou o peso dela para o lado. Quando ele pôde dar uma boa olhada no ferimento da base do crânio, praguejou.

– Você tem que me dar espaço para que eu consiga cuidar dela.

Lucan se reposicionou na parte inferior do colchão. Quando a enfermeira se ajoelhou onde ele estivera, o manto se assomou ao seu redor e ela inclinou a cabeça num instante de oração. Ele sentiu como se devesse se juntar a ela, mas não acreditava em nada.

Muito embora talvez o fato de que aquela fêmea estivesse disposta a ajudar parecesse prova de que a Loba Anciã existia. Mas quem é que podia saber.

A água que Nadya trouxera era limpa, retirada do poço. A gaze também estava limpa, tendo sido coletada das sobras dos suprimentos. Desejou que houvesse uma máquina de raios-X. Cirurgiões. Soro e acesso intravenoso. Tudo de que Rio pudesse precisar…

Enquanto a enfermeira limpava o corte, Rio gemeu de dor.

– Estou aqui – Lucan disse apoiando a mão em sua perna.

– Muito bom – murmurou a enfermeira. – Não é preciso dar pontos.

– Quanto tempo acha que levará até ela se recuperar?

– Veremos. – O capuz do manto com a tela na frente do rosto se virou para ele. – Não sei muita coisa sobre a cicatrização dos humanos, só que é muito mais lenta do que a nossa. Onde a encontrou?

– No centro da cidade. Em Caldwell.

– Você a atropelou com o seu carro?

Como se Rio fosse um cachorro de rua.

– Não. Eu só… tinha que ajudá-la.

– Você fez a coisa certa. Nunca é errado demonstrar compaixão, pouco importando quem ou o que a criatura é.

Lucan não concordava em nada com aquilo, por isso, ficou de boca calada…

Na ponta oposta da fila de camas, os lençóis pendurados no teto se moveram como se levados por uma leve brisa, a ondulação lembrando-o da chama de uma vela ancorada pelo pavio, oscilando numa corrente de ar.

O que apareceu por trás da cortina fina e improvisada não fez sentido algum.

Apex saiu por uma abertura entre os painéis e, ao emergir, o macho não se deu ao trabalho de olhar ao redor ou à frente. O que foi tão inusitado quanto se estivesse armando uma barraca do beijo: um filho da puta paranoico, com instintos homicidas mais azeitados do que o gatilho de um rifle de assalto, ele nunca deixava de examinar o ambiente.

Em vez disso, nem pareceu notar Lucan. Ou a nova paciente, que tinha cheiro de humana porque o aroma de incenso ainda não havia se espalhado.

O prisioneiro só saiu do depósito, passando a mão no rosto como se estivesse tentando apagar o que vira.

Ou enxugando lágrimas.

– Não entendo.

– O que disse? – murmurou a enfermeira.

– Nada.

– Vamos apoiá-la de lado assim, com alguma coisa para segurá-la. Ela descansará melhor sem apoiar o peso na ferida.

Lucan se pôs rapidamente de pé porque estava desesperado para ter alguma porra para fazer – no entanto, por uma fração de segundo, o depósito lhe pareceu uma confusão tamanha que seu cérebro não conseguiu assimilar as seções reunidas. Mas, em seguida, foi até uma mesa desmontável e apanhou uma pilha de tecidos dobrados que só podiam ser lençóis. De alguma forma, estavam limpos. Outro milagre.

– Que tal isto?

– Sim – disse Nadya. – Apoie nas costas dela. Ela está fraca demais para se manter nessa posição sozinha. Eu aplicaria soro, mas não confio naqueles frascos que encontrei. Esterilizarei mais água e garantirei que ela beba mesmo que tenha que erguê-la.

Depois de se certificar de que Rio tinha o suporte de que precisava, ele deu um passo para trás.

– Tenho que ir para a contagem.

O capuz se voltou para ele com rapidez.

– Sim, vá se deseja protegê-la. Não quero ser notada, e se forem procurá-lo, podem vir para cá.

– E quanto a você? E se você precisar…

– Se posso cuidar dele – ela apontou com a cabeça para a fila de leitos –, posso cuidar dela. E ninguém mais procura por mim nas contagens. Terei que agradecer à Virgem Escriba pelas superstições estranhas do Executor.

– Estou indo agora.

Mas levou ainda um tempo para ele começar a andar. Não conseguia se despedir de Rio.

Pense em premonições. Ele sentia como se, caso dissesse a palavra, poderia condená-la à morte. Ou algo assim.

De que porra sabia ele?

Depois de abrir caminho em meio a pilhas e prateleiras, empurrou a porta que dava para o corredor do porão e arrastou uma mão pelos cabelos.

Havia muita coisa que ele não entendia sobre a sua situação e sobre si mesmo naquele momento. Uma parte do enigma era que, aparentemente, ele e Apex tinham algo em comum.

Ambos estavam profundamente preocupados com alguém.

E isso era uma notícia muito ruim no campo de prisioneiros.

CAPÍTULO 20

A MANSÃO DA IRMANDADE da Adaga Negra estava silenciosa, todos os pombinhos aninhados em suas camas, nenhuma criatura se mexendo…

Exceto por aquela cuja pele fervilhava. Cujos ossos doíam. Cujo corpo exigia um tipo de sustento que não tinha nada a ver com ar ou água ou comida. Ou mesmo sangue.

Na sala de bilhar, Vishous estava sozinho junto ao bar, com um copo de gelo cheio de Grey Goose girando, girando… girando… em sua mão enluvada. A boca estava levemente aberta e ele respirava pelos lábios.

Exalando. Exalando. Exalando.

Suor brotara em sua testa, que ele enxugou numa sequência de passadas, como se o braço inteiro estivesse sofrendo um tique nervoso. Debaixo da camiseta, os peitorais sofriam espasmos, o abdômen se retraía. De tempos em tempos, a cabeça se movia para a esquerda, para a direita, as vértebras superiores estalando.

Ele fechou os olhos e ouviu o rugido dentro do seu crânio. Pensamentos demais. Gasolina demais das emoções sobre as quais ele se recusava a pensar. A falar. A admitir. Abrindo os olhos, ele verificou as horas no celular. Depois deu uma batida com o coturno – e se arrependeu de ter feito barulho. A última coisa de que necessitava era uma interação com qualquer um.

Teria esperado no Buraco, mas estava ansioso demais.

E rezou para sua *mahmen* que não existia mais para que Lassiter não entrasse na sala. No átrio. Na maldita casa.

Por favor, ó Poderosa Virgem Escriba em todos os seus mantos e vestes, se um dia me amou, e sei que não, mas, mesmo assim, só não deixe aquele anjo caído…

Virando a tela do celular para cima, olhou as horas uma vez mais. Depois ergueu o copo, levou-o aos lábios, abriu a garganta – e inclinou a cabeça para trás. Engoliu sete centímetros de vodca de uma vez só, a leve queimação um fogo descendo pelo esôfago até o estômago.

Aquilo não ajudou com o suor. Enxugou a testa de novo…

Bing!

V. largou o copo ao levantar o celular. Abrindo a única mensagem que tinha chegado, ele viu o que esperava ver, o que precisava ver.

Só um ponto-final.

Tomou mais um gole do copo, sorvendo o que restara. Em seguida, colocou-o de lado, apoiou as duas mãos na beirada de granito da bancada do bar e curvou os braços. Apoiando todo o seu peso, contraiu os músculos dos ombros e depois foi descendo ao longo da coluna, arqueando-a. Calor agora, aflorando em todo o seu corpo.

Por trás do zíper da calça de couro, seu sexo engrossou. Endureceu.

Empurrando o balcão, girou e atravessou a sala. Na saída, seu quadril se chocou com uma das mesas de bilhar e a dor fez seu pau latejar ao ritmo das batidas do seu coração.

No átrio de entrada, ele atravessou o mosaico com o desenho de uma macieira em flor em total silêncio, relanceando por cima dos degraus acarpetados de vermelho para as portas abertas do estúdio de Wrath. Ao longe, ele conseguia ouvir *doggens* conversando na cozinha e alguém passando o aspirador, o zunido agudo tão alto quanto um concerto para ele. A Última Refeição já fora retirada há bastante tempo e era cedo demais para o preparo da Primeira Refeição, e esse intervalo tipicamente era designado para que os criados dormissem. No entanto, Fritz organizara um rodízio para que sempre houvesse alguém da equipe disponível em todos os momentos.

Dando a volta na base da escada, seguiu para a porta escondida debaixo da enorme elevação entalhada em madeira e folheada a ouro. Inserindo a senha, percebeu que a mão suava enquanto abria a passagem subterrânea.

Desceu dois degraus de cada vez e, quando chegou ao túnel subterrâneo que dava para o centro de treinamento, quase correu.

Mas havia duas pessoas vindo na sua direção.

Tohr e Xcor andavam lado a lado, com toalhas ao redor da nuca, os corpos imensos brilhando de suor. Enquanto V. se aproximava dos meio-irmãos, percebeu que falavam com ele, dizendo que Jane ainda estava na clínica…

É. Ele sabia disso.

… perguntando como ele estava, dizendo que tinham tido uma ótima sessão de treino na academia.

Ele colocou o celular na frente da sua enorme ereção.

– Simbemobrigadotchau.

Ou algo assim. Ele não fazia a mínima ideia do que saía da sua boca e não se importou com isso. Só queria que as sílabas fizessem um mínimo sentido para que nenhum dos lutadores o parasse, imaginando que ele estivesse sofrendo um AVC.

Quando seguiram em frente, assim como ele, V. respirou fundo. Talvez pela última vez no dia.

Quando chegou à porta do centro de treinamento, fez uma pausa. Estava ficando cada vez mais difícil não ter um orgasmo. Cada passo, cada mudança de postura fazia com que o couro justo resvalasse no pau e apertasse o saco hipersensível.

Com a antecipação e as imagens passando pela sua cabeça, sua excitação estava no limite de explodir.

Sua mão tremeu quando ele inseriu a senha, e o som abafado da trava se retraindo o fez engolir em seco.

Quando passou pelo armário de suprimentos do escritório, o ombro bateu numa pilha de envelopes e a derrubou da prateleira. Ele deixou a pilha espalhada onde caíra.

Do outro lado, a sala com parede de vidro, computador e mesa estava vazia e escura, a iluminação do corredor adiante fornecendo um luar falso.

V. seguiu em frente, empurrando a porta de vidro e chegando ao corredor de concreto que descia até a garagem à direita e seguia toda a vida até a piscina e a área de prática de tiros à esquerda. Inspirando fundo pelas narinas, sentiu os cheiros de Tohr e Xcor… e de ninguém mais, ainda bem. E se Fritz decidisse descer ali para limpar? V. enviaria o mordomo de volta à cozinha para preparar 52 sanduíches de metro para Hollywood. Sem dúvida Rhage ficaria imensamente grato.

O problema de viver numa casa imensa com tantos funcionários era que, às vezes, a discrição entre a equipe e o ritmo circadiano natural dos padrões de sono dos vampiros deixava um pouco a desejar. Você quer privacidade de verdade, do tipo em que não apenas está sozinho com alguém, mas isolado de todo o resto.

Abaixando a cabeça, voltou a se mover, os olhos fixos nas pontas de aço gastas dos coturnos. A clínica médica do centro de treinamento foi algo que ele construiu para sua Jane como uma espécie de presente de noivado/vinculação. Na verdade, fizeram muito do trabalho juntos. Ela ajudara com as paredes de drywall da construção e planejara todos os ambientes de tratamento, desde as salas de exame e de recuperação até a própria sala de operações.

Quando chegou ao setor dela das instalações, todas as portas estavam fechadas. Exceto uma.

A última estava entreaberta, a trava encostada no piso de azulejos, uma fenda brilhante de cinco centímetros revelando a abertura entre os batentes.

V. baixou a mão enluvada sobre a ereção. Não pôde evitar…

O sibilo emitido pareceu tão alto quanto a buzina de um carro.

Bateu à porta. Quando não houve resposta, empurrou-a para entrar.

A sala estava iluminada com velas negras em candelabros altos, as pontas das chamas se agitando quando ele entrou.

O leito hospitalar não tinha lençóis e fora afastado da parede; estava agora no meio do cômodo, o pé do colchão de frente para a porta. Toda a mobília, a cadeira, a mesinha rolante, até mesmo o quadro e a TV da parede tinham sido retirados.

Engolindo de novo, deu um chute na porta e, quando ela se fechou, ele desligou o celular. Havia um armário pequeno e ele colocou o aparelho lá, numa prateleira estreita. Depois disso, puxou a camiseta de dentro da calça e a tirou. Esticando os braços acima da cabeça, arqueou-se para trás, tentando relaxar a tensão que travava toda a sua coluna.

Quando abriu o botão da calça, a ereção saltou para fora…

Puxa. Gozara em algum momento do trajeto até ali.

Não tinha nem sequer percebido, tão grande era a sua antecipação erótica.

Inclinando-se para baixo, desceu a calça pelas coxas e, quando chegou às panturrilhas, percebeu, embora fosse membro da Mensa, que se esquecera de desamarrar os cadarços dos coturnos. Cuidou rápido desse problema… E logo chutou as botas pesadas dos pés e arrancou as calças. Por último, tirou as meias.

Embora fosse maníaco por ordem, excetuando-se a sala de estar do Buraco, enfiou as roupas emboladas no fundo do armário…

Quando se virou, parou.

V. não se mexeu. A não ser pelo pau.

Que latejava na frente da virilha.

Do lado oposto do brilho acolhedor do ambiente clínico, Jane, sua *shellan*, estava em sua forma fantasmagórica, nada além de uma sombra tremeluzente que distorcia a parede lisa diante da qual estava.

Sem uma palavra sequer, ela apontou para a cama hospitalar.

V. abriu a boca e começou a arfar. Equilibrando-se em pernas gravemente instáveis, ele obedeceu ao comando, seguindo para o colchão.

As amarras de cinco pontas e de excelente qualidade estavam posicionadas ao longo da cobertura de látex…

Com uma imprecação grunhida, ele chegou ao orgasmo de novo, jatos de porra espirrando e sujando o chão. A visão das amarras de nylon pretas com as fivelas e fechos bastou para ele – e, dessa vez, ele sentiu o orgasmo.

Mas não foi o suficiente para esgotá-lo. Ele era um poço que levaria horas para ser esvaziado.

E precisava disso.

Em vez de dar a volta para se deitar, ele subiu de quatro, montando pela peseira da cama e se esticando para ficar na posição, a ereção balançando, a ponta do sexo resvalando o látex que cobria a cama até ele querer gritar de frustração.

Do bom tipo.

Quando chegou onde precisava estar, deitou-se de costas. Foi então que começou a tremer a ponto de bater os molares. Aquela era a parte mais difícil para ele. Apesar de saber com quem estava, embora tivesse pedido aquilo, a despeito de que isso era o que ele desejava…

Ele era um Dom por um motivo. A perda de controle era o ponto fraco em sua psique, o terremoto que o rasgava ao meio.

E a questão era essa.

Quando ficou pronto, quando seus braços ouviram o comando da mente, ele esticou um e depois o outro num ângulo de 90 graus, deixando os dorsos das mãos longe das algemas pesadas. Na ponta de baixo da cama, afastou as pernas e deitou um tornozelo, depois o outro, nas amarras que havia ali.

Depois disso teve que se controlar. Enquanto o peito subia e descia, e seus olhos marejavam, e seu coração acelerava, ele teve que se forçar a ficar parado.

Enquanto sua companheira, a mulher a quem amava, o observava.

Quanto mais ela observava, mais ele tinha que se esforçar para se conter.

– Porra – disse com a mandíbula travada. – Não consigo…

O tempo tornou-se etéreo para ele, e ele sentiu lágrimas quentes escorrendo pelos cantos dos olhos. Em seu íntimo, ele se odiou pelo que Rhage enxergara nele. Odiou o ciúme mesquinho que sentia de um relacionamento que Butch já não tinha mais… com um homem humano que já não pertencia ao mundo do seu colega de apartamento, muito menos à vida dele.

V. era um merdinha fracote e queria aquele conhecimento tóxico fora dele.

Por isso, ele protestava e tremia naquela cama de hospital.

Enquanto isso, sua fêmea não estava nem um pouco preocupada com ele.

Vishous nunca amara tanto Jane.

CAPÍTULO 21

Os olhos de Rio se abriram e, dessa vez, quando ela ordenou que eles focalizassem, foi diferente. Ela estava de volta. Não sabia de que outro modo descrever. No trajeto desconjuntado até lá – onde diabos estava ela? –, desmaiara e recobrara os sentidos, com seus olhos tentando penetrar a névoa de incompreensão que se originara das batidas na cabeça. Agora, porém, quando suas pálpebras se afastaram, ela estava completamente ciente, totalmente funcional.

Sim, com dor. Sim, perdida, onde quer que estivesse.

Mas sua mente estava se abrindo novamente.

Depois de confirmar que suas funções físicas básicas estavam em ordem, seu cérebro focou na orientação: ela estava de lado, encarando uma parede cinza, mas que não fora pintada dessa cor. A cor provinha dos blocos de concreto empilhados e unidos com argamassa. Além do mais, ela estava deitada em algo macio. E havia alguma coisa encostada em sua lombar, mantendo-a no lugar…

Quando tentou mover a cabeça, a explosão de uma bomba de dor atingiu-a, mas era melhor se acostumar a isso.

– Quer comer alguma coisa?

A voz masculina fez com que rolasse o tronco – e gemesse de dor. Luke estava bem ao lado da cama, sentado no chão duro. Ele tirara a jaqueta de couro apertada demais – ei, olhe só para ela, estava se lembrando dos detalhes – e vestia um blusão de moletom folgado da cor do céu nublado.

– Onde estou? – exigiu saber.

Quando as sobrancelhas subiram, ela deduziu que ele estava surpreso por ela ter colocado força nas sílabas. Ou isso ou dissera bobagens sem sentido.

– Você está comigo – ele respondeu.

– E onde nós estamos?

– Aqui.

Rio inspirou fundo – ou tentou. Quando não foi muito longe com essa coisa de inspirar, não soube se fraturara algumas costelas ou se só estava enrijecida pra caramba. Com esse debate acontecendo, ela cerrou os dentes e fez força para ficar mais ereta.

Luke estendeu a mão como se estivesse preparado para apanhá-la caso ela caísse – ou explodisse, dada a tensão no rosto dele. Mas ela conseguiu se mover o bastante sozinha, de modo a acabar sentada. Virando a cabeça, ela fez uma careta. Metade do pescoço era como um faixa de aço que não apreciava nenhuma tentativa de manobra. O mesmo se dava com os ombros.

Mas estava viva.

– Quero ir embora – disse ela. – Agora.

Ele apontou para o outro lado do cômodo cheio de caixas e prateleiras cheias vai saber de quê.

– Lá está a porta. Quer que eu te ajude?

Quando ela pareceu surpresa, ele disse com secura:

– Não a estou prendendo aqui. Você está livre para ir quando bem quiser.

– Então, onde eu estou?

Houve uma pausa reveladora.

– Você está…

– Aqui, certo. – Ela apontou para o colchão em que estava. – Aqui.

Num rompante, as lembranças voltaram: lembrou-se do telefonema que atendera enquanto se apressava para se encontrar com Luke naquele beco pela primeira vez, o alerta do seu contato direto, urgente e rude. Depois, lembrou-se de ter recobrado os sentidos diante da fonte de mármore, Mozart colocando aquela fotografia na sua cara e dizendo seu nome verdadeiro. E, por fim, estava de volta ao chão daquele apartamento fétido, amarrada e amordaçada, ouvindo seus colegas andando de um lado a outro acima dela, por horas.

Depois disso, o canivete, o cachorro... Luke e seu resgate.

A culminação de tudo era irônica como o inferno: Luke a trouxera exatamente ao local onde ela quisera estar desde o início.

Estava próxima do esconderijo do traficante, talvez dentro dele.

Ela sabia disso em seu íntimo.

Rio se recostou contra a parede. Depois, imprecou quando o ferimento na cabeça figurativamente levantou a mão na sala de aula dos dodóis.

– Sim, estou com fome. – Dobrou o braço por baixo da cabeça tentando achar um ângulo em que não doesse. – E com sede. E eu gostaria de ir ao banheiro.

– Posso ajudá-la com tudo isso...

– Havia uma enfermeira – ela o interrompeu.

– Ainda há. Ela só saiu para comer alguma coisa. Ela vai voltar.

– O que ela disse que havia de errado comigo?

– Ferimento na cabeça.

– Ah, e cá estava eu pensando que fosse no meu cotovelo.

Rio olhou para a fila de leitos hospitalares. Ao fim da fila, havia o que ela imaginava ser mais um atrás de uma cortina oferecendo privacidade. O resto do lugar não se parecia em nada com um hospital nem com uma clínica. No brilho fraco das duas lâmpadas penduradas por fios no teto, ela viu que não havia nenhum equipamento médico de monitoramento. Nenhuma enfermeira, nenhum médico. Nada de água corrente, banheiro ou pia. E também havia o entulho, todo tipo de caixas e latas e prateleiras cheias de coisas com rótulos antigos.

Ela tinha que sair da cama e explorar – agora.

– Banheiro feminino, por favor – disse ela. – Imagino que haja um?

Ele assentiu e se levantou.

– Temos que... Bem, vamos para o corredor.

– Espero que não seja longe. – Mentira. Ela não se preocupava com quanto teria que andar. – Estou um pouco fraca.

– Considerando que você ficou inconsciente por sete horas, acho que isso é uma melhora.

Rio hesitou diante da novidade – e tentou formar uma linha do tempo. Quando o esforço de somar e estimar os diferentes estágios da sua aventura provocou um latejar em sua cabeça, ela estendeu as mãos e Luke as segurou com firmeza entre as suas. Depois, ela virou os pés para fora do colchão e ele a ergueu…

Ela só chegou até a metade do caminho. Por algum motivo, os joelhos se recusavam a endireitar, portanto, para manter o equilíbrio, ela teve que ficar arqueada na altura da cintura.

– Quer que eu a carregue…

– Não, eu vou andando. Obrigada.

Bem, rastejando, mais provavelmente.

Ela teve que se apoiar nele mais do que queria – e pensou no casal idoso saindo do pronto-socorro na outra noite. Pouco sabia ela que logo estaria desempenhando o papel da esposa, sendo que a outra metade da dupla era um representante do traficante de drogas.

Luke se mostrou atencioso com ela. Deixou-a estabelecer o ritmo. Não a apressou e pareceu pronto para ficar com ela mesmo que aquilo levasse uma década.

O apoio e a bondade foram… estranhos. E também a fizeram se sentir… solitária.

Porque foi gentileza da parte dele e ela não tinha ninguém em sua vida para preencher esse papel de "gentil", com ou sem ferimentos na cabeça.

Além do mais, estava puta por se sentir tão fraca – só que deduziu que isso seria benéfico para ela. À medida que se recuperasse mais e mais, ela poderia manter a farsa, e quanto mais ele acreditasse que ela tinha dificuldade, menos ficaria de olho nela. E isso lhe daria uma oportunidade para…

– Epa, epa, eu te seguro.

Sem aviso, o chão se apressou em saudá-la e não havia nada que ela pudesse fazer para deter a apresentação abrupta. Felizmente, Luke a amparou da queda livre e a ergueu nos braços.

E foi então que ela tomou pleno conhecimento dele.

Ele era incrivelmente forte, os músculos se esticando por baixo do blusão fino. Pensando bem, ela tinha a sensação de que ele poderia estar usando uma cota de malha e mesmo assim ela estaria toda "hum... peitorais...". Sem falar naquele perfume. Que diabos era aquilo?

Nenhuma sombra de barba por fazer. E uma mandíbula incrível...

– Não.

Ele baixou o olhar para ela.

– O que foi?

Corando, Rio balançou a cabeça.

– Nada. Deixa que eu abro a porta pra gente.

Ela se esticou na direção da maçaneta, mas ele a afastou do raio de alcance.

– Preciso verificar antes.

– O quê? – Quando ele não respondeu, ela fingiu não ter notado o que perguntara. – Poderia me pôr no chão?

Luke a apoiou no piso de concreto como se fosse um copinho de shot na cabeça de um alfinete e, enquanto ela agradecia o apoio da parede, ficou se perguntando onde poderia arranjar comida. As calorias a ajudariam a despertar. E lhe dariam mais energia para investigar.

Nesse meio-tempo, a porta que ele abriu era sólida, feita de aço, aparentemente, mas a pintura estava lascada do outro lado e o corredor exposto estava escuro...

Uau. Caramba. O cheiro era de 1972, uma combinação de fumaça de cigarro, limpador de carpete e ambiente não aspirado há muito tempo.

– Tudo bem. – Ele voltou e a ergueu nos braços de novo. – Seremos rápidos.

No corredor, ela tentou entender em que tipo de construção estavam – e concluiu que era um *prédio*. Enquanto olhava ao redor, a escala de tudo era grande demais para ser uma casa residencial e mesmo assim maior do que muitas instituições. O corredor tinha fácil uns cinco metros de largura e sabe-se lá quanto de extensão.

As lâmpadas pareciam continuar para sempre em ambas as direções.

No entanto, não via ninguém nem ouvia vozes ou outros sons. Mas devia haver alguém ali. Por que mais sete leitos hospitalares? Enquanto o cérebro pensava nas múltiplas possibilidades, entendeu que aquilo era uma operação de drogas gigantesca, no nível daquelas da América do Sul.

Aquele definitivamente era o grande fornecedor que vinham procurando, o equivalente a Mozart na outra ponta do negócio.

A excitação da busca a reavivou ainda mais.

Se conseguisse sair dessa viva, seria capaz de desmontar o empreendimento todo. Esse era o motivo de ela estar realizando aquele trabalho nos últimos três anos. Isso era tudo pelo que ela…

– Posso esperar do lado de fora – disse Luke –, mas acho que seria melhor se eu entrasse com você.

– Hein?

Ah, verdade. Ele abrira a porta de um banheiro cuja iluminação era, sim, outra lâmpada pendurada por um fio. Mas pelo menos o piso gasto de azulejos, a pia e o vaso sanitário estavam limpos, com o mesmo cheiro adstringente da área parecida com uma clínica. Também havia um chuveiro no canto, sem cortina.

– Que tremendo primeiro encontro – deixou escapar.

Quando percebeu o que dissera, tentou recuar, mas ele a interrompeu enquanto a carregava até o vaso de porcelana.

– Considerando como tudo começou entre nós, acredito mesmo que estejamos fazendo progresso na direção do que é apropriado. Desde que você não caia no vaso e desmaie.

Rio teve que rir.

– Só me coloque no vaso e vamos cruzar os dedos.

– E depois vou deixar o seu dia mais feliz.

– Como assim? – Ela cerrou os dentes quando o corpo dolorido e enrijecido protestou ao ser abaixado na direção do vaso.

– Tenho uma escova e pasta de dente no meu bolso.

Com uma olhada rápida para o rosto belo demais, ela custou a acreditar em como uma Oral B e um pouco de Crest a fizeram sentir: como se tivesse ganhado na loteria. Mas ele estava certo.

– Ah, meu Deus – murmurou. – Eu poderia me apaixonar por você agora mesmo.

O que devia ser algo bom, concluiu, já que estava prestes a tirar as calças na frente do cara.

CAPÍTULO 22

Quando Vishous não aguentava nem por mais um segundo a antecipação e o medo, sua *shellan* veio em sua direção, flutuando. Quando ela chegou perto, ele percebeu que a figura espectral estava nua, os seios empinados e firmes, atraindo sua boca e suas mãos, a fenda do sexo algo que o fez lamber os lábios. Ele também estava mais que pronto para as amarras, para as fivelas. O pico febril de medo e antecipação arrefecera e agora ele precisava de mais gasolina em seu fogo.

Precisava das amarras, do aperto tangível, para mantê-lo cheio de adrenalina…

Jane passou por ele, movendo-se pelo piso como uma aparição. Porque era uma.

E isso era sensual pra cacete.

O gemido que escapou da sua garganta foi entrecortado, seu desejo negado, seu corpo formigando com…

Jane foi até a porta. Virou-se. Fitou-o nos olhos.

Em seguida, com a mão direita, aquela com que operava, seu lado dominante… ela virou a tranca – a tranca de cobre, que ele instalara naquela porta há apenas dois meses.

Exatamente com aquele propósito.

A questão era que ele vendera sua cobertura no Commodore já há algum tempo. O lugar, onde ele tivera sessões com fêmeas, com machos, com humanos, não o atraíra mais depois que se vinculara a Jane. Portanto, abrira mão da sua mesa de trabalhos de madeira. Doara seus instrumentos do ofício. Achava que tinha se desligado daquela merda de sadomasoquismo.

Mas, internamente, ele não mudara. Ainda precisava daquela via de escape.

Aquele quarto de paciente era o seu novo playground.

O novo playground *deles*.

V. começou a arfar quando Jane se virou para a peseira da cama. Quando ela parou, seu olhar subiu pelo seu corpo. Então tocou seus tornozelos com as mãos. A despeito da sua forma fantasmagórica, ele sentia o calor e a substância da sua companheira, e entendia o milagre que ela era, tendo voltado dos mortos, um presente da sua *mahmen*, a Virgem Escriba. Lágrimas arderam em seus olhos quando ele se lembrou do corpo sem vida em seus braços, ele fitando a sua pele grotescamente pálida e fria.

No entanto, lá estava ela com ele agora e para sempre.

Quase fazia com que um filho desnaturado desejasse ter se reconciliado com a fêmea que o fizera nascer.

– O que você quer, Vishous? – Jane perguntou com voz baixa.

– Eu quero… – Porra, ele não conseguia respirar e tinha quase certeza de que iria gozar de novo. – Quero que prenda meus tornozelos.

– Por quê?

– Quero que… você me controle.

– Eu já o controlo. – Jane abaixou o queixo. – Você é meu.

Vishous arqueou as costas, os mamilos com piercings tinindo, a única bola se contraindo, o pau saltando e batendo nos músculos abdominais. Jane era a única fêmea que conhecia esse lado dele, a única pessoa a quem ele podia recorrer naquele lugar sagrado de submissão, para aquela troca de poder que corria em apenas uma direção: para ela.

No passado, ele desempenhara o papel que agora era dela e sentia prazer com isso, mas sempre havia um distanciamento nas experiências – e só foi depois que conheceu sua *shellan* que descobriu a verdade chocante sobre si mesmo. Ele fora um Dom… porque desejava ser submisso.

Mas, para isso acontecer, é preciso ter confiança.

E Jane era a única que…

– Vou fazer o que bem entender com você. Portanto, não, você não vai ter as amarras.

V. mordeu o lábio.

– Por favor…

Ela esfregou os tornozelos dele… e subiu para as panturrilhas.

– Você não vai recebê-las. Vai ficar quietinho aí onde está. Ou a situação não vai ficar boa pra você.

Jane andou até a cabeceira da cama. Encarando-o de cima, ela brincou com as pontas dos seios, como se soubesse que os dele tiniam. Com os indicadores desenhando pequenos círculos ao redor, mordeu o próprio lábio.

Um espelho dele.

– Por favor – ele grunhiu.

Nos recessos da mente, ele ficou se perguntando o que os seus irmãos pensariam se o vissem assim, todo largado, entregue. A vergonha quase o fez sair do transe em que queria estar – por isso, parou de pensar naquilo.

Para entrar de novo no clima, virou-se e olhou além da sua *shellan*.

Ali, numa cadeira do canto, visualizou seu colega de apartamento, Butch, sentado completamente imóvel, observando com seus olhos castanho-esverdeados. E gostando do que via…

O pau de V. se mexeu com tanta força que ele sentiu como se fosse gozar de novo…

– Não, você não pode fazer isso agora – disse Jane. – Você é um paciente que precisa de tratamento primeiro. Preciso buscar meus instrumentos.

O arfar ficou mais intenso quando ela lhe deu as costas e flutuou até a porta lateral, que se abria para a sala de exames ao lado. Abrindo a porta, ela se esticou e pegou algo. Uma mesinha com rodinhas. Coberta com tecido cirúrgico.

V. se mexeu na cobertura de látex da cama, com a pele grudando no que estava debaixo dele, a adesão puxando as nádegas e separando os dois lados da bunda. Ele gemeu de novo – e olhou para o Butch Que Não Estava Ali.

– Sim – V. sussurrou. – Preciso ser examinado. Preciso de tratamento.

Seus olhos reviraram para trás. Quando finalmente focalizaram, Jane estava vestindo um uniforme de enfermeira. Só o abotoou ao redor da cintura, deixando a metade de cima aberta para expor os seios e a de baixo folgada para que o sexo aparecesse. Estendendo a mão para a mesinha, ela pegou uma…

– Máscara – gemeu ele. – *Máscara*…

V. começou a gozar e não conseguia parar, assistindo enquanto ela vestia uma máscara de látex branca na cabeça. Com mãos hábeis, ela a ajustou como devia sobre as feições. Parecia que tinha embalado o rosto a vácuo, os lábios estufando para fora de um buraco enquanto os olhos verdes apareciam pelos dois cortes, o resto se tornando anônimo. Desconhecido. Uma estranha que ele conhecia, contudo não reconhecia.

Jatos quentes aterrissaram em seu abdômen, nos peitorais também, e ele teve que lutar para manter os braços e as pernas afastados – porque ele queria fazer o que ela lhe dissera. Queria obedecê-la.

Porque, de outro modo, ela não lhe daria o que ele queria.

Jane moveu a bandeja até o seu campo visual. Depois, pisou na alavanca para subir a cama. Com um som mecânico, a cabeceira se ergueu o bastante para que ele conseguisse ver a parte de cima da mesinha. Quando ela teve certeza de que ele olhava para o lugar certo, pegou as pontas do tecido e afastou-as para trás…

Seringas de aço inoxidável. Do modelo antigo, com corpo de vidro. Uma dúzia delas.

E não era só isso.

Havia grampos. Muitos grampos, grandes como aqueles para baterias de carro.

– Por favor… – murmurou V. – Não consigo me segurar…

– Quer dizer que precisa das amarras? Porque você é fraco.

Ele olhou para o Butch Que Não Estava Ali. Seu colega de apartamento ergueu uma sobrancelha e assentiu.

– Isso – V. concordou rouco. – Sou fraco.

– Você tem que fazer por merecer as suas amarras.

– Como? – ele perguntou para a desconhecida que tinha a voz da sua *shellan*. – O que tenho que fazer?

Jane voltou a abaixar a cabeceira da cama, e então fez o mesmo com a cama inteira, deixando-o enjoado – ou talvez fosse apenas a excitação. Quando houve um baque e a cama não pôde se aproximar mais do chão, Jane deu a volta até a cabeceira. Houve umas batidas e sacudidas e logo a cabeceira que sustentava os travesseiros desapareceu.

Jane montou no colchão bem acima da cabeça dele, com um joelho de cada lado dos seus ombros, o corpo se tornando completamente físico, não mais um fantasma.

V. gritou o nome dela ao olhar para o sexo molhado.

– Você sabe o que tem que fazer – disse ela.

E se sentou no rosto dele.

Vishous libertou toda a sua fome, devorando as dobras coladas em sua boca, acariciando-as com o nariz, sugando e lambendo com um desespero que o fez suar. Em cima dele, Jane o cavalgava. A sufocação era do melhor tipo, a falta de oxigênio fazia com que seus pulmões ardessem, o gosto e o cheiro dela transformavam o resto dele numa fogueira. Logo ela começou a gozar na sua boca, pressionando a sua cabeça no colchão, arqueando-se sobre ele.

Houve satisfação no prazer que ele lhe dava – porque havia sido a sua língua dentro dela que a fizera gozar –, mas também um medo delicioso, porque ele estava fazendo por merecer o que mais odiava: suas amarras, seu aprisionamento, estar à mercê, que era o que ele temia e do que precisava…

De uma vez só, o véu da saia desabotoada se foi, bem como o sexo glorioso da sua companheira. Quando o ar fresco o atingiu no rosto, ele olhou ferinamente para ela. Sua Jane estava corada e resfolegava, os seios se derramavam pelo uniforme aberto e os mamilos estavam rosados e duros.

Ele sorriu para ela, sabendo que fizera bem o seu trabalho.

Ela não retribuiu o sorriso.

Mas não brincou com ele. Em vez disso, passou as amarras sobre os tornozelos dele e os prendeu com as fivelas. Depois, apertou-os bem, e fez o mesmo com os punhos – e também com as amarras que atravessavam o seu peito e se prendiam a um cinto ao redor da cintura.

Quando ela terminou, ele se debateu na cama, puxando e forçando, o terror se multiplicando até sufocá-lo. Ele lutou com todas as forças e não chegou a parte alguma, o tronco preso ao colchão, pernas e braços idem. Suor jorrava dele, escorrendo junto à porra em seu abdômen, ao mesmo tempo que a boca secava de tanto que ele arfava.

Jane postou-se ao lado da cama e acariciava a si mesma entre as pernas enquanto ele lutava com as amarras, aquela máscara de látex branco em seu rosto fodendo com a sua mente…

Tirando os dedos do meio das coxas, ela os aproximou da boca dele. Deslizando-os para dentro, ele chupou o gosto dela com sofreguidão.

E ainda sugava quando ela pegou o primeiro dos grampos.

Ela o prendeu à pele que cobria as costelas, e a mordida de dor o fez arfar. O segundo, ela colocou na pele acima do umbigo. O terceiro, na pele da pelve.

Retirando os dedos dos lábios dele, ela se aproximou e se inclinou, deixando que ele chupasse um dos seus mamilos enquanto ela…

– Porra! – ele exclamou quando ela prendeu um dos mamilos dele e depois o outro.

Ela o deixou lamber enquanto continuava a prendê-lo, as pontadas de dor se fundindo numa grade de sensações, o corpo preso no lugar tanto pelos pontos cardeais das amarras e as fivelas quanto pelos grampos…

Ela afastou o seio e baixou o olhar para ele. Apertando a alavanca da cama com o pé, ergueu a cabeceira para que ele pudesse enxergar o que ela fizera. Havia vinte grampos comprimindo a sua pele, com as partes apertadas doendo e ficando vermelhas.

Jane brincou com os grampos, sacudindo-os com as pontas dos dedos.

E agora os trabalhos começavam. A dor era a sua inimiga. Não tentaria mais conter as emoções com as quais estava pouco se fodendo, não sentiria mais uma fraqueza existencial, mas sim física, não se preocuparia mais com coisas que o deixariam enciumado sem motivo – em vez disso, ele se concentraria na dor, em superá-la, em triunfar com sua mente para poder…

Uma seringa apareceu bem diante do seu olho esquerdo.

E uma descarga renovada de adrenalina o atravessou…

Jane o cativou ao apontar a agulha e pressioná-la verticalmente em seu mamilo, a protuberância rosada cedendo e se moldando ao redor da minúscula intersecção.

Vishous começou a arfar de novo.

Retirando a seringa do seio, ela a apoiou no esterno dele e foi descendo.

Quando chegou ao pau, que estava duro e prestes a explodir de novo, ela pegou a ponta afiada e desenhou um círculo ao redor do piercing que havia na cabeça. E desceu mais, chegando à bola restante.

A outra tinha sido cortada há muito tempo – mas, em seu cérebro, seus fios neurais se embaralharam. Coisas afiadas perto daquela área abriam as comportas da dor, uma dor antiga, de um tipo tão tóxico que ele sentiu ânsia.

Era para lá que ele precisava ir, ele percebeu.

Pensara que se trataria simplesmente de amarras e submissão esta noite, mas… Não, seria algo mais profundo que isso. Ele teve que ir ao fundo da sua fraqueza, muito além de vivenciar um sentimento de posse em relação ao seu colega de apartamento, muito além do que qualquer coisa relacionada à masculinidade convencional.

Ele teve que voltar ao começo.

À história original da sua dor.

Só ao vislumbrar o centro da sua dor ele poderia reconstruir sua força. E talvez assim não se abalasse tanto por conta de nada.

Jane na máscara de látex branca virou a cabeça para ele, nada além de lábios e olhos e crânio. Nos recessos da mente, ele reconheceu o que aquela pausa significava. Ela estava lhe dando uma chance de dizer a palavra que colocaria um fim a tudo aquilo… a palavra de três sílabas que o tiraria dali, nada mais de amarras, nada mais de máscara, sua bela fêmea abraçando-o, acalentando-o, removendo os grampos, um a um.

Mas não. Ele queria ir até a boca da fera. Queria abrir o baú de terror sagrado e maculado pelo abuso que sofrera. Ele precisava se libertar da pressão que se acumulara ali, e só havia uma maneira de fazer isso. Ele precisava que sangue se derramasse.

Relanceando para o canto, encarou o seu colega de apartamento que não estava ali de verdade.

Desculpe, Butch, pensou para a aparição em sua lembrança. *Você tem que ir. Isto é particular demais até mesmo para você.*

Por mais que V. precisasse do tira em sua vida, por mais próximo que fosse do irmão, só existia uma única pessoa no planeta que veria essa parte dele. E, claro, a visão assentiu – e não apenas por ser apenas uma visão de V. O verdadeiro Butch teria entendido como as coisas tinham que ser.

O Tira Que Não Estava Ali se levantou e acenou com a mão, como se estivesse se despedindo de Jane, como se os dois tivessem se reunido e planejado aquilo. Em seguida, assentiu para V. com um tipo de amor sério no rosto. Quando ele se virou e abriu a porta para sair, pareceu que uma Marissa Que Não Estava Ali o esperava no corredor, com uma expressão preocupada no rosto, como se esperasse que V. ficasse bem e estivesse preocupada porque talvez não ficasse.

Ela também assentiu para Jane e ergueu a mão para Vishous. *Eu te amo*, ela pareceu articular com a boca.

– Eu também amo vocês dois – disse ele para o casal.

Em seguida, a porta foi se fechando, fechando o mundo lá fora, restando apenas Jane e ele… e o buraco negro no meio da sua alma, aquele cenário vasto e infértil que ela fizera tanto para curar, mas que ninguém nem nada, nem mesmo o verdadeiro amor dela, erradicaria.

Na boca da fera, ele pensou. *Engolido inteiro e digerido.*

Depois daquilo? Ele se sentiria melhor, como se a lancetagem de uma infecção tivesse sido feita.

V. voltou a olhar para Jane. Só que não era Jane, e sim a porteira do seu pesadelo venenoso, e ele precisava que ela abrisse a porra daquele baú.

Mesmo assim ela aguardou. E aguardou. Durante a grande e terrível pausa, a raiva dele foi crescendo debaixo da pele, o anonimato dela possibilitando que ele atribuísse outros rostos a ela, outras feições que pertenciam aos inimigos que não tinham nada a ver com a Sociedade Redutora e a guerra, mas tudo a ver com aquilo que quis quebrá-lo quando ele era jovem.

Como o seu pai, Bloodletter.

Expondo as presas, V. rugiu:

– *Vai se foder…*

Ele gritou tão alto que seus próprios ouvidos doeram.

CAPÍTULO 23

Rio desejara um banho durante o trajeto até aquele banheiro limpo, ainda que antigo. Não conseguiu tomar um, mas escovar os dentes foi algo transformador. E agora ela estava sozinha no leito hospitalar, com um incenso queimando ao lado e o outro paciente deitado ao fim da fila de camas respirando com dificuldade por trás da cortina. A enfermeira coberta por mantos estava lá quando retornaram, mas agora se ausentara. Assim como Luke.

Ficara claro, depois de ele acomodá-la na horizontal novamente e ter uma conversa intensa com a mulher num canto mais afastado, que ele não queria ir embora. No entanto, ambos tiveram que ir.

Luke lhe dissera que voltaria em breve. O que quer que isso significasse.

Deitada de lado, porque era a única opção devido ao ferimento na cabeça, ela estava exausta, mas hiperalerta, com os ouvidos atentos a quaisquer pistas, procurando sombras entre as pilhas de suprimentos. A cada minuto que passava, ela ficava mais forte. Talvez pelo discurso motivacional que repetia para si mesma, talvez pelo comprometimento com o trabalho. Ou talvez pelo fato de conseguir ouvir barulhos acima dela… Movimentos, coisas passando da direita para a esquerda, sobre rodinhas. Carrinhos, ela concluiu.

Mas nenhuma voz. E ela não sabia dizer se ouvira passos.

Tinha que sair daquela cama e…

A porta se abriu e ela soube pelo tamanho da figura que entrara que Luke estava de volta – e, ah, empurrava um carrinho, parecido com aqueles usados para distribuir comida num asilo. Talvez fosse o que ela ouvia no andar de cima? Enquanto ele empurrava o carrinho, o barulho das rodas emperrando e rolando ressoava alto no silêncio.

Ele não falou nada até se aproximar e manteve a voz baixa ao fazer isso. Ela ficou sem saber se era para não incomodar o outro paciente ou por estar se escondendo de alguém. Pensando bem, ela não pertencia àquele lugar, portanto, talvez ele a estivesse protegendo.

Ou a si próprio por abrigar uma intrusa.

– Trouxe o chuveiro pra você – disse ele. – E a comida está a caminho.

Rio teve que sorrir.

– Você leu a minha mente, hein.

Parando diante dela, ele pareceu fazer uma varredura dos seus órgãos internos enquanto a fitava da cabeça aos pés.

– Você está melhorando.

– Estou.

Ele assentiu e se sentou ao seu lado.

– Não vou olhar.

– Para o quê… ah. – Deu de ombros. – Não tenho vergonha do meu corpo. Quem se importa, sabe? É só anatomia.

– Essa é uma forma clínica de encarar a nudez.

Ela gesticulou com a mão.

– Estamos numa clínica. Ou algo assim.

Luke aproximou o carrinho um pouco mais. Havia uma bacia na parte de cima e a água dentro dela fumegava um pouco. Ele também trouxera uma barra de sabonete e uma toalha de mão manchada, mas dobrada com se tivesse sido lavada.

– Pode me dar a toalha. – Estendeu a mão. – Eu cuido disso.

Ele assentiu como se aliviado e molhou a toalha. Torcendo-a, ele colocou o tecido quente em suas mãos.

Foi bom demais cobrir o rosto e limpar o pescoço com o pano úmido. Quando o calor se dissipou rapidamente, ela o devolveu para ele, e eles estabeleceram um sistema em que passavam o tecido molhado de um a outro. Quando ela chegou ao esterno, percebeu que alguém lhe dera uma camiseta de gola folgada em algum momento. A sua, aquela que fora cortada, assim como a malha de velo, estavam por baixo, e quando ela passou a toalha…

O ardor foi uma surpresa. Embora não devesse ter sido.

Como se uma ferida de canivete, mesmo que superficial, pudesse cicatrizar em questão de horas…

Abaixando a camiseta emprestada, ela fitou o corte vermelho que descia por entre os seios. O sutiã continuava intacto, a ferida sendo dividida ao meio pelo fecho, o pedacinho não marcado logo abaixo dele mais parecendo uma lombada de limite de velocidade sobre a qual o canivete passara.

Entre um piscar de olhos e o seguinte, ela voltou para o chão daquele apartamento, amarrada, incapaz de deter aquele homem que…

– O que ele fez com você?

A princípio, ela ficou sem saber quem falava com ela. Em seguida, olhou para Luke.

– Como sabia onde me encontrar?

– O que ele fez?

Rio voltou a subir a gola da camiseta.

– Nada.

– Jesus.

– Ele não me feriu desse jeito.

Enquanto seu salvador a fitava nos olhos, ficou óbvio que eles pensavam a mesma coisa: *ele poderia ter feito isso.*

– Aquele cachorro acabou aparecendo na hora certa – Rio disse. – Foi muito doido. Mas por que você estava no prédio? Foi procurar Mickie? É por isso que estava lá?

– É. – Luke esfregou o rosto como se ele doesse. – Eu estava procurando por Mickie. Sabe… você deveria sair desse ramo de negócios.

Rio ergueu o queixo.

– Você também. É perigoso para a saúde de qualquer um.

Quando ele meneou a cabeça, ela disse:

– Não, não, não ouse dizer que é porque eu sou mulher. *Você* poderia muito bem estar naquele chão.

– Ao diabo que poderia.

– Se você tivesse uma arma apontada pra sua cara…

– Eu mandaria apertar a porra do gatilho. E depois sorriria enquanto meus miolos explodissem na parede.

Por uma fração de segundo, ela não o levou a sério, mas depois viu bem os olhos apáticos que a trespassavam.

Talvez seja melhor parar de conversar, pensou. Não falar provavelmente era o mais indicado.

Ela vira aquele olhar antes, e ele matara sua família inteira.

Abalada, mas determinada a não deixar transparecer, Rio estendeu a mão para pegar a toalha e percebeu que tinham perdido o ritmo. Ele ainda enxaguava o tecido. Quando o entregou, ela voltou ao trabalho, fazendo o melhor que podia para se limpar debaixo dos braços e ao longo do estômago. Em seguida, olhou para as pernas.

Elas pesavam uma tonelada cada. Fácil. Talvez duas.

– Pode me ajudar a tirar as calças? – pediu.

Em circunstâncias diversas, Lucan teria interpretado aquelas palavras de uma maneira completamente diferente. Contudo, não havia nada de sexual acontecendo com ele no momento. Não enquanto pensava naquele corte entre os seios de Rio, e em como ela estivera amarrada no chão, em como aquele merdinha humano tinha…

– Tá – ouviu-se dizer. – E, não se preocupe, não vou olhar.

– Você é um homem virtuoso, Luke.

Não normalmente. O momento contrariava a estatística, no entanto.

Pondo-se de pé, ele esperou Rio desfazer o laço na cintura. Em seguida, segurou a parte de baixo das calças e puxou, libertando as pernas com cuidado. Enquanto fazia isso, seus olhos se desviaram para as cortinas ao redor do último leito hospitalar e lá ficaram.

O que era ridículo. Porque não estava tentando lhe fornecer um pouco de privacidade.

Ele queria garantir que ninguém mais a visse. Mas havia alguém mais olhando? Observando?

No entanto, ele sentiu que deveria lhe oferecer proteção. Não pôde evitar.

Sem as calças, Rio gemeu ao se acomodar sobre os travesseiros... em seguida, umedeceu a toalha ela mesma e a passou pelas coxas, joelhos e panturrilhas. Girando, ele ficou de costas para ela.

Ele sentia uma necessidade de haver algum tipo de compensação por aquilo que aquele humano fizera – ou quase fizera – com ela, mesmo depois de ter morrido. Muito embora ele nunca tivesse se preocupado em ser cavalheiro antes.

– Acho que terminei.

Ele relanceou por cima do ombro. Rio voltara a se deitar nos travesseiros e puxara o lençol sobre o corpo. Estava com os olhos fechados. Ele deduziu que tentaria dormir e não a culpou por isso...

– Você foi para a casa do Mickie porque não conseguiu me encontrar? – ela perguntou com força surpreendente.

Quando ela abriu os olhos, pareciam aguçados, apesar de haver exaustão no rosto dela.

– Isso. – Ele se sentou no chão junto à cama. – Pensei que você talvez estivesse lá.

– Estava procurando por mim? – repetiu.

– Tínhamos um encontro, lembra?

Por um longo momento, ele a sentiu estudando seu rosto e ficou pensando no que ela via nele, dentro dele. Em seguida, concluiu que provavelmente não gostaria da resposta.

– Como sabia o endereço? – perguntou ela.

Ele deu de ombros.

– Eu simplesmente sabia.

– Você já tinha feito negócios com Mickie lá antes?

– Preocupada em ser descartada?

Quando compreendeu o que ele dissera, Rio franziu o cenho.

– Você não sabe, sabe?

– Sei de muitas coisas. – Ele cruzou os braços diante do peito e sentiu o moletom se esticar por cima dos peitorais e dos bíceps. – Do que estamos falando?

– Mickie está morto.

Agora, o modo como ela o fitava – como se buscando avaliar sua reação para saber se ele tinha matado o cara e estivesse escondendo isso dela – fez com que se sentisse tão cansado quanto ela parecia estar. Mas desde quando ele precisava se preocupar com uma mulher qualquer naquele ramo e no que ela pensava sobre ele?

– Quer que eu pareça chocado? – murmurou. – Parece que é isso o que você está esperando... Acha que o matei?

– Matou?

– Não, mas sei no que está pensando. Está se perguntando por que eu admitiria isso. Ainda mais se você trabalha para o Mozart. A maioria dos traficantes leva para o lado pessoal quando você manda algum deles pro andar de baixo. Eles ficam meio irritados.

– E você sabe disso como?

– Eu levaria para o lado pessoal se eu fosse o seu chefe.

– Princípios, hein?

– Praticidade quando se está tentando movimentar uma mercadoria. Quanto a essa coisa de princípios, eu tirei você de uma situação de merda, não tirei? Um punhado de vezes. E eu não tinha que fazer isso.

– Mas talvez você precisasse me manter viva para concluir os negócios. Se Mickie está morto, e você não tem outros contatos para chegar ao Mozart, você fica sem opções. Onde vai vender o seu estoque? Ele te deixou puto ou algo assim?

Lucan desviou o olhar da cama. Depois de um momento, levantou-se e tirou a toalha da mão dela. Deixando o tecido frio dentro da bacia de porcelana, começou a empurrar o carrinho.

– Estou indo – disse ele. – Volto ao anoitecer...

– Para me levar até Caldwell?

Ele continuou andando pela fileira de camas, então parou e olhou para ela.

– Posso ser franco com você?

– Essa escolha é sua, não minha.

Lucan desviou o olhar. Meneou a cabeça. Voltou a se concentrar nela.

– Eu não te conheço e, sim, sei que sou a porra de um traficante de drogas. Mas você também é. Talvez queira repensar essa sua pose de santa, pelo menos enquanto estiver aqui. Você precisa de mim, e não gosto de ser rotulado de babaca depois de tê-la salvado quantas vezes mesmo?

– Três – ela murmurou. – Você me salvou três vezes. E não tive a intenção de insultá-lo.

– Isso é um pedido de desculpas? – Ele ergueu as mãos. – Espera, a escolha é minha sobre como vou interpretar isso, e não sua, certo? Bem, eu não forçaria muito a barra comigo, se fosse você. Já me disseram que sou um terror quando estou puto da vida.

– Como eu disse, não quis irritá-lo. Só estava fazendo perguntas.

– As pessoas no nosso ramo não fazem perguntas. Talvez fosse bom você lembrar dessa regra de ouro.

Quando ele começou a andar de novo, ela disse irritada:

– Preciso mesmo de você. Preciso da sua ajuda. E obrigada por me tirar daquele apartamento inteira. Não estou pensando com clareza e talvez fosse melhor eu dormir, mas, sim, é isso. Não tive a intenção de atacá-lo.

Lucan precisou de um momento para perceber duas coisas: um, parara de se mover; dois, olhara por cima do ombro para ela de novo.

Enquanto a humana o fitava ali da cama, pareceu muito menor do que ele sabia que ela era quando falava ou quando estava de pé. Mas, pensando bem, tempo não era a única coisa relativa. O poder também era.

E ela tinha uma espécie de poder sobre ele.

Claro que ele não queria admitir isso, assim como ela não queria ser lembrada de que ele a salvara. Eram um par e tanto, não? Pelo menos pelas próximas 24 horas, mais ou menos.

– Eu não deveria tê-la trazido pra cá – murmurou ao continuar em direção à saída.

Engraçado, ele não tinha certeza de para quem dizia isso.

CAPÍTULO 24

O PROBLEMA DE SABER tantas merdas a respeito de como funcionavam os sistemas corporais dos vampiros era que... como os detalhes ficam gravados na cabeça, o mistério some. Você sabe exatamente o que está acontecendo quando está com fome. Cansado. Com um tique na sobrancelha, uma coceira na bunda, um nó no estômago, uma dor no ombro. Havia uma banda marcial de terminologias médicas dentro do seu cérebro com uma canção para cada sintoma e cada função normal ou anormal.

Portanto, era simplesmente difícil pra cacete só existir. Mesmo se todos os outros assuntos da sua vida, urgentes, casuais ou nem um nem outro, recuassem em sua mente, mesmo se você fechasse os olhos, colocasse fones de ouvido e flutuasse numa banheira cheia de água ajustada à sua exata temperatura corporal… você ainda tinha o zumbido indolente dos seus corpúsculos em que pensar.

Às vezes, porém, mesmo as mentes lógicas mais rigorosas desistem de pensar e ficam fora do ar.

Este era um desses momentos para Vishous.

Enquanto estava deitado no leito hospitalar com cobertura vinílica, ele flutuava numa nuvem, o corpo parecia algodão doce. O interior de uma almofada. Um pão de forma.

E seu cérebro, seu magnífico, complicado, filho da puta de um cérebro… estava do mesmo jeito, a integração completa.

Ele sorriu.

Ao longe, conseguia ouvir água correndo na pia, mas não se preocupou com isso. Não se preocupou com nada. Simplesmente era. Sem nada incomodando sua mente, sem nenhuma dor no coração, nada do passado a sufocá-lo, ele conseguia vivenciar o momento de tal forma que se transformara em mais um mero segundo do instante eterno.

Êxtase.

Inspirando fundo uma vez mais, abriu os olhos e baixou-os para o seu corpo. A cama estava torta, assim, ele conseguiu enxergar os hematomas nos tornozelos e pulsos, a pele vermelha e inflamada. Do mesmo modo, nas pernas e no tronco, marcas rubras o salpicavam como se ele fosse um leopardo. Na virilha, o pau exaurido estava num estado flácido de exaustão, caído de lado.

A limpeza fora feita, o sangue e a porra tinham sido lavados; as ferramentas, removidas; a sessão, encerrada.

Mas não foi como se nunca tivesse acontecido. A dor recuara para um brilho, como um fogo contido para aquecer suas mãos, algo no que se aninhar e relaxar ao lado, nada que um dia pudesse vir a feri-lo.

E isso era verdadeiro para as merdas do lado de fora dele… como para o que havia no seu interior.

Só o que ele conhecia era paz – que era o que ele buscara.

Jane apareceu na porta. Estava com as roupas cirúrgicas, os cabelos bagunçados, o rosto ainda corado. Quando seus olhos se encontraram, ela fez uma pausa e se recostou no batente. Cruzando os braços diante do peito, sorriu lentamente.

E isso dizia tudo, não?

Quando V. esticou a mão para ela, Jane se aproximou. Inclinou-se. Deitou-se em seu peito largo. Os lábios foram suaves ao resvalar na lateral do seu pescoço e uma mão dele se moveu lentamente pelas costas dela. Seu coração estava completo, assim como o dela.

– Pode me ajudar a voltar para o Buraco? – ele perguntou depois de um tempo. – Quero a nossa cama.

– Claro.

Jane se endireitou e afagou os cabelos dele. Depois lhe ofereceu as mãos, e ele se ergueu e pôs as pernas para fora da cama.

Foi quando ele viu a cadeira. Junto à porta.

Butch estivera mesmo ali. Assim como Marissa. Não?

Sem saber como se sentir a esse respeito, V. procurou os olhos de Jane.

– Eu estou…

– Cercado por pessoas que te amam – ela terminou por ele.

Sim, ele pensou. Isso era tão verdadeiro.

Sentindo-se afortunado, apoiou os pés descalços nos ladrilhos e se levantou. Percebeu, em seguida, que Jane vestia outra roupa cirúrgica nele, primeiro a parte de cima, depois as calças. Ele estava rígido quando começou a andar para a saída, e sua companheira estava bem ao seu lado, seu braço ao redor dos ombros dele enquanto ela carregava parte do seu peso.

Quando ela abriu a porta, ele foi atingido pelo cheiro característico do centro de treinamento: em parte cimento, em parte xampus e condicionadores dos vestiários junto à sala de pesos, além de uma lufada ao longe de cloro da piscina e um traço de pólvora do estande de tiro.

A combinação de tudo era mais do que agradável de inspirar.

Era… seu lar.

Quando começaram a se mover num ritmo lento, aquela foi a melhor caminhada da sua vida, os dois chocando os quadris e arrastando os pés – bem, quem arrastava os pés era ele, pois Jane estava mais forte do que nunca enquanto o conduzia até o escritório.

Ainda não havia nada na sua mente quando entraram no túnel subterrâneo. Seguindo em frente, o ritmo continuou como num passeio, como se estivessem num parque da cidade, num dia ensolarado de outono, apenas mais um casal de amantes em perfeita sintonia um com o outro. De tempos em tempos, ele se inclinava para a frente e beijava a testa dela. Porque queria. Na metade do caminho para o Buraco, ela entrelaçou os dedos nas garras de adaga da mão dele.

– Quero me sentir assim para sempre – murmurou ele.

– E como é?

– Em paz. – Ele a beijou acima das sobrancelhas de novo. – E agradecido.

Infelizmente, essa rara sensação de relaxamento não duraria muito. Por mais poderosa que fosse, também era frágil, incapaz de sobreviver aos golpes da vida real. Ele teria talvez umas doze horas daquilo – não mais do que isso, porém. Mais cedo ou mais tarde, mensagens viriam do campo, e as bostas de TI voltariam a acontecer, e também outras merdas cairiam de novo na sua cabeça. Gradualmente, a tensão se infiltraria novamente, apertando a sua nuca, endurecendo a coluna, diminuindo a sua paciência. E depois, muito depois, algo bem grande aconteceria. Como Butch se deparando com seu antigo parceiro mais uma vez, ou Wrath querendo participar de algo além de interagir com os civis na Casa de Audiências, ou quem é que podia saber que outra porra mais.

E assim ele voltaria para onde sempre estava.

Mas por enquanto…

Mesmo a perspectiva de retornar à normalidade não passava de uma imaginação flutuando na periferia, nada com que tivesse que se preocupar no momento, apenas algo que ele aceitava ser inevitável, mas no que não pensaria.

Quando chegaram à porta que dava para o Buraco, Jane inseriu o código. O lance curto de escadas foi complicado para ele, e precisou se apoiar no pequeno corrimão assim como da mão firme de Jane. Não que sua dependência de qualquer um deles o incomodasse. Em seguida, chegaram ao topo e pisaram no corredor de teto baixo que dividia os dois quartos.

O dele com Jane. E o de Butch e Marissa.

– V.?

A voz masculina na sala de estar foi outro bálsamo para a sua alma. Jane se pôs nas pontas dos pés e o beijou na boca.

– Fique um pouco com ele, eu vou para a cama.

– Você se esforçou bastante esta noite.

– Você também.

Sorriram por um tempo. Depois se beijaram de novo e disseram "eu te amo" sem vocalizar as palavras. Só precisaram do contato visual e, sim, V. mal podia esperar para se acomodar no quarto deles e descansar entre os lençóis junto ao calor do corpo da sua *shellan*.

Mas, antes, seu colega de apartamento.

Claudicando até o espaço aberto na frente do que seria a casa das carruagens, imaginou que quisesse verificar se estava tudo bem. Não porque Butch não soubesse dos gostos de V. – inferno, o tira chegara a testar essas águas pouco antes de Jane surgir em sua vida. Mas porque… bem, porque sim.

V. encontrou o antigo policial no sofá de couro, com um Lagavulin numa mão e o controle Roku na outra, a TV com uma luz azul brilhante diante dele. Butch estava de frente para o aparelho, com um pé apoiado na mesinha de centro, como se estivesse zapeando numa posição reclinada e tivesse acabado de se sentar mais ereto.

– E aí? – disse o cara ao olhar para ele.

– Oi. Então…

– Pois é.

– Mesmo?

Butch assentiu.

– Uh-hum.

Assim como V. e Jane, que há pouco haviam mantido uma conversa inteira apenas trocando olhares, agora ele e Butch também conversavam em silêncio. Só necessitavam daquela troca de sílabas únicas, terminando em acenos de cabeça de ambos.

Ou, no caso, *uh-huns*.

Butch nunca se sentira totalmente à vontade com o que V. precisava de tempos em tempos. Jane, por sua vez, ficara não só muito à vontade, mas também se mostrara boa pra cacete ao acompanhá-lo.

Jesus, como amava aquela fêmea.

Mas seu colega de apartamento sempre o aceitara. Sem reservas.

E isso era um tipo de amor verdadeiro, não?

Quando V. se sentou no outro canto do sofá, disfarçou as caretas de dor quando a bunda fez contato com as almofadas, aceitando seu peso.

Em seguida, deixou a cabeça descansar no encosto atrás dos ombros. Depois de um longo suspiro, ele apoiou um pé descalço e depois o outro ao lado dos do tira. Butch voltou a ficar largado.

Enquanto a TV continuava a zunir, V. se concentrou nas imagens, nos sons…

– *Três Mulheres, Três Amores?* – perguntou.

– E daí? É um clássico.

Vishous riu. Em seguida, só ficou lá sentado, vendo Julia Roberts jogar uma carga enorme de esterco dentro de um Porsche antigo.

– Cara, aposto como nunca tiraram o cheiro do carro – Butch murmurou. – Quer dizer, passar o aspirador só adianta até certo ponto.

– Não adianta desodorizador de ar num caso como esse. Você precisa de um lago para afundar o pobre carro.

Pelo canto do olho, V. viu o braço de Butch cair para o lugar vago entre os dois, a palma da mão de adaga deitada.

O próprio braço de V. se moveu.

Quando apoiou sua mão enluvada de couro na desnuda do seu colega de apartamento, a pegada que o segurou foi firme. Forte.

E tão permanente como qualquer coisa mortal podia ser.

– Você sempre vai ser o babaca número um na minha vida – Butch disse numa voz suave.

Em qualquer outra circunstância, em qualquer outra hora, V. teria desconsiderado o comentário. Em vez disso, ele apertou com força.

Mesmo em sua euforia pós-sessão, V. não teria conseguido explicar o quanto essa tranquilização por parte dele era importante. E como fora especial ser aceito não só por sua companheira, mas pelo seu melhor amigo e por Marissa. Por mais extremo que se tornasse de vez em quando, era uma bênção ser acolhido sem ressalvas… ser amado.

– E você sempre será o meu colega de apartamento – murmurou V.

– Ainda assim, não vamos namorar.

Vishous gargalhou e esfregou o polegar de um lado a outro acima da sobrancelha.

– Não, não vamos.

Continuaram de mãos dadas, assistindo ao filme, sentados lado a lado. Era tão confortável e simples; era como se tivessem feito isso suas vidas inteiras. E a boa notícia era, V. sabia, que continuariam fazendo isso…

… pelo restante das suas vidas.

CAPÍTULO 25

Quando Rio saiu da cama, tinha ciência dos objetivos diferentes que a faziam ficar na vertical: precisava ir ao banheiro de novo – esse era bem simples –, mas havia outras razões para se levantar e dar umas voltas, boa parte delas ligadas à sensação de que estava ficando sem tempo. Luke tinha que saber que ela seria um problema caso continuasse por ali.

Ele teria que levá-la embora.

Portanto, ela tinha que descobrir o que podia sobre aquele prédio, sobre a operação e as pessoas antes de sair.

Dessa forma, foi com muito mais força de vontade do que força de verdade que ela se levantou e andou pelas camas desocupadas. Quando chegou àquela com as cortinas penduradas, hesitou.

– Olá – disse uma voz rouca atrás do acortinado.

Ela pigarreou.

– Oi.

Quando nada mais veio da parte do outro paciente, ela olhou por sobre o ombro para a porta que dava para o corredor comprido com lâmpadas no teto.

– Precisa de algo?

Como se ela fosse capaz de encontrar qualquer coisa além de problemas naquele lugar, sobre qual nada sabia e ao qual não pertencia.

– Não. Obrigado.

Que voz estridente. Do tipo que significava que a morte estava à espreita ao redor das molas daquela cama.

– O que está fazendo aqui? — perguntou o paciente.

Ela se viu tentando responder. Talvez por conta do véu que os separava – e não aquele que havia diante do rosto dela. O homem do outro lado não tinha muito mais tempo neste mundo, enquanto ela acabara de passar por algumas provações próprias para sobreviver uma vez mais. Pelo menos ela deduzia que conseguiria sair viva dali.

– Não sei – murmurou. – Não sei o que estou fazendo aqui.

– Este não é o seu lugar.

– Não, não é. – Rio saiu do buraco em que sentia estar. – Só estou de passagem.

– As pessoas não passam por aqui.

– Eu... eu tenho que ir.

Quando só houve silêncio, ela se virou. Cambaleou. Quando chegou à porta, se atrapalhou para abri-la.

Rio arfou e deu um salto para trás.

Do lado de fora do corredor, sentando com os braços apoiados nos joelhos dobrados e a testa sobre os braços, Luke parecia um sentinela que adormecera em seu posto...

Ele ficou em estado de atenção de imediato.

– Oi – ela disse. Depois, levantou a mão. Como se isso explicasse alguma coisa... que não envolvesse ela usá-lo para obter informações que o levariam à cadeia.

Só que... por que ela se preocuparia ao enganar um criminoso?

– Indo embora tão cedo? – Ele esticou os braços sobre a cabeça e estufou o peito. – As acomodações não são do seu agrado?

– Na verdade, até que a cama não é tão ruim.

– Como anda a concussão?

– Melhor. Alguma ideia de que horas são?

– Não posso levá-la de volta para Caldwell porque ainda é dia. – Quando ela franziu o cenho, ele deu de ombros. – Somos discretos por aqui, o que mais posso dizer? E acho que você também quer passar despercebida.

– Somando-se tudo, acho que nós dois concordamos que eu não tenho cuidado muito bem da minha cachola ultimamente. Se eu fosse um supervisor, já teria sido despedida por negligência a essa altura.

Ele chegou a sorrir de leve ante o comentário.

Rio atravessou o corredor e sentou-se ao lado dele. Não quis ficar na mesma posição em que ele estava, com os joelhos próximos ao peito, então esticou as pernas diante do corpo.

– O que você sabe a respeito de concussões? – perguntou ela.

– Elas doem, mas melhoram quando dormimos bem. E eu diria que você está seguindo direitinho as orientações médicas.

– Tentando, pelo menos. Mas, hum… Você sabia que elas podem causar mudanças de personalidade?

– Mesmo? De que forma… Espere, essa é a maneira de você arranjar uma desculpa por ter sido tão mal-educada depois que eu a salvei? Três vezes?

– Ah, puxa, você lê mentes. – Ela se afastou um pouco e levou as mãos ao coração. – Ou você só é intuitivo. Está dando certo?

Os olhos dele retornaram aos dela e ela pôde ver, pelo modo como ele contraía os lábios, que ele tentava não rir.

– Três não é o meu número favorito, sabe.

– Por que não?

– Não é divisível por nenhum outro além dele mesmo e por um.

– Quer dizer que você é um homem ligado a números pares.

– Sou.

Rio mexeu na camiseta folgada que vestia. Nos recessos da mente, percebeu que *ainda* usava aquela que havia sido cortada – e uma garra da lembrança do terror retornou.

Mas não tinha tempo para aquele tipo de coisa.

– Você não respondeu à minha pergunta – ela murmurou.

– Qual?

– A minha tática encantadora está funcionando?

Luke olhou para o corredor. Para ambos os lados.

– Estou sentado aqui no chão como um cão de guarda, não estou? E isso antes mesmo de você começar essa sua estratégia de não desculpa.

– Não desculpa? Ah, qual é, tenho um traumatismo craniano. Me dá um desconto.

– Desculpas normalmente incluem a palavra "desculpe".

– Eu sabia que tinha esquecido alguma coisa. – Pigarreou. – Desculpe ter sido rude.

– Está desculpada.

– Maravilha. E isso significa, desde que eu deixe de ser chata, que você estaria disposto a me salvar de novo? – Ela ergueu a mão. – Não que eu esteja tentando me colocar em perigo de novo ou ser resgatada por qualquer um que não eu mesma.

Ele deu uma leve risada.

– Sabe, essa última parte não me surpreende nem um pouco.

– Sou uma mulher independente.

– Sei disso. Por exemplo, você não sabia que eu estava aqui fora e estava disposta a sair sozinha.

– Não, eu não sabia onde você estava exatamente, mas sabia que você ainda estaria… – ela gesticulou ao redor – … nas imediações do que quer que isto seja. E eu queria ir ao banheiro.

Depois de um instante, ele assentiu.

– Muito bem.

Caramba, ela pensou. Nenhum deles confiava de verdade no outro.

E daí ela percebeu que o silêncio tinha se tornado frio.

– Então, o que posso fazer para retribuir o fato de ter me salvado?

Lucan piscou ante o que a sua mente pensou em resposta à pergunta de Rio. Depois, olhou de um lado a outro do corredor de novo porque tinha que fazer algo com os olhos que não envolvesse os lábios dela.

– Nada. A proteção é um serviço gratuito oferecido às fêmeas duras na queda.

– Que galante da sua parte.

– Não muito. É porque sou preguiçoso e egoísta. Se você é durona, eu não tenho que bancar o herói com muita frequência. Damas em apuros dão um trabalho do cacete.

Rio riu de leve.

– Respeito a sua lógica. Estamos num ramo perigoso, não? Autoproteção sempre tem que vir antes. Portanto, vamos começar por aquilo que devemos manter e concordar que três é um bom número e você não terá que repetir essa coisa de me salvar.

– Fechado.

Ele ofereceu a mão e, quando ela a apertou, houve um olhar estranho por parte dela. E ele também sentiu. Uma descarga sexual.

– Então… – disse ela ao se retrair do contato. – Como dizíamos…

– Quer tomar uma chuveirada enquanto usa o banheiro? É seguro agora.

O olhar dela voltou para o seu.

– É?

– Hum, um pouco mais. É um pouco mais seguro agora. – Ele apontou com a cabeça para o banheiro. – Eu gostaria de poder lhe oferecer roupas limpas, mas tudo o que tenho a oferecer é água corrente.

– Tudo bem. – As pálpebras dela se fecharam e a cabeça pendeu um pouco para trás. – Uma chuveirada seria incrível.

Lucan se levantou primeiro e, quando estendeu a mão para ela, soube que não estava sendo cavalheiro. Ele queria saber se…

Sim, lá estava de novo. Quando ela segurou a mão que ele oferecia, o calor que sentira naquele aperto de mãos subiu pelo braço, encheu o peito – e desceu direto para o pau.

Porra.

Costumeiramente, ele não era do tipo de lobo que recusava uma oportunidade de acasalar. Com Rio, contudo, ele se continha – e disse a si mesmo que era porque ela era uma complicação, uma humana no meio de vampiros.

Não porque ele estivesse tentando se proteger.

Dando um passo à frente, ele abriu a porta do banheiro.

– Prometo não olhar.

– Como já disse antes, não sou tímida.

Ela disse isso ao passar por ele. Casualmente. Como se o que houvesse debaixo daquelas roupas não fosse nada de mais – embora ele pudesse afirmar com total confiança que era só no que ele pensava desde que acomodara a bunda naquele concreto frio do lado de fora de onde ela dormia.

Lucan relanceou para o relógio. Eram dez da manhã. Uma coisa boa a respeito dos vampiros era que eles hibernavam durante o dia. Ninguém estaria por ali pelo menos pelas próximas seis horas. Inferno, até mesmo os guardas dormiam em seus postos no andar de cima, longe deste canto escondido daquela toca cheia de espaços subterrâneos.

Entrando no banheiro, ele fechou a porta e a trancou. Tinha a arma que o Executor não sabia que ele pegara no centro da cidade enfiada junto à lombar. Teve que devolver aquela que lhe era dada todas as noites ao sair, portanto, aquela nove milímetros era um grande achado.

Mas não apreciava o fato de não haver nenhuma rota de fuga dali.

Relanceou para cima e viu uma grade imensa no teto.

Apague isso.

Não havia uma *grande* rota de fuga. Uma com *grade*, no entanto, definitivamente existia.

– Vou me sentar aqui – murmurou ao abaixar a tampa do vaso e se acomodar sobre ele.

Ele se virou e ficou de frente para a parede, tentando não visualizar o que ela fazia enquanto ouvia o barulho de água começando a cair. Ela começaria pela camiseta, ele imaginou, a folgada que encontrara no banco de trás do carro roubado e que vestira nela. Escolhera essa, e não uma polo da Domino's manchada de molho de tomate, como se o cara que era dono do carro, ou que o roubara, trabalhasse lá.

E ela a estava despindo.

– Estou perdendo o juízo ou a água está quente? – perguntou ela.

Lucan sorriu para si mesmo.

– Está quente.

– Como?

– Tubo de gás que passa pelos aquecedores de água.

– Só estou curiosa, mas o que é este lugar? Uma escola fechada ou algo assim?

– Algo assim. – Em seguida, ele mudou de assunto. – Não vou fazer nada inapropriado, sabe. Achei melhor esclarecer.

– Acha que eu teria me trancado aqui com você se achasse que haveria algum problema?

A voz dela estava tranquila, e ele não tinha certeza se ela estava tão confiante porque tinha uma opinião a seu respeito melhor do que deveria ou porque era capaz de cuidar de si. Mais provavelmente por causa da segunda alternativa.

Ela já tirara a camiseta cortada? O blusão de velo? Deus… e se ele não tivesse entrado no apartamento naquela hora? Bem, não era bom nem pensar naquilo, certo?

Lucan soube quando ela entrou embaixo da água, pois suspirou e o ruído da queda foi interrompido. E tentou muito mesmo não imaginar como ela ficava nua molhada… com espuma deslizando pelo…

Não tinham sabonete, ele se lembrou. Não, espere. Tinham, sim. Inclinando-se para o lado, pegou uma barra de sabonete que estava junto à pia e a ofereceu com o braço esticado, sem virar a cabeça.

– Não saberia dizer de que tipo é, mas vai ter que servir.

– Obrigada. Não sou exigente.

Quando ela pegou a barra da mão dele, sua visão periférica captou pele, uma pele gloriosa. E, ainda assim, quando ele se ajeitou para encarar a parede junto ao vaso bem de perto, teve uma impressão de como era a coluna dela, quando se ligava à…

– Isto não é nada mal – disse ela com um suspiro.

Na verdade, era. Ele não deveria estar pensando em coisas envolvendo…

– Vê se relaxa – disse ela embaixo do chuveiro. – Você já teria feito alguma coisa se era pra ter feito. Além do mais, não sou nada especial.

– Hein? – Ele foi olhar para ela, mas se deteve. – O que quer dizer com isso?

– É por isso que não estou preocupada por estar aqui com você. Você já teve sua oportunidade de se mostrar um problema, e olha que eu estava desmaiada. Além do mais, não sou nenhuma beldade. Sou só uma mulher qualquer.

Lucan não respondeu. Como poderia lhe dizer que ela era muito mais que especial…

Espere, o que ele estava pensando?

– Como você acabou neste ramo? – ele perguntou de supetão. Para parar de pensar.

– Como você entrou? – ela rebateu enquanto o cheiro de cedro se espalhava no ar úmido.

– *Touché.*

O som da água variava, e ele a imaginou passando o sabonete sobre a pele. Ele nunca nutriu amor em especial por qualquer tipo de sabonete, mas conseguiria se acostumar àquela fragrância em particular no seu nariz.

– Fui convocado – murmurou.

– Como? Por quem?

– É uma longa história. Sua vez agora.

– Como é? Como se isso fosse uma partida de strip poker, mas sem cartas e as roupas? – Houve uma pausa. Depois ela riu. – Acho que já perdi uma parte. A parte do strip, quero dizer.

– Está evitando a pergunta.

Depois de um momento, ela disse:

– Não sei. Todos têm que estar em algum lugar fazendo alguma coisa.

Havia resignação na voz dela. Quando ela fechou o chuveiro, o som da água pingando ficou mais alto.

– Tome – disse ele ao tirar o blusão. – Use isto como toalha.

– Ah, mas você não precisa…

Lucan esticou o braço de novo. E quando ela pegou o que lhe era oferecido, ele percebeu que acabara de se ferrar.

O cheiro dela ficaria no seu moletom, e ele não podia se dar ao luxo de aquele cheiro chegar ao nariz de alguém. Para os vampiros, era fácil farejar os humanos, e essa outra espécie definitivamente não era bem-vinda no campo de prisioneiros.

Além disso, o Executor gostava de carne fresca em sua parede de troféus.

– Vamos levá-la de volta para a cama – ele se ouviu dizer. – Rápido.

CAPÍTULO 26

José voltou para aquela boca de fumo assim que dormiu um número suficiente de horas para conseguir dirigir sem colocar em risco a segurança pública. Quando seu carro parou, ele olhou pelo vidro embaçado da janela para a fachada do prédio sem portaria. Estava tão frio que a sua respiração e o café quente embaçavam tudo, mas ele não poderia dizer que precisava de um refresco na memória para saber a aparência daquele lugar.

Passara a noite inteira encarando-o em sua mente enquanto não pegava no sono.

Abrindo a porta, saiu. O ar era típico de novembro, a temperatura um pouco acima de 0 °C, com uma pitada de umidade que, em um mês, significaria neve chegando. Agora, porém, deveria haver uma garoa chegando abaixo da cobertura de nuvens. Não achava que viraria uma chuva de verdade, mas que diabos sabia ele?

Ao atravessar a rua, parou no meio e olhou para baixo. Uma estranha sensação de perda o impossibilitou de seguir em frente, e, quando a dor de cabeça da noite anterior voltou com força total, concluiu que era muito bom estar se aposentando.

Estava exausto, com o alicerce de foco e determinação sobre o qual construíra sua vida profissional agora instável e incerto por conta da fadiga mental.

Praguejando, voltou a andar e, ao chegar à porta do prédio, enfiou um Gastrol na boca. Talvez, se conseguisse descansar um pouco e se alimentar melhor, não precisasse mais daquela coisa mastigável com gosto de gesso.

Muito embora, para ser justo, houvesse comido um monte de sobras às duas da manhã porque tivera muito em que pensar. Aquela policial infiltrada ainda não dera as caras, não entrara em contato, não fora encontrada, nem viva nem morta. Mas pelo menos a sua colega da perícia fizera um tremendo trabalho no apartamento da policial Hernandez-Guerrero, documentando tudo como se fosse a cena de um crime.

Porque ele sabia, em seu íntimo, que era.

No entanto, nenhuma pista que indicasse por onde começar ainda. As manchas de sangue provavelmente eram da policial desaparecida, e as impressões digitais eram dela e somente dela. Embora fosse possível que algo ainda surgisse. E todas as patrulhas do centro da cidade ficaram em alerta na noite anterior. Ainda estavam. E continuariam até que encontrassem… o que encontrassem.

Com um empurrão, abriu a porta.

– Mas que *porra*.

Enquanto seus olhos se concentravam na trilha de sangue na parte de baixo da escada, seu nariz foi tomado pelo odor de uma tonelada de coisas que não estavam certas. O cheiro era tão adocicado, enjoativo e forte que ele chegou a se retrair.

Recuperou-se rapidamente – ele já não estava acostumado a fedores? –, então pegou as proteções descartáveis do bolso do casaco esportivo e as calçou por cima dos sapatos. Depois vestiu duas luvas. Andando até o sangue, ele espiou o corredor que levava à entrada dos fundos. Deduziu que quem quer que tivesse sangrado tanto assim seguira por ali – porque quem é que se dirigiria a um lugar como aquele em busca de cuidados médicos?

José pegou o celular e ligou para a central enquanto andava pelo corredor, atento para não pisar em nada.

A central atendeu quando ele abriu a porta de trás e se inclinou para fora.

– Aqui é de la Cruz. – Informou o número do seu distintivo. – Preciso de reforços.

Nada de extraordinário no estacionamento além de um sofá que já vira dias muito melhores, um aparelho de TV quebrado e o lixo típico de uma cidade. Nenhum corpo. Nenhuma pessoa severamente ferida de cara no asfalto.

Enquanto informava o endereço, deu uma volta. O rastro de sangue continuava pela esquerda, por isso, ele o seguiu até um ponto abrupto de interrupção na lateral do beco. Como se quem quer que tivesse sangrado houvesse entrado num carro e saído dirigindo.

Encerrando o telefonema com a central, ele voltou para a entrada de trás e refez seu caminho até a base da escada. Tirando uma lanterna do bolso, iluminou os degraus e seguiu o rastro até o segundo andar. O terceiro. Quando chegou ao quarto andar...

À esquerda, a porta em que batera na noite anterior estava aberta... e o sangue entrava no apartamento. Ou, mais provavelmente, saía dele.

Sacando sua arma de serviço, aproximou-se e, como esperado, o seu cartão de visita estava caído no chão. Alguém entrara e deixara uma pegada parcial de sangue nele...

Quando o facho iluminou o interior, ele viu a poça de sangue de imediato. Estava num dos cantos.

– Detetive de la Cruz, Polícia de Caldwell.

Em seu íntimo, ele sabia que anunciar sua presença era perda de tempo. E, quando não houve resposta, ele fez uma varredura ao redor com a arma num movimento coordenado – foi quando ele viu as estacas que tinham sido pregadas no piso de madeira. Havia cordas de nylon emaranhadas ao redor de cada uma delas, como se alguém tivesse sido amarrado a elas, e a poeira no chão tinha sido revolvida.

Evidência de alguém se debatendo.

Pensou na policial desaparecida.

– Meu Jesus – murmurou.

Nos fundos do apartamento, teve o vislumbre de uma cozinha velha. Na frente, alguns cômodos, pelos menos um deles era um quarto, a julgar pelo colchão manchado no chão.

Movendo-se com cuidado e escolhendo onde colocar os pés para não contaminar a cena, passou pelo sangue e espiou dentro dos outros cômodos. Cortinas escuras cobriam janelas minúsculas, assim como em todo o prédio. Nada na cama, nada no chão... a não ser por um ou outro resto de lixo que, como tudo ali, tinha uma camada de poeira por cima.

José voltou ao cômodo principal, atendo-se às estacas. Agachando, inspecionou o nylon cortado em uma das estacas de madeira.

Tinha sangue.

Quando seu celular tocou, ele verificou a tela e respondeu rápido.

– Treyvon, eu estava para te ligar...

O outro detetive o interrompeu.

– Encontraram o policial infiltrado Leon Roberts no rio. Uma hora atrás, mais ou menos.

José ficou confuso.

– Leon?

– Acho que a minha fonte estava errada. Era um policial homem que estava desaparecido.

Não, José pensou. *Isso significa que havia dois desaparecidos.*

– Conheço Leon. Era um bom garoto. – Que, na verdade, tinha a idade de Trey. – Quero dizer, jovem. Homem. Ele passou pela patrulha do terceiro distrito, assim como eu. Eu o encontrei algumas vezes.

– Você se lembra de todos. – Havia uma nota de tristeza na voz de Trey. – Ele estava na minha turma na academia. Encontraram-no flutuando de cabeça para baixo... ficou preso numa doca residencial. O dono nos chamou e a identificação foi feita por um dos paramédicos que jogava softball com ele aos sábados.

Fechando os olhos, José passou as mãos pelo rosto.

– Maldição. Como ele morreu?

– Tiro na parte de trás da cabeça. Bem profissional. Muito provavelmente não haverá água nos pulmões. – Houve uma pausa. – Escuta, ele não era casado, mas sei que os pais ainda estão vivos. Fiquei pensando se você, como representante mais antigo do departamento, poderia…

– Claro, cuido disso. – José relanceou para o sangue na estaca. – Mas não posso sair de onde estou até outros policiais chegarem.

– Onde você está?

– Hoje é o seu dia de folga.

Houve alguma movimentação, como se o cara estivesse se vestindo.

– Endereço, por favor.

Balançando a cabeça, José olhou para o teto. E disse, resignado:

– Exatamente onde você me deixou ontem à noite, mas um andar abaixo. Cuidado com o sangue quando subir as escadas.

Tudo do outro lado da conexão ficou silencioso.

– Não havia sangue na escada…

– Há agora. Temos outra cena. Acabei de informar, e acho que você deveria ficar em casa com a sua esposa e as crianças, mas não vai fazer isso. Portanto, me faça um favor.

– Manda.

José inspirou fundo – e esfregou o nariz. Aquele estranho cheiro doce bastava para ele repensar seu pedido. Mas nessa hora seu estômago roncou do mesmo jeito, um sinal de que estava na profissão certa, supôs.

Pelo menos até o mês seguinte.

– Me traz café e uns donuts. Esqueci de comer quando saí de casa. Obrigado – disse antes de encerrar a ligação.

CAPÍTULO 27

SIM, HAVIA ÁGUA QUENTE. Mas não havia calor.

Quando a chuveirada de Rio terminou e ela fechou a água, se surpreendeu com a rapidez com que a temperatura caiu. Sim, havia umidade e calor no banheiro azulejado, mas não o bastante. A única solução era se enxugar e se vestir. Uma pena que não tivesse uma…

– Tome. Use isto como toalha – disse Lucan.

Cruzando os braços diante dos seios nus, ela olhou para ele… e ficou sem ar. Ele estava virado, de frente para a parede, o moletom oferecido às cegas na sua direção.

Ele também estava com o peito nu, os músculos do tronco se estendendo ao longo dos ombros, pelas costas, ao redor das costelas.

– Obrigada – agradeceu, rouca.

Pegando o que ele ofereceu, ela pôs o moletom para trabalhar, ciente de que o passava pela pele, de que aquele perfume dele se espalhava nela toda. E gostou disso. Gostava do cheiro, mas gostava ainda mais do fato de ser dele.

– Vamos levá-la de volta à cama – ele disse. – Rápido.

– Tá bem. Obrigada.

Ela dobrou o moletom, virando o tecido de algodão macio pelas mãos… e depois enxugou os cabelos molhados com ele. Por algum motivo, enquanto seus seios balançavam, eles pareciam mais pesados – e, que curioso, ela não estava mais pensando no frio, estava? De repente, sentia calor, como se estivesse nos trópicos.

Antes de pensar demais nisso – tarde demais –, ela deixou a toalha improvisada ao lado da pia e voltou a vestir as próprias roupas. Enquanto subia as calças pelas pernas, lembrou-se de quando as vestira.

Há uma vida.

Nesse meio-tempo, Luke ainda estava com o rosto virado para longe dela, mas mudara de posição. O cotovelo agora estava colado ao joelho, o queixo apoiado no punho, as costas musculosas curvadas devido à sua altura. A pose a lembrou de uma foto que vira num livro de história da arte, de uma antiga escultura, *O Pensador*.

E, então, ela não pensou em mais nada.

Sabia que ele era grande e forte. Sentira isso quando fora carregada por ele. Mas não esperava que ele fosse assim tão…

– Aqui está o seu moletom – ela disse ao apanhá-lo de novo.

Vista-o, ela pensou. *Por favor*.

E não porque ele fosse feio. Porque ele era o total oposto disso.

– Não se preocupe, estou decente – ela murmurou.

Quando ele se virou, seus olhos se fixaram no rosto dela. Como se ela ainda estivesse nua.

– Obrigado. – Ele pegou a peça molhada. – Pronta para voltar?

Ela deveria ter desviado o olhar enquanto ele se vestia – o que valia para um, valia para outro, ou… era esse mesmo o ditado? –, mas não o fez. Ficou olhando enquanto ele se endireitava do vaso e vestia o que ela acabara de usar em todo o seu corpo nu.

E quando ele não pôde vê-la por um breve instante, ela o encarou meeeeesmo. Os peitorais e o abdômen valiam o esforço, e se flexionaram enquanto ele passava pelos movimentos normais de alguém se vestindo, tornando a tarefa simples algo… espetacular.

Um show de sensualidade, ela pensou meio boba. *Era assim que se dizia, não?*

Luke se levantou.

– Sente-se melhor?

Bem, já não estava sentindo nem um pouco de frio. E também não estava pensando nas dores e contusões.

– Sim, estou me sentindo melhor.

– Ainda não consigo trazer comida. Pensei que conseguiria, mas é perigoso demais. Tudo fica fechado até pouco depois do anoitecer, então existem áreas restritas das quais não posso me aproximar sem causar problemas. – Ele deu de ombros. – Mas assim que a luz sumir do céu, eu a levarei de volta a Caldwell, e podemos parar em algum lugar no caminho.

O que significava que estavam *mesmo* fora da cidade.

– Não temos que nos apressar. Lembra da situação em que me encontrou? Preciso de um tempo pra descobrir um lugar seguro para ir. Descobrir com quem posso falar. O que… vou fazer. Quanto tempo posso ficar aqui?

Luke cruzou os braços diante do peito.

– Você não pode ficar aqui, mas existe outro lugar para onde pode ir. Por um período limitado.

Rio franziu o cenho.

– Para o lugar onde eu estava quando a enfermeira veio me ver. No porão com todo aquele tecido.

– Isso, você estará segura lá. Por uma noite. Duas, talvez. Mas não é uma solução permanente.

– Não precisa ser. E obrigada… eu te devo uma.

Houve um momento de silêncio e, na cabeça dela, por algum motivo insano, ela se viu abraçando-o. Visualizou o abraço tão vividamente que quase conseguiu sentir o calor do corpo dele contra o seu.

– Vamos, de volta pra cama – ele disse numa voz baixa e ressonante.

Como se, talvez, ele também tivesse ido até lá mentalmente.

Em resposta, ela só conseguiu assentir – e o seguiu corredor afora. Por estar atrás dele, sentiu-se à vontade para olhar ao redor, mas não descobriu nada de novo. Era ainda apenas um corredor comprido e inacabado com lâmpadas em fios pendurados do teto. Ninguém ao redor, nenhum som que ela conseguisse ouvir além dos passos deles.

Quando estavam de volta à clínica, ela sussurrou:

– Quem é aquele paciente?

A pergunta foi ignorada quando passaram pelos lençóis pendurados, e logo estavam junto da cama em que ela estivera. Ele ofereceu o braço para que ela se equilibrasse enquanto deitava. O incenso já tinha acabado, e ele pegou outro de dentro de uma gaveta para acender.

Ajeitando as cobertas ao seu redor, ela se lembrou de quando era criança e ficava resfriada. A mãe sempre fora muito boa em cuidar dela: TV ilimitada, tigelas de sorvete para aplacar uma garganta dolorida, qualquer coisa que ela quisesse comer a qualquer hora, compressas frias na testa quente. Em circunstâncias normais, tudo era muito controlado na casa, tudo tinha horário, tarefas domésticas e lições de casa, todas as expectativas a serem superadas ou, na pior das hipóteses, atendidas, sendo que o fracasso nunca era uma opção.

Sua mãe era do tipo rígido, e domesticara seus dois filhos para que se tornassem seres humanos virtuosos que iam à igreja, rezavam o rosário com frequência e nunca retrucavam.

Não fora fácil crescer num ambiente tão inflexível.

Mas duas fungadas e uma temperatura levemente elevada? O castelo de cartas de exigências despencava em queda livre.

Mimo total.

Às vezes, normalmente depois que as notas eram divulgadas e Rio tinha levado a bronca pelos dois Bs que sempre tirava (matemática e espanhol), ela deliberadamente saía para pegar friagem ou ia para a casa de um amigo que tivesse faltado na escola na semana anterior por ter ficado gripado.

Ela precisava da certeza, da confiança, mesmo que não estivesse ligada à ofensa de não ser perfeita.

– Você está bem? – Luke perguntou.

Tão tranquilo. Apenas a sua respiração e o som suave do incenso começando a queimar.

– Eu não vi a minha vida – sussurrou. – Digo, quando soube que ele ia me matar. Eu pensei… era pra eu ter visto a minha vida, sabe?

Luke estava ao lado dela, silencioso. Em seguida, disse:

– Porque você é uma sobrevivente. Sobreviventes como nós permanecem no presente.

– Todos dizem que veem a vida que tiveram. Logo antes de morrer.

– E com quantos mortos você falou recentemente?

Rio piscou. E sorriu.

– Bem pensado. E acho que eu não estava *morrendo*. Talvez seja quando isso acontece.

Luke se retraiu. Desviou o olhar. Voltou a olhar.

– Abre um espaço.

Ela o fitou, confusa.

– O que disse?

– Você precisa de uma coisa agora. Não sou grande coisa, mas não vejo outras opções.

Na verdade... Ele estava errado. Ele mais do que bastava, e isso a deixava nervosa.

– Está bem – disse.

Rio gemeu ao mover o corpo e o colchão pendeu para um lado. Então, Luke se esticou junto a ela.

Antes que conseguisse formar um pensamento coerente, ela colou em seu corpo grande e quente, enroscando-se nele. Com um ajuste rápido de posição, ele acomodou a cabeça dela em seu braço.

– Ouço o seu coração batendo – ela murmurou.

– Quer dizer que eu tenho um. Bom saber.

– Onde você compra esse perfume?

– Perfume? Eu não uso perfume.

Deve ser o amaciante, ela pensou enquanto imaginava onde ele lavava a roupa.

Os olhos vaguearam pelo cômodo, avaliando as camas desocupadas, as caixas de suprimentos, as cortinas ao redor do outro paciente. De tempos em tempos, havia batidas dentro do prédio, barulhos baixos percussivos como se o frio se acomodasse nos suportes de metal ou o ar passasse por canos velhos.

– Sou muito grata mesmo por você ter chegado quando chegou – sussurrou. – Eu não teria sobrevivido sem você.

Houve um período de silêncio e, então, o ribombo da voz de Luke reverberou pela caixa torácica dele em seu ouvido. Em sua mente. Em sua… alma.

– Ele mereceu o que teve – ele grunhiu.

Rio ergueu a cabeça para o peitoral de Luke. O queixo estava tão próximo e os lábios eram… tão cheios. Acima das bochechas, os olhos estavam fechados, os cílios eram longos e espessos. Ele parecia extraordinariamente em paz, considerando o quanto a voz soara agressiva.

– Você se barbeia doze vezes ao dia? – ela murmurou.

Os lábios se curvaram nos cantos.

– Importa-se se eu perguntar de onde veio isso?

Levantando o braço, ela tocou a mandíbula dele com as pontas dos dedos, resvalando com suavidade.

– Tão macio. Nunca vi um homem de cabelos escuros que não tivesse nem sinal de barba.

– Quantos homens você conheceu e de quantos chegou perto o suficiente para enxergar a barba?

– Sombras de barba não são segredos de Estado.

– Desculpe, fui rude?

– Depende da sua definição de rude. Você parecia enciumado.

Houve outra pausa. Em seguida, aqueles cílios compridos se ergueram, revelando olhos dourados reluzentes tão brilhantes e ardentes que pareciam o próprio Sol.

Ele se concentrou nela.

– Talvez eu esteja.

Lucan passara muito tempo pouco se fodendo com qualquer coisa e qualquer um, inclusive consigo mesmo. Estar na prisão meramente por existir meio que o transforma num filho da puta sem sentimentos – se não em um misantropo irremediável.

Mis-lican-tropo, no seu caso.

Por isso, foi meio que uma... surpresa, de uma maneira meio fodida... que ele se visse desejoso de confortar aquela humana.

E fazer outras coisas com ela.

– Isso é um problema? – perguntou. Embora soubesse que não lhe dissera toda a verdade sobre si. De fato, nenhuma verdade.

Mas tinha certeza de que ela tinha segredos próprios, e essa era a natureza do tráfico de drogas. Você acredita no que vê da pessoa e se protege como pode. Era uma regra tão fundamental que nem precisava ser dita.

Sobreviventes, os dois. E, como ele dissera, isso significa que você permanece no presente. Em todos os níveis.

– Não – ela sussurrou. – Não é um problema.

Lucan fechou os olhos porque não queria que ela enxergasse dentro dele e descobrisse o quanto ele estava excitado. Para onde seus pensamentos tinham ido. Onde suas mãos queriam estar.

Ela se moveu mais para cima do tronco dele.

– Quer que eu prove?

– Prove o quê?

As pálpebras dele se ergueram novamente. Ela estava tão perto agora que ele enxergava as pintas nos olhos castanhos.

– Que tudo bem se você estiver com ciúme? – ela murmurou.

– Isso envolve a minha boca?

– O que o faz pensar assim?

– O modo como você está olhando para os meus lábios agora. – Ele ergueu a mão e pôs os cabelos úmidos dela para trás. – E aí, quer fazer alguma coisa a respeito disso? Ou ignorar? A escolha é sua.

– Se estou entendendo, é uma via de mão dupla. Você também pode escolher.

Os olhos dele se fixaram na boca dela.

– Ah, eu já tomei a minha decisão.

Houve uma pausa. Depois da qual Rio se moveu um pouco mais para cima no peito dele. Ao abaixar a cabeça para beijá-lo, ela fechou os olhos e ele gostou disso. Era como se ela quisesse concentrar tudo o que tinha no contato.

Lucan fez o mesmo, seus olhos se fecharam.

Ele imaginou que ela fosse atirada. Não foi – mas também não foi tímida. A boca resvalou sobre a sua, e ele se deliciou com a sensação, com o toque, com o calor. Só que ele era um filho da puta avarento. Podiam estar só se beijando, mas, em sua mente, estavam nus e ele montava nela, encontrando seu caminho entre as coxas dela até…

O som foi distante, uma batida. Uma porta se fechando com força? Em seguida, passos se aproximando rapidamente.

A cabeça de Rio se levantou e os dois olharam ao longo do depósito abarrotado.

– Há uma arma debaixo da cama – ele disse. – Fique aqui, junto ao incenso. *Não* saia deste colchão.

Lucan se moveu rapidamente, rolando-a para longe dele e a cobrindo. Ele deu dois passos e depois voltou.

Beijando-a rapidamente, jurou:

– Vamos retomar de onde paramos. Em algum momento antes que eu a leve de volta.

Ela quis dizer algo, mas ele foi embora antes que ela começasse a falar, parando apenas junto a uma pilha de roupas dobradas para vestir um moletom limpo. Na porta que dava para o corredor, ele prestou atenção antes de abrir, preparado para atacar. Em seguida, abriu o painel pesado.

Do lado de fora do corredor… havia batidas ritmadas que foram ficando mais altas.

Saindo, ele fechou a porta do depósito atrás de si…

Mayhem fazia a curva correndo.

– Você está encrencado – disse ao prisioneiro ao parar de repente.

Você mal faz ideia, pensou Lucan.

– O Executor está atrás de você desde o amanhecer. Demorou tudo isso até eu conseguir escapar sem ninguém vir atrás de mim.

– Por quê? Eu estava para a contagem. Devolvi a arma.

– Não sei qual é o problema, mas é melhor você dar as caras antes que os guardas se esforcem mais pra encontrá-lo.

– Está bem. Vamos lá.

Os dois se afastaram trotando, indo na direção de que Mayhem viera.

Quando viraram à esquerda, Lucan segurou o braço do outro macho.

– É melhor nos separarmos agora.

– Ao caralho com isso. Pode haver uma recompensa. Além do mais, se eu te entregar, não vai parecer que estou com você nessa. Autopreservação. E uma isca para o caso de as coisas se complicarem com o seu segredinho.

– Muito bem pensado.

Seguiram em frente, virando aqui e acolá com presteza pelo porão. Lucan precisou de três semanas para memorizar o subterrâneo de múltiplos andares. Tantos caminhos largos e ramificações menores, com todo tipo de cômodo e espaços maiores. O arquiteto que planejou aquele prédio evidentemente sabia que haveria coisas a serem escondidas, verdades que os curandeiros de bom coração não gostariam que seus pacientes vulneráveis soubessem.

Como o fato de que foram necessários três necrotérios para lidar com o número de mortos que, aparentemente, tiveram de ser autopsiados.

Na parte mais baixa no fim do porão, ele e Mayhem chegaram a uma porta corta-fogo novinha e, passando por ela, subiram dois lances de escada. Sem dizer nada, ambos passaram na frente de outra barreira antifogo.

Havia três níveis subterrâneos, e aquele do meio era onde os prisioneiros dormiam. Acima deles? Era onde a festa acontecia.

Ao aceno de Lucan, eles subiram mais dois lances e pararam de novo.

– Pronto? – Lucan perguntou.

– Nasci pronto, licantropo.

Do outro lado de outra porta corta-fogo novinha em folha, Lucan sentiu cheiro de cocaína no ar, seca e tinindo, como se fossem partículas radioativas em seu nariz e no fundo da garganta.

Aquele era o andar dos negócios, onde o processamento acontecia por trás de portas trancadas com cobre e protegidas com armas. No momento, contudo, nada estava sendo cortado, pesado e separado em pacotinhos nas estações de trabalho, pois os prisioneiros ainda dormiam em seus cubículos. Depois do cair da noite, todos seriam acordados, alimentados e forçados a subir até lá para fazer um trabalho graças ao qual eram mantidos vivos.

Tristemente, aquela construção era perfeita para o que precisavam. O Comando, agora morto, tivera planejado tudo aquilo, mas fora assassinado bem quando a mudança do local anterior estava acontecendo.

E então o Executor se autodeclarara o encarregado pelo campo de prisioneiros.

Com isso em mente, Lucan começou a andar ao longo dos cômodos de produção na direção de uma parede de gesso nova de três metros de largura e seis de altura. O espaço era novo, mas já estava manchado: ao longo do painel liso havia ganchos em intervalos regulares, com amarras sujas penduradas, prontas para serem usadas novamente. Por trás dos postes de açoite, aquele gesso estava encharcado do sangue que fora derramado – e também era possível sentir o cheiro. O espaço todo tinha o ar marcado pelo buquê de plasma da tortura e o perfume de construção nova de gesso e pinheiro.

Quando se aproximaram dos aposentos privativos do Executor, os dois guardas ao lado da porta ergueram suas armas.

Ao contrário dos tempos do Comando, eles eram membros de uma guarda particular, contratados para manter a ordem – em vez de escolhidos entre a população carcerária.

– Eu aviso que você o encontrou – o da esquerda disse.

A porta de aço montada no gesso se abriu e se fechou.

– Você pode ir – Lucan murmurou para Mayhem. – Eu me certificarei de que você receba a sua recompensa…

Primeiro ele sentiu o cheiro, e era do tipo que fazia os pelos da sua nuca se eriçarem.

Deixando a cabeça pender para trás, ele respirou fundo. Em seguida, um uivo começou a se formar em seu âmago e a subir pela garganta.

O som do seu povo foi cortado quando a porta de aço se abriu uma vez mais.

A figura vestida de preto que emergiu tinha uma cabeça careca e olhos estreitos e calculistas. E o macho carregava algo nos braços, alguma coisa grande e peluda – e frouxa, como um tapete enrolado.

A cabeça e as patas dianteiras estavam penduradas de um lado, as traseiras e o rabo do outro.

O Executor jogou o lobo morto aos pés de Lucan.

– Acredito que este seja um dos seus – anunciou.

CAPÍTULO 28

Quando a porta da clínica improvisada se abriu, Rio se sentou na cama.

– Luke…

O homem que entrou não era ele. E o modo como o rosto rude se voltou na sua direção… a fez desejar fingir que estava dormindo. Não precisava conhecê-lo para saber que ficar sozinha com alguém como ele deveria vir com uma advertência do Ministério da Saúde.

Quando os olhos se estreitaram, ele deu um passo na direção dela e ergueu o lábio superior, expondo os dentes da frente.

Eram dentes enormes, dentes que, seguramente, tinham sido cosmeticamente tratados…

Rio tentou se lembrar de onde Luke lhe dissera que a arma estava. Debaixo da cama. Ela estava debaixo da cama.

Ela foi pegar a arma, mergulhando para baixo do colchão…

Num movimento ao estilo *Matrix* em que o tempo se curvou, o homem, de alguma forma, conseguiu atravessar todo o cômodo num piscar de olhos: bem quando ela sentiu o frio do metal em sua mão, uma pegada forte a segurou pela cabeça, bem onde estava machucada, e a dor a cegou, deixando-a frouxa e paralisada.

Entreabrindo os olhos, ela teve um segundo de visão desimpedida da nove milímetros.

Rio praguejou quando foi suspensa pelos cabelos, agarrada pelo pescoço e erguida da cama até os pés ficarem pendurados. Chocando-a contra a parede, ele pôs o rosto diretamente na frente do dela e sorriu como um demônio.

Presas. Ele tinha presas.

Ou melhor, os dentes pareciam presas.

– Maldito Lucan – ele estrepitou quando ela começou a engasgar com a pegada dele. – Ele está se complicando com merdas que deveria deixar em paz. Portanto, vou cuidar de você para ele…

– Pare.

A palavra foi dita tão suavemente que Rio mal a ouviu em meio ao tinir dos seus ouvidos. Mas o homem que a agredia, com aqueles dentes afiados como os de um cão, girou a cabeça na direção da cama do paciente atrás das cortinas.

– Solte-a…

A voz era muito fraca, mas sua influência foi equivalente à de um rifle junto à têmpora do homem. Aqueles olhos hostis pareceram atravessar a frágil barreira pendurada do teto, e seu corpo inteiro ficou tão imobilizado quanto ela sentia o dela.

– *Agora*.

Seu agressor praguejou. Em seguida, ele…

– Gentilmente. – Houve uma pausa. – As origens dela não importam. Ela é uma paciente, assim como eu.

Os pés de Rio tocaram o chão primeiro com as pontas. Depois o restante foi fazendo contato. Então, o homem com todos aqueles dentes segurou o seu braço e a acomodou de novo na cama – e não soltou até ela conseguir ficar ereta enquanto arfava em busca de ar.

Quando ela se estabilizou, ele se virou e dirigiu-se para as cortinas, afastando-as suavemente e desaparecendo no interior.

Embora ainda tentasse recuperar o fôlego, Rio se pôs em ação, caindo no chão e apanhando a arma debaixo da cama. As mãos tremiam, até ela ver o quanto a arma se movia para frente e para trás.

Uma dose rápida de autopreservação deu um jeito em tudo. Acalmou-a. Dissipou o pânico em sua mente.

Com uma descarga de adrenalina, ela se pôs de pé e se preparou para fugir.

Nada além de murmúrios agora, vindos daquela cama escondida: duas vozes, graves e profundas… mas discutindo, como se aquele que tivesse bancado o Popeye pra cima dela estivesse levando uma bronca.

– Mas que diabos – murmurou ela.

Suas botas estavam bem ao lado da cama no chão, e ela as calçou com uma mão só, mantendo a coronha da arma firme na outra. Enquanto brigava com os cadarços, ficou olhando para a cortina repetidamente, erguendo e baixando a sua agora latejante cabeça.

Se mais uma *maldita* pessoa a acertasse no crânio, ela perderia a cabeça. De maneira literal, muito provavelmente. Quando seu cérebro vazasse pelos malditos ouvidos.

De pé novamente, concentrou-se na porta da clínica improvisada. Não importava que ela não fizesse a mínima ideia de onde estava. Uma nove milímetros era um tremendo de um mapa, não? E não queria esperar até que Luke voltasse. Ele era um fator complicador quando simplesmente não deveria ser.

Como sempre, ela tinha que fazer o seu melhor para obter informações sem ser ferida ou morta, e a instabilidade daquele ambiente era óbvia. Embora quisesse explorar tudo, ela teria que conseguir o que pudesse no caminho da saída. Terminar numa cova não seria o melhor modo de levar Mozart e aqueles fornecedores à justiça.

Relanceando para a cama, lembrou-se do beijo que dera em Luke. Nenhum adeus.

E, da próxima vez que o visse, poderia muito bem ser com ele preso por causa dela.

Por que diabos, depois de todos aqueles anos sem se interessar particularmente por sexo, ela tinha que se sentir tão atraída por alguém como ele? Ela vinha vivendo muito bem como monja.

Pelo menos poderia voltar direto para o celibato. Não seria um problema. Ainda mais depois do acontecido no chão daquele apartamento.

Rio começou a se mover na direção da porta, andando na ponta das botas, tentando não pôr todo o seu peso nos pés – como se, talvez, ela conseguisse mandar na gravidade ou algo assim.

Nada de rangidos, ela pensou olhando para o chão debaixo dos pés. *Nada de rangidos*...

Ah, é mesmo, o chão era de concreto. Beleza.

Enquanto passava pelos leitos desocupados, contava-os. Ao chegar ao acortinado...

Ouviu um som abafado de dor vindo de dentro das cortinas.

Rio parou. Os dois homens ainda falavam baixo – houve mais um gemido então, como se alguém com dor no corpo todo tentasse encontrar uma posição melhor. E tivesse fracassado.

Vai, disse para si mesma. *Sai daqui. Agora.*

Quando percebeu que os pés tinham parado, ela olhou para a porta, como se conseguisse redirecionar os esforços deles. Ou fazer com que a saída se aproximasse dela.

Depois de um momento, eles voltaram se mover.

Mas não na direção da saída.

Diante do Executor e da parede com os Testes de Rorschach, Lucan se agachou. Ao redor do pescoço do lobo morto havia uma coleira de aço, mas não do tipo que explodia após ser removida. Soltando a fivela da constrição genérica, ele a retirou e se afastou um pouco.

Haveria restado vida suficiente nas células do corpo ainda quente para a transformação? Se Lucan ainda frequentasse os territórios dos clãs, poderia ter reconhecido os padrões de cinza, branco e marrom do pelo. Mas fazia muito tempo desde que estivera perto da sua linhagem... Tá, da sua meia linhagem – e Deus bem sabia que ele abandonara aquelas lembranças, substituindo-as com outras mais úteis ligadas à sua sobrevivência no campo de prisioneiros...

Houve um sibilo, como se o ar escapasse dos pulmões devido a alguma pressão das costelas. Em seguida, a transformação começou. O pelo que estivera completamente estático passou a mover-se em ondas enquanto cada folículo individualmente se retraía para seu poro, voltando para a forma corpórea anterior do licantropo. Enquanto isso acontecia, as patas dianteiras e traseiras começaram a se alongar, as da frente se diferenciando em mãos com dedos separados e as de trás empurrando pés descalços. O tronco também se expandiu, os ombros ficando protuberantes em ambos os lados do peito canino estreito e fazendo com que o corpo rolasse de costas.

De modo que o ferimento a bala no meio do peito se tornasse visível.

Nesse meio-tempo, abaixo da cintura, a bacia pélvica se alargou e achatou-se, acomodando as coxas que engrossavam e os órgãos consistentes com o sexo masculino.

Ele esperava pela transformação do rosto.

Na cabeça, o focinho se retraía e o pelo curto da nuca desaparecera. O nariz, o queixo e as bochechas emergiram quando a estrutura óssea modificou-se. Acima deles, a testa achatada e as sobrancelhas arqueadas se manifestavam…

Os olhos se abriram e se concentraram em Lucan, como se seu cheiro tivesse sido reconhecido. Em seguida, a boca começou a se mexer; as palavras eram mais ar do que sílabas, o sangue salpicando os lábios.

A tentativa de comunicação não durou. Um arquejo a interrompeu, seguido de um acesso de tosse, uma tosse fraca… seguida pela completa imobilidade da morte.

– Jesus – Lucan murmurou ao encarar aquele rosto.

– Quer dizer que o conhece.

Lucan olhou para o Executor. O outro macho era uma figura imponente toda de preto e armada até os dentes.

– Não consigo acreditar que tenha ido ao alto da montanha para matar esse filho da puta. Se espera que eu fique puto ou mais motivado, está sem sorte. Eu odeio esse filho da puta.

O Executor sorriu. Os olhos reluzentes de assassino que apreciava matar permaneceram tão normais quanto os de uma pessoa feliz com um bom jantar ou uma bela noite de sono.

Como se a morte fosse algo natural e necessário ao seu bem-estar.

– Ah, mas você já está motivado o bastante, não está? – murmurou o macho.

– Então, por que ir até os clãs e se arriscar a criar um problema? Meu povo é formado por um bando de babacas que comem uns aos outros. Literalmente. Você não vai querer chamar a atenção deles, acredite em mim.

– Eu não fui até a montanha. Ele veio aqui. Quem é ele?

Lucan estreitou os olhos.

– Meu primo.

– Ah, uma reunião de família, então. Que maravilha.

Nem perto disso, Lucan pensou ao começar a andar em círculos, as lembranças agarrando o centro do seu peito…

Antes que conseguisse se conter ou revisar todos os motivos pelos quais deveria manter as emoções sob controle, mirou um chute e acertou o cadáver no estômago. No impacto, os braços e as pernas se moveram, e a cabeça bateu com força no piso de concreto.

Ele chutou de novo. E de novo. E uma vez mais. E…

Algo quente jorrou nele. Ele baixou o olhar.

O sangue atingira seu moletom limpo e ele o limpou com a mão, apesar de não se importar com a mancha. Mas serviu para ele interromper o treino de futebol.

Voltando a se concentrar no Executor, Lucan exigiu saber:

– Achou que fosse eu quando partiu pra cima dele? Foi por isso que atirou nele?

– Ainda é dia. Posso lhe garantir que não fui eu quem puxou o gatilho.

A guarda, Lucan pensou. Alguns dos guardas eram humanos, ou assim ouvira dizer. Mas quem é que podia saber se os boatos eram verdadeiros?

Lucan meneou a cabeça.

– Não, eles acharam que fosse eu. E é por isso que estava me procurando. Eles acharam que eu tinha desaparecido, e quando lhe trouxeram isto, você tinha que ter certeza de que não era eu. Qual a recompensa de Mayhem por me entregar?

– Ele vai poder viver mais uma noite.

– Que sorte a dele. Este lugar é um parque de diversões *tão cheio* de coisas divertidas. – Lucan cruzou os braços diante do peito. – Os seus guardas acharam que estavam lhe fazendo um favor porque desconhecem o nosso acordo… Que é o que acontece quando mercenários são contratados. Eles só conseguem fazer parte do trabalho direito. Você ficou puto, e como este lobo não tinha uma coleira, não tinha certeza se era eu ou não. Ops.

– Você está fazendo muitas suposições.

E daí?, pensou ele.

– Só o que sei com certeza é que você não vai querer esse tipo de problema. – Apontou com a cabeça para o corpo. – Quando ele não voltar, outros virão atrás dele.

– E exatamente em qual tipo de problema acha que estarei?

– Se eles invadirem estas instalações, elas se tornarão o maior restaurante que você já viu na vida, e você estará no cardápio.

O Executor sorriu de novo, revelando as presas.

– Ninguém pode entrar ou sair daqui sem o meu conhecimento.

Mesmo?, Lucan pensou.

– Como você é esperto.

O Executor se adiantou e ficaram com os narizes quase encostados.

– Cuidado, lobo. Você pode muito bem acabar no mesmo lugar desse seu parente.

– Ele não é da minha família, pelo menos não na opinião dele. Foi por isso que vim parar aqui. E se quer meter uma bala em mim, mire bem. – Lucan abriu os braços. – Bem aqui no coração.

Quando o rosto do Executor endureceu, ficou claro que não gostara daquela mudança.

E não no sentido da forma humana do licantropo.

A dinâmica de poder não era mais como no começo, quando Lucan era o único com um ponto fraco a ser explorado. Agora… o Executor queria algo que somente Lucan podia fornecer.

Mas que interessante.

– Estou esperando – Lucan desafiou.

CAPÍTULO 29

EMBORA RIO DISSESSE para si mesma que deveria sair dali, explorar o que pudesse, encontrar uma saída e voltar para Caldwell… ela afastou as cortinas que pendiam do teto. Na cama, deitado de costas… um paciente com queimaduras estava numa condição terrível: o rosto era uma ferida aberta, as feições estavam inchadas e brilhantes, os olhos fechados por conta dos ferimentos. O restante do tronco e dos braços estava em iguais condições, nada além de pele inflamada sem curativos, muito provavelmente porque a gaze acabaria colada…

O homem que a atacara saltou da cadeira colocada ao lado da cama. Antes que fizesse algo, Rio mirou a arma no rosto dele.

– Senta aí, porra, não estou aqui por sua causa.

O paciente ao lado riu em meio à sua agonia.

– Sim, Apex. Sente-se.

Houve um momento de tensão. Em seguida, "Apex" voltou para a cadeira.

Rio virou a cabeça para o pobre homem na cama. Seu único tratamento, ao menos que ela pudesse ver, era um pequeno ventilador em cima de uma caixa de papelão, que refrescava o ar que passava pela pele destruída.

– Você está bem? – ela perguntou rouca.

Pergunta idiota.

– Minha cara – foi a resposta –, que gentileza sua perguntar.

Rio olhou para o tal de Apex. Ele a avaliava como se, em sua mente, estivesse lhe arrancando os braços com as próprias mãos, surrando-a com os membros. Mas não voltou a se mover. Era como se ele fosse um predador e suas rédeas estivessem nas mãos do paciente.

Rio se aproximou pelo outro lado da cama. Manteve a arma apontada, só como garantia.

– A enfermeira não consegue ajudá-lo? Não podemos levá-lo a um médico?

O paciente não se virou para ela. O rosto continuou num ângulo reto em relação ao teto. Não que ele conseguisse enxergar alguma coisa... Ela supôs que era doloroso demais para ele mover qualquer coisa, mesmo que minimamente.

Sem dúvida, respirar já era um fardo.

– Estou tão bem quanto posso estar. – A voz rouca do paciente saiu mais baixa, como se ele estivesse ficando sem forças. O tom e o sotaque pareciam de alguém da classe alta. – Estou apenas aguardando o fim de um processo que se iniciou há algumas semanas. E você, como está? Foi atendida?

Olhando ao redor de novo – como se tivesse deixado de perceber algo? –, Rio viu que não havia equipamentos de monitoramento, nenhum acesso intravenoso, nenhum medicamento.

– Você precisa ir para um hospital.

O outro homem respondeu:

– Você não faz ideia de que porra está falando.

– Como é? – Rio abaixou a arma. – Ah, quer dizer que o estado dele é totalmente compatível com a vida? Claro. Fico feliz que tenha esclarecido isso para mim, porque cá estava eu pensando que ele precisa de cuidados médicos...

– Era disso que precisávamos, uma humana com complexo de salvadora...

– Ao contrário de você, que só fica aqui sentado enquanto ele...

– Isso não é da sua conta...

– *Basta* – disse o paciente, exausto.

Rio fechou os olhos e percebeu que tinha ultrapassado um limite ao falar das circunstâncias precárias em que ele estava.

Pigarreou.

– Sofreu um acidente de carro?

De novo, os ferimentos pareciam consistentes com queimaduras severas e, enquanto ela juntava as ideias, tentava descobrir o que as poderia ter causado...

Ah, que idiota ela era. Um laboratório de metanfetamina. Claro. Não era provável que fabricassem cookies ali.

– Precisamos conseguir ajuda para você – ouviu-se dizer.

O paciente respirou lentamente. Depois, falou junto com uma exalação lenta e agonizante:

– Você é gentil, mas já está suficientemente em apuros. Lucan tem um plano para levá-la de volta ao lugar a que pertence?

– Eu mesma faço isso.

O riso do babaca na cadeira sem dúvida foi uma observação chauvinista no tocante às suas habilidades – mas ela já não ouvira isso antes? Ademais, ela podia ter um ferimento na cabeça, mas pelo menos conseguia ficar de pé e – bônus – tinha essa belezinha de nove milímetros que não deixava seu traseiro gordo e ressaltava o vai se foder que estava logo abaixo da superfície dos seus olhinhos castanhos.

– Eu não a subestimaria, Apex.

Isso mesmo, pensou junto com o paciente.

Em seguida, acalmou-se e baixou o olhar para a cama.

– Temos que fazer alguma coisa por você – ela murmurou ao notar as mãos dele pela primeira vez. Uma delas não tinha nenhum dos dedos.

Quando não houve resposta, ela mirou o rosto. Os lábios haviam sido cortados para ele poder respirar e as respirações espaçadas eram aceleradas. Em seguida, um gemido – e, então, um ritmo um pouco mais calmo.

Ele provavelmente tinha desmaiado.

– Você está sofrendo – sussurrou para ele de todo modo. – Deus, não estão tratado a sua dor?

– Não, estamos deixando que ele se afogue nela de propósito – o outro homem (qual era mesmo seu nome? Apex?) resmungou. – Porque adoramos ver um macho de valor sofrendo.

Rio fechou os olhos.

– Não consigo imaginar o quanto deve estar doendo.

– Ele é mais forte do que todos nós juntos.

Ela olhou para a cadeira. Apex estava sentado à frente, com a mão na cama junto à mão destruída do paciente, mas sem tocá-la. Porque isso seria insuportável, sem dúvida.

– Não há nada aqui que possa ajudá-lo?

– Temos sorte de ter uma cama para ele – disse o homem entre dentes. – A maior parte da medicação está com a validade expirada há duas décadas e estragada. Não há nada que possamos fazer.

– Quanto tempo mais você acha que ele tem?

Olhos escuros como as profundezas do inferno se viraram para ela.

– Dá pra você sair daqui, porra? Eu te mataria agora, mas ele não deixa. Mas eu juro que no segundo em que o coração dele parar de bater, eu vou atrás de você.

– Que medo – ela disse num tom entediado.

Ignorando o cara, Rio caminhou pelo espaço acortinado – o que equivalia a três passos num sentido e três no outro.

Não era um verso de uma canção do Bruce Springsteen?, ela pensou.

Quando uma imagem do seu irmão lhe veio à mente, ela parou na peseira da cama – e tentou não ficar confusa entre o passado e o presente. Mas a imobilidade do paciente... a fazia se lembrar do que vira quando derrubara a porta do quarto de Luis. Jamais se esqueceria do irmão deitado de costas, recostado no travesseiro manchado com seu vômito, o rosto azulado... virado para o teto, como se ele estivesse observando a mão da morte vindo atrás dele.

Esfregando os olhos, encarou o paciente de novo. Mesmo inconsciente, ele tinha o rosto crispado e uma tensão no corpo.

Não havia alívio para ele. Em parte alguma.

Pensou no irmão. E ficou enjoada.

– Há drogas aqui – disse rouca.

– O quê? – Apex retrucou.

– Isto é uma porra de uma fábrica de drogas, não é? Há drogas aqui.

Apex abriu a boca como se tivesse a mania de lhe mandar ir se foder e estivesse cedendo a ela novamente.

Ela balançou a cabeça para ele e disse rapidamente, embora ainda enxergasse o rosto do irmão morto entre uma piscada dos olhos e outra.

– Há heroína. Aqui, neste lugar. Eu a vi nas ruas com o símbolo da cruz de ferro. Vocês não vendem só cocaína, e opiáceos são opiáceos. Eles fazem a dor ir embora. Podemos dar a ele uma pequena dose de heroína, pelo menos assim ficará mais confortável.

Piscada. Seu irmão. Piscada. Seu irmão…

– Essa coisa mata pessoas.

Jura?, pensou ela.

– Só em excesso – disse ela. – E eu sei… como dosá-la. Eu não vou dar demais para ele. – Rio deu a volta pela peseira da cama e parou na frente do homem. – Leve-me até onde ela é preparada. Posso testá-la. E depois voltamos para cá para ajudar o seu amigo. Parceiro. Marido, o que quer que ele seja para você.

Apex lentamente se pôs de pé. Deus, ele era imenso, um cartaz enorme anunciando uma surra, mas de carne e osso.

Ele a cutucou com força no ombro.

– Não preciso que você faça merda nenhuma.

Por que estou fazendo isto?, Rio se perguntou.

Bem… Porque poderia ver outras partes do prédio. Ele devia saber como se locomover por ali, onde as drogas eram processadas. Ajudar o paciente seria de ajuda para si mesma.

– Não precisa de mim? – ela retrucou. – Sério? Bem, primeiro, você está sentado a alguns cômodos de distância da solução para o sofrimento dele e, evidentemente, nem pensou nisso. Segundo, sabe a dose? A dose necessária para aliviá-lo sem matá-lo? A respiração dele já está comprometida, e imagino que a pressão esteja baixa. Você não sabe qual é o limite, sabe?

– Você é enfermeira?

Ela se lembrou de todas as conversas com os médicos do pronto-socorro na época da morte do seu irmão. Ela tivera que saber exatamente o que acontecera, desde o nível molecular, passando pelo peso do irmão, até o corte da droga e o que mais havia no corpo dele. Ela tivera que…

– Não, mas sei muita coisa a respeito de overdoses.

O homem fitou o paciente.

– Ele sente dor o tempo todo – ela disse rouca, visualizando o rosto do irmão toda vez que ele achava que ninguém estava olhando para ele.

Apex passou uma mão sobre os olhos.

– Nunca. Ele sofre constantemente.

– Mostre-me onde estão as drogas. E, então, eu assumo.

Houve uma longa pausa. Então, Apex meneou a cabeça.

– Você não precisa vir comigo. Eu trago para cá. Do que precisa?

Quando ele a encarou, seu olhar estava vazio.

Rio franziu o cenho.

– Você sabe a diferença entre heroína, cocaína e metanfetamina? Sabe diferenciar os adjuntos? E o fentanil?

– Claro. Do que precisa?

Ele estava mentindo, ela pensou.

– Sabe disso com certeza suficiente para arriscar matá-lo?

– E desde quando você é perita nisso?

– Estou apostando a minha vida no meu conhecimento, não estou? – disse ela. – Se ele morrer, você vai dar cabo de mim, correto?

Quando ela só o encarou, ele deu de ombros.

– Diga-me do que precisa.

Um traficante que não conhecia seus produtos. Inacreditável.

– O que você faz por aqui além de cuidar do seu parceiro? – murmurou.

– Ele não é meu parceiro.

– Irmão.

– Não.

– Amigo, então.

O paciente deu uma tossida de leve. Quando ambos se viraram para o homem, um ligeiro sorriso distorcia a sua boca.

– Você deve perdoá-lo – disse o paciente. – Ele não sabe o que é um amigo.

Rio se inclinou por cima da cama.

– Nós vamos buscar alguma coisa para aliviar a sua dor.

Houve uma respiração tremida.

– Faço o que posso para suportar. Mas estou cansado… e ficando cada vez mais cansado.

Ela esticou a mão para dar um tapinha em seu braço, mas se conteve.

– Vamos cuidar disso.

Erguendo o olhar, ela cravou olhos sérios em Apex.

– Não vamos?

Enquanto esperava pela resposta, ela viu seu irmão parado perto da cortina, vestindo calças jeans e a camiseta do Nirvana que usava quando ela o encontrara morto.

Luis era tão real que ela sentia que poderia esticar a mão e tocar nele.

E foi então que ela se viu forçada a reconhecer o real motivo pelo qual estava fazendo aquilo, sua verdadeira motivação.

Ela estava revisitando a overdose do irmão e usando o que aprendera. Como se, ao aliviar o sofrimento do paciente… de alguma forma isso recalibrasse o tanto que o irmão enfiara nas veias todos aqueles anos atrás.

Era uma espécie de álgebra emocional que não fazia muito sentido. Nada traria o seu morto de volta. Nem tornaria certas todas as coisas erradas que aconteceram depois.

Aqueles eram eventos que não se relacionavam, e não importava o resultado daquilo ali, pois não mudaria nada do que acontecera antes.

– Não vamos? – repetiu.

Enquanto Lucan encarava o Executor e desafiava o filho da puta a atirar no seu coração, visualizava várias coisas alegres. Tipo, morder o vampiro na garganta. Para depois arrancar a pele e cuspi-la.

Após esse *amuse-bouche*, houve a fantasia do gancho, na qual ele pegava o macho pelas axilas e o empurrava na parede com tanta força que ele acabava furado pelas pontas secas de madeira.

E por trás da porta número três? Algo envolvendo uma serra elétrica.

Esse último era apenas um sonho, considerando-se que não havia nos arredores nenhuma ferramenta Black & Decker. Mas as duas hipóteses anteriores? Totalmente factíveis.

– Não? – ele disse enquanto empinava o peito. – Isso é um não?

Levando-se em consideração a quantidade de artefatos de metal no cara – e também pendurados naqueles dois guardas —, a ausência de puxadas de gatilhos não se devia à falta de balas.

– Onde está a minha transação, lobo? – perguntou o Executor com suavidade. – Onde está o meu dinheiro?

Lucan sorriu com escárnio.

– Estou trabalhando nisso.

– Está? Não vejo nenhum progresso em relação àquele seu contato no centro da cidade. Tenho quilos para desovar, quilos nos quais fiz um grande investimento. E nada da sua parte. Estou começando a acreditar que você não é o macho certo para essa tarefa, e creio que saiba como dispenso as pessoas.

O macho ergueu uma mão na direção da parede.

Lucan não se deu ao trabalho de olhar para o óbvio. Sua mente estava no porão, com Rio. E se ele morresse agora? Ou em algum momento antes de tirá-la da propriedade?

– Você precisa de mim.

– Não, você é dispensável – murmurou o Executor. – Não se esqueça disso.

Eu jamais deveria tê-la trazido para cá, pensou Lucan. Mas quais tinham sido suas opções? Não tivera ideia de como ajudá-la. Do quanto ela estivera ferida.

– Vai me trazer o meu dinheiro ao fim da próxima noite. – O Executor se afastou. – Ou o substituirei. Existem outros que podem ser úteis.

Apex, claro. Ele era o outro ligado a Kane.

– Estamos entendidos? – o Executor exigiu saber.

Filho da puta, pensou Lucan. De novo, só havia uma coisa importante no momento, e não tinha nada a ver com drogas.

– Sim – resmungou. – Estou liberado para ir, agora que você se deleitou com essa pequena sessão de masturbação verbal? Ela significou *tanto* para mim…

O Executor se moveu rápido, revelando uma faca afiada e encostando-a na jugular de Lucan.

– Cuidado com o tom.

Lucan sorriu… E se inclinou na direção da lâmina. Houve uma fisgada de dor; em seguida, o cheiro de sangue fresco.

Então, passou um dedo pelo ponto úmido e depois o lambeu.

– Hum – disse. – O gosto nunca é tão bom quando é o seu próprio, não é mesmo?

O Executor revirou os olhos.

– Você é doente.

– E você precisa de mim vivo.

– Por um pouco mais. Tudo depende de você.

Lucan se virou. Ao se deparar com os olhos de Mayhem, deu uma piscada. E disse para o cara:

– Pegue a sua recompensa, babaca. Você me queimou.

A boca de Mayhem se retorceu – e sem dúvida ele teria retribuído a piscadela se não estivesse de frente para o pelotão de fuzilamento.

– Mesmo que não seja nada – replicou o macho –, ainda existe a satisfação de tê-lo entregado para as autoridades competentes. E um tapinha nas costas já é o bastante para mim.

– Sobrevivência – disse Lucan ao se afastar. – É só o que ele está lhe dando.

O Executor falou em voz alta:

– Melhor me tratar com respeito, lobo. Ou o seu amigo Kane vai ser tirado da sua miséria… lentamente.

Relanceando por cima do ombro, Lucan parou e estreitou os olhos.

– Vou conseguir o que você precisa. E é melhor estar preparado para a guerra quando esse olheiro morto aí aos seus pés não voltar para a sua alcateia.

– Acidentes acontecem na natureza, sabe.

– Com balas?

– Nunca encontrarão o corpo para descobrir a verdade.

Portanto, o Executor não mentira sobre o lobo ter ido para lá em vez de ter sido caçado onde ficavam os clãs.

– Melhor você esperar que sim.

– A sua laia será subjugada aqui, lobo.

Quando Lucan voltou a andar, não pretendia continuar discutindo a respeito de um fato incontestável. Se aprendera uma coisa depois de todos aqueles anos era que a realidade não estava interessada na opinião de ninguém.

Andando pelo corredor e passando pelas salas de trabalho, ele se lembrou da noite em que Kane se sacrificara para libertar o Jackal e a companheira dele. Ambos estavam na plataforma da Colmeia, amarrados a postes que iam do chão ao teto. Não havia como salvá-los do Comando.

Lucan estivera lá. Outros também.

Kane tirara sua coleira e a coisa fizera aquilo para o que havia sido projetada após a remoção. Explodira, derrubando a casa, por assim dizer. Ou uma boa parte dela. O colapso do teto derrubara os postes imensos e, em meio ao caos, o Jackal e a sua companheira conseguiram fugir.

Lucan encontrara Kane nos escombros. A explosão da coleira de alguma forma ocorreu longe dele, talvez devido a um defeito, quem é que podia saber. Em vez de explodi-lo junto, a transferência de energia o lançara para trás – não que grandes estragos não tivessem ocorrido também. Ele fora severamente queimado no rosto, no peito e numa das mãos, e também havia sofrido o impacto contra uma das paredes de pedra da Colmeia.

Logo depois da explosão, Lucan não tivera intenção alguma de fazer qualquer outra coisa que não salvar a si mesmo. Porém, quando tropeçou no corpo, fora incapaz de abandonar o macho. Pegara o antigo aristocrata nos braços e começara a correr o mais rápido que podia para a rota de evacuação. A sorte, ou talvez intervenção divina, colocara um

Jeep em seu caminho. Ele jogara Kane para dentro dele e se colocara atrás do volante, acelerando.

Seguira a caravana de caminhões de todos os tamanhos porque não estivera pensando direito. E não que ele dispusesse de outros recursos, de um plano viável. Liberdade, naquele momento, não fora a melhor decisão. Dentro do campo de prisioneiros? Ele sabia como agir, sabia onde achar ajuda para Kane.

Portanto, dirigira para o sanatório, descera para o porão… e procurara a enfermeira, Nadya.

Vinham fazendo o que podiam por Kane desde então, embora não estivesse ajudando muito. E quando o Executor ficara sabendo da atuação de Lucan como salvador, sorrira e removera a coleira dele.

E lhe dera a opção de ir para Caldwell e se tornar o rosto conhecido da operação de drogas do campo de prisioneiros ou Kane seria morto.

Lentamente.

Lucan cedera à chantagem não por conta de alguma amizade ou algum sentimento especial de lealdade em relação ao antigo aristocrata. Fora mais por causa… do sacrifício que o macho estivera disposto a fazer naquele momento, quando mais foi preciso. Muito tempo antes, a fêmea amada por Kane fora morta, e ele havia sido incriminado pelo assassinato dela – motivo pelo qual acabara na prisão. Que ele tivesse decidido que valia a pena se autodestruir para que aqueles outros dois pudessem encontrar em suas vidas aquilo que lhe fora não só negado, mas lhe rendera uma sentença de prisão, colocava "nobre" na "nobreza", pelo menos no que dizia respeito a Lucan.

No confinamento horrível da prisão e na luta cruel e insensível pela sobrevivência a que todos estavam presos, aquele lhe parecera um gesto de gentileza que tinha que ser honrado.

E agora lá estavam, com Kane por um fio naquele depósito subterrâneo, sua força vital interna teimosa demais para deixá-lo morrer. Devido à sua biologia, os vampiros se curavam sem ficar com cicatrizes, a menos que houvesse sal envolvido, e isso acontecia muito mais rápido do que com os humanos, mas não significava que fossem imortais.

Lucan não tinha arrependimentos, a não ser pelo sofrimento de Kane. No fim, sentia-se bem por ter um caráter do qual não tinha que se envergonhar ao adormecer. Mas, Deus, era difícil se sentir um herói considerando-se o estado em que o macho estava.

No fim do corredor, ele desceu a escada para o piso inferior e entrou na área do dormitório. Surpreendeu-se por não haver nenhum guarda logo na entrada, mas logo captou um movimento, como se alguém estivesse saindo das sombras. Houve uma pausa. Em seguida, a figura masculina desapareceu de novo.

Sempre observando. Sempre esperando.

Praguejando consigo mesmo, ele olhou para as centenas de filas de beliches, pensando em todos os prisioneiros enfiados ali como se fossem objetos em vez de seres vivos. Enquanto sua raiva crescia, ele recomeçou a andar, atravessando os fachos de luz lançados pelas lâmpadas do teto. Havia três cubículos verticais de 1,20 por 2,50 metros empilhados a partir do chão, todos abertos numa das pontas, e infindáveis pares de pé, descalços ou não, pendurados no ar. Escadas eram acopladas do lado direito de cada abertura, e os roncos eram abafados, mas espalhados.

Quando ele inspirou, a densidade dos odores foi quase demais, mas também havia o cheiro de pinheiro fresco porque tudo aquilo fora construído há pouco tempo, assim como as salas de trabalho, a parede do Executor e os aposentos privativos, bem como outras provisões de segurança. A construção fora concluída anteriormente à mudança, por sabe lá Deus quem, e, ele tinha que admitir, tudo fora pensado em detalhes.

Uma pena que tudo fosse desumano.

Seu lugar designado não ficava longe da escada e ele sempre se sentiu grato por ter a cama de cima, e não a do meio ou a de baixo. Subindo a escada, enfiou-se no buraco, cruzou as pernas na altura dos tornozelos e cruzou os braços diante do peito.

Queria ir até Rio, mas não poderia arriscar-se a envolvê-la.

Colocando-a bem nas mãos do Executor.

À medida que o ronco baixo começava a irritá-lo e tudo parecia fazer com que ele quisesse se coçar, concluiu ser uma pena que não tivesse mais o seu tocador de fita cassete. Sua única posse fora destruída durante o colapso e ele sentia falta dela, embora tivesse apenas uma fita.

O Duran Duran teve outros *singles* de sucesso além de "Hungry Like the Wolf".

A banda teve também um chamado "Rio".

Não teve?

CAPÍTULO 30

Quando Rio se afastou da cama, o paciente disse:

– Lucan cuidará de você.

Ela relanceou por sobre o ombro.

– Na verdade… eu cuido de mim mesma…

– Ele me salvou mesmo sem ter essa obrigação, e colocando-se em grande perigo. Você pode confiar nele. – O tom do paciente se tornou mais estridente. – E é por isso que você, Apex, vai garantir que nenhum mal recaia sobre ela. Ela é do Lucan.

Rio se preparou para sentir uma raiva interna, particular, porque as mulheres, em especial mulheres como ela, não são posse de ninguém. Porém, sentiu um pontinho de calor no meio do peito, e fcou se perguntando quando diabos regressara ao papel tradicional dos sexos dos idos de 1950.

Mas quem sabe só tivesse um pequeno caso de infecção por estafilococos por haver uma ferida aberta na parte de trás da cabeça. *Isso mesmo*, pensou. Esse rubor devia ser coisa das bactérias em sua corrente sanguínea provocando uma leve elevação de temperatura.

– Apex? – o paciente exigiu confirmação.

Depois de um momento, o outro homem emitiu um grunhido que soou como um *mmrumf*. O que, considerando-se tudo, poderia significar tanto "sim, vou dar um tempo nessa coisa de homicídio" quanto "o que você vai fazer para me impedir, deitado aí nessa cama?". De todo modo, quando o paciente assentiu de leve, pareceu que, pelo menos entre aqueles dois, a tradução havia sido tão aceitável quanto uma concordância.

– Não se coloquem em perigo…

A tosse interrompeu o paciente, a ponto de Rio se preocupar de que não restasse ninguém para tratar quando tivessem voltado. Mas logo os pulmões pareceram se aquietar.

– Venha – Apex disse com seriedade.

Quando Rio afastou a cortina, ele pôs uma mão no antebraço dela.

– Eu vou na frente. Sempre.

A voz dele saiu baixa. Os olhos pareciam um par de rifles de assalto.

– Pode ser o líder – ela disse com voz arrastada. – Mas se acha que vou ficar dizendo "sim, senhor", é melhor esperar sentado.

As sobrancelhas de Apex se ergueram e logo ele fez o que disse que ia fazer sempre e foi para o espaço aberto. Quando Rio também passou pela cortina…

Algo caiu em sua cabeça, algo suave, como uma imensa teia de aranha – e ela começou a se debater contra aquele peso agora pesado.

– Pare com isso – Apex estrepitou. – Temos que mascarar o seu cheiro.

– O quê?

Houve um puxão, depois tudo se acomodou em seus ombros. Baixando o olhar para si mesma, ela disse:

– O uniforme da enfermeira?

– Esse foi usado na última vez que ela trocou os lençóis e estava a caminho da lavanderia.

Isso explica as manchas, ela pensou.

Apex se aproximou de uma escrivaninha saída de um escritório dos anos 1980 e abriu uma gaveta. Quando voltou, começou a esfregá-la.

– Espere, o que está fazendo?

As mãos do homem foram ágeis e impessoais, passando pelas dobras do manto cor de couro rápida e bruscamente. A cada esfregada, mais forte o cheiro de incenso chegava ao seu nariz.

– É o melhor que podemos fazer – ele murmurou ao lançar os gravetos para a escrivaninha de novo. – Agora, preste atenção: quando estivermos lá fora, não dê bobeira. Fique atrás de mim, mantenha a cabeça abaixada e…

Quando ele parou de falar, ela olhou para si novamente.

– O que foi?

– Você não sabe, não é? – ele perguntou.

– Não sei o quê?

– Onde de fato está.

– Quer me desenhar um mapa? Isso seria ótimo. Obrigada.

– Não estou falando da localização. – Apex meneou a cabeça e puxou o capuz para cima, ajeitando a tela para cobrir o rosto dela. – É um lugar de merda. Só pra você saber.

– Jura? – Rio mexeu na tela com impaciência. – Eu não tinha percebido. Pensei que estivesse no Ritz.

– Vamos acabar logo com isso.

– Concordo plenamente.

Na porta, ela ficou para trás – por causa de toda aquela atitude de macho alfa dominador que o cara vinha demonstrando –, enquanto ele se inclinava para verificar o corredor. Em seguida, ao sinal dele, ela saiu – só que ficou ao lado dele. Ele a empurrou para trás com o cotovelo, de modo a ser a ponta daquela lança que eles formavam.

– Está com a sua arma? – ele sibilou.

– Não – ela resmungou. – Não a trouxe comigo porque não combinava com a minha roupa.

O homem praguejou.

– Como é que o Lucan te suporta?

– Eu estava pensando a mesma coisa a respeito do seu paciente.

Apex parou de pronto.

– Ele não é *meu*.

– Claro. Por isso você estava chorando ao lado da cama dele…

– Não força a barra, fêmea.

Debaixo do capuz e por trás da tela, Rio arregalou os olhos para ele – e soube que era melhor para ela que ele não conseguisse enxergar o seu rosto.

Quando ele voltou a se mover adiante, ela resolveu parar de provocá-lo. Por mais divertido que aquilo fosse, ela precisava começar a memorizar onde estavam.

Teria que anotar tudo assim que possível.

E, olha só, a boa notícia de estar com aquele cara? Apex a aborrecia tanto que ela nem estava mais pensando em seu falecido irmão.

Eba.

Deitado na cama com os olhos fechados, Lucan voltou no tempo, suas lembranças recentes parecendo um carretel de filme celuloide em movimento reverso, com pessoas recuando em portas em vez de entrarem por elas, corredores passando na direção contrária, palavras que ele dissera retornando pela sua garganta até os pulmões.

E lá estava ele onde não queria estar, mas de onde não conseguia se libertar.

O modo como você está olhando para os meus lábios agora.

E aí, quer fazer alguma coisa a respeito disso?

Dali ele foi adiante, mas em câmera lenta, saboreando a maneira como ela olhava para ele, o cheiro dela, como ele conseguiu sentir a maciez dos seios contra o seu peito. Tudo seguido pelo contato da boca dela na sua…

Engoliu um grunhido que quase lhe escapulira. Certificando-se de que o som ficaria ali dentro, ele se reposicionou algumas vezes – o que não significava nada considerando que estava tão apertado quanto uma chave numa fechadura. Não havia muito espaço…

Quando os quadris rolaram, a ereção decorrente de tudo no que estivera pensando resvalou na parte interna do zíper. Expondo as presas enquanto elas se alongavam, moveu o braço de forma que a mão ficasse ao alcance – e pensou no que estava prestes a fazer.

Queria mesmo se masturbar ali? Enquanto ela estava naquela clínica em seu leito de convalescente…

Bem, tecnicamente, ela não estava doente. Estava ferida.

– Ah, mas isso melhora *muito* a situação – resmungou.

Fechando os olhos – porque, ei, nunca se sabe, talvez você acabe dormindo em vez de dar uma de babaca –, ele… voltou para o momento exato em que ela descera a boca para a sua.

Sua mão não precisou de nenhum comando do cérebro para se mover um pouco e cobrir…

Lucan sibilou. O peso da mão em cima do membro grosso o excitou a ponto de não poder mais recusar nada. Afastando uma perna o máximo que podia, o que não foi muita coisa, ele empurrou a pelve como se estivesse penetrando o sexo quente e úmido daquela mulher.

Mais sibilos.

Em seguida, percebeu que estava pouco se fodendo com quem nos outros cubículos ao redor pudesse ouvi-lo.

Estava de volta naquela cama com Rio, e ele a beijava com tudo – e porque aquilo era uma fantasia, ele curou Kane naquela sua visão da clínica e trancou a porta que não tinha tranca.

Em seguida, as roupas de Rio desapareceram sem que nem ela nem ele as tivesse retirado, os seios expostos aos seus olhos, às suas mãos, à sua boca.

E eles trocaram de posição. Ela estava…

– Poooorrrrraaa – ele grunhiu ao descer o zíper e libertar o pau.

No seu devaneio, Rio deu as costas para ele e ficou de quatro.

Olhando por trás do ombro, os olhos dela brilharam com desejo sexual. *Sinto dor, Luke. Pode me ajudar?*

Ou algo assim. Os lábios dela se moviam, mas ele não a ouvia de fato. Não que ele precisasse que ela lhe dissesse o que fazer.

A faixa úmida entre as pernas dela era toda a conversa de que ele precisava.

Lucan montou nela de repente, sua ereção abrindo caminho pelo sexo dela…

O orgasmo que explodiu em sua mão foi traduzido na fantasia: enquanto sua mão subia e descia, puxando, empurrando, apertando, e o gozo manchava a parte da frente das calças e a barra do moletom… em sua mente, ele a enchia com a sua essência e o seu cheiro.

Marcando-a.

A ponto de mordê-la no ombro e segurá-la firme no lugar ao se esticar até a parte de cima do sexo dela…

Ela não é um licantropo.

Essa única constatação horrível jogou água fria em tudo aquilo. Num instante.

Quando sua mão parou e sua fantasia descarrilou dos trilhos e despencou em queda livre da ponta das suas ilusões, ele bateu a cabeça na parte dura da cama. Algumas vezes.

Ela não era nem mesmo uma vampira que poderia menosprezá-lo por ele ser um mestiço de licantropo – porque fêmeas de valor não trepavam com criaturas como ele.

Rio nem sequer sabia que a sua espécie existia.

Nenhuma das duas espécies.

E, caso descobrisse, não seria o tipo de notícia que melhoraria as coisas entre eles. Ou que as facilitaria.

Possibilitaria.

– Cacete – ele gemeu ao baixar o olhar para si.

No brilho das lâmpadas do teto, ele viu mais do que precisava a respeito da sua realidade e, por extensão, da realidade dos dois.

O fato de ter ejaculado em si mesmo e de agora estar todo pegajoso, tendo que limpar toda aquela gosma que começava a esfriar, pareceu um comentário perfeito sobre tudo.

Especialmente sobre o futuro.

CAPÍTULO 31

RIO SUBESTIMARA *IMENSAMENTE* a escala daquele lugar – e a operação. A escadaria que ela e Apex usaram se curvava num patamar entre os lances e, quando chegaram ao andar de cima, ele parou e pareceu reordenar os pensamentos enquanto farejava o ar como se estivesse procurando indícios de um incêndio em andamento.

Enquanto ele fazia... o que diabos estava fazendo... ela olhou através da tela de galinheiro para uma pesada porta corta-fogo. Uma série de lâmpadas penduradas por fios iluminavam até o fim distante... e ela não tinha certeza do que estava vendo.

As paredes tinham recortes, pequenos buracos de topo curvo empilhados em grupos de três e distanciados o suficiente para acomodar escadas que chegavam aos níveis intermediários e superiores. Era quase como se fossem compartimentos de descanso ou algo do tipo...

– Venha – Apex sibilou. – Não queremos ser apanhados aqui.

– Então por que parou? – Ela olhou de volta para ele. – O que são todos esses espaços?

– Nada que seja da sua conta.

Quando ele se afastou, ela fez uns cálculos mentalmente. Se aquilo fosse algum tipo de alojamento, deveria haver... Jesus, muitas centenas de trabalhadores naquela instalação.

– Quantas pessoas há aqui? – ela perguntou, embora já tivesse estimado o número. E, mesmo que não o tivesse feito, ele certamente não a ajudaria. A questão era que não podia acreditar no total.

– Vamos subir até o piso principal. É mais perigoso sob certos aspectos e menos sob outros.

– Bem, vou colocar isso no meu comentário do Yelp sobre este lugar. Obrigada.

Quando chegaram ao andar seguinte, ele não lhe deu chance de parar na porta corta-fogo. Mas ela teve um vislumbre de outro longo corredor pela janelinha. Diferentemente daquele de baixo, este andar parecia bem mais iluminado, e não havia espaços para dormir. As paredes também tinham acabamento, embora isso se limitasse a apenas uma camada de gesso, pelo que pôde ver.

No andar seguinte, Apex parou diante de uma porta de aço sem janelas. Pressionando a orelha contra ela, ele pareceu que nem respirava enquanto tentava ouvir.

Em seguida, virou-se para ela.

– Os dois andares de baixo são totalmente subterrâneos. O seguinte, apenas parcialmente. Este aqui, contudo, não é, por isso, terei que me mover rapidamente. Assim que eu abrir a porta, vamos na direção da primeira porta da esquerda que estiver destrancada. É um refeitório. Estará vazio e as janelas, cobertas, por isso, é mais seguro. Na contagem até três. Um… dois… três…

Apex escancarou a porta de metal e então se retraiu como se tivesse sido atingido por gás tóxico. Erguendo o braço diante do rosto, ele se abaixou – e se lançou adiante como se agachado defensivamente. Embora não tivesse sentido o cheiro de nada perigoso, Rio imitou a pose de proteção, seguindo atrás dele, prendendo a respiração enquanto uma vaga impressão do carpete mofado, das paredes descascadas e do teto despencado era registrada. Diante deles, tênues fachos de luz solar penetravam o corredor, e ele se desviou dos feixes dourados desbotados.

Diante dela, Apex respirava com dificuldade, como se estivesse se esforçando para se manter consciente, e sua velocidade diminuía. Enquanto eles passavam pelas portas, ela testava todas as maçanetas. Todas estavam trancadas…

– Ah, meu Deus… – ela murmurou quando o homem cambaleou e caiu no chão.

Quando ele tentou – e não conseguiu – se pôr de pé novamente, ela ficou ao lado dele e olhou em volta. Teria sido alvejado? Ela não ouvira nada.

Rio agarrou o braço que se debatia e o arrastou pelo carpete.

– O que aconteceu?

– Ajude… me…

Não havia nenhum cheiro estranho no ar, ninguém mais por perto, e ele não parecia estar sangrando ou ter sido ferido por uma bala. Mas aquela não era a hora de fazer perguntas.

Puxando-o para cima, ela passou um braço dele ao redor dos seus ombros, amparou o peso e o segurou pela cintura. Juntos, cambalearam à frente, traçando um caminho atrapalhado pelo corredor, o manto que usava como disfarce fazendo-a tropeçar. Ela olhou para dentro de cada porta aberta, percebendo a mobília de escritório derrubada, os grafites, uma vista ocasional do terreno lá fora com árvores desprovidas de folhas. Em cada espaço, ele lhe dizia para seguir em frente.

– Quanto mais? – ela grunhiu.

– Ali…

Ok, isso estreitava o campo deles para absolutamente nada.

Bem quando ela estava para derrubá-lo, a mão dele se esticou e ele agarrou uma maçaneta. Com uma virada potente, ele soltou o mecanismo e se jogou porta adentro – em seguida, afastou-se dela, caindo como um bêbado e aterrissando de cara no chão num bolo de membros inúteis.

– Feche a porta. Feche a porra dessa porta – ele grunhiu.

Rio entrou rápido e não bateu a porta – porque havia pessoas nos andares abaixo. Talvez nos de cima também. E já tinham feito barulho suficiente com seus passos.

Quando ela os fechou ali com cuidado, tudo ficou um breu de imediato, e a única forma de ela se orientar no cômodo foi pelo som da respiração torturada do homem. Seus olhos, no entanto, se ajustaram, contornos sombreados de uma bancada, de uma pia, uma mesa de lado, e uma cadeira com pés palito num canto aparecendo no vazio, graças ao brilho suave ao redor de painéis pregados em cima do que ela deduzia serem as molduras das janelas.

– Elevador de comida – Apex disse em meio à respiração dificultosa.

– O que disse? – Rio se ajoelhou. – Que diabos está acontecendo? Está ferido?

– Tem um… elevador para… mantimentos. O seu peso vai abaixá--lo. Quando estiver pronta, eu a puxo de volta.

– Não quero ofender, mas você não parece estar respirando muito bem. Que tal nos concentrarmos nisso antes?

– Vá… Ficarei bem. Só preciso de um minuto.

Rio olhou para onde ele apontava. Do outro lado, havia um painel na parede delimitado por uma moldura. O quadrado talvez tivesse menos que um metro quadrado e havia uma manopla na sua parte de baixo.

O homem tossiu, o que a fez pensar no paciente.

– Quando você estiver lá embaixo, saberá o que procurar. Faça o que tem que fazer e depois me chame pelo tubo quando estiver pronta para ser erguida de volta.

– Estou com a minha pistola – ela murmurou, mais para si mesma do que para ele.

Embora ele fosse um filho da puta desrespeitoso, não queria deixá-lo. Ainda assim, tinha um trabalho a fazer, por isso, levantou-se e atravessou o cômodo, lascas de gesso sendo esmagados sob suas solas. Quando chegou ao elevador, ela ergueu o painel. Estava tão escuro que ela teve que tatear ao redor para ter uma noção do espaço.

– Preciso tirar este manto. Não vou caber lá dentro com ele.

– Faça o que tiver que fazer.

Foi um alívio se livrar daquele capuz sufocante e inspirar livre e profundamente. Em seguida, apoiou um pé no espaço e fez uma careta quando o interior da coxa ardeu em protesto.

– Eu deveria ter feito mais aulas de ioga – murmurou.

– O que disse?

Rio olhou para trás. Apex ainda estava deitado como uma mosca morta no peitoril de uma janela, com os braços e pernas curvados como se doessem.

– Você tem certeza de que vai ficar...

– *Vai.*

Rio esticou o braço e encontrou a beirada de alguma coisa na qual conseguiria se segurar. Enfiando-se no cubículo de um metro quadrado, alarmou-se com o quanto aquele caixote movido a polias chacoalhou no trilho que o sustentava. Maldição, quando apertou a cabeça de lado para fazer os ombros caberem, o local machucado na parte posterior do crânio gritou como uma besta.

– Por favor, não me mate – pediu enquanto inspecionava o interior apertado, sem conseguir entender quais eram as chances de despencar até a morte.

– Desde que você não foda com tudo, não o farei.

Ela olhou brava para fora do elevador.

– Não estava falando com você. E você estava errado, o meu peso não está fazendo nada para movimentar essa coisa. Acho que eu devia encarar isso como elogio, mas é um problema.

Houve algumas respiradas rápidas depois das quais Apex grunhiu e se pôs de pé. Arrastando-se até ali, amparou-se na parede.

– Vou fechar a porta e descê-lo manualmente.

– Como...

Ele abriu um painel embutido na parede.

– Segura firme.

Rio fechou os olhos e se encostou nas paredes apertadas, como se fossem pessoas que podiam ser afastadas.

– Não tenho onde segurar. Isso foi testado com pessoas do meu peso?

– Testaremos agora, não?

Ele fechou a porta do elevador na cara dela.

Houve uma batida. E outras.

A respiração dela acelerou. Assim como as batidas do coração...

Squick, squick, squick...

A descida foi lenta – e agonizante, porque o corpo humano não fora feito para virar pretzel num espaço do tamanho de uma geladeira portátil usada em piqueniques. A cada solavanco do trajeto enquanto Apex mudava a pegada, ela teve que lutar contra o terror de que algo se romperia e ela cairia sabe lá Deus quantos andares abaixo, para se quebrar todinha como uma casa de ovo…

Dessa vez, o baque foi diferente.

– Pare – ela disse, projetando a voz para cima do tubo.

– Psiu – foi a resposta. Mas, veja só, ele parou.

Resmungando a respeito de homens mandões, ela tateou ao redor do painel diante de si e encontrou uma alça na parte de baixo – o que levantou a questão de os fabricantes terem antecipado que a coisa seria usada como um elevador de emergência durante a invasão do esconderijo de drogas para poupar um pouco de dor a um paciente a caminho do seu prêmio eterno.

Rio agarrou – não, não era uma alça, era um suporte – e puxou. Puxou com força. Juntou o ombro ao esforço.

Squick!

Retraindo-se, ela congelou. Quando nada veio na sua direção, ela forçou o painel um pouco mais. Estava brigando contra a função da coisa, algum tipo de resistência impedia exatamente aquilo que ela tentava fazer.

Portanto, era um *não* para os poderes premonitórios dos fabricantes, pelo menos no que se referia a alguém como ela de carga. Era isso ou eles haviam se preocupado com a possibilidade de bagels com cream cheese, ou quem sabe um prato de frutas, irromperem dali, tentando se libertar.

Quando conseguiu erguer todo o painel, enfiou a cabeça na…

– Puta… merda.

Havia um espaço bem iluminado do tamanho de uma sala de aula grande e, como se fosse usada para tal, havia umas duas dezenas de mesas dispostas em três filas. Cada mesa tinha um par de cadeiras de cada lado e balanças, cubas e ferramentas sobre a superfície, inclusive martelinhos e facas de confeitar. No chão, caixas estavam dispostas a intervalos regulares e havia cestos sobre rodas salpicando o lugar. Na ponta oposta do lugar de trabalho havia duas mesas maiores, alguns grampeadores e...

Reconheceu de imediato os pacotes envoltos por celofane no canto mais distante – e não se surpreendeu ao descobrir que quilos de drogas estavam trancados num engradado metálico de quase 1,80 metro de altura.

Desvencilhando-se do elevador, moveu-se silenciosamente entre as mesas, o cérebro tirando fotos de tudo ao mesmo tempo que fazia cálculos. Vinte e quatro mesas, duas pessoas em cada mesa somavam 48 trabalhadores. No entanto, parecia haver algumas centenas daqueles compartimentos-dormitório.

Portanto, deveria haver mais salas de trabalho.

As implicações fizeram sua cabeça girar. Uma organização daquele tamanho não aparecia assim de lugar nenhum. Fazia parte de uma estratégia desenvolvida para disseminar uma quantidade enorme de mercadoria. Evidentemente vinham vendendo drogas há muito tempo. No entanto, por que as fontes de informação sobre o tráfico de drogas nas ruas não mencionavam algo daquele tamanho?

Pensando bem, sempre houvera ciclos de primazia, as eras indo e vindo à medida que as prisões eram feitas e as mortes ocorriam. Talvez essa operação tivesse vindo para cá de outra parte do país, pronta para extrair o que pudesse da localização de Caldwell, uma cidade próxima de Manhattan e de fácil acesso a Vermont, Massachusetts, New Hampshire e Maine.

Quando passou ao lado de uma mesa, parou e abriu uma das caixas de papelão que estava no chão. Estava repleta de saquinhos... cada um deles exibindo o selo da cruz de ferro.

Onde Luke estaria na hierarquia daquilo?, perguntou-se.

Provavelmente bem no alto. Ela precisava que ele se abrisse com ela no caminho de volta para a cidade.

Seguindo em frente, dirigiu-se aos quilos trancados e não conseguiu estimar o valor daquilo nas ruas. Bem, conseguiu, sim – eram milhões e milhões. Quanta mercadoria estaria disponível na operação toda? E como a traziam para lá? Tinha que haver coisas como docas de carregamento e depósitos para manipular as drogas pré e pós-processadas. Com tudo o que ela via ali? Eles eram capazes de receber e distribuir quilos e quilos e quilos de cocaína e de heroína naquele local – e, evidentemente, tinham contato com importadores para manter um fluxo constante de entrada.

Tudo aquilo a deixou perplexa.

O som de movimento na maçaneta fez com que virasse a cabeça. Bem quando ela foi aberta, Rio se deitou no chão.

Do outro lado do cômodo, um homem de uniforme preto entrou e acendeu as luzes, o que deixou tudo ainda mais claro.

Com o coração acelerado, Rio viu através dos pés das mesas e em meio às caixas de papelão quando as botas dele começaram a andar... para a portinhola do elevador de mantimentos, que ainda estava aberta.

Prova de que alguém entrara naquela sala.

E ainda estava lá dentro.

CAPÍTULO 32

NO FIM DAS CONTAS, Lucan não conseguiu ficar parado. Depois de ter gozado sobre si mesmo e e de ter cortado o clima com aquele pensamento do tipo "prazer, meu nome é Cachorrão, e não porque sou parente do cão Beethoven daquele filme", ele teve que ir ver Rio.

Disse a si mesmo que o faria para se certificar de que ela estava bem. Também disse a si mesmo que, se alguém o tivesse seguido depois do confronto com o Executor, esse alguém àquela altura já teria se entediado de esperar que ele fizesse alguma coisa.

E talvez tivesse mencionado ao seu crítico eu interior que seu desejo de ver Rio não estava *nada* relacionado ao beijo que começara aquela coisa que ele acabara de fazer com o seu amiguinho lá embaixo. Não mesmo. Nem um pouco.

De jeito nenhum.

Mas, sim, houve muito monólogo interno enquanto ele saía do cubículo e se dirigia para a escada. Sabia que o guarda da outra ponta não questionaria a sua saída – assim como não houvera problemas com a sua chegada tardia após a contagem. Estavam acostumados às suas idas e vindas, cortesia do seu trabalho junto ao Executor.

Empurrando a primeira porta, começou a descer rápido para o andar mais baixo…

Parou. Farejou o ar.

Incenso… e Kane?

Nadya, a enfermeira, deve ter subido até ali, ele pensou ao voltar a descer num trote.

Chegando à base da escada, olhou para a direção de que viera, espiando pela treliça dos suportes do corrimão. Quando não viu nem ouviu ninguém, seguiu em frente a caminho da clínica. O corredor parecia não ter fim e, assim que chegou à porta do depósito, abriu-a e olhou pela fila de camas até a de Rio...

Estava desocupada, com os lençóis emaranhados... como se ela tivesse se levantado com pressa. Quando seu coração começou a acelerar atrás das costelas, inclinou-se para trás e olhou para o corredor...

Claro, o banheiro.

Dizendo a si mesmo que se controlasse, foi até a outra porta fechada. O cheiro do sabonete que ela usara pairava no ar, mas estava fraco, e ele ficou aliviado por não conseguir captar o cheiro dela. Conseguiram camuflá-la com sucesso.

Com uma animação totalmente inapropriada, ele encostou o ouvido na porta. Estava fria.

E ficou ainda mais fria quando ele não ouviu nada do lado de dentro.

Ele bateu.

– Rio? – chamou baixinho.

Não houve resposta.

Olhando pelos dois lados do corredor, o campo de prisioneiros lhe pareceu subitamente perigoso pra cacete.

Como se as últimas décadas tivessem sido uma festa?

– Rio? – Mais batidas. – Rio! Responda ou vou entrar.

Empurrou a porta com o ombro e foi recebido por um enorme nada quando ela se abriu. Rio não estava lá.

Lucan voltou correndo para a clínica e foi diretamente para a cama em que ela estivera. Inclinando-se para baixo, procurou debaixo do colchão. A arma tinha sumido.

– Filha da mãe...

– Lucan?

Sua cabeça se voltou para a cortina pendurada ao redor da cama de Kane.

– Você está bem?

Não que houvesse qualquer coisa que ele pudesse fazer pelo cara caso ele não estivesse... Por tantos motivos. Mas principalmente porque tinha que procurar Rio.

– Lucan...

Se fosse qualquer outra pessoa, ele teria mandado ir se foder. Só que, como o Executor descobrira recentemente, e Lucan sabia muito bem, o aristocrata era alguém a quem ele não podia deixar de dar atenção. Mesmo que apenas brevemente. Como tinha que ser naquele instante.

Aproximando-se da cortina, afastou-a. E desviou o rosto um segundo. Toda vez que via o macho, um terror renovado o invadia.

– Ei – disse –, estou lidando com uma situação no momento, mas, mais tarde, eu posso...

– Ela está com o Apex – foi a frágil interrupção. – A sua fêmea.

– *O quê?*

Deitada no chão daquela sala de trabalho, Rio acompanhou o guarda ou quem quer que estivesse se aproximando do elevador. Evidentemente, ele sabia que alguma coisa estava errada, mas, pensando bem, ela não poderia ter deixado isso mais claro nem se tivesse deixado uma seta de neon de Las Vegas apontando para a maldita coisa.

Olhando para trás de si, mediu os fardos de droga dentro do engradado – e descobriu que a carga estava numa plataforma de rodas.

Cujo vão inferior, por acaso, tinha o mesmo tamanho do de um carro.

Com o mínimo de movimentos possível, achatou-se de barriga no chão e deslizou usando as palmas e os joelhos. Ao se aproximar da parte inferior da plataforma, inclinou a cabeça de lado e rezou – *rezou* – para não mexer o engradado ou...

– É um tipo de… sei lá que porra é essa. É como uma caixa na parede. Não, não estava assim antes. Nem fodendo, não vou até aí em cima…

As palavras pararam de repente, mas ela não tinha como saber se o homem a notara ou se só tinha sido interrompido pela pessoa – quem quer que ela fosse – para quem ele tinha ligado.

Quando as botas começaram a vir na direção dela, Rio temeu ter ocorrido a primeira alternativa.

Olhando por baixo da plataforma do engradado, ela tentou não respirar enquanto o par de calçados ao estilo militar se aproximou do lixo… e parou bem diante de onde ela se escondia.

– Acha que não sinto seu cheiro, humana?

Houve uma série de grunhidos e sua cobertura foi removida para o lado, deslizando acima dela. Quando foi revelada, Rio ficou se perguntando que tipo de chumbo cairia em sua cabeça se ela tentasse girar e atirar. Mas considerando que aquela seria a sua única chance…

Pelo canto do olho, ela percebeu um pontinho vermelho passeando pelo piso – e, quando ele saiu do seu campo de visão, ela apostaria dois caninos seus que a mira a laser estava apontada para a parte de trás do seu crânio.

– Levanta.

Não havia motivos para não obedecer. E aquele dedo no gatilho pronto para ser acionado deixava isso claro.

Erguendo-se nas mãos e joelhos, ela olhou ao redor do braço. O homem estava bem ao seu lado, a um metro de distância, as pontas das botas viradas para ela assim como a arma. Acima do pescoço, o rosto parecia entediado.

– Você nunca vai conseguir sair viva daqui – disse ele.

Os olhos dele eram azulados e se moviam pelo corpo dela, mas não de maneira sexual. Mais como se estimassem as medidas do seu caixão.

– Eu me acomodo em lugares apertados.

– O quê?

– Sou flexível.

Ele meneou a cabeça.

– Mas que porra...

E, simples assim, Rio saltou para ficar de pé, espalmou a arma dele entre as duas mãos e desviou o cano. Quando o guarda se deu conta do que acontecera, ela arrancou a arma de sua pegada frouxa e golpeou a virilha dele com ela.

– Você vai se mexer com bastante cuidado – disse ela entre dentes. – Qualquer movimento rápido, e eu vou ficar nervosa... E, puxa, fico muito inquieta quando fico ansiosa. Clique, clique, ops.

Ela deu um salto para trás a fim de que ele não pudesse agarrá-la.

– Você não sabe o que está fazendo – disse ele com seriedade.

Ele ainda parecia mais desinteressado do que alarmado. Evidentemente, naquele campo, as mulheres nunca haviam sido uma grande ameaça. E talvez ela devesse se sentir elogiada por ele tê-la chamado de humana – em vez de todos os nomes degradantes do manual dele.

Recuando, ela foi até a mesa mais próxima...

Do nada, uma confusão estranha a atingiu tal qual uma pancada na cabeça, seus pensamentos se confundindo a ponto de, quando a arma que ela arrancara dele começou a se abaixar por vontade própria, ela não conseguiu impedir. Embora ordenasse ao braço que continuasse erguido, ele se recusava a obedecer ao comando, e quando ela começou a lutar para manter a arma apontada para o guarda, uma dor de cabeça lancinante atravessou seu lobo frontal.

O homem foi até ela e disse:

– Me dê a arma.

– Não.

Todavia, como se fosse operada por um controle que estava nas mãos dele, Rio virou a arma e depositou o coldre da nove milímetros nas mãos dele.

O guarda sorriu, revelando caninos afiados.

– Como eu dizia, você não sabe o que está fazendo.

Rio abriu a boca para – Deus, ela não sabia para quê. Não conseguia pensar. O impulso de se comunicar se apresentava, mas todo o seu vocabulário estava indisponível.

Em seguida, as coisas pioraram. Seus pés começaram a se mover, levando-a adiante... na direção da porta do outro lado da sala, aquela por onde ele entrara.

Enquanto seu corpo contornava as mesas, ela dizia a si mesma que deveria haver uma saída daquela situação. Ela só tinha que pensar.

– Abra a porta pra mim, sim?

Como se ele quisesse provar que estava no controle, ela observou sua própria mão se esticar e girar a maçaneta. Em seguida, ela a abriu e ficou de lado enquanto ele passava.

– Venha.

Ela o seguiu tal qual um cão forçado a obedecer, seu corpo não controlado por ela, seu desejo... em algum outro lugar.

Sem ter recebido ordens – verbais, isto é –, ela andou pelo corredor como que em transe, seguindo para uma espécie de parede com uma porta embutida no meio e da qual saíam cavilhas...

De repente, sua mente foi inundada por imagens de horror, homens e mulheres amarrados àqueles ganchos, surrados com pés de cabra, martelos, por extensões de corrente – para serem deixados ali, com sangue escorrendo pelos corpos maltratados, empoçando-se no chão.

Uma figura de preto, não o guarda, mas outra pessoa, sorria enquanto as assistia morrer.

Ela não fazia a menor ideia de onde surgira o show de horrores, mas era tão vívido quanto se ela o tivesse testemunhado pessoalmente, como se fosse produto de suas próprias lembranças.

– Ele vai se divertir muito com você – disse o guarda lentamente. – Você faz bem o tipo dele.

CAPÍTULO 33

Lucan voltou correndo para a escada. Maldição, ele sentira o cheiro de incenso ao descer, mas também da enfermeira. Foi por isso que não percebera – Rio provavelmente tinha vestido um dos mantos de Nadya para disfarçar seu cheiro.

Em que *diabos* Apex estivera pensando para levar aquela humana até a boca do monstro? Tudo bem ajudar o Kane, mas *porra*.

Quando ele chegou ao patamar do andar das salas de trabalho, olhou através da janela de vidro da porta corta-fogo e tentou ver se havia alguma comoção. Tudo parecia trancado e de acordo com as horas iluminadas do dia. Do outro lado, um par de guardas estava posicionado diante da parede – e não havia nada nos ganchos.

Talvez ela e Apex já tivessem entrado e saído.

Ou isso ou o Executor já a levara aos seus aposentos para uma festa particular. Na qual o louco filho da puta morderia a jugular dela e a drenaria de todo o seu sangue só para se divertir…

Logo acima dele, uma porta se abriu e se fechou.

Lucan se desmaterializou em pleno ar e voltou à forma debaixo do patamar logo acima dele, pendurado como um morcego, pronto para atacar…

Apex cambaleou degraus abaixo, quicando de um lado a outro.

– Agora não, licantropo. Temos um problema…

Soltando-o, Lucan desceu diante do vampiro e foi na direção do bastardo, agarrando-o pela garganta e o empurrando para trás.

– Não era pra ela ter saído da clínica! – Ele bateu com o outro na parede. – Que porra você achou…

– Foi… ideia… dela. Ideia… de… la…

As palavras saíam enquanto ele batia, batia, batia o merdinha idiota no concreto repetidamente.

– Executor… está… com… ela.

Lucan parou. Depois de um segundo de choque total, ele levou o rosto adiante, expondo as presas.

– Torça para que ela esteja viva. Ou eu te mato com as minhas próprias mãos…

– Eu tentei impedi-la, babaca! – Com um empurrão, Apex se soltou, mas cambaleou nos próprios pés, caiu nos degraus e afundou como se estivesse sem combustível. – *Porra*.

– Não acredito em você – sibilou Lucan.

– Quer ficar discutindo comigo ou salvar a vida dela? Precisamos tirá-la dos aposentos privativos do Executor. Eu os ouvi falando de onde eu estava…

– Vai se foder. Ninguém pode confiar em você…

Apex se levantou num rompante e ficou cara a cara com Lucan.

– Ela está tentando ajudar o Kane. Só por causa disso, ela merece coisa melhor do que morrer nas mãos do Executor ou debaixo dele. Portanto, pode apostar a porra da vida dela que você pode confiar em mim quanto a isso.

Entre uma piscada e a seguinte, Lucan se lembrou de Rio presa entre as duas estacas no chão daquele apartamento, do humano cortando a camiseta dela com um canivete.

– E tenho uma dívida com ela – anunciou Apex.

Houve uma pausa. Lucan abaixou a cabeça. Esfregou as têmporas doloridas.

– Desde quando você tem uma consciência? – resmungou ao se aproximar da soleira e observar pelo vidro de novo.

Apex estalou as juntas.

– Desde que passei a ficar ao lado do leito daquele macho de valor no depósito. E depois de ter ouvido aquela sua fêmea ser maltratada por um maldito guarda.

Lucan não podia pensar nessa última cena. Ou a sua cabeça acabaria explodindo.

– Como se princípios morais fossem transmissíveis como um resfriado.

– Cala a boca, licantropo. Você não tem como tirá-la daqui sozinho e sabe disso. Você precisa de mim.

Enquanto Lucan avaliava os guardas de turno em seus postos, balançou a cabeça… mas não teve como discutir.

– Temos de partir para um ataque direto. Eliminamos os dois ao lado da porta, entramos nos aposentos privativos…

– Os guardas chamarão reforços se os atacarmos de frente, e a retaguarda está logo no andar de baixo. Precisamos de um bom motivo para nos aproximarmos.

Lucan franziu o cenho. E então lhe ocorreu.

– Sei o que fazer. – Com um puxão forte, abriu a porta. – Faça de conta que está participando.

– Como se eu nunca tivesse feito isso antes – resmungou Apex.

Os dois caminharam aparentando tranquilidade, Apex uns passos mais atrás, como sempre. Ele nunca, jamais se pareava com ninguém; a bobagem do tipo "eu sou uma ilha" um clichê, a não ser pela contagem das suas vítimas. Que estava para aumentar após a eliminação de pelo menos um, talvez dois guardas…

Tinham chegado à metade do corredor das salas de trabalho quando tiros foram disparados, os *pops!* abafados ao longe. Quando os guardas olharam na direção da porta dos aposentos privativos do Executor – porque, ei, aquele tipo de barulho não era nada extraordinário –, Lucan desistiu do seu plano de falar alguma coisa sem importância sobre o tráfico de drogas e fez menção de correr…

Apex o segurou e disse baixo:

– Você tem que fingir que não dá a mínima. Se der a entender que é importante, o Executor vai conseguir prendê-lo pelas bolas. Você quer entrar pra ajudá-la, então se controla.

Lucan teve de apelar a todo o seu autocontrole para não explodir numa corrida, mas, bem lá no fundo, ele sabia ser improvável que ela só estivesse ferida. O Executor só atirava para matar. Ele gostava que sua tortura fosse úmida, bagunçada – e só depois de se entediar ele matava alguém.

A menos que esse alguém fosse uma ameaça física, claro, e Rio, por ser uma humana, nunca seria isso.

– Vou matar o filho da puta com as minhas próprias mãos – grunhiu Lucan.

– E o meu trabalho é garantir que você tenha tempo suficiente para fazer isso.

Um dos guardas apontou para a entrada onde ficava a escadaria.

– Voltem para o dormitório. Agora mesmo.

– Sim. Ou melhor, não. – Lucan parou, enfiou as mãos nos bolsos e ficou balançando o peso do corpo de frente para trás sobre as botas. – Sei muito bem o que o Executor tem aí dentro com ele. Agora mesmo, como você bem disse.

O guarda apontou a arma para a cara de Lucan.

– Sei que você tem privilégios especiais, mas vai se foder.

Lucan se inclinou para a frente, fez beiço e deu um beijo no cano da arma.

– Você é tão bonitinho. Mas o Executor precisa saber que essa fêmea humana que está aí com ele é o único caminho que temos para chegarmos ao Mozart. Ela é a fonte em Caldwell que ele me pediu para contatar e com quem deveria negociar. Eu a trouxe até aqui para provar que temos a capacidade de fornecer a quantidade de mercadoria que ela precisa. Se a perdermos, perdemos todas as transações que ele pretendia fazer, pelas quais já pagou, e com as quais pretende lucrar. Você conhece o esquema.

Quando uma luz se acendeu na cabeça de ervilha daquele guarda, a arma foi abaixada e Lucan deu de ombros.

– E se ele acabou de meter uma bala na cabeça dela? Ele vai te culpar por não ter dito a ele quem ela era. Melhor torcer para que os buracos estejam num lugar em que ela não sangre muito…

– Cacete – disse o guarda ao se aproximar da porta e inserir a senha. – Senhor, temos um problema…

Quando a porta foi aberta, ambos os guardas e depois Lucan e Apex se afunilaram para dentro dos aposentos privativos do Executor. E o que viram foi…

– Rio? – Lucan sussurrou.

No meio do amplo espaço, junto à mesa militar colocada aos pés de um colchão… a mulher estava de pé ao lado do cadáver do Executor, empunhando a arma que Lucan lhe dera.

Ela ergueu o olhar – e olhou de novo, como se ver Lucan fosse a última coisa que esperava. No entanto, no que se referia à surpresa e ao aturdimento, Lucan sentia que estava realmente ganhando. Ela tinha acabado de…

– Ele ia me matar – anunciou ela. – Foi um homicídio justificável.

CAPÍTULO 34

Rio não sabia quem ficara mais surpreso. Os quatro homens que se apressaram para dentro de sabe lá onde estava ela... ou o homem que ela acabara de matar com duas balas no coração.

Os tiros aconteceram num piscar de olhos. Ela fora levada para aquele cômodo e o cara de preto de cabeça raspada se levantara da mesa logo ali – e olhara para ela como se ela fosse um pedaço de carne fresca.

A alegria fria no rosto dele fora algo a ser lembrado. Ainda mais depois que ele pegou uma faca com uma lâmina tão longa quanto o seu braço.

Depois de ser informado que ela tinha sido encontrada, dispensara os dois guardas, e o som da tranca sendo virada foi como um caixão sendo fechado sobre seu corpo.

Tão seguro de si, tão completamente no controle. E, a despeito da confusão mental, ela soube que só teria uma oportunidade, como não deixava dúvidas aquela arma impressionante como uma espada na mão dele.

Sacou a arma. Dois disparos, como se estivesse praticando num estande de tiros: bem no meio do peito.

De fato, tudo aconteceu num piscar de olhos.

Na sequência, ele cambaleou para trás, olhando para seu esterno como se estivesse aturdido com o fato de as balas não terem ricocheteado ou algo assim. Ela não se interessou pelos espasmos de agonia, a não ser para monitorá-lo e se certificar de que não sacaria outra arma nos seus três segundos e meio restantes de vida. Depois de uns dois últimos repuxões, ele ficou parado, e bem quando ela começava a se perguntar que diabos faria em seguida…

O comitê de recepção invadiu.

Luke deu um salto à frente.

– Você está bem?

Rio foi, em seguida, para os braços dele.

Ficou sem saber quem se dirigira para quem primeiro. Não se importou com isso. Enquanto apertava os olhos, só ficou se segurando àquele corpo forte e quente, inspirando o perfume dele, sentindo-se grata por estar viva.

Não que ele usasse perfume. Deus do céu, o cheiro dele era acolhedor como estar em casa…

Vagamente, ela tomou ciência de um som estalado e estranho. E mais um. Seguido por duas sacolas sendo largadas no chão. Ele e Apex tinham trazido bagagem?

Quem ligava? Naquele momento, só Luke importava.

– Temos que tirá-la daqui – disse ele.

Ela recuou e tocou no rosto dele. Em seguida, voltou a pensar.

– Ainda não. Preciso ajudar…

Rio não concluiu o pensamento quando algo ao fundo chamou sua atenção. Olhando ao redor do braço musculoso de Luke, ela piscou. Algumas vezes.

Os dois sons que ela pensou serem de bolsas batendo no chão não eram do tipo Samsonite. Apex fizera algo dramático com os dois guardas. Os dois homens estavam deitados de cara no chão – não, espere, os corpos estavam de barriga para baixo; os rostos estavam virados para cima.

E, agora, ele andava tranquilamente para a porta aberta para fechá-la. Trancá-la.

– Temos problemas agora.

– Mais – ela o corrigiu atordoada. – Temos *mais* problemas.

Enquanto ela declarava o óbvio, uma série de regras e regulamentos do Departamento de Polícia de Caldwell abriu caminho ao redor dos pontos-chave de tudo o que acabara de acontecer com o homem e sua faca grande e da arma que ela ainda trazia nas mãos.

Estava afundada até as orelhas naquela história. De verdade. E seus aliados naquela situação eram dois assassinos traficantes de drogas.

– Muito bem – disse Luke ao começar a andar ao redor como se estivesse pensando.

Quando chegou ao mostruário de rifles na parede, ele assentiu, como se tivesse pedido o conselho deles e decidido fazer o que eles lhe disseram.

– Temos que agir como se tivéssemos assumido o comando. Apex, você e Mayhem ficarão de guarda aqui na frente até o cair da noite. Ninguém questionará isso. Depois, assim que anoitecer, eu a tiro daqui…

– Prepare-se para os guardas. – Apex se aproximou para dar uma olhada no careca. – Eles vêm querendo achar uma brecha desde sempre e interpretarão este corpo como um desafio, não como algo sacramentado. E você quer mesmo controlar esse lugar?

– Lidaremos com isso quando for a hora. – Luke olhou para a porta fechada. – Enquanto isso, faremos com que a morte dele se torne óbvia para todos. Penduramos o corpo do lado de fora, na parede. Demos um golpe. Estamos no comando agora.

Apex balançou a cabeça.

– Isso não vai durar. Os guardas vão atacar.

– Não precisa durar. Só precisamos resistir até o anoitecer.

Enquanto eles falavam, Rio caminhou pelos arredores, o conteúdo daquele espaço enorme finalmente sendo percebido. Tudo estava disposto como num posto de comando militar; a cama e o antigo armário da década de 1940 eram a única mobília civil, o resto era uma coletânea de rifles e armas, e havia também explosivos e mais suprimentos, incluindo alimentos, água e equipamento de acampamento, como se o homem estivesse preparado para sair dali sem sobreaviso.

Chegando a uma mesa de reuniões rudimentar, tentou disfarçar enquanto verificava os documentos repletos de colunas. Tudo era escrito à mão – o que fazia sentido, já que não havia nenhum computador nem nada eletrônico que ela pudesse identificar – e os dados estavam organizados por data, peso e dólares. Espere, também havia uma lista de nomes e horas.

Ela precisava copiar aquilo de alguma maneira, embora fosse loucura. *E onde está o dinheiro?*, ela ficou se perguntando.

Com uma operação daquelas, deveria haver montanhas de dinheiro guardado em algum lugar no local, e isso representava tanto uma segurança quanto um desafio de estocagem.

Quando ela se virou, viu um celular. Era de um modelo novo, sem capinha de proteção, nada a não ser uma superfície plana de vidro por meio da qual se obtém acesso ao mundo. Relanceando para Luke e Apex, esticou a mão e apanhou o aparelho escorregadio com uma das mãos.

Não cabia no seu bolso lateral. Era grande demais.

Deu as costas para os dois e o guardou dentro da calcinha.

Quando se virou novamente, Apex apanhara o cara do chão; a faca que estivera naquela mão deslizou e bateu no chão com um baque.

– Vou cuidar disto – disse ele. – E procurar Mayhem.

Sem se incomodar com a situação, como se estivesse apenas movendo um saco de batatas, ele se aproximou do teclado, inseriu uma série de números e abriu a porta.

Assim, ela e Luke ficaram sozinhos.

Bem, desde que desconsiderasse os dois mortos no chão. Mas, sério, eles não iriam interromper nada, iriam?

– Também preciso levar esses dois para fora – Luke disse num tom de desculpas.

Como se os dois fossem hóspedes que abusaram da estadia.

– Posso ajudar. – Ela olhou para ele. – Faremos isso juntos.

– Você está bem?

Quando Lucan fez a pergunta, seus olhos fizeram de conta que estavam ligados a um cérebro que recebera algum tipo de treinamento médico, e subiram e desceram pelo corpo de Rio, procurando por ferimentos. Mais ferimentos, para ser exato. Mas ela parecia estar bem. Estava corada e ele não sentia cheiro de sangue além daquele do Executor.

Maldição, aquela mulher era como um gato com sete vidas.

– Sim, estou bem. – Continuou a andar, parando junto à porta de trás que dava para um estacionamento. – Tem um painel aqui. Deduzo que seja para trancar esta porta.

– Sim, tudo é bem seguro… – Quando ela fez menção de virar a maçaneta, ele esticou as mãos. – Espere! Pare!

Ela parou.

– O quê?

– Não abra isso.

– Ah, você acha que tem um alarme?

Não, ele não queria correr o risco de um feixe de luz do sol entrar no lugar. Porque, a menos que o céu estivesse com uma cobertura de nuvens ao estilo inverno nuclear, ele acabaria virando uma bola de fogo de vampiro.

– Isso mesmo – mentiu. – Temos que tomar cuidado. Não queremos mais companhia.

Rio abaixou a mão e assentiu.

– Você tem razão. – Relanceou para trás na direção dele. – Acho que não estou pensando direito.

– Jesus, por que será?

Ele se aproximou dela e abriu os braços. O fato de ela ter ido ao seu encontro foi um alívio.

– Como fez isso? – perguntou ao olhar para as manchas de sangue no chão.

– Atirar no cara? – Ela ergueu os ombros, seu corpo forte tremendo por inteiro. – Só tive sorte. Ele me subestimou, assim como o guarda dele. Não fui revistada. Estava com a arma. Eu a usei. Se a tivessem tirado de mim, eu estaria em grandes apuros.

Lucan pensou que poderiam ter tirado não só sua arma, mas também suas roupas.

Com uma onda de agressividade, ele ficou furioso o bastante para querer ir até a parede e matar o Executor de novo.

– Vou levá-la de volta para Caldwell – ele disse fechando os olhos. – Existem veículos aqui, vou pegar uma chave e…

Quando ela se afastou dele, ele pigarreou e rezou para que ela não discutisse com ele.

– O que foi?

– Não posso ir embora ainda. – Cruzou os braços diante do peito e encarou os guardas nos quais Apex dera um jeito. – Preciso ajudar aquele paciente da clínica.

– Ele não é problema seu.

– Se não é meu, de quem é? Eles não sabem nem como lhe dar um analgésico de maneira segura, precisam de mim para ajudar. Eu posso conseguir…

– Você não se lembra do que acabou de acontecer aqui? – Ele apontou para as marcas de sangue junto à cama. – De quantos outros acidentes quase fatais você precisa antes de parar de brincar com a sorte?

Ela só meneou a cabeça.

– Não vou embora sem ajudá-lo. Por isso, você precisa me levar de volta àquela sala onde estão as drogas…

– Ah, qual é…

Houve uma série de bipes do outro lado da porta, e Lucan se colocou entre Rio e o que quer que estivesse entrando…

Apex entrou com Mayhem logo atrás. Esse último bateu uma palma na outra e as esfregou.

– Bom trabalho, Lucan! Como diabos conseguiu dar um tiro certeiro no Executor?

Quando os olhos de Rio se arregalaram, Lucan murmurou:

– Não fui eu.

– Executor? – Rio inquiriu.

Mayhem olhou para ela. Olhou para Lucan.

– *Exibicionista* foi o que eu quis dizer. Esse filho da puta, perdoe meu palavreado, costumava sair se mostrando pra todo mundo. Quero dizer, se eu nunca mais vir seu saco com as duas bolas, vai ser ótimo. Ufa! Ainda bem que atirou nele.

Tudo isso seguido do oferecimento de um punho na direção de Rio.

E então todos só ficaram piscando para o cara.

– O que eu disse? – Mayhem perguntou ao abaixar o braço.

Como se estivesse surpreso que ninguém naquele churrasco quisesse experimentar sua salada de repolho feita em casa que tinha fermentado pelos últimos quatro dias.

– Estou *tão* feliz por você estar aqui – Lucan disse secamente. Em seguida, virou-se para Rio. – Olha só, você vai se esquecer do Kane. Vai sair daqui e…

– Não *ouse* dizer que é perigoso demais para mim. – Rio o encarou brava. – Conquistei o direito de ser levada a sério em vez de ser tratada como uma civil, e a prova disso estava aos seus pés até o corpo ser levado daqui como um saco de areia.

Quando ela apontou um dedo para onde estivera o cadáver, Lucan quis gritar a plenos pulmões. Em vez disso, tentou se conter.

– Sei que quer cuidar de Kane, mas ele está bem…

– É esse o nome dele? Bem, Kane está morrendo lentamente e sente dor o tempo todo. Você gostaria de passar por isso? Ou gostaria de ser poupado de um pouco de sofrimento se aqueles ao seu redor pudessem fazer isso? O que você ia querer, se fosse você?

De perto da porta, houve uma imprecação suave, e Apex saiu andando a passos duros.

Rio continuou a falar com firmeza:

– A morte daquele pobre homem não é algo que você possa impedir, mas amenizar a sua agonia, sim. Então, alguém vai me ajudar a pegar um pouco de heroína para testar e depois nós vamos cuidar dele. – Ela fitou todos eles, com os olhos estreitados. – Não estou pedindo permissão, cavalheiros. Preciso de cúmplices.

Mayhem se pronunciou primeiro. Obviamente.

– De um crime? Cúmplices de um crime? Porque somos *muito* bons nisso. Quer dizer, essa coisa de crime é com a gente mesmo. Total.

Enquanto Lucan se visualizava calando o cara a tapas, Mayhem deu de ombros.

– O que eu disse de errado agora?

Meu bom Jesus, foi só o que Lucan conseguiu pensar.

CAPÍTULO 35

– Não – Vishous disse. – O Jackal não vai se envolver na busca pelo campo de prisioneiros. Ponto-final.

Quando ele bateu o martelo, todos no escritório do Rei olharam para ele. Inclusive George, que aparentemente dormia como uma pedra debaixo da imensa escrivaninha entalhada do seu mestre, junto ao pé em forma de garra do enorme trono entalhado.

Mas não. O golden retriever estava alerta e o julgava também, evidentemente.

O que significava que o cachorro era tão pirado quanto os outros.

– O cara não é um lutador treinado – V. observou da cadeira forrada com seda em que estava. – E está emocionalmente envolvido. Essa é uma receita para o desastre no campo de batalha. Por que nos arriscar em uma situação já instável?

Enquanto Rhage e Butch o fitavam como se estivessem debatendo quem responderia à pergunta retórica, V. olhou para todo aquele azul-claro – e visualizou o cômodo redecorado com cortinas vermelho sangue e paredes pretas. Talvez uma prateleira num canto. Uma exposição de chicotes e correntes para dar o clima certo.

Isto é, em vez de Maria Antonieta, algo mais como uma mescla de Metallica com masmorras, sem os dragões.[11]

Sem querer ofender, Rhage, V. pensou ao pegar um cigarro.

---

11 Referência ao jogo de RPG *Dungeons and Dragons.* (N.T.)

Do outro lado, o grande Rei Cego se inclinou na direção do tampo da mesa, o enorme corpo de Wrath se flexionando, a camiseta preta que ele sempre usava se esticando para acomodar a mudança dos músculos enquanto ele apoiava os cotovelos no mata-borrão. As tatuagens da sua linhagem, que desciam pela parte interna dos antebraços, ficaram expostas, e mais ainda quando ele cruzou os dedos.

– Mas ele conhece o campo de prisioneiros. – Os óculos escuros ajustados ao rosto do Rei passaram pelo triunvirato, ligando os pontos entre Rhage e Butch nos sofás e V. em sua poltrona *bergère* satélite, embora o macho não enxergasse. – Isso é informação importante. Ele conhece as pessoas de lá, a estrutura de poder, o modo como funciona.

– Isso foi antes. – V. recruzou as pernas e se afundou ainda mais no estofamento. – Nesse novo lugar? Quem é que pode saber como é? E se o encontrarmos…

– *Quando* – Wrath o interrompeu.

– … não quero estar no meio de um ataque preocupado com alguém sendo atingido porque está se reconectando com seus amigos de outra era. Temos toda a Irmandade, o Bando de Bastardos e os outros lutadores para coordenar. Haverá muita movimentação, esfaqueamentos, gente atirando… e todos nós temos treinamento para essa merda. Cara, qual é.

Perto da lareira acesa, Rhage ergueu uma sobrancelha. Depois enfiou a mão dentro do moletom da SUNY Caldwell e pegou um saco com M&M's.

Vai se foder, V. articulou para o Irmão quando ele balançou o saquinho.

– Essa é a primeira regra de combate – prosseguiu V. – Não leve civis para uma luta. Ou acabará tendo que salvá-los em vez de fazer o seu verdadeiro trabalho.

Butch, que vestia um dos seus elegantes ternos Tom Ford, ergueu a mão da adaga.

– Penso que o Jackal tem um bom coração e não entendo por que deixar o cara de fora dessa. Só estamos procurando o lugar. Quando o encontrarmos, ele pode se desmaterializar para um local seguro.

– E você acha que ele vai fazer isso? – V. não conseguia acreditar que teria de dizer o lógico. – Você acha mesmo que esse cara "com um bom coração" não vai tentar salvar os seus amiguinhos no segundo em que tiver as coordenadas?

Dito isso, V. começou a tatear à procura do isqueiro para que o seu sistema de entrega de nicotina entrasse em ação. Quando não conseguiu encontrar o maldito, praguejou para si mesmo.

Como era possível que tivesse deixado o seu Bic para trás? Ah, certo. Há cinco minutos, ele estava tão relaxado e contente que não imaginou que fumaria alguma coisa. Então, aquela brilhante ideia voou pelos ares do que deveria ser uma breve reunião, sem muita novidade sobre o campo de prisioneiros, a não ser pelo fato de que voltariam a investigar nas ruas.

Não era de admirar que a maioria das pessoas precisasse praticar ioga três ou quatro vezes por semana para que funcionasse. A tranquilidade durava somente até a crise seguinte.

– Acho que o Jackal conquistou o seu direito de escolher. – Butch deu de ombros, aqueles olhos castanho-esverdeados focados no meio do chão logo à sua frente, como se ele estivesse ordenando seus pensamentos. – Como Rhage relatou, o pobre filho da puta não queria sair e deixar os outros para trás. Ele ainda não superou isso. Se é o que ele quer, quem somos nós para impedir? É importante a forma como terminamos as coisas… e quem deixamos para trás.

O colega de apartamento de V. estava pensando no seu antigo parceiro de novo.

Maravilha.

V. começou a tatear o peito em busca de bolsos que não existiam.

Do outro lado da mesinha de centro, Hollywood sacudiu o saquinho de M&M's de novo, produzindo um barulho suave.

Vai se foder, V. articulou.

Por quê?, Rhage respondeu com os lábios apenas. *Você sabe que vai se sentir melhor…*

– Não estou me sentindo mal agora!

– O que foi? – Wrath exigiu saber.

V. se pôs de pé e andou na direção da lareira tentando parecer despreocupado.

– Nada. Estou bem. Estou ótimo. – Relanceou para Rhage. – Escutem, o Jackal tem uma companheira agora. Um filho também, pelo que fiquei sabendo. Ele tem uma oportunidade de viver a vida dele. Ele precisa começar a valorizar suas bênçãos e ficar afastado, sabem? Isso não é da conta dele.

Em sua escrivaninha, Wrath meneou a cabeça.

– Acho que hoje você não está muito bem, V. Está com fome ou alguma coisa assim?

– Talvez sóbrio demais? – Rhage acrescentou, tentando ajudar.

– Tô bem pra cacete. Querem que eu pague dez pra provar?

Uma das sobrancelhas negras de Wrath se ergueu acima dos óculos.

– Você não costuma se preocupar com a vida familiar das outras pessoas. Ainda mais daquelas que não conhece.

– Muito bem, cem, então. Pago cem. Só pra provar que estou ótimo.

V. se abaixou no tapete antigo, posicionou as palmas sobre o tecido delicado, cheio de volteios, e ficou em posição de prancha. E começou a fazer flexões.

– Um, dois, três…

– É escolha do Jackal – Butch disse acima da contagem. – É isso o que estou tentando dizer. Se fosse eu, também me atormentaria pelo fato de não ter tirado os outros…

– … onze, doze…

– Ele está mesmo fazendo flexões? – Wrath resmungou. – Jesus, V., para com isso.

– … dezoito, dezenove, vinte…

– Ninguém está prestando atenção à sua demonstração. – O Rei praguejou. – Um de vocês consegue fazê-lo parar? E vou deixar que o Jackal…

V. aumentou o volume da voz.

– … *vinte e três, vinte e quatro, vinte e cinco, vinte e…*

– TOME A SUA PRÓPRIA DECISÃO – Wrath falou ainda mais alto. – Se o filho da mãe quer se envolver na procura pelo lugar e depois ir até lá com vocês, é escolha dele. Mas vocês, bando de cabeças desajustadas, têm que fazê-lo entender como vai ser. Se ele ficar para trás porque as coisas saíram dos eixos, a vida dele não será priorizada em relação à de nenhuma de vocês. Se ele concordar com as regras do jogo, não vou impedi-lo.

– Muito justo – Butch berrou.

– Muito bem – Rhage gritou acima da contagem. – Fico feliz que isso tenha sido resolvido.

– *... trinta e um, trinta e dois...*

– Deem um jeito nele – Wrath ordenou – antes que eu o atinja com uma adaga.

Pelo canto dos olhos, V. viu Rhage levantar-se rapidamente. O que fez sentido; Wrath era capaz de cuidar de si numa luta mesmo sem enxergar, mas você não necessariamente gostaria de estar na mira de uma lâmina lançada por ele do outro lado do cômodo.

– *... trinta e três, trinta e quatro... AI!*

Um peso tremendo aterrissou nas costas de V., como se alguém tivesse lançado um carro na sua coluna de uma altura de três andares. Quando os cotovelos cederam sob o agachamento de Rhage, o tapete se levantou para esbofeteá-lo na boca.

– Sai de cima de mim – V. grunhiu.

O saco de M&M's apareceu ao lado dos seus olhos.

Com um rugido, ele agarrou o saquinho e atingiu Rhage; o Irmão saiu voando para trás na sala, com as antiguidades sem dúvida se encolhendo por toda parte.

Só que Hollywood, de alguma forma, conseguiu assumir uma posição deitada no sofá no qual começara seu movimento.

– Na mosca – disse ele, pondo as mãos atrás da cabeça e relaxando como se aquela posição espreguiçada estivesse perfeita para ele. – E só estou pegando emprestado o seu movimento com aquela poltrona, meu Irmão.

V. seguiu para a porta com os M&M's, abrindo o saco com um rasgo e despejando um punhado na boca para mastigar. Porque, ou fazia isso ou chegava bem perto daquele sorriso de merda do Rhage de um modo que causaria muito inchaço nas belas feições do cara.

– Acho que todos vocês estão tomando a decisão errada – V. disse com a boca cheia de doce derretido. – E, se me dão licença, vou procurar um isqueiro.

– Você está comendo chocolate? – Wrath perguntou quando V. escancarou a porta para sair.

– Não, não estou.

Quando ele despejou mais M&M's garganta abaixo, teve um vislumbre de Rhage relanceando para Butch e fazendo pequenos círculos ao lado da cabeça.

– Ah, por sinal, ainda não encontramos o novo local – V. disse por sobre o ombro ao sair do escritório. – Portanto, o Jackal e suas questões de codependência com pessoas do passado são irrelevantes.

Deus, onde foi parar aquela sensação de flutuação pós-sessão?

Era como se o que fizera com Jane nunca tivesse acontecido, ele pensou ao esvaziar o saco no corredor.

CAPÍTULO 36

– SE ELA QUER IR À SALA de trabalho, vamos com ela.

Quando Apex estabeleceu que assim seria, Rio surpreendeu-se com o aliado inesperado. Aproximando-se dele, ela apontou com a cabeça para a porta.

– Só o que vocês têm que fazer é me levar até o corredor. Já conheço o lugar. Entro e saio de lá com uma amostra do produto num segundo.

Olhando por cima do ombro para Luke, interrompeu o protesto dele.

– Conheço as drogas. Eu as vendo. Quando foi a última vez que você teve que olhar para pacotes de pó branco e diferenciar cocaína de heroína? Você é negociante, não processador, certo?

– Não é tão difícil assim – disse ele vagamente. – Com uma lambida eu sei a diferença.

– Sabe testá-la? Sabe o que fazer com o produto puro?

Ele abriu a boca. Fechou. Abriu de novo.

– Vamos resolver logo esse assunto – disse ela. – Você me disse que durante o dia tudo está tranquilo. Acabamos de matar dois guardas e o cabeça de tudo. Ninguém sabe que estamos aqui. Nunca estivemos tão seguros.

Os olhos de Luke ardiam – mas não de raiva. Era alguma outra coisa, algo que ela não tinha certeza se conseguiria aguentar naquele momento. Ou em qualquer outro.

– Rio, é um risco desnecessário…

Apex falou por cima dele:

– Para quem? Não para mim. Nem fodendo pro Kane. Não é nem um pouco desnecessário. E ela está certa, não manipulamos a droga. Não somos parte dos trabalhadores, nunca fomos. Que diabos a gente sabe?

– Você quer morrer aqui, Rio? – Luke exigiu saber ao ignorar o outro homem. – Quer que esse seja o seu fim?

– Claro – ela estrepitou. – É por isso que deixei aquele homem me matar quinze minutos atrás. Em vez de atirar no coração dele. Duas vezes.

O impasse foi tenso. Em seguida, Luke começou a andar em círculos como se houvesse tanta raiva fluindo em suas veias, que ou ele se mexia ou explodiria.

Quando ele parou de repente, ela não fazia a mínima ideia do que sairia da boca dele.

– Tudo bem, mas eu vou levá-la lá pra baixo. – Apontou um dedo para Apex. – Você está envolvido demais.

– E você se afeiçoou a ela – revidou o outro homem. – Então, quem é o problema aqui?

Luke marchou até ficar diante do cara.

– Você não sabe do que está falando.

Afeiçoou?, Rio se perguntou.

Antes que uma briga começasse – sim, claro, porque isso seria de *imensa* ajuda –, ela verificou a munição na arma e se dirigiu para a porta que dava para o corredor.

– Qual a senha disto?

Mayhem, que permanecera em completo silêncio, se aproximou dela.

– Pode deixar.

Ele inseriu a senha e a tranca se soltou…

– Vai deixar eu me armar antes? – Luke reclamou.

– Nós vamos agora – Rio anunciou quando abriu a porta e pisou do lado de fora…

Ah… *Deus*…

O homem que ela assassinara estava preso na parede pelas cavilhas, as pontas afiadas atravessando sua garganta e diversos pontos do tronco, seu corpo suspenso acima do chão.

– Você quis fazer isso – Luke disse para ela numa voz baixa.

Ela olhou para ele.

– Não, eu *tenho* que fazer isso.

– Você nem conhece o Kane.

– É por causa do meu irmão – ela deixou escapar. – Fui forçada a aprender muitas coisas que eu não queria enquanto tentava lidar com a overdose dele. Pelo menos agora eu posso fazer bom uso de parte desse conhecimento. Vamos.

Rio se sentia meio atordoada, o passado se misturando ao presente, mas tinha que sair desse estado. O que, como Luke bem dissera, era uma coisa de sobrevivente, não? Manter-se concentrada, manter-se alerta, manter-se no aqui e no agora. Isso ajudava a não levar bala.

Além do mais, quando fora acompanhada até ali pelo guarda, havia sentido aquela dor de cabeça esmagadora, tivera todos aqueles pensamentos estranhos. Não podia se dar ao luxo de desperdiçar aquela oportunidade de gravar mentalmente os detalhes do lugar.

Forçando-se a se concentrar no ambiente, ela viu…

Quatro salas. Havia quatro salas de processamento, a julgar pelo leiaute do corredor comprido, e ela parou na porta pela qual o guarda a conduzira.

– Aqui.

Luke parou ao lado dela.

– Temos que ir rápido.

– Obrigada por avisar. – Rio revirou os olhos. – Eu ia dar uma passeada por aí, quem sabe aplicar umas técnicas de feng shui ali dentro. Uma redecorada, sabe? Quem sabe desenhar um mural.

Luke sacudiu a cabeça e relanceou por cima do ombro.

– Mayhem, você tem a…

– Senha? – completou o cara. – Tenho. Não está feliz por eu ter mantido um padrão quando criei tudo isso?

– Como eles não o mataram? – Luke disse, como se estivesse pensando numa lei universal e refletindo sobre a sua existência.

– Eles não me consideram muito inteligente. – O cara ficou de frente ao outro teclado e inseriu uma senha diferente. – Há vantagens em parecer um imbecil.

– Bem, nisso você parece perito – resmungou Luke.

Quando a tranca se soltou, Rio abriu a porta e de pronto andou na direção daquele engradado cheio de droga no canto.

– Você fica aqui – Luke ordenou a Mayhem antes de se juntar a ela.

Quando a porta se fechou atrás deles, ela respirou fundo e sentiu o cheiro desagradável de produtos químicos no ar. Não o notara antes, provavelmente porque estivera ansiosa.

– O que aconteceu com o seu irmão?

Rio quase perdeu o passo ao dar a volta numa das estações de trabalho.

– O quê?

– Você me ouviu.

– Os produtos químicos para a testagem estão nas mesas ali. – Pigarreando, ela refez sua trajetória e foi até uma das estações de monitoramento dos supervisores. – É exatamente disso que eu preciso.

A coisa até tinha a marca registrada NarcoCheck. Ela não teria feito melhor se tivesse encomendado a coisa.

– Agora, consegue me fazer entrar naquilo? – ela perguntou apontando para o engradado.

Luke invadiu o espaço pessoal dela.

– Fique atrás de mim.

– Por que, o que vai fazer…

O tiro ecoou na sala, agudo e alto; Rio cobriu a cabeça e foi ao chão. Felizmente, a bala ricocheteou em algum outro lugar… e, veja só, ao redor do canto da mesa, ela viu a corrente se soltar e cair.

Rio não esperou pela permissão. Apressou-se para o engradado, abriu o painel de acesso frontal e esticou o braço na direção dos blocos. Que estavam marcados com "H" e "C".

Vai saber o que isso significa, ela pensou ironicamente ao agradecer ao Senhor pela vantagem inesperada. E, quem diria, aquilo significava que Apex ou Luke poderiam ter feito aquela parte, no fim das contas.

Apanhando um dos blocos marcados com "H", ela se aproximou de uma das mesas. Pensou em simplesmente levar um dos testes consigo, mas e se o rótulo no bloco significasse alguma outra coisa?

Havia um par de tesouras na mesa e ela o usou para perfurar a embalagem, retirando um pouco do pó com a lâmina. Uma gota da solução e a substância ficou amarelada. Desejou que ficasse vermelha, o que indicaria morfina, mas o que é que se podia fazer?

– Precisa de algum adjunto para fazer a solução? – Luke perguntou.

– Não – disse ela ao parar para inspecionar a consistência da heroína. – É extremamente pura. Então, usaremos uma quantidade pequena e diluiremos em água fervida.

– Como terá certeza da dose?

– Vou aplicar aos poucos na veia. O efeito é praticamente instantâneo, portanto, saberemos o momento de parar quando ele relaxar.

– Só não o mate.

Rio se concentrou no rosto dele pela primeira vez desde que adentraram aqueles aposentos privativos. Ele parecia... exausto, quase ao ponto de parecer doente, com círculos escuros debaixo dos olhos e pálpebras semicerradas. Embora ela não tivesse certeza se o último aspecto se devesse ao fato de ele desaprovar completamente o que ela insistia em fazer.

– Não o matarei – respondeu ao segurar a embalagem ao seu encontro. – Pode me levar direto para a clínica?

– Você não pode só me dizer o que fazer? E então pode ficar com Apex e Mayhem nos aposentos privativos...

– Vou responder como respondi ao Apex. Pelo menos sei o que estou fazendo.

Luke praguejou. Depois esfregou a cabeça como se ela doesse.

– Preste atenção, a gente não pode ficar muito tempo lá embaixo. Este lugar logo vai despertar. Assim que isso acontecer, precisamos tirá-la rapidamente daqui e isso é mais fácil de fazer de onde estávamos. Só teríamos de passar por aquela outra porta.

Ela deixou a argumentação sem resposta e seguiu para a saída, só que acabou dando meia-volta para a mesa. Abrindo as gavetas, uma a uma...

– Graças a Deus – murmurou ao enfiar a mão na parte de baixo da maior delas.

– O que foi?

– Canetas de Narcan. Para o caso de eu errar.

A gaveta estava repleta delas, jogadas, fora das caixas, como se fossem usadas com frequência. Ela enfiou a mão no meio delas e apanhou tantas quantas conseguiu. Depois, empurrou-as para Luke, certificando-se de que ele seguraria todas.

– Muito bem, estamos prontos.

Luke encheu os bolsos com as canetas. Em seguida, olhou para ela.

– O que foi? – ela exigiu saber.

– Nós vamos lá pra baixo, você vai fazer o que precisa fazer e depois vamos voltar para os aposentos privativos.

– Tudo bem.

Lucan saiu da sala de trabalho primeiro. Apex e Mayhem estavam logo ali no corredor, com as armas que surrupiaram do estoque do Executor ao lado deles. Não tinham vestido os uniformes dos guardas, mas as armas eram autoexplicativas. Se algum prisioneiro por acaso fugisse do toque de recolher e se deparasse com eles? Nenhuma pergunta seria feita.

E ali em cima? Bem, o Executor pregado na parede meio que não deixava muita margem para questionamentos.

– Vamos para a clínica – disse ele. Como se aqueles machos já não conhecessem os planos...

Lucan ficou ao lado de Rio enquanto os quatro desciam pelo corredor. Ela continuava olhando ao redor como se custasse a acreditar na escala da operação.

– Dando uma olhada pra ver se podemos atender às necessidades do seu chefe? – ele se ouviu dizer com amargura. Afinal, com ou sem Executor, ele não podia se deixar enganar. Ainda havia drogas que tinham que ser vendidas, não?

Ela relanceou por cima do ombro.

– Vou relatar tudo assim que o vir.

Enquanto ela se concentrava no que havia na frente, ele a visualizou de volta a Caldwell, tocando sua vida. Sem ele. Uma punhalada de dor no peito o fez perceber o motivo de não conseguir sair daquilo… o que quer que fosse… que tinha com ela. Fechassem ou não o negócio, ela voltaria para o sul. E ele ficaria ali.

Mas, pensando bem, eles conseguiriam se ver quando fossem negociar.

Que romântico.

Quando chegaram à escada, ele abriu a porta e ergueu a mão para que ela não o seguisse de imediato. Depois farejou o ar e aguçou os ouvidos.

– A enfermeira já está lá embaixo – Apex disse. – Eu disse a ela que precisaríamos de ajuda.

Lucan assentiu e gesticulou para que Rio passasse. Enquanto desciam, os outros dois cobriam a retaguarda.

Quando eles chegaram ao último andar subterrâneo, ele não precisou pedir a ela que fosse o mais silenciosa possível nem lhe dizer por onde ir e em quais corredores virar. Ela seguiu direto para a clínica e entrou.

No segundo em que entraram no depósito, a cortina ao redor de Kane foi afastada, o manto folgado da enfermeira parecendo uma extensão daquilo que pendia do teto.

– Não fará mal a ele? – disse a fêmea por trás da tela que lhe cobria o rosto.

Rio meneou a cabeça com seriedade.

– Não, jamais. Eu só… quero ajudar.

– Nunca ousei pegar isso. – A enfermeira apontou com a manga volumosa, a mão enluvada balançando como se ela estivesse emocionada. – É muito bem guardado e de difícil acesso, e se você é pego, as consequências são extremas.

– Eu entendo. Você tem um pouco de água destilada? Ou fervida?

– Sim, aqui. Venha.

Quando as fêmeas desaparecerem atrás das cortinas, Lucan cruzou os braços, de modo que a arma ficou acomodada sob sua axila.

– Eu não vou entrar.

– Eu vou.

Quando Apex deu um passo à frente, Lucan segurou o braço forte do macho.

– Você não vai machucá-la. Se der errado e algo acontecer com Kane, não terá sido culpa dela.

O outro prisioneiro abaixou o queixo e o encarou seriamente.

– Isso depende do que ela fizer. E de como ele reagir.

Lucan expôs as presas.

– Você não pode culpá-la.

– Posso fazer a porra que eu quiser.

– Não. Com ela, não.

Houve uma breve tensão, e então Apex se afastou, abrindo a cortina para desaparecer atrás dela. Quando os metros de tecido se reacomodaram, houve murmúrios do outro lado.

Caminhar lhe pareceu uma boa ideia, por isso, Lucan decidiu passear pela fileira de camas. Voltou. Andou de novo. Voltou. Nesse ínterim, Mayhem só ficou onde estava, encarando a cortina pendurada.

Talvez o prisioneiro estivesse direcionando boas vibrações ao inferno que provavelmente ocorria naquele leito. Talvez ele tivesse sofrido um AVC e só não tivesse caído ainda. Talvez não estivesse pensando em absolutamente nada.

Podia ser qualquer coisa.

Lucan foi até a porta que dava para o corredor. Entreabrindo o painel, verificou se vinha alguém. Quando isso não pareceu suficiente, ele saiu e foi até a escada para espiar.

Nenhum som. Nenhum cheiro. Mas isso podia mudar a qualquer momento.

Ele só conseguia pensar em como não queria que Rio ficasse exposta assim com aquela perda de tempo. Sem querer ofender Kane.

Quando voltou para a clínica, Mayhem olhou para ele.

– Sabe – disse o macho –, esse lugar vai ficar caótico quando o corpo de Executor for descoberto. E precisamos nos livrar dos guardas naqueles aposentos. Primeiro porque vai deixar tudo mais arrumado, segundo porque eles vão começar a feder. Mas o verdadeiro motivo são os guardas. Quando eles souberem que matamos o pessoal deles? Tudo vai ficar ainda mais difícil.

O cara tinha razão.

– Daremos um jeito.

– Claro, se você quiser deliberadamente mexer na merda, podemos simplesmente pendurá-los na parede. Como se fossem quadros. Ou podemos fazer alguma decoração com eles. Que tal se os arrumássemos como se estivessem trocando uma saudação com as mãos? Ou dando uma enterrada numa cesta de basquete...

– Não.

– Você é muito entediante.

– Você acha que estamos em uma competição de popularidade? – Lucan meneou a cabeça. – Mas, sim, você tem razão. Temos que nos livrar deles. Se os guardas não souberem onde eles estão, e não formos óbvios no que fizermos, eles não terão como saber quem são os responsáveis pelo golpe de estado, nem o que aconteceu. Terão que verificar todas as tropas e, porque alguns guardas moram fora daqui, isso vai demorar um tempo. Tempo que usaremos para tirar Rio daqui. Se ao menos houvesse um modo de levá-los para fora. Ainda temos uma hora de sol pela frente.

– Rio poderia fazer isso.

Olhando para o cara, Lucan disse:

– Não, ela não pode...

– O que eu não posso? – Rio perguntou ao emergir de trás da cortina.

– Nada...

– Pode nos ajudar a levar aqueles guardas para fora – Mayhem o interrompeu. – A entrada de trás nos aposentos privados vai...

– Ela não vai...

– ... simplificar tudo e você não teria que levá-los para longe.

– ... levá-los a parte alguma.

– Claro – Rio concordou. – Sou forte. Eu os tiro de lá.

– Não – Lucan estrepitou. – É perigoso pra cacete.

– E vocês podem relaxar. – Ela olhou para Lucan e depois para Mayhem. – Ouvi o que vocês disseram. Acho que faz total sentido. Quanto maior a confusão, melhor, ainda mais se estão preocupados com o chefe dos guardas, seja ele quem for.

Mayhem lançou um olhar matreiro para Lucan.

– Maravilha, vamos voltar para lá e…

A cortina ao redor da cama foi afastada.

Apex fixou os olhos em Rio, com uma intensidade tal que o macho chegava a tremer, seu corpo imenso e letal posicionado para atacar a mulher.

– Não! – Lucan ladrou ao se lançar entre eles. – Eu disse que não seria culpa dela!

– O que aconteceu? – Rio o afastou da sua frente… depois enfiou a mão no bolso da calça dele. – Eu tenho Narcan…

Com um impulso, Apex saltou à frente.

E passou os braços ao redor de Rio. Emitindo um suspiro engasgado, ele abaixou a cabeça para o pescoço dela… e a abraçou como se ela fosse a única coisa que o mantinha no planeta.

Por cima dos ombros do macho, os olhos de Rio se apertaram e ela retribuiu o abraço.

– Ah, Apex, eu sinto muito. Eu tentei mesmo ajudá-lo…

A enfermeira passou a cabeça encapuzada pela cortina.

– Ele está descansando confortavelmente. Pela primeira vez desde que chegou aqui.

Os olhos de Rio se arregalaram. Havia lágrimas neles.

– Graças a Deus ele não está sofrendo.

Lucan soltou o ar que nem sabia que estivera segurando.

E ficou imaginando que diabos seria aquela história do irmão dela.

CAPÍTULO 37

– Capitão?

Quando José de la Cruz chegou à porta aberta do escritório, bateu no batente.

– Está com visitas, Capitão? Willie não está na mesa dela.

Do lado de dentro do banheiro fechado, no outro canto, uma voz abafada respondeu o que poderia ter sido qualquer coisa: *Oi. Agora não. Entre.* Felizmente, um segundo depois, Stan emergiu do seu cagadouro predileto, como ele mesmo dizia. Sua carranca parecia tão profunda quanto uma caverna e, ao redor do pescoço, uma gravata estava no processo de ser amarrada. Ou de o nó ser desfeito. Difícil saber qual das opções.

– Vai tirar isso ou dar um jeito para que fique no lugar? – perguntou José.

– Eu bem que queria não ter que usá-la de jeito nenhum. Mas a que vesti hoje cedo sujou de mostarda na hora do almoço. Bem, também caiu molho no casaco. – Stan apontou para o sofá onde uma pilha azul-marinho tinha sido largada sobre as almofadas. – Que bom que tenho peças extras de tudo no meu cagadouro predileto.

Na mosca, José pensou.

– Seu lugar particular sagrado, uma alegria a contemplar. – Ele entrou e parou diante do assento duro oposto à porta. – Onde ninguém a não ser o chefe entra.

– É o único trono que tenho. O que posso dizer?

José assentiu.

– Eu também o protegeria e teria ciúme dele se fosse você. Ainda mais pela quantidade de policiais que comem dos *food trucks* na hora do almoço.

– Foi num desses que eu fui *mostardizado*, pra falar a verdade. Não posso aparecer na casa de Stephan Fontaine com parte de um sanduíche de presunto e queijo no peito. Bem ao lado da plaquinha com o meu nome.

– Uau. Na casa do Fontaine. Que chique.

– Só mais um jantar de frango borrachudo.

Enquanto eles conversavam, os olhos de José passaram pela sala. Passara tanto tempo atualizando Stan sobre os casos e problemas no departamento que conhecia cada foto emoldurada nas paredes, bem como a janela que dava para o estacionamento dos fundos, a bagunça eterna sobre a mesa e a bandeira americana dobrada ao estilo militar numa caixa triangular em uma das prateleiras. Fechando os olhos, aquilo era como um videogame que tivesse jogado vezes demais durante sua infância, os detalhes projetados por trás das pálpebras.

Sentiria falta daquilo?, ficou se perguntando.

Não. Resolveu que achava que não.

– Eu ficaria surpreso se servissem frango – murmurou –, ainda mais do borrachudo, na casa do Fontaine.

– Você deve ter razão. – Stan terminou de dar o nó na gravata e abaixou o colarinho. – Mas, no fim das contas, é um evento como qualquer outro. Você sabe como é. Algum idiota riquinho dando dinheiro para as organizações sem fins lucrativos da cidade e nós temos aquele Fundo Benevolente da Polícia. Não me importaria se parte dessa benevolência viesse na nossa direção.

– Você sempre pensou nos soldados rasos, Stan.

– Falando nisso, em que pé estamos em relação à policial desaparecida? – O capitão se acomodou em sua poltrona de couro. – Alguma pista do paradeiro de Hernandez-Guerrero?

– Não, lamento informar.

Stan praguejou e alisou a gravata limpa. Que parecia exatamente igual a todas as suas outras.

– Meu Deus, José. O que vai contar à família dela?

– Ela não tem família.

– Espera, eu já sabia disso? Acho que sabia. E nenhum namorado, marido, esse tipo de coisa, certo?

– Não, ela morava sozinha. Há alguns primos fora da cidade, e estamos esperando ter notícias deles.

Balançando a cabeça, os olhos de Stan se distanciaram.

– Você tem sorte de estar se aposentando. Não sei o quanto mais aguento dessa merda. E quanto ao policial Roberts? Como está a família?

– Arrasada. Foi horrível.

– Maldição. Pelo menos ele não tinha esposa e filhos, e se é só isso que podemos dizer de bom dessa situação, é uma merda.

Enquanto Stan olhava para o vazio, ficaram em silêncio por um minuto, não mais capitão e subordinado, apenas dois homens que se conheciam há mais de vinte anos num contexto que podia ser bem difícil às vezes.

– Você sabe – disse Stan –, a minha Ruby costumava ser ótima em situações como esta. Aquela mulher faria de tudo pela família de qualquer policial morto. Prepararia comida para elas, deixando tudo congelado e pronto pra esquentar, o pacote completo. Faria visitas e ajudaria nas tarefas domésticas. Pegaria as crianças na escola, se fosse preciso. Ela era ótima, uma extensão do departamento.

– Verdade. Como ela está?

– Bem. O segundo casamento está indo muito melhor do que o primeiro. Que surpresa, hein? – Stan esfregou o rosto e olhou para a mesa bagunçada com uma expressão de desesperança que não tinha nada a ver com toda aquela papelada. – Ela fez bem em me deixar. Pedidos demais para congelar as refeições, e isso nem cobre a metade da questão. Você tem sorte de ainda estar casado.

– Tenho mesmo. – José relanceou pela janela e quis mudar de assunto, como se sentisse uma espécie de culpa de sobrevivente em relação a casamentos. – Está escurecendo cedo agora.

– O inverno está chegando. De todo modo, chega de ex-mulheres e de falar do tempo. Conte-me o que descobriu até agora a respeito do policial Roberts.

– Bem, o médico-legista priorizou a autópsia dele e a realizou esta tarde. Estou com o resultado. Temos a bala.

– Muito bom. A balística está trabalhando nisso?

– Está. Nesse meio-tempo, Treyvon e eu fomos ao apartamento do Roberts.

– Encontraram alguma coisa?

– Nada que não esperássemos. Comida velha na geladeira. Latas de cerveja no lixo reciclável. Nenhum sinal de luta ou furto. Não encontramos nenhuma chave de carro, mas pode ter caído do bolso quando ele estava no rio. A mesma coisa com a carteira dele.

– E quanto ao carro?

– Ainda não o localizamos. Mas ele vai aparecer.

– Essa cidade está ficando violenta demais. – Stan praguejou de novo. – Talvez eu só precise de férias pra recarregar. Ou me aposentar, como você.

– Você tem uma boa reserva.

– Não, o que eu tenho é uma boa dívida. Tive que fazer uma segunda hipoteca para pagar a parte da Ruby. Pra ela poder bancar aquele outro vestido de noiva dela. De todo modo... a vida normal custa caro. – Deu de ombros. – Pensando bem, eu sempre posso arrumar outro emprego depois que este acabar. Talvez eu abra um *food truck*. Ou dirija um, na verdade.

– Você sabe cozinhar?

– Tá bom, talvez outra coisa. – O capitão gesticulou ao redor da mesa. – Convenhamos, estou velho demais para este tipo de trabalho. Olha só pra toda essa merda. Tudo é computadorizado, e tem sido pela última década. Talvez mais. Sou praticamente inútil.

– Você é amado pelos policiais. Tem a lealdade do pessoal de baixo.

– Mas aquela prefeita... Ela vai acabar comigo. – Stan deu de ombros. – Talvez eu precise de um barco a vela.

– Para relaxar?

– Para fugir.

– Você já velejou antes? Sabe nadar?

– Você vai continuar encontrando problemas nos meus planos? E só estou falando de velejar na direção do pôr do sol. Ei, o que você vai fazer com todo o seu tempo livre?

José riu de leve.

– Vou começar com uma semana inteira sem ser acordado no meio da noite.

– O seu padrão é bem baixo, meu amigo.

– É justo. – José se pôs de pé. – Divirta-se no Fontaine.

– Ei, precisa de mais recursos para esses dois casos?

José meneou a cabeça.

– Treyvon e eu cuidamos disso. E todos no departamento estão ajudando.

– Maravilha. É assim que tem que ser. – Stan calibrou o peso sobre os sapatos sociais e ergueu um dedo. – Escuta, antes que eu esqueça: pode me dar uma cópia do relatório mais recente sobre Roberts? Sou perseguido por câmeras onde quer que eu vá e preciso estar preparado para as perguntas com todos os detalhes relevantes. Controlar a expressão quando jogam merda em você é mais difícil do que você pensa, e a imprensa parece sempre saber de tudo.

– Cara, fico feliz por não ter o seu emprego.

– Eu só quero estar preparado.

– Claro. E eu trago tudo antes de ir embora à noite.

– Odeio ter que pedir que fique até mais tarde.

– É o meu trabalho. Pelo menos pelas próximas quatro semanas.

Depois das despedidas, José fechou a porta atrás de si e acenou para Willie, a assistente executiva do capitão que estava de volta à sua mesa na recepção.

A divisão de homicídios ficava no fim do corredor da sala do chefe e, quando ele se aproximou, conseguiu ouvir o burburinho das vozes saindo das baias para o corredor. Entrando na sala de leiaute aberto, com seus cubículos e detetives falando rápido, ele sentiu uma descarga conhecida e antiga atravessando-o. Não era agradável em si, mas ele tampouco desgostava dela.

A ideia de nunca mais vivenciar aquela descarga de adrenalina fez com que ele sentisse estar vivendo uma espécie de luto.

Tentando se impedir de pensar demais na situação, ele seguiu na direção da mesa de Trey e trouxe à mente a situação de chefe do Stan – e ficou contente porque a força policial não tinha colocado um burocrata indiferente naquela cadeira.

Se o homem estivesse mesmo falando sério quanto a se aposentar também, José tinha mais um motivo para ficar feliz com a sua própria aposentadoria.

As coisas mudariam bastante no Departamento de Polícia de Caldwell se Stan deixasse de ser o encarregado.

E não para melhor.

CAPÍTULO 38

No campo de prisioneiros, a mente de Rio estava agitada enquanto ela voltava aos aposentos privativos no andar de cima. Quando Mayhem inseriu o código novamente, soltando a tranca, ela entrou e parou diante dos corpos dos dois guardas. Era policial infiltrada, e havia regras a respeito do que ela podia e não podia fazer. A essa altura, ela não tinha muita certeza de quantas infringira nas últimas 24 horas. Além disso, todos em Caldwell sem dúvida acreditavam que estava morta.

Não que isso lhe desse passe livre.

– Logo ali do lado de fora, então? – ela disse. – Onde exatamente?

Aquela tarefa hedionda era necessária. Ela precisava examinar o exterior das instalações e estava ficando sem tempo. Era provável que a vendassem quando fossem embora depois do escurecer, portanto, se ela pudesse ver o exterior da construção agora, seria mais fácil identificar e localizar a operação, onde quer que ela estivesse.

– Logo ali do lado de fora. – Mayhem seguiu para a outra porta na parede de trás. – Só o que você tem que fazer é descer com eles por aqueles degraus e deixá-los bem ali…

– Isso é ridículo.

Quando Luke se pronunciou, ambos olharam para ele. Bem, ele não parecia contente. Cruzara os braços, afastara as botas e era o desenho perfeito do "só por cima do meu cadáver".

Rá-rá, Rio pensou gravemente ao baixar o olhar para os guardas.

– Eu consigo cuidar disso, está bem? Acha que esses são os primeiros cadáveres que vi? Ou nos quais dei um jeito?

– Não importa...

– Sim, importa, sim. – Ela tinha que verificar o exterior do prédio. – E não vou demorar nada.

Quando ela enganchou as mãos debaixo das axilas do guarda, Luke interveio.

– Não, eu faço isso. Eu os levo para...

– Você perdeu o juízo? – Mayhem disse de pronto.

– Tem uma pequena cobertura acima da porta. Vai ficar tudo bem.

Houve uma pausa tensa entre os dois homens, como se estivessem se comunicando telepaticamente. Em seguida, Mayhem deu de ombros como se Luke tivesse ganhado um debate mesmo usando um raciocínio lógico bem ruim.

– Acho que só me sobra garantir que ela saia daqui viva – o cara resmungou. – É só o que posso fazer.

– Não seja tão dramático. – Luke suspendeu o guarda do chão e jogou o cadáver por cima do ombro. – Abra a porta, sim?

– Tomara que esteja nublado – anunciou Mayhem.

– Como ela mesma disse, não vou demorar.

Nos recessos da mente de Rio, ela tentou encontrar algum jeito de protestar que não levantasse suspeitas. Quando fracassou, ela só pôde observar Luke, sentindo-se impotente, mas não deixou de notar como era fácil para ele suspender um homem musculoso do chão. E peso morto era mais complicado de carregar porque era difícil de segurar.

Ela não conseguia imaginar ser fisicamente tão forte assim.

Quando Mayhem inseriu um código diferente no painel da outra porta, ela memorizou a sequência e se surpreendeu com o cheiro fresco de pinheiros quando a porta se abriu. A luz de uma luminária no teto iluminou todo tipo de construção nova, mas, como em tudo o que ela vira, nada havia sido pintado ou recebera mais do que algum acabamento básico.

Luke desceu quatro ou cinco degraus, parou diante de uma segunda porta reforçada – e olhou para trás, para ela.

Por um momento que pareceu uma eternidade, ele encarou Rio como se estivesse memorizando o seu rosto.

– Você também pode confiar em Apex – disse ele, rouco. – O bastardo é um sociopata, mas ele sente que tem uma dívida com você, portanto, você está segura com ele.

Deus, ele estava se despedindo.

– Que diabos há lá fora? – perguntou ela.

Mayhem a puxou de volta para os aposentos e fechou a porta. Apoiando as costas na porta, ela cerrou os olhos com força.

E eles esperaram. E esperaram…

… e esperaram.

Enquanto o tempo se alongava, Mayhem começou a andar ao redor, com as mãos nos bolsos, fora dos bolsos. Ele olhou para o relógio no punho – aquele que, na verdade, não estava lá – e, pela primeira vez, Rio percebeu o que ele vestia. O mesmo tipo de moletom folgado de Luke. E as botas iguais. As calças também.

Era como um uniforme.

– Há quanto tempo ele saiu? – ela perguntou num rompante. Porque vinha perguntando a si mesma, preocupada.

De repente, ele se virou para ela, pegou uma arma tão grande que se qualificaria como um canhão e a estendeu para ela.

– Você tem que sair e ver como ele está. Eu não posso.

Rio nem hesitou. Segurou a quarenta milímetros.

– Abra a porta agora.

O homem se aproximou do painel.

– Escuta, enquanto estiver lá fora, eu não vou poder ajudá-la. Você estará por conta própria. Só, por favor… traga-o de volta. Ele sabe ser um babaca, mas eu meio que gosto dele.

– Não se preocupe. Eu cuido dele.

O sol estava baixo no horizonte, num ângulo agudo, seus raios embaçados pela inclinação sazonal da Terra em relação ao seu eixo. Até havia alguma cobertura de nuvens no céu e, para completar, árvores ao redor – certo, sem muita coisa nos galhos, mas troncos e ramos não são invisíveis.

No entanto, Lucan não conseguiu se afastar mais do que meio metro porta afora.

Sim, havia uma cobertura, mas ela não resolvia porra nenhuma quando a grande bola de fogo estava tão perto do horizonte: a posição baixa do sol significava que a luz dourada, ofuscante e sugadora de forças o atingira como uma tonelada de tijolos, com uma força que roubava seu fôlego. Quando ele cambaleou, deixou cair o corpo do guarda, mas isso não tinha importância.

De repente, ele não conseguia enxergar nada.

O mundo se transformou numa rampa branca disforme e ele girou, pensando estar de frente para a porta. Só que não estava. Esticou as mãos, mas não conseguiu encontrar a maçaneta. Não conseguiu encontrar o prédio.

Tropeçou em algo. Caiu. Levantou…

Queimação.

Seria a sua pele? Sim, era. E a dor era tão paralisante que ele aterrissou de cara na terra.

Puta merda, pensou. Era assim que morreria. Não conseguia acreditar.

Passara antes por diversas situações que poderiam ter lhe garantido o troféu da Luz Que Se Apaga, de acidentes a brigas, uma infecção quando era criança… e depois a temida transição, porque ele era mestiço e é assim que os vampiros amadurecem.

Porém, depois de sobreviver a todos aqueles ataques à sua mortalidade, ele viveu para descobrir que aquele pedaço de asfalto mais quente que uma travessa de forno seria onde aconteceria. Esse banho de sol era a resposta para a pergunta que todo indivíduo, quer fosse vampiro, quer fosse licantropo – e até mesmo humano –, se faz em algum canto obscuro da sua mente.

E o mais estranho era que... ele não conseguia parar de pensar em Rio.

Medo pela vida dela o fez tentar desesperadamente encontrar a porta. Lançando as mãos adiante, ele se arrastou para a frente, embora soubesse muito bem que poderia estar se afastando ainda mais da segurança...

– Luke!

A voz o confundiu. O que Rio fazia lá fora? Ah, certo. Aquele cenário branco ao seu redor tinha que ser o Fade – o lugar em que os vampiros passam a eternidade. E, olha só, no fim das contas a fêmea com quem queria estar vinha recebê-lo...

Merda!

– Rio – balbuciou –, você está morta?

– Venha, fique de pé.

No enorme abismo da sua dor, ele ainda queria agradá-la, fazer o que ela lhe pedia. Portanto, tentou ficar de pé.

– Porra – grunhiu quando algo o apertou pela cintura e o puxou para cima.

Ele se chocou contra algo duro, o rosto recebendo o pior do impacto; em seguida, perdeu o equilíbrio. Houve uma série de bipes. E outra série...

– Maldição, qual é a senha? – Rio ladrou.

Lucan cambaleou, e o colapso que se avizinhava acelerou como se fosse um bumerangue procurando pela mão que o lançara. Num minuto ele se sustentava contra a gravidade; no seguinte, estava na horizontal, o rosto de volta na terra, o corpo sem reagir a todo tipo de levanta, levanta, *levanta.*

Então, uma fração de segundo de relativo silêncio. Depois, um festival de ruídos.

Bang! Bang! Bang!

– Mayhem! Preciso da senha! Ele está morrendo! Qual é a senha?

Lucan lançou a mão na direção da voz de Rio e conseguiu segurar alguma parte dela, um tornozelo, talvez.

– Rio...

– Preciso da senha! Mayhem…

– Psiu. Rio. Me ouve. – Quando ficou claro que não fora ouvido, ele usou o que lhe restava de forças para gritar: – *Rio!*

Houve uma pausa, em seguida a voz dela estava bem perto do seu ouvido.

– Estou buscando ajuda. Só preciso conseguir ajuda…

– Presta atenção. – Quando ela se calou, ele falou rápido porque sabia que tinha pouco tempo. – Estou feliz por tê-la conhecido…

– Do que está falando? Eu preciso…

Lucan agarrou o ar; depois, por acaso, segurou a mão dela. Puxando-a para baixo de novo, ele disse rouco:

– Eu queria ter tido mais noites e dias, eu e você. Eu acho mesmo que poderíamos ter tido alguma coisa.

– Pare de falar. Poupe as suas forças.

Quando ele se calou, ficou sem saber se estava seguindo as ordens dela ou se só tinha parado de respirar de vez.

Desejou ter podido lhe dizer mais porque tiveram mais tempo juntos. Mais tempo, mais ambientes tranquilos, mais beijos.

Mais… amor.

Mas aquilo, seu coração moribundo sabia, não era algo que se concedia para os traficantes de drogas e para os mestiços.

Que pena.

CAPÍTULO 39

Em meio a uma fumaça que subia num redemoinho e a um cheiro terrível de carne queimada, Rio voltou a bater no painel de metal. Não conseguia ouvir o som das suas batidas ou o que berrava. Só sabia que Luke estava caído com o rosto virado para o chão ao lado de uma fogueira intensa e ela precisava levá-lo de volta para dentro.

– Mayhem!

Relanceou para Luke. Seu corpanzil estava largado e uma das mãos parecia estar fumegando – e ficou claro o que tinha acontecido. Embora não houvesse cheiro de gás no ar, ele evidentemente depositara algum tipo de catalisador no cadáver, jogara um fósforo, a explosão o havia atingido no rosto e o queimara. Num acesso de autopreservação, ele se jogara no chão para rolar, e ela nem imaginava como estaria a frente do corpo dele.

Deus, rezou para que os pulmões estivessem bem.

– Socorro! – ela berrou.

O fogo dobrava e redobrava ao lado dele, o calor emanando dos restos do guarda numa intensidade ainda maior. Se o fogo aumentasse ainda mais, ela teria que arrastar Luke para longe…

A porta se escancarou e algo a atravessou. Uma bolsa preta – não, o corpo do outro guarda, que fora usado como um aríete. Quando ela viu a escadinha curta, teve uma imagem de meio segundo de Mayhem com o braço erguido diante do rosto, desequilibrado, o corpo aterrissando nos degraus de pinheiro como se tivesse desmaiado.

Pouco antes de a porta se fechar, ela a segurou com o quadril, esticou a perna e a manteve aberta com o pé.

Depois disso, seus superpoderes foram ativados.

Embora Luke fosse uns 50 quilos mais pesado do que Rio, de alguma forma ela encontrou forças para segurá-lo pelos braços e puxá-lo na direção da escada. Naturalmente, o corpo ficou preso no maldito batente, mas estava na porta, mantendo-a aberta, e ela puxou, puxou, puxou...

Até que, finalmente, passou pela soleira. A porta começou a se fechar e ela teve um vislumbre final da fogueira, sentindo um último resquício daquele fedor terrível de carne queimada. Em seguida, a batida firme da porta, seguida de respiração. Respiração dificultosa. Dela. De Mayhem.

Mas não de Luke.

Ele estava horrivelmente inerte.

A porta no topo da escada se abriu e a voz de Apex mal foi ouvida acima dos arquejos.

– Jesus.

Coisas começaram a acontecer naquela altura, mas ela teve dificuldade para acompanhar. Apex ergueu Luke e o carregou para dentro, e depois foi a vez de Mayhem, como se fossem achas de madeira sendo empilhadas. Reunindo a própria coordenação – ou o que restava dela –, ela cambaleou degraus acima e tentou abrir a porta, que tinha voltado a se fechar sozinha. Estava trancada. Qual era a senha?

Apex a abriu antes que ela pudesse tentar uma vez.

– Eu te ajudo. – Ele a agarrou quando ela cambaleou para a frente. – Pra dentro.

Com um movimento ensaiado, como se estivessem dançando, ele a girou e ela sentiu um assento subir na direção da bunda quando as pernas afrouxaram. Precisou de um minuto para se recuperar; em seguida, olhou para o outro lado dos aposentos privativos. Viu Mayhem sentado no chão junto à porta. Luke estava sobre a cama, largado de costas, mas, pelo menos, estava respirando.

Não que fosse muita coisa.

Forçando-se a ficar de pé, ela se aproximou com as pernas instáveis e se sentou ao lado dele. As queimaduras no rosto não eram tão ruins, apenas uma vermelhidão inflamada, e o moletom estava intacto.

Era a mão que a preocupava, toda vermelha e inchada.

E também havia a questão dos pulmões. Era evidente que ele inspirara o fogo para ter uma reação daquelas; no entanto, não havia muitos danos externos no corpo.

– Temos que buscar tratamento para ele – sussurrou.

Todavia, sabia que nenhum deles concordaria em levá-lo a um médico de verdade.

Depois de um tempo, Mayhem, que, evidentemente, tinha se recuperado, e Apex começaram a falar. Ela não ouviu. Só ficou sentada ao lado de Luke, emanando pensamentos positivos para que ele ficasse bem.

Eu queria ter tido mais noites e dias, eu e você.

Sua mente era uma tempestade caótica, pensamentos demais rodopiando, nada aterrissando como deveria.

Não, espere, isso não era verdade.

Ela também desejou que tivessem tido mais tempo. E circunstâncias diversas.

– Acorda, Luke – disse com suavidade. – Por favor.

Não tinha esperanças de que fosse ouvida – muito menos de que ele respondesse. Mas suas pálpebras farfalharam e se abriram.

Olhos dourados brilhantes se fixaram em seu rosto com surpreendente foco.

– Oi. – Ela pigarreou quando a voz tremeu. – Você está seguro agora.

O olhar de Luke se moveu ao redor até que ele pareceu desistir dessa coisa de enxergar. Em seguida, ele disse algo que ela jamais esqueceria:

– Estou seguro… porque estou com você.

Rio ficou ao lado de Luke por... bem, ela não sabia exatamente por quanto tempo. Havia um banheiro por trás de uma divisória num canto e, de tempos em tempos, ela se levantava para encher um copo de água, certificando-se de que, quando ele despertasse, ela estivesse ali para ajudá-lo a erguer a cabeça e sorver uns goles. Ele se recusara a comer o pão e o queijo que Mayhem trouxera e colocara sobre a mesa junto a todos aqueles papéis escritos à mão. E Luke não parecia estar descansando quando estava inconsciente – mais parecia que desmaiava e recobrava a consciência num ciclo que dificilmente poderia ser considerado tranquilo.

Isso a fez lembrar-se de Kane.

E, falando no outro paciente com queimaduras, Apex, junto a Mayhem, estava do lado de fora, montando guarda diante da porta fechada, perto do corpo frio do Executor...

Luke produziu um som no fundo da garganta como, se estivesse tossindo, e ela se inclinou para mais perto dele. Passara bastante tempo encarando o seu rosto, rastreando com os olhos os ângulos e planos do malar, do maxilar, da testa. Parecia incrivelmente íntimo olhar para ele assim, sem que ele tivesse ciência do que ela fazia, como se estivessem separados por uma multidão e ela estivesse num canto escuro, admirando-o.

Especular sobre a vida dele era inevitável, e ela ficou se perguntando como ele fora parar naquilo, no tráfico de drogas, num lugar que tinha sua pseudoforça policial. Quem foram seus pais? Onde ele fora criado?

O que ele faria depois que esse período da sua vida tivesse terminado?

Se o fim daquilo não fosse uma cova.

Pensando bem, a única saída para ele seria a morte. Pessoas envolvidas demais no tráfico como ele não saíam daquilo vivas. E elas eram mortas de modo brutal.

Pensou no Charger daquele beco, no motorista alvejado. E se lembrou do cara morto junto à escada de incêndio.

E, por fim, o assassino contratado daquele apartamento – e quem é que poderia ter antecipado a entrada daquele cão enorme?

E, ah, também havia o Executor, em quem ela atirara.

Não, Luke não viveria tempo bastante para se aposentar: ele era apenas mais uma engrenagem na máquina que matara não somente o irmão de Rio, mas sua família inteira.

– Eu deveria odiá-lo – sussurrou para Luke.

Deveria odiá-lo por vender as mesmas drogas que arruinaram não só Luis, mas a sua mãe e depois o pai. Porque quando se trata de narcóticos ilegais é assim mesmo: você não tem que usá-los para se perder neles.

Às vezes, só é preciso que um filho seja usuário, e morra por causa disso, para levar consigo uma família inteira.

Incapaz de continuar parada, levantou-se do colchão e caminhou pelos arredores. Seu vagar inocente a levou até a mesa dobrável. Quando ela olhou para as colunas de números e cifrões, foi um alívio poder se concentrar em algo.

Eram provas inestimáveis, pensou. A questão era como tirá-las dali…

O telefone. Ela tinha aquele telefone.

Olhou para Luke e se certificou de que ele ainda estivesse dormindo. Em seguida, pegou o aparelho do bolso. Claro que estava travado, mas era um iPhone, portanto, ela deslizou o dedo pela parte de baixo da tela.

E acessou a câmera.

Desligando o som para garantir que ninguém ouvisse nada, ela puxou algumas das páginas e as ajeitou. A primeira foto que tirou saiu borrada porque sua mão tremia. Tentou de novo. Melhor.

Sentando-se, passou a fotografar cada página de cada pilha, tentando captar tudo o que podia em cada imagem. Depois de ter terminado, partiu para algumas folhas soltas, que tratavam de coisas como funcionários e grade de horários para os guardas. Havia também formulários de pedidos de alimentos. Em grande quantidade.

– É preciso alimentar todo mundo – ela murmurou. – Claro que sim. Farinha. Açúcar. Produtos enlatados.

Uma imagem repentina da cozinha do filme *O Iluminado* lhe veio à mente: Wendy e Danny Torrance sendo conduzidos por Dick Halloran pelo depósito de alimentos, repleto de imensas latas de vegetais, caixas de cereal e jarros de molho perfilados.

Devia haver um refeitório em algum lugar ali, pensou. E equipe de apoio, com funcionários cujo trabalho consistia em alimentar os outros. A logística era enorme…

A batida na porta junto à parede foi alta e, quando ela se assustou, derrubou o telefone. Felizmente, o aparelho aterrissou em seu colo, mas, quando a porta foi aberta, ela não conseguiu colocar o celular no bolso sem ser muito evidente a respeito. Deslizou-o para baixo da coxa e depois fez que se espreguiçava, esticando os braços acima da cabeça.

– Ele ainda está dormindo – disse a Mayhem. – Isso tudo é pra gente? Não terminamos nem o que veio da primeira vez.

O cara trazia outra bandeja grande nas mãos, com mais pão e mais do mesmo queijo, junto com latas de Coca e Sprite.

– Imaginei que gostaria de levar um pouco de comida quando fosse embora. – Ele deixou a bandeja na mesa, em cima dos documentos. – Não é muita coisa, mas vai encher a barriga. Também trouxe uma bolsa onde você pode colocar tudo.

– Obrigada.

Quando Mayhem se virou para ver o amigo, ela descobriu o pão com uma mão e empurrou o celular para dentro do bolso com a outra.

– Não sou exigente – ela disse ao tirar um pedaço e colocar na boca. – Hum… Ainda está quente.

– Recém-saído do forno.

– Cara, vocês têm de tudo por aqui, não?

– O suficiente para seguir em frente, pelo menos. – Mayhem sorriu. – Você é uma excelente enfermeira. Ele já está com uma aparência melhor.

– Está?

– Sim. Não está, Lucan?

– É esse o nome inteiro dele? – ela perguntou quando não houve resposta. Quando o cara só deu de ombros, ela relanceou para a porta de trás. – Você sabe que não vou embora até ele melhorar.

Mayhem assentiu.

– Imaginei. E ele vai querer se despedir de você.

– Como estão as coisas lá fora? Está tudo… bem?

– Descobriremos logo. O sol já se pôs e tudo está começando a se agitar. Não se preocupe, manteremos todos fora daqui. Além do mais, você sabe a senha da porta dos fundos. Eu vi que prestou atenção quando eu a digitei. Se der merda, você sai e corre como se a sua vida dependesse disso. Porque vai depender.

Ela pigarreou e abriu uma das Cocas.

– Está gelada. Engraçado como essas coisas podem parecer gourmet, não?

– Os padrões mudam dependendo de onde você está. Bem, preciso voltar pra lá. – O homem dirigiu-se para a porta e depois olhou por cima do ombro para ela. – Grite se precisar da gente.

– Na verdade, eu estava pensando em dar uma olhada lá fora para ver se a fogueira já apagou. Qual é mesmo a senha para entrar?

Os olhos de Mayhem se ergueram um pouco, ainda virados na direção dela, mas não mais para os olhos. Então, ela sentiu uma dor de cabeça chegando – ou talvez fosse a de antes voltando. De todo modo, praguejou e esfregou as têmporas.

– Pois é, deixa que eu me preocupo com isso – Mayhem disse numa voz baixa e séria.

– Mas o fogo pode chamar atenção – ela murmurou em seu desconforto. – Quer dizer, a questão de não trabalhar durante o dia é pra garantir que não haja nenhuma atividade, certo?

– Está tudo bem. Isso não é um problema.

– Eu só pensei que poderia ajud…

– Escuta, eu agradeço muito o que está fazendo por Lucan. E por Kane também. Sério, foi incrível. Além do mais, está na cara que você tem coragem e nos fez um favor com o Exibicionista. Mas não vou te dar a senha pra entrar no prédio. Sinto muito. Não posso fazer isso.

– Tá tudo bem. – Ela ergueu as mãos. – Eu só estou inquieta e procurando alguma coisa pra fazer até ele acordar de vez. Está tudo bem.

Mayhem assentiu mais uma vez.

– E, lembre-se, não importa o que aconteça, as pessoas deste prédio não têm como entrar aqui. Tampouco podem incendiar este lugar.

A parede é resistente a chamas. A mesma coisa nos fundos. Este lugar foi projetado para ser uma fortaleza.

– Obrigada.

Houve um instante de silêncio.

– Rio. Esse é o seu nome, certo?

– Sim.

– Nome legal.

Quando ele desapareceu pela porta, um tremor a trespassou. Alguma coisa estava errada naquilo, ela pensou. Alguma coisa…

Chacoalhando-se, ela olhou para Luke na cama.

– Paranoia *não* vai ajudar em nada aqui.

Com isso em mente, comeu um pouco do queijo. Tinha gosto forte, mas não desagradável. Junto ao pão? Bem, basicamente a melhor coisa que já colocara na boca – embora isso se devesse mais àquela coisa que as mães sempre disseram do que com a comida em si.

Que a fome é o melhor tempero. Ou algo desse tipo.

Levantando-se da mesa, pegou seu sanduíche improvisado e, sem se dar conta, analisou sistematicamente o local como se ele fosse a cena de um crime…

Bem, porque era mesmo. Três homens tinham morrido ali. Um deles – aquele pendurado na parede do lado de fora – por causa das suas próprias ações.

Inspecionou tudo, desde o banheiro até a parte reservada para a troca de roupa, a prateleira de armas…

Rio encontrou a chave do carro pendurada num gancho junto aos rifles. Chrysler. Um controle com uma única chave de cabeça preta. Enfiando-a no outro bolso, virou-se para Luke. Lucan. Qualquer que fosse o nome dele. Sua respiração estava melhor agora, embora isso fosse algo relativo. Ainda parecia sentir dor, pois as sobrancelhas estavam unidas acima do nariz.

Talvez ele precisasse de um pouco daquilo que dera a Kane, embora não estivesse tão gravemente ferido quanto o outro.

De volta à cama, ajoelhou-se e olhou para o dorso da mão dele, aquela tão seriamente queimada. E franziu a testa. A pele parecia… bem menos vermelha e inflamada, como se estivesse no meio do processo de cura, mas num ritmo muito mais acelerado do que seria considerado normal.

Pensou na aparência da queimadura quando eles estavam fora do prédio, no estacionamento de trás, junto ao fogo. Não que ela tivesse qualquer treinamento médico além das manobras básicas de ressuscitação e noções básicas de primeiros socorros, mas o ferimento lhe parecera ser de terceiro grau, com bolhas se assomando da manga na altura do punho até os dedos. Agora? Pareciam apenas queimaduras de sol, nada mais que isso.

Milagroso.

No fundo da mente, um sino de alerta que a salvara vezes demais começou a tocar de fato. Ele vinha ameaçando fazê-lo desde que ela e Apex se apressaram por aquele corredor no andar de cima – e do nada ele se envergou e teve que lutar para avançar por aquele lugar sem nada de errado como se participasse de uma corrida de obstáculos cujas barreiras eram produtos químicos radioativos.

Rio praguejou baixo e pensou no transe estranho em que o guarda a colocara naquela sala de trabalho, como a sua mão armada se abaixara por vontade própria.

Mas aquilo não podia ter acontecido, certo?

Afinal, quantas pancadas na cabeça levara nos últimos dias? Era mais provável que a sua mente estivesse funcionando mal do que algo místico estivesse acontecendo.

E mesmo assim ela não conseguia se livrar da sensação de que nem tudo era como parecia ser.

Rio permaneceu um pouco mais ao lado da cama, no chão, e depois disse a si mesma que precisava usar o seu tempo com sabedoria. Voltando para a mesa, pegou um pedaço de papel e um lápis do meio daquela bagunça. E se sentou de costas para a porta para o caso de ter que encobrir o que fazia.

Fechando os olhos, visualizou a clínica. A escada. A sala de trabalho com suas mesas e aquelas duas escrivaninhas e o engradado com quilos de drogas no canto.

Quando reabriu os olhos, começou a esboçar uma planta de tudo o que podia se lembrar naquela instalação. O esforço não só era informação que pretendia passar aos seus superiores… mas também lhe pareceu um teste de cognição das suas habilidades.

Se ela as perdesse naquela situação?

Seria uma mulher morta.

CAPÍTULO 40

A MEROS 50 QUILÔMETROS de onde Rio bancava a arquiteta amadora, V. retomou sua forma numa estrada rural no meio do nada. Enquanto aguardava que Rhage chegasse, pegou um dos seus cigarros, acendeu-o com seu Bic – que ele pegara no Buraco, muito obrigado – e olhou para as montanhas ao longe. O vale entre as duas cadeias montanhosas era plano, reto e estreito, e ele imaginou, se fosse desses que adoram a natureza, que encontraria paz e conforto naquele cenário. Do jeito que as coisas eram, ele era um filho da puta tecnológico e irritável, com desenvolvimento emocional retardado, complexo de Deus e gosto questionável para desenhos animados.

Bem, ele gostava de *Tom & Jerry*. Não que fosse mencionar isso perto do Lassiter.

Então, não, ele não ficava nada impressionado pelas coisas da Mãe Terra.

Rhage se materializou ao seu lado.

– Vamos lá. E deixa que eu falo, já que você resolveu ficar todo irritado com relação ao assunto.

– Não é culpa minha se vocês estão todos com essa ideia fixa na cabeça.

– Teimosia não é a sua coisa predileta?

Começaram a andar na direção de uma casa de fazenda tão pitoresca que V. quase engasgou com a aparência bucólica. Desde a varanda até a obrigatória árvore no jardim lateral, passando pela chaminé e pela bela e feliz disposição das janelas, ele pensou que, caso morasse num lugar como aquele, começaria a cagar raios de sol e Ursinhos Carinhosos.

Também estava ciente de que gostaria que Butch estivesse ali com eles – mas, por ser um mestiço, o ex-policial não podia desaparecer no ar e viajar na forma de moléculas espalhadas. Essa era a questão com a mistura das raças. Você herda algumas características dos dois lados, mas não escolhe quais. As suas características pessoais são adquiridas aleatoriamente pela salada de frutas da sua composição genética.

Portando, para Butch, a viagem era por terra, e levaria mais de uma hora para o Irmão...

Uma vibração subiu pelo corpo de V., sua medula se transformando num diapasão. Quando Rhage parou de repente e baixou o olhar para si, ficou evidente que o Irmão também tinha sentido.

– Isso é... – Rhage deixou as palavras pairando no ar e relanceou na direção da casa. – Quero dizer...

Naquele momento, a porta da frente da casa de fazenda se escancarou e uma fêmea de vestido longo e suéter folgado saiu apressada. Ela trazia ambas as mãos à frente e estava no meio de uma épica sequência de nãos.

– ... cio. Vocês não podem estar aqui!

O cio?, V. pensou. *Puta merda.*

A *shellan* do Jackal, Nyx entrara no...

– Quer que a minha companheira a ajude? – ele falou alto. – Jane pode trazer medicamentos para acalmá-la.

Posie, a irmã de Nyx, corou e balançou a cabeça.

– Isso não será... Não resolveremos a situação desse jeito. Foi uma surpresa, mas os ciclos das fêmeas podem ser imprevisíveis, ainda mais em períodos de estresse.

Ela voltou e fechou a porta. Depois desceu da varanda, indo na direção deles.

– Eu também estou de saída. Para... vocês sabem, lhes dar privacidade.

– Eles estarão seguros? – Rhage perguntou. – Durante o dia?

– Estão no quarto do porão. Certifiquei-me de que houvesse comida e… Pete já foi embora quando os primeiros sinais do período fértil começaram a aparecer. Eu só fiquei para organizar a casa e me certificar de que eles têm tudo de que precisam.

Que confusão, V. pensou.

Vampiras só entram no cio uma vez a cada década, aproximadamente – e isso era bom pra cacete. Os hormônios liberados eram incrivelmente poderosos e dolorosos. Sua *mahmen*, a criadora da espécie, fizera com que somente a cópula constante com um macho pudesse tornar a agonia suportável. Ainda assim, o ato sexual atenuava o desejo somente por um curto intervalo, de modo que os orgasmos tinham que ser constantes, por horas e horas. Ou isso ou as drogas. Na verdade, o ciclo era um sistema brutal, mas, levando-se em consideração a alta taxa de mortalidade das fêmeas nos partos, somente algo muito potente para fazê-las querer correr o risco de engravidar.

Ele se considerava um felizardo, pois sua Jane era infértil, devido à sua natureza híbrida – não porque não a teria ajudado em seu momento de necessidade, mas porque as estatísticas gestacionais o aterrorizavam.

– Aonde você vai? – Rhage perguntou a Posie.

– Para a casa nova do nosso avô. É onde Pete está. Volto antes do nascer do sol para verificar se estão bem. Mas Jack tem um telefone e… coisas para protegê-los.

Coisas = armas, a julgar pelo recato da fêmea.

– Avise-nos se eles precisarem de algo. – Rhage apontou com a cabeça para a casa. – O Jackal é um bom macho e só desejo o melhor para o meu meio-irmão.

V. ficou de boca calada porque achava que aqueles dois eram loucos. E se houvesse uma gravidez? O Jackal teria dezoito meses de preocupação, aflito com a possibilidade de o amor da sua vida, a fêmea à qual se afeiçoara, sangrar até a morte ao trazer sua frágil prole a este mundo frio e cruel.

– Você sabe como nos contatar – Vishous murmurou. Porque não queria que a extensão da sua cretinice ficasse aparente.

Muito bem, *tão* aparente assim.

– Obrigada – agradeceu a fêmea.

Aliviado em dar o fora dali, V. se desmaterializou do gramado e viajou para o norte e um pouco para o leste, sabendo que Rhage estaria logo atrás dele. Machos não apreciavam ficar perto de fêmeas no cio porque não tinham como evitar o fato de se sentirem afetados, e ninguém tinha tempo para todo esse drama.

A boa notícia? A questão toda de o Jackal se envolver na procura pelo campo de prisioneiros agora era irrelevante, pelo menos no futuro próximo. Se o casal ia cuidar daquilo do jeito tradicional, o macho precisaria de um parque de diversões aquático para se reidratar depois que tudo terminasse. E, em seguida, teria que esperar para ver o resultado. Ele não ia querer sair de perto da sua fêmea.

Melhor assim.

Um a menos para atrapalhar.

A Casa de Audiências ficava em Caldwell, num bairro em que as pessoas tinham portões na frente das entradas para carros, senhas de acesso em cada canto e uma sensação de importância hiperinflada quanto ao que queriam e quando queriam.

Ao retomar sua forma na parte dos fundos, junto à garagem, V. viu que a mansão imensa era uma beleza, mesmo ali de trás. Darius, o Irmão que construíra a mansão da Irmandade na montanha, construíra aquela casa também, e a usava como sua residência principal – até ser morto na explosão de um carro-bomba.

Depois de permanecer vazio por um tempo, o lugar agora era usado como terreno neutro para Wrath encontrar seus civis e arbitrar disputas, abençoar uniões e nascimentos, para cuidar de modo geral do bem-estar da espécie.

Abrindo a porta de trás, V. encontrou a cozinha cheia. *Doggens* uniformizados trabalhavam sem cessar, preparando iguarias assadas que seriam servidas na sala de espera para as primeiras audiências. Dali a poucas horas, o cardápio mudaria para sanduíches servidos com chá e cookies.

Erguendo a mão para os criados ele recusou café, chá, refrigerante, água, muffins, bolinhos e donuts caseiros. Tudo isso em três metros. Rhage, por sua vez, ficaria preso na teia de calorias e sairia dali com uma bandeja cheia de comida.

Pelos menos os cozinheiros saberiam que seus produtos eram apreciados.

Já no corredor, V. teve uma visão desimpedida da entrada da frente. As portas duplas da sala de jantar estavam fechadas, o que significava que Wrath estava em atendimento, e ele não o interromperia porque a notícia que tinha para dar – quem sabe sem muita satisfação – não era uma emergência…

– Ei, cara.

V. refez seus passos e inclinou-se para dentro da salinha de estar recém-redecorada. Butch estava no sofá que dava para a TV, o barulho baixinho do noticiário estranhamente relaxante, embora fossem apenas humanos falando umas merdas a respeito de outros humanos.

Mas, pensando bem, talvez por isso fosse relaxante. Nada daquilo o afetava.

– Dá uma olhada nisso. – Butch pegou o controle remoto e aumentou o volume. – Não é o seu alvo do centro?

Aproximando-se e sentando-se ao lado do tira, V. procurou por um cinzeiro para apagar o cigarro…

Ah, Fritz, você é o cara, ele pensou ao encontrar um bem ao lado do cotovelo.

Em seguida, parou de pensar em mordomos que antecipavam todas as suas necessidades, mesmo antes de você saber que as tinha.

À esquerda da cabeça do âncora, havia uma fotografia em preto e branco de uma mulher que – isso mesmo, ela se parecia exatamente com a que ele vinha seguindo pelos becos em busca de mais daquele veneno com a marca da cruz de ferro. Dos cabelos negros curtos aos olhos intensos que pareciam atormentados, ela era…

– Aumenta um pouco mais – disse ele, apesar de conseguir ouvir tudo muitíssimo bem.

– … do policial infiltrado do Departamento de Polícia de Caldwell que foi alvejado, provavelmente uma execução, e jogado no Rio Hudson, há boatos de que outra policial infiltrada esteja desaparecida. Nossas fontes dizem que…

Butch olhou para ele.

– É ela, não é?

– É, sim. – Bem, aquela sim era uma "surpresa!" de fato, uma notícia fresca que lhe importava. – Maldição, vamos ter que investigar de novo se alguém a matou por ela ser tira.

– Os vazamentos de informações do departamento para a imprensa sempre foram uma merda. Será que esses repórteres não têm um *mínimo* de decência? – O sotaque de Boston de Butch se acentuava quando ele ficava irritado. – Se essa mulher estiver nas mãos de algum dos traficantes que ela investigava, eles vão ver isso e matá-la. Se já não estiver morta.

O noticiário continuou:

– Um dos nossos repórteres conversou com o capitão Stanley Carmichael, enquanto ele participava de um evento de gala na casa de…

– Dá uma pausa? – V. pediu. – Quero uma foto dela.

Quando Butch apertou o controle, V. pegou seu Samsung e tirou uma foto da tela. A imagem da policial desaparecida estava uma merda, toda pixelada, mas ele a melhoraria mais tarde. Além do mais, nunca se esquecia de um rosto.

Ele nunca se esquecia de nada.

– Beleza, tirei. Obrigado.

Butch apertou o botão de novo e V. parou de prestar atenção quando uma repórter de roupa vermelha enfiou um microfone na cara de um homem mais velho. Enquanto um mar de smokings e vestidos de gala se agitava ao redor do confronto, o chefe de polícia ergueu as mãos e meneou a cabeça, todo "sem comentários". E, então, foco novamente na repórter, que relatou para os espectadores exatamente o que eles tinham acabado de ver.

De volta ao estúdio, e outro corte de imagem. Para uma coletiva de imprensa na qual…

O detetive de homicídios José de la Cruz – de acordo com o que estava escrito na faixa informativa na parte de baixo da tela – estava de pé diante de um microfone sobre um púlpito, dando uma declaração a respeito do policial que fora encontrado no Rio Hudson.

Uma repórter interrompeu as perguntas feitas ao mesmo tempo enquanto ele concluía sua fala:

– E quanto à policial que está desaparecida?

José olhou para a mulher.

– Não vamos comentar sobre…

– Então está negando que exista outra policial desaparecida…

– Não – o cara disse com firmeza. – Não vamos comentar boatos. Mais perguntas?

Quando a mesa de jornalistas no estúdio voltou a aparecer na tela, o âncora atiçou as teorias de conspiração. Butch colocou no mudo com ares de completo desgosto.

Enquanto V. acendia mais um cigarro, seu colega de apartamento se recostou e ficou pensativo. Depois olhou para ele e…

– Não – V. resmungou. – A resposta é não.

– Como sabe o que vou pedir?

Vishous exalou uma coluna de fumaça.

– Porque sou a porra do seu colega de apartamento. Por isso eu sei.

CAPÍTULO 41

LUCAN DESPERTOU NA CAMA do Executor. Embora seus olhos se esforçassem para focalizar, ele localizou Rio de imediato. Ela estava sentada a uns três metros, de costas para ele, inclinada sobre a mesa, escrevendo alguma coisa.

Antes que ele pudesse chamá-la, ela pareceu perceber seu olhar.

Endireitando-se, ela olhou por sobre o ombro.

– Oi.

Diante de uma refeição que fora trazida por alguém, ela tinha as sobrancelhas tensas e as mãos nervosas quando se aproximou dele. Por um momento, ele a observou como se não a visse há semanas, notando seu rosto pálido, o maxilar determinado, o corpo forte nas roupas amassadas que ela vestia há quanto tempo agora?

Ela era linda para ele, de uma maneira nada relacionada com a sua aparência física.

Pigarreando, ela disse:

– Como você está…?

– Faminto.

– Ah, eu cuido disso. – Ela pareceu animada, como se ajudar na sua recuperação fosse um teste pelo qual ela quisesse passar. – Aqui está.

Ela se moveu tão rapidamente ao buscar a bandeja que derramou um pouco da Coca-Cola que ele deduziu que ela estivesse bebendo, ao derrubar a lata com o dorso da mão. Com uma imprecação, ela enxugou tudo com uma camiseta que estava dobrada no encosto de uma cadeira. E então pegou a bandeja e a levou para ele, ajeitando-a no chão junto à cama.

Ajoelhando-se, ela pegou uma lata de Sprite e abriu o lacre.

– Como sabia? – Maldição, sua voz estava rouca. – Que não sou fã de Coca?

– Eu tinha 50 por cento de chance de acertar. É só isso o que temos.

Ele se esforçou para se erguer e, quando conseguiu, ela lhe passou o refrigerante e começou a afofar os travesseiros achatados em que ele estivera repousando – ainda que sem muito êxito, e não porque a roupa de cama fosse uma merda.

– Você está…

Lucan terminou a frase por ela.

– Estou bem agora.

Os olhos dela se abaixaram, como se Rio não quisesse que ele soubesse que estava preocupada com ele.

– Acho que a gasolina, ou o que quer que tenha sido aquilo, acabou por atingi-lo.

– Gasolina? Do que está falando? Ah, certo. – Jesus, ele tinha se esquecido de que ela desconhecia a sua verdadeira natureza. – Sim, sim. As chamas.

Porra. Que confusão aquilo tudo.

– Foi bem assustador – ela murmurou. – Eu pensei… Bem, não importa. Deu tudo certo.

Hora de mudar de assunto.

– Onde estão Apex e Mayhem?

– Do lado de fora da porta.

Graças a Deus, ele pensou ao levar a lata de Sprite aos lábios – com mãos surpreendentemente firmes, afinal. O que significava que ele não mentira ao lhe dizer que estava melhor. E quando o primeiro gole desceu sem problemas, ele tomou a lata toda de uma vez.

– Tem outra? – ele perguntou com um suspiro de satisfação.

– Sim, claro. – Ela voltou para a mesa. – Eu abro pra você.

Ouviu o barulho da lata sendo aberta e lá estava ele na número dois. Mais do que comida, o açúcar e o líquido eram exatamente do que ele precisava, e seus olhos finalmente voltaram a funcionar direito quando ele estava na metade da segunda.

– Você parece cansada – disse ele, logo se contendo. – Bem. Quero dizer. Você parece bem.

O sorriso dela saiu torto quando ela se sentou ao lado da bandeja no piso frio. Afastando os cabelos, àquela altura espetados em ângulos desconexos, ela parecia… Bem, ele só conseguia descrever como "adorável", embora essa não fosse uma palavra que ele associasse com sua força, franqueza e sensualidade.

Meneando a cabeça, ela murmurou:

– Só posso imaginar como estou agora…

– Você está perfeita. – Quando ela olhou para ele, de imediato ele deu mais um gole. – Estamos mais do que quites depois do que fez, Rio. Você me salvou lá fora.

– Que nada... Mayhem é quem estava com a senha. Ele abriu a porta.

– Você me tirou do chão e me carregou pra dentro. Não sei como conseguiu.

– Foi mais um arrasto. E eu estava motivada, o que mais posso dizer…

– Obrigado. – Quando uma emoção o assolou, ele desviou o olhar para longe dela. – Olha, tem um chuveiro aqui. Acho que vou aproveitar.

Largando o que restava da Sprite, levantou-se e deu ao corpo uma chance de despencar. Quando seu equilíbrio se firmou, ele foi direto para o canto azulejado do quarto. Havia uma divisória, e depois de abrir a torneira, tirou o moletom – com cuidado. A pele ainda estava vermelha em todo o peito, e mais ainda naquela mão afetada.

Que bom que não era a da adaga…

Rio apareceu no seu campo de visão na outra ponta do quarto. Estava diante da prateleira de armas, com a cabeça abaixada, a mão hesitando perto dos rifles perfilados, soldados prontos para receber ordem de atirar.

– Pode olhar pra mim – ele disse numa voz grave. – Não me importo. Nem um pouco.

A cabeça dela se ergueu e ela virou. Mas abaixou os olhos de novo.

– Só estou preocupada que você possa escorregar e cair.

– Existe uma solução fácil. Junte-se a mim.

Mas que porra ele estava dizendo?

Quando o silêncio se estendeu, ele sentiu como se seu corpo estivesse reabastecido de energia – e não por causa das calorias do refrigerante. Incrível como o instinto da vinculação conseguia acabar com todo tipo de dor e de sofrimento menor.

E com Mayhem e Apex logo ali do lado de fora? E a situação ainda momentaneamente tranquila?

Quando ela não respondeu, ele sorriu com tristeza.

– Ficarei bem. Pode se sentar e relaxar um pouco, não vou demorar.

– Eu queria que a gente fosse diferente – ela disse com um tom de derrota que ele não associava a ela.

Nós somos, ele pensou. *Mais do que jamais irá saber, por isso, você está tomando a decisão certa.*

E, no entanto, isso não o impedia de desejá-la.

– Só pra você saber – disse ele –, eu não mudaria nada em você. Mesmo sob essa luz horrível, com tudo o que passamos, você ainda é a fêmea mais bela que eu já vi.

As sobrancelhas dela se ergueram como se achasse que ele era louco. Em seguida, as pontas dos dedos tracejaram o próprio rosto.

– Eu me sinto tão velha... – sussurrou.

– Isso é da vida, não resultado dos anos que viveu.

Quando ela encostou as mãos nas bochechas e lágrimas lhe iluminaram os olhos, ele se afastou da água corrente e foi até ela.

– Eu não sou muito boa quando as coisas estão bem – ela disse emocionada. – Sou melhor quando elas estão ruins.

Bem, ainda estavam no campo de prisioneiros. E não de férias. Mas por que dar voz a esse lembrete?

Lucan esticou a mão e afagou seu cabelo.

– Infelizmente, eu posso prometer a você que essa tranquilidade não vai durar muito. Este… momento… não vai durar nada.

Enquanto ele a fitava, desejou abraçá-la. Quis beijá-la. Tocar no corpo dela para saber se, de fato, tinha voltado dos mortos, e ela também.

– Somos como baratas – ela disse ao abaixar as mãos. – Você e eu. A gente só segue em frente.

Seguindo o exemplo dela, ele também abaixou o braço.

– Não sei bem se isso é um elogio, mas como você se incluiu nele e tem um ego saudável, acho que deve haver uma interpretação positiva nessa coisa de ser barata.

– Não podemos ser mortos.

Ele se lembrou da luz do sol na pele – e não concordou com isso. Mas, pensando bem, não iria injetar realidade no otimismo insetífero dela.

Quando ela se concentrou nele, seus olhos estavam cheios de sombras.

Lucan esperou por… quem sabe uma fração de segundo. Depois voltou para o chuveiro e fechou a água.

Quando voltou para perto dela, ela riu sem jeito.

– Como é possível que você sempre cheire bem?

Eu me vinculei a você, ele pensou.

– Me dê a sua mão – ele ordenou.

O fato de ela ter obedecido o fez perceber como ela estava exausta. Quando se deram as mãos, ele a puxou para a cama.

– Não estou cansada – ela disse ao se sentar. – Sinto como se nunca mais fosse dormir.

Lucan se acomodou ao lado dela.

– Me conta sua história.

Os olhos dela se arregalaram.

– Que história?

Ele tinha que tocar nela de novo, não conseguia evitar.

– A história do seu sofrimento.

Sentada ao lado de Luke, a Rio parecia uma loucura que não estivesse conseguindo se conter. Depois de tudo o que acontecera nos últimos… Quanto tempo tinha sido? Cinco anos? Vinte e cinco? Um século? E agora, depois de ter sido atropelada por um carro, sequestrada, atacada, acolhida pelos traficantes de drogas que ela tentava prender, *agora* ela estava se descontrolando?

Mas algo tinha acontecido quando Luke acordou e olhou para ela. E depois que segurou a sua lata de refrigerante. E depois que pediu por outra. A humanidade do sofrimento e da recuperação dele fizera com que ela se esquecesse de toda aquela coisa de tira/criminoso. Eles eram apenas duas pessoas numa situação de merda, tentando sobreviver, e ela estava contente por ele não…

– Eu pensei que você ia morrer – deixou escapar.

Ela cobriu a boca com uma mão, e foi um alívio quando ele riu.

– Eu também pensei.

Assentindo, ela voltou a abaixar o braço e olhou para… o peito… extraordinariamente nu… dele. E para os ombros. E…

Tá, aquele abdômen tinha sido esculpido.

– Abra-se para mim, Rio – ele sussurrou. Depois, deu de ombros. – Se está preocupada com a sua privacidade, o que realmente pode acontecer? Sou só a porra de um traficante preso a essa vida, e não vou a parte alguma tão cedo. Não tenho ninguém, nenhuma família, nenhum amigo, por isso, não falo com ninguém a respeito de nada. Eu não conto. Sou um buraco negro sem importância.

– Não diga isso. – Ela enxugou os olhos que estavam marejados novamente. – Como pode dizer isso…

– É a verdade, e não há nada de errado em se admitir a verdade. Ela a libertará mesmo quando estiver no inferno. – Ele esticou um indicador. – Acredite em mim quando digo isso.

– Qual é a sua verdade? – ela perguntou.

– Acabei de contar.

Rio meneou a cabeça.

– Você não é um buraco negro. E eu posso provar.

Ele deu uma risada breve.

– Se usar uma longa equação matemática, vou ficar perdido. Números não são pra mim.

– Nem pra mim. Sou péssima em matemática.

No silêncio que se seguiu, ela o avaliou cuidadosamente – e soube que tentava memorizar como ele era. Queria guardar todos os detalhes dele pelo tempo que vivesse, desde os cabelos loiros e castanhos que se curvavam na testa até o modo como os lábios se entreabriam e o fato de que os seus olhos a meio mastro ganhavam uma cor ainda mais intensa.

Havia tantos motivos para se lembrar de que ela era policial e ele fazia parte de um empreendimento criminoso, e eles jamais ficariam do mesmo lado.

E jamais fariam amor.

Ou, pior, jamais se apaixonariam.

Ainda assim, ela esticou a mão pelo espaço que os separava e seus dedos tremeram sutilmente quando fizeram contato com um ponto bem acima do coração dele. A pele estava quente, mas não como quando ela a tocara para acordá-lo e ter certeza de que ainda estava vivo. Ele estava com febre, mas agora a temperatura tinha baixado.

– Eu sinto você – sussurrou. – Portanto, você existe... E isso não é ser nada.

Luke baixou o olhar para a mão em seu esterno, como se não conseguisse entender o que havia ali – ou talvez não conseguisse acreditar. E, na pausa que se seguiu, ela supôs que havia muitas coisas que ele poderia fazer agora: ele poderia beijá-la, poderia se afastar, poderia fazer piada e tentar diminuir a súbita intensidade que tomava conta dela e parecia estar tomando conta dele.

Em vez disso, ele fechou os olhos. E pôs uma mão sobre a dela.

– No que está pensando com os seus olhos tão fechados?

– Que fazia muito, muito tempo que o meio do meu peito não doía.

CAPÍTULO 42

QUANDO, POR FIM, Lucan reabriu os olhos, descobriu que o corpo de Rio estava curvado na sua direção, com o rosto erguido para o seu. Com as mãos entrelaçadas sobre seu coração e o silêncio suave do ambiente, ele inspirou fundo e ficou se perguntando como poderia explicar a significância daquele momento.

Pensando bem, ele não tinha certeza se queria que ela soubesse da importância de tudo aquilo.

Como um licantropo abandonado pelo seu clã, ele fora um órfão no mundo por muito tempo. Com ela agora? Ele se sentia… um membro da família.

– Eu queria… – sussurrou ela.

– O quê? O que você quer?

Rio se afastou um pouco e, infelizmente, levou a mão consigo. Quando os olhos dela se afastaram, ele soube que ela tinha ido para algum outro lugar em sua mente – e sentiu falta do contato da pele dela na sua.

– Eu odeio a ideia de que você esteja sofrendo. – Ela balançou a cabeça. – Eu odeio que qualquer pessoa sofra, na verdade. Sou uma tonta.

– Você tem um bom coração. Como isso pode ser ruim?

– É um pouco mais complicado do que isso.

– Não acho que seja.

– Quem te abandonou? – ela perguntou de repente. – Quem é a pessoa que fez com que se sentisse tão desvalorizado?

O que ele diria? O que poderia dizer?

– Foi um grupo inteiro de pessoas. Minha família, na verdade.

A cabeça dela pendeu para um lado.

– O que eles fizeram com você?

– Eles me colocaram aqui. – Quando ela pareceu confusa, ele se amaldiçoou por ter se esquecido de tudo que ela não sabia e não poderia saber. – Quer dizer, estou nesse ramo por causa deles. É uma longa história. Só saiba que… eu não escolheria fazer o que faço se houvesse outra saída para mim. Eu não estaria nessa vida se não fosse pelo que me aconteceu há muitos anos.

Quando ela abriu a boca, ele ergueu a mão.

– E não quis desrespeitá-la. Não a julgo nem a ninguém pelo modo como ganham a vida. Eu não estou em posição *nenhuma* de fazer críticas.

O sorriso dela foi contido.

– Engraçado. Você não escolheria essa vida e eu… eu também não, de tantas maneiras.

– Conta pra mim.

– Não faria sentido algum. – Rio se jogou na cama e seus olhos fitaram o teto. Em seguida, as palavras saíram num jorro. – Meu irmão, Luis, morreu de overdose aos dezesseis anos. Fui eu quem o encontrou. Eu era dois anos mais velha.

Lucan meneou a cabeça.

– Eu sinto muito, Rio. Isso é terrível.

– Mas a destruição não parou por aí. Minha mãe começou a beber depois que ele faleceu. Muito. Sofreu um colapso do fígado há dois anos, começou a fazer diálise e morreu seis meses depois. Não que fôssemos próximas, nem nada assim. Já o meu pai, ele foi embora logo depois do enterro do meu irmão. Simplesmente se foi. Não faço ideia de onde esteja e, depois de todos esses anos, isso vai continuar assim mesmo que eu o encontre, entende o que digo?

– Espere... ele simplesmente abandonou a sua companheira? Quer dizer, a sua esposa? E você?

– Ele disse que contraíra uma dívida que não tinha como pagar. Devia dinheiro para pessoas perigosas. Ou ele ia embora ou essas pessoas viriam para machucar a mim e à minha mãe. – Olhou para ele com uma expressão dura. – Mas ninguém nunca veio procurá-lo, então, talvez isso tenha sido apenas uma mentira. Algo que disse para a minha mãe para se sentir melhor. Eu não sei.

Depois de um momento, ela cobriu o rosto com as mãos e ele a tocou no joelho.

– Quer dizer que não tem parentes também.

– É verdade, estou sozinha. Mas tudo bem.

– Você não está mais sozinha.

Abaixando os braços, ela o fitou.

– Você não me quer, Luke. Não mesmo.

Ele teve que rir diante disso.

– Uma ova que não quero.

Rio corou de um jeito que o fez se apaixonar ainda mais por ela.

– Não me refiro a isso.

– Não sou o seu irmão, Rio. Você não tem que cuidar de mim e não tem que me salvar.

– A questão não é essa.

– Acho que é. Acho que está tentando salvar todo mundo, de tantas maneiras, porque não pôde fazer isso por ele. – Ele balançou a cabeça de novo. – Só não entendo por que não saiu de vez dessa vida. Não entendo essa lógica. Se as drogas mataram o seu irmão, por que está fazendo isso?

Os olhos dela voltaram para o teto.

– Como eu disse, é complicado.

Lucan só pôde assentir. Ele sentia que havia coisas que ela não estava contando, mas, considerando-se as merdas do tamanho de uma enciclopédia que ele guardava para si, ele não a culpava por não lhe contar tudo.

– Não quero mais falar – ela disse ao se sentar.

– Não a estou julgando, Rio. Saiba disso. Os detalhes não importam para mim, nem as suas escolhas. É você quem tem que estar em paz com elas, e Deus bem sabe que a vida pode nos colocar em situações em que não há nada além de escolhas difíceis.

Ela franziu o cenho e pareceu inspecionar as unhas, como se tivesse acabado de sair da manicure, embora não o tivesse feito.

– Você disse que a sua família o obrigou a entrar nessa vida – murmurou ela. – Você tem envolvimento com a máfia? Quer dizer, pelo tamanho da operação, suponho que não seja algo isolado, sabe? Tantas pessoas, tantos recursos.

– Chame do que quiser – ele se esquivou. Era uma verdade que fazia sentido para ela como humana? Ela que acreditasse nisso.

Deus, ele odiava todas as mentiras em que estava metido.

Mas e se ela um dia descobrisse que ele não era da raça dela? Ah, não. Ele não estava interessado em ver o horror naqueles olhos.

– Quem é? – ela insistiu. – Quem é a sua família?

Quando Rio lançou a pergunta, soube que Luke não a responderia. Se fosse da máfia – e considerando como ele ficara à vontade perto dos cadáveres daquele cômodo, com o tiroteio em Caldwell e com todas aquelas situações de merda, ela tinha que acreditar que ele era –, ele jamais lhe diria.

Também sabia que corria o risco de entregar seu disfarce. Se estivesse de fato envolvida com o tráfico de drogas tão profundamente como supostamente estava, ela jamais faria esse tipo de pergunta. Era algo que um policial faria.

Surpresa.

– Eu sinto muito – emendou rapidamente. – Isso foi totalmente inapropriado. Não estou pensando direito.

– Não importa com quem estou afiliado.

– Tudo bem. Só me importo com…

Entre um piscar de olhos e o seguinte, ela se viu de volta no chão daquele apartamento imundo, amarrada como um animal, prestes a ser seriamente ferida. E, depois, aquele cachorro. E Luke apareceu magicamente.

– Como se eu o tivesse invocado.

– O que disse? – perguntou ele.

– Naquela boca imunda. – Ela não se deu ao trabalho de esconder que estremecia ao acessar aquelas lembranças. – Foi como se eu tivesse chamado o seu nome e você tivesse ido correndo.

– Foi um golpe de sorte para nós dois.

– Tudo porque você tinha ido ver o Mickie.

Quando ela fez uma espécie de barulho de confirmação no fundo da garganta, odiou o fato de estar mentindo para ele, de só ela saber que estavam em lados opostos, e de um jeito que ele jamais suspeitaria. Não eram fornecedor e traficante, fitando-se em uma figurativa mesa de negociações. Eram policial e criminoso – e ele terminaria atrás das grades, junto com todos os outros envolvidos ali. Ele certamente seria condenado a décadas de encarceramento pelo crime de tráfico, sem falar da lavagem de dinheiro, que inevitavelmente fazia parte de uma operação daquele porte. E também havia o tráfico humano, que, em seu íntimo, ela sabia que também ocorria.

A menos que todos aqueles cubículos, todas aquelas estações de trabalho, fossem para outra coisa que não acomodar pessoas em situação de trabalho forçado sem remuneração.

– No que está pensando agora? – perguntou ele.

Nada de bom.

– Nada, na verdade.

Quando ela olhou para ele, fitou-o nos olhos, naqueles incríveis olhos amarelos.

– Posso perguntar uma coisa? – disse ela.

– Qualquer coisa.

– Você não teria mesmo escolhido essa vida?

Demorou um pouco para ele responder. E sua expressão ficou tão grave, a voz, tão profunda, que ela sentiu como se ele estivesse partilhando uma parte de si que não esperava recuperar.

– Eu odeio isso aqui. – A voz dele ficou rouca. – Odeio tudo sobre esse lugar. É cruel. É desumano. Esta não é uma existência que qualquer pessoa poderia querer. As coisas que vi... as coisas que fiz... eu estava meio morto quando fui colocado aqui. E eu não sabia o quanto mais tinha afundado até vê-la debaixo daquela saída de incêndio.

– Não sou nada especial.

– Você está tão errada nisso. – Ele riu de leve, e ela teve a impressão de que ele tentava desanuviar o clima. – Primeiro, eu a vi ser atropelada por um carro e sair andando do acidente. Isso requer habilidade. E agora sei que você é boa de mira, mas não temos que falar sobre isso.

Os olhos dela se desviaram para a mancha de sangue no chão.

O dedo dele, acariciando de leve seu queixo, puxou seu rosto de volta para o dele.

– Ele mais do que mereceu. E não só pelo que estava prestes a fazer com você. Ele era um pedaço do mal na Terra, um assassino doentio e pervertido. Tente não pensar nisso.

– Por que salvou a minha vida tantas vezes?

– Eu não tinha nada melhor pra fazer. – Ele deu uma piscadela. – Em todas as três vezes.

Rio teve que rir.

– Para. Estou falando sério.

– Tudo bem. Eu precisava do exercício. Que tal isso?

Cobrindo o sorriso com a mão, ela bateu no ombro dele.

– Isso não é engraçado...

– Eu pensei que talvez pudesse me apaixonar por você, e não quis que um carro, uma bala e nenhuma porra neste mundo se metesse no caminho. É isso.

Rio piscou, seu coração parou.

– Você não está falando sério.

Chega de brincadeiras agora; ele ficou muito sério.

– São as minhas palavras. Eu as escolhi porque sei o que significam.

– Você não me conhece.

– E você não me conhece.

Encarando-o, ela observou:

– Bem, eu não acabei de dizer que me apaixonei por você.

– Eu disse que eu poderia.

Pare, ela ordenou a si mesma. *Pare com isso agora.*

– Hummm... E isso aconteceu? – ela sussurrou. Em seguida, ergueu uma mão. – Não responda.

– Então, por que fez a pergunta?

Rio desviou o olhar. Fitou-o de novo. E não conseguiu evitar cair numa fantasia.

– Você poderia deixar essa vida, sabe? Você não tem que estar aqui. Quer dizer, você poderia... você poderia simplesmente sair por aquela porta lá atrás e não voltar nunca mais. As pessoas desaparecem o tempo todo. O meu pai fez isso. Você poderia fazer o mesmo.

– Não é simples assim – ele disse numa voz oca.

Merda, ela o estava aconselhando a se tornar um fugitivo da justiça?

Acomodou as mãos dele nas suas.

– Você pode fugir de tudo isso e, não sei, talvez procurar a polícia. Poderia contar tudo o que sabe em troca de imunidade e um programa de proteção a testemunhas...

– Por que está tentando me fazer sair se precisa de mim para negociar com você?

Rio piscou e percebeu que talvez tivesse acabado de se denunciar.

– Porque prefiro negociar com alguém com quem eu consiga ser objetiva. E isso é praticamente impossível com você.

O sorriso dele foi lento. Sensual.

– Está me dizendo que sente o mesmo que eu?

– Não.

– Está.

Rio respirou fundo.

– Eu não sei.

– Acho que sabe. – Quando Luke se inclinou na direção dela, o seu perfume, aquele maldito perfume que ele insistia em dizer que não usava, entrou direto pelo seu nariz, chegando à sua corrente sanguínea. – E acho que você quer exatamente o que eu quero agora.

CAPÍTULO 43

O ROSTO DE RIO ESTAVA tão próximo do seu que Lucan só tinha que se inclinar um pouco mais para beijá-la – e ele sabia que, se começasse, aquilo não pararia ali. O cheiro dela tinha mudado, a excitação dela subia, equiparando-se à sua.

Pro inferno com tudo, ele a queria.

– Vamos fazer isso? – sussurrou ela.

– Sim, nós vamos.

Não houve hesitação da parte dela quando ele diminuiu a distância entre as bocas. Quando ele pressionou os lábios nos dela, teve que se conter – ou as roupas seriam rasgadas sem possibilidade de conserto. Do jeito que estavam as coisas, ele já a estava deitando de costas na cama, movendo-se sobre ela, prendendo-a com seu peso.

Maldição, ela agarrava suas costas nuas com as mãos, enterrando os dedos em sua pele – e ele desejou que ela tivesse unhas compridas para poder arranhá-lo como devia, arrancando sangue, fazendo-o gemer com a combinação de prazer e dor. E havia outras coisas boas acontecendo com ele. Quando ela mudou de posição para ficar embaixo dele, a ereção encontrou seu caminho entre as coxas dela.

Ao diabo com as unhas. Ele queria a maciez sensual dela ainda mais.

Quando ele penetrou a boca dela com a língua, rolou de lado e desceu a mão ao longo da cintura dela, subindo pelas costelas, ao redor do seio. Com um movimento inquieto, ela girou o tronco…

E se colocou bem na palma dele.

Através da camiseta e do sutiã, ele esfregou o mamilo com o polegar – e, quando ela gemeu em reação, tornou-se água debaixo dele, fluida e graciosa. Também exigente, porém, e muito, muito ávida.

– Quero ficar nua – disse ela com urgência.

Eram dois, então. Ele também queria que ela ficasse pelada.

Lucan recuou.

– Me dá um segundo.

Beijou-a de novo. E uma terceira vez. E soube que, se era para se afastar daquilo, afastar-se dela, por um tempo maior do que o necessário para apenas arrancar as calças, era melhor que fosse logo.

– Eu já volto.

– Não demora – ela sussurrou.

– Pode apostar que não.

Com um salto digno de um *tackle* em um jogo de futebol americano, ele se lançou para a porta que dava para o corredor. Ao inserir a senha, golpeou a sequência de teclas como se estivesse atacando os olhos do inimigo. Escancarando-a…

Mayhem apareceu na cara dele.

– O que aconteceu? Ela…

– Preciso de um pouco de privacidade.

Embora fosse um cara que permanecia relaxado mesmo em uma rinha de cães, Mayhem ficou estressado.

– Pra quê?

– Sério?

O outro cara piscou como se não entend…

– Ah…

– É, *ah*. – Lucan olhou pelo corredor. – Alguma coisa acontecendo?

– Apex desceu para dar uma olhada no Kane porque o refeitório está abrindo, a barra vai continuar limpa por mais um tempo. Uns trinta minutos, mais ou menos? Os guardas estão pra trocar de turno, porém. Talvez você queira esperar com essa merda de privacidade.

O cacete.

– É só bater se precisar entrar. E espere um segundo.

– Lucan.

– O quê?

Mayhem olhou para o outro lado.

– O quanto você sabe a respeito dela?

– Como é? – Enquanto o outro prisioneiro continuava olhando para longe, Lucan mostrou as mãos em um sinal de "você é idiota?". – Sei que ela se ofereceu para ajudar Kane. Sei que ela me arrastou para dentro quando eu estava morrendo na luz do sol. Que diabos mais eu tenho que saber sobre ela?

Quando o macho vinculado dentro de si começou a se fazer presente sob a sua pele, ele teve que se conter nessa porcaria de possessividade bem rápido. Seu lobo reagia de imediato em defesa ao seu território. Junte a isso a sua atração sexual por Rio...

Ele muito bem podia ser uma bomba prestes a explodir.

– Cuidado com ela – murmurou Mayhem. – É só o que estou dizendo.

– E eu vou te dar um conselho: não fale da minha fêmea com ninguém, nem comigo mesmo. Você não vai gostar do resultado.

Mayhem meneou a cabeça e ficou olhando para o corredor deserto com suas portas fechadas e luz fraca.

– Tudo bem, entendido – foi só o que ele disse.

Sábia decisão, Lucan pensou ao voltar para os aposentos. *Decisão boa pra caralho.*

Quando Luke saiu para o corredor, Rio cobriu o rosto com as mãos embora estivesse sozinha. Ela ia mesmo fazer aquilo? De verdade?

Abaixando os braços, ela rolou de barriga para baixo e ficou imaginando o que Luke estava dizendo para Mayhem ou Apex. Ele segurava a porta aberta com o pé, mas falava tão baixo que ela não conseguia entender as palavras. Além da conversa, porém, em termos de o restante do lugar começar a se agitar… não ouviu nada em particular, o que ela interpretou como um sinal de que qualquer levante já tinha sido contido ou ainda estava para acontecer…

De repente, Luke se virou, deu um passo à frente e fechou a porta. Quando seus olhos se encontraram, ela sentiu como se houvesse uma máscara diante das feições dele, mas os olhos… Ah, aqueles olhos. Não havia como disfarçar o que havia neles.

E, embora continuasse parado, era evidente que ele lhe fazia uma pergunta.

E ela deduziu que era melhor lhe dar uma resposta.

Com um giro lento e sensual na cama, Rio voltou a ficar de costas e deixou a cabeça pender na beirada do colchão. Sabia que era observada, então moveu uma das mãos pela lateral do pescoço e lentamente a deslizou na direção da clavícula. Mais para baixo, entre os seios. Ainda mais e já estava no estômago.

Então parou quando repousou no meio da pelve.

– Eu te quero. Agora.

– Jesus Cristo, fêmea – ele grunhiu.

Quando Luke avançou na direção dela, fitou-a por baixo das pálpebras abaixadas, o andar de um predador, a ereção forçando a frente das calças. Com todos aqueles músculos se estendendo para preencher os ombros, os peitorais, o abdômen… ele era espetacular demais para ela resistir.

Não que "não" estivesse em seu vocabulário no que se referia a ele.

Ele parou diante dela e, quem diria, a vista de cabeça para baixo era tão espetacular quanto as outras que ela vinha apreciando: o tronco dele ficava magnífico daquele ângulo.

Só que, nessa hora, ele imprecou.

– Não podemos fazer isso agora – disse mal-humorado.

– Não? – Rio se arqueou e, sim, os olhos dele foram diretamente para onde ela queria que fossem: seus seios. – O que está acontecendo lá fora?

– Pessoas vão chegar. E não temos muito tempo.

– Sério? – Ela ergueu os joelhos e esfregou as coxas, uma na outra, para frente e para trás, para frente e para trás. – Então só temos que ser rápidos.

– Os guardas vão trocar o turno logo.

– Mas não agora. – Que diabos ela estava dizendo? Estava mesmo... – Não agora, *agora*, certo?

Luke começou a arfar, os músculos abdominais se esticando enquanto o peito se expandia para cima e para baixo. Por trás do zíper, a ereção dele se moveu.

Rio arqueou a coluna de novo e esticou os braços. Unindo as mãos atrás das coxas dele, fez um pouco de pressão nos músculos posteriores. Se ele não seguisse adiante, ela desistiria. Não imploraria sexo a ninguém, nem mesmo para ele. Mas se ele...

Luke diminuiu a distância, de modo que o topo da cabeça dela repousou na frente das pernas dele. Quando ele a fitou de cima, seu maxilar começou a ranger.

Abrindo a boca, ela passou a língua pelos lábios. Depois mordiscou o inferior.

– Porra – ele sussurrou.

Esticando a língua de novo, ela lambeu de um lado a outro e... abriu bem a boca.

Os olhos de Luke se contraíram e a cabeça dele pendeu para trás. Mas as mãos se moveram para a frente.

Eram mãos grandes, fortes, com dedos grossos. As veias que percorriam o dorso delas destacavam-se em alto-relevo.

Ele desabotoou a calça.

– Tem certeza de que quer isso?

– Não vou implorar. – Ela também colocou uma mão sua para trabalhar, movendo-a para a frente da camisa. – De todo modo, não poderia ser hora pior, certo?

– É uma péssima hora. – No entanto, o zíper desceu. – A pior.

– Não teria como ser pior. – Ela desenhou um círculo ao redor do seio, imaginando o toque dele, os dedos dele. – Nunca.

– Jamais.

A ereção que se libertou da braguilha era grossa e comprida – e, ah, Deus. Grande. Quando ele a envolveu com sua bela mão, ela mordeu o lábio inferior de novo.

– Rio…

Quando ele hesitou, ela meneou a cabeça e continuou a acariciar o seio por cima da camiseta.

– Não vou nem dizer "por favor". Não prenda a respiração esperando por isso. Me dê o que eu quero ou não. Vou ficar bem de todo jeito. Você, por outro lado, talvez fique desconfortável pelo resto da noite.

Com a outra mão, ela foi para o meio das pernas, afastando-as um pouco, tocando-se por cima das calças, por cima da calcinha… por cima da loucura que evidentemente levara a melhor sobre o seu juízo. Naquele momento, porém, só o que ela sabia era que estava cansada de travar uma guerra com um inimigo intangível e desinteressado do dever, do fazer, do poder. Há muito, muito tempo mesmo ela não era apenas uma mulher, mas olhando para Luke agora? Era impossível fazer qualquer outra coisa que não fosse sentir.

E, sim, claro, pode ser que a(s) concussão(ões) tivesse(m) apagado a parte do seu cérebro responsável pela avaliação de riscos.

Mas ela não estava nem aí.

– Não recebo nem um por favor? – murmurou Luke.

– Não, isso é tarefa sua. Você implora.

– Eu? – Quando ela assentiu, ele afagou o pau com a mão. Para cima, para baixo. – Dizendo…

– Rio, você pode, por favor…

– Por favor o quê? – Mais uma afagada. Até a cabeça grande. – O que vem depois disso?

– Não consigo me lembrar. Lamento. Vai ter que descobrir sozinho.

Ela levou os dedos para a boca, empurrando-os para além dos lábios. Depois deixou os olhos revirarem para trás enquanto os enfiava e tirava. Bem para dentro antes de tirá-los de novo.

– Ah, *cacete*, Rio, por favor, chupa o meu pau – ele disse num rompante.

CAPÍTULO 44

AQUELA BOCA.

Aqueles lábios.

Aqueles dois dedos entrando e saindo daquela boca e daqueles lábios, entrando e saindo, entrando e saindo – e depois foi a vez da língua. Enquanto Rio lambia os dedos molhados, a sua língua rosada e habilidosa...

Lucan despencou do penhasco e lançou uma combinação de sílabas. Ele não soube bem o que disse, mas "POR FAVOR" foi a parte principal.

Exatamente como ela queria que fosse.

E, inferno, no ritmo em que ela estava, ele teria lhe dito qualquer coisa que ela quisesse – as capitais dos estados, nomes de países. Uma maldita lista de compras.

– Muito bem – murmurou ela –, já que está pedindo com tanta educação.

Os braços dela se estenderam novamente e ele sentiu as mãos dela deslizarem por trás das suas coxas uma vez mais.

– Me dá – sussurrou ela. – Me deixa sentir o seu gosto.

Com uma sensação de irrealidade, Lucan afastou as pernas e conduziu a ereção latejante na direção da...

A língua veio primeiro. Ela lambeu a ponta, tilintando-a e provocando um pouco mais até que as pernas dele tremessem. Em seguida, quando ele estava para se descontrolar, quando seu braço inteiro tremia, quando o jorro estava para acontecer...

Rio abriu a boca e o engoliu.

O choque de receber exatamente aquilo que mais desejara o deixou momentaneamente entorpecido – e esse foi o único motivo de não ter gozado de pronto. E então houve a visão incompreensível da sua largura esticando os lábios dela, do branco dos seus dentes inferiores aparecendo, da profundidade da sua garganta tão exposta...

Tão tentadora para as suas presas.

Quando elas tiniram e se alongaram, uma rajada fria de alerta o trespassou. Não, não podia pensar nisso. Não podia deixar aquela fantasia de mordê-la, de sugar algo dela em seu íntimo, fosse tão longe assim.

Ele já estava perto de perder o controle e não a machucaria, não poderia machucá-la de maneira nenhuma – nem colocar a vida dela em perigo ao chupar todo o seu sangue.

– Hummmm – ela gemeu ao engoli-lo de novo.

– Preciso tocar em você – ele grunhiu. Ou algo assim. Mas que porra estava saindo da sua boca?

Inclinando-se sobre ela, concentrou-se nas calças, atacando o zíper com mãos atrapalhadas, muito atrapalhadas. Nesse meio-tempo, ela assumiu o controle de onde ele estivera segurando, mãos apertadas, bem apertadas ao redor dele, começando a bombeá-lo enquanto o chupava.

Desceu o que lhe cobria a parte de baixo do corpo e ela o ajudou na tarefa, chutando as botas para fora dos pés, descendo o tecido com os dedos dos pés...

Tudo bem, ele quebrou a sua regra de nada de mordidas quando se inclinou mais para baixo e arrancou com as presas a faixa lateral da calcinha. E, para deixar tudo igual, porque o que é justo é justo, ele arrancou a outra lateral que estava do outro lado do quadril com as mãos.

Lucan partiu logo com a boca. Afastando bem as coxas, ele começou com os lábios, atiçando-lhe o sexo enquanto ela o chupava, o prazer se tornando nuclear...

Quando ela gritou, ele só percebeu por causa da respiração quente dela e da inalada fria, que o levaram ao limite.

Ou não. Talvez fosse o gosto dela. A sensação de deslizar dentro dela. O modo como ela se virava de lado enquanto se retorcia em êxtase, ele sendo forçado a voltá-la para a posição.

Ou... pode ter sido o modo como ela girou o quadril contra o rosto dele enquanto gozava. Ao mesmo tempo que ele gozou.

Foi o sexo mais perfeito da sua vida.

E ele nem a tinha possuído ainda.

Deus, por que não tinham mais tempo?

Isso conta como uma rapidinha, né?, Rio se perguntou enquanto abria a água do chuveiro, abria a boca...

... e se lembrava do que estivera dentro dela poucos momentos antes.

Fechando os olhos, sentiu um latejar entre as coxas e reviveu a sensação da língua de Luke dentro dela, dos lábios que a chupavam e do...

Ela abriu os olhos e apanhou o sabonete.

– Não é a hora, não é o lugar.

Mas *caramba*.

Embora sua rápida, superveloz, supersônica sessão tivesse sido, bem, *rápida*, ficou claro que o homem tinha talentos escondidos e estava disposto a partilhá-los com ela. Ele também tinha energia para durar dias, o que ela considerava um elogio. Ficaram juntos por uns dez minutos, no máximo, mas vários orgasmos acontecerem em ambas as partes...

Quando a excitação fechou sua garganta e a forçou a respirar fundo algumas vezes, ela se virou para que o jato d'água molhasse seus cabelos. Quando ela nivelou a cabeça e abriu os olhos de novo, Luke estava recostado na parede e a observava, com os braços cruzados e um sorriso no rosto. Estava completamente vestido, usando calças de combate pretas e uma blusa com gola alta preta que o fazia parecer integrante de uma milícia.

Retribuiu o sorriso dele.

– Você é linda, sabia? – ele disse.

Rio passou as duas mãos pela cabeça, empurrando a água para trás do crânio. Ao fazer isso, seus seios balançaram, pesados, brilhantes. Ansiavam pela atenção dele, e ela queria que ele soubesse disso.

E, a julgar pela direção do olhar dele, podia apostar que a mensagem fora recebida.

– Quer se juntar a mim? – perguntou.

– Sim, quero. Pra cacete.

Aqueles olhos subiram e desceram vagarosamente – e ela decidiu que ele merecia uma boa olhada da sua parte de trás, por isso, girou sobre um pé. Quando relanceou sobre o ombro, ele esfregava o queixo como se aceitasse tudo o que ela lhe oferecia.

E estivesse pensando por onde começar.

Só que, de repente, ele desviou o olhar, direcionando-o para a porta. A carranca que se formou em seu rosto só podia significar uma coisa.

– Coloquei as suas roupas logo ali – disse ele ao se virar. – Na cadeira.

Rio fechou a água e o som dela escorrendo pelo ralo foi alto. Não havia toalhas, porque, bem, aquele não era o Hilton, então ela saiu da parte azulejada e tirou o excesso de água dos braços, das pernas e da bunda com as mãos.

Vestir o sutiã exigiu algum esforço porque o tecido ficava grudando na pele molhada. Quando ele ficou no lugar, ela pegou a camisa que ele lhe dera e vestiu também as calças. A calcinha estava completamente inutilizável. Dobrou-a e a enfiou no bolso de trás.

A camiseta e o moletom que ela estava usando no início, agora inutilizados, ela deixou largados no chão.

Ao dar a volta na divisória, viu Luke ao lado da cama, enfiando uma arma na cintura das calças de combate que vestira.

– Você não pode sair por ali – disse com voz áspera. – Se for encontrada, a coisa vai ficar feia.

Foi quando ela ouviu as vozes. Do lado de fora da porta. Altas, insistentes.

– Onde está a sua arma? – ele exigiu saber.

Rio foi até a mesa e apanhou a arma.

– Aqui.

Luke a encarou. Depois se aproximou.

Ela nem hesitou. Lançou os braços ao redor dele e o abraçou com força por um breve momento.

– Por favor, tome cuidado – disse ela.

Deus, a ideia de que ela poderia não sentir mais o cheiro daquele perfume… e o fato de que não o sentia agora porque ele passara alguma coisa no corpo, algo parecido com o incenso da clínica.

Afastou-se rápido.

– Melhor do que isso, vamos embora juntos. É só a gente sair por trás e…

– Rio, eu não posso…

– Sim, você *pode*. Estou falando sério sobre deixar essa vida. Você poderia se libertar disto e…

– Não é assim que funciona e você sabe disso.

– Mas eu posso ajudar.

– Não, não pode. Além do mais, como seria para você? Se eu sair e você ainda estiver metida nisso? Já pensou por esse lado?

– Você não tem que se preocupar comigo.

– Então você acha que eu vou trabalhar para o seu Mozart? Isso não vai acontecer. – Ele passou uma mão pelos cabelos e baixou o olhar para a mancha de sangue no chão, ainda vividamente vermelha. – Eu não sei, talvez eu consiga me afastar por um tempo, quem sabe? Mas não em Caldwell. O seu mundo… não é o meu.

– Poderia ser.

– Não, não poderia. E você sabe disso. – Sua mão grande e quente a afagou no ombro com suavidade. Depois ele ergueu alguma coisa. – A propósito, isso caiu do seu bolso quando fui pegar as suas roupas.

Pendurada em seu indicador estava a chave do Chrysler.

Com o maxilar travado, ele a depositou na mão dela, fechando-a. Depois assentiu.

– Quero que você saia agora. Saia pela porta de trás e vá embora dirigindo…

Um tiro ecoou no corredor e ela se sobressaltou.

– Adeus, Rio.

Levada por uma onda de emoção, ela ergueu o rosto para um beijo. Mas ele não aconteceu.

Ele resvalou sua bochecha.

– Cuide-se e não olhe para trás. É assim com os sobreviventes, lembra?

– Eu não quero só sobreviver. – *Sem você*, acrescentou para si mesma.

– Às vezes, é o melhor que alguém consegue ter.

Quando ele se virou de costas, ela ergueu a voz.

– Você disse que me amava.

Bem, não exatamente. Mas, em seu desespero, ela estava disposta a jogar todas as cartas de que dispunha.

Luke parou. Então olhou por cima do ombro.

– É possível amar alguém mesmo não estando com a pessoa. Não importa o quão sofrido seja, eu não estou com pressa de esquecê-la, Rio.

O sorriso dele foi de partir o coração, carregado de dor, mas sem arrependimentos.

Rio se emocionou quando ele se afastou. Ele não olhou para trás quando chegou à porta. Apenas inseriu a senha e saiu para o caos.

CAPÍTULO 45

LUCAN SE CERTIFICOU DE QUE a porta dos aposentos privativos se fechara atrás de si e então avaliou os sete guardas perfilados diante de Apex e de Mayhem.

– Muito bem, quem atirou em quem? – ele perguntou para o grupo com sua arma em mãos. – Não estou vendo ninguém no chão.

– Foi sem querer – Apex disse entediado. – Aquele da ponta estava limpando a arma. Ele não teve a intenção de atirar em mim.

Lucan olhou para o guarda em questão no fim da fila e arreganhou as presas.

– Você precisa tomar cuidado. Acidentes podem ser fatais.

O guarda deu um passo à frente.

– Quer explicar *aquilo*?

Era óbvio o que ele queria dizer com "aquilo". O Executor estava onde fora deixado, nenhuma alteração ali, e estava na cara que o processo de decomposição começava: o sangue empoçado nos pés e tornozelos agora estava roxo; o rosto, completamente pálido; o sangue já não escorria dos furos das cavilhas, mas coagulava no chão.

– Explicar o quê? – Lucan murmurou amigavelmente. Porque às vezes é bom fazer as pessoas falarem claramente.

– *Aquilo*. – O macho apontou. – Bem ali.

Lucan olhou na direção indicada.

– Bem, é uma porta. É usada para entrar e sair quando você...

– Isso vai dar merda, Lucan. Eu não seria tão petulante.

No fundo do corredor, a porta que dava para a escada se abriu e prisioneiros começaram a passar por ela. A fileira de cabeças baixas, de roupas sujas e amarrotadas e de passos arrastados era um lembrete de onde todos estavam. Nenhuma liberdade. Apenas servidão.

O fato de nenhum dos prisioneiros ter erguido o olhar para o grupo diante do cadáver do Executor indicava como estavam cansados e doentes.

Lucan pensou no que Rio dissera. Sobre sair dali.

Voltou a olhar para o guarda.

– Bem, se eu fosse você – ele andou até ficar na frente do cara –, eu me lembraria de quem fez *aquilo*. E se divertiu enquanto fazia. Você conhece a minha laia. Adoramos matar e não importa o contexto. Às vezes é para defender o nosso território. Às vezes, para acertar umas contas. Às vezes, por diversão.

– *Lobo*.

A voz feminina fez com que tudo se interrompesse, inclusive os passos dos prisioneiros que se dirigiam às salas de trabalho.

– Maravilha – murmurou Lucan –, mais essa agora.

A chefe dos guardas era tão alta e musculosa como um macho. Tinha os cabelos negros presos num coque severo e uma postura de dominância total. Porém, mesmo com tudo aquilo, os olhos eram seu traço mais perigoso. Lucan aprendera na marra que a visão periférica dela era incrivelmente aguçada. A única coisa melhor? Sua pontaria. Boatos diziam que ela ganhava a vida como matadora de aluguel no mundo humano.

Lucan não questionava esse antecedente. Pensando bem, estava pouco se fodendo com isso.

– Chamou? – ele disse ao olhar para ela.

– Vejo que andou redecorando. – Ela caminhou adiante, o corpo se movendo com fluidez debaixo da blindagem que ela usava na frente e atrás do tronco, assim como nas pernas. – Orgulhoso de si?

Ele tinha que aplaudi-la por carregar todo aquele equipamento além das armas. Muitos machos que só pensavam no combate e na porra da milícia eram orgulhosos demais, autoconfiantes demais, para se proteger. O que eles interpretavam como admissão de fraqueza ela via como preservação.

Ela era inteligente assim.

Motivo pelo qual conquistara poder na surdina, primeiro com o Comando, depois sob o jugo do Executor. E, agora, não era preciso ser gênio para deduzir que ela faria sua grande jogada.

Mas ele não podia permitir que ela fizesse isso, embora ele mesmo não quisesse bancar o rei.

– Estava na hora de mudar algumas coisas por aqui – anunciou Lucan. – Um novo conjunto de regras. Portanto, vou assumir...

– Vai? – O sorriso no rosto da fêmea era tão acolhedor quanto o vento do inverno. – Vocês três sozinhos não têm poder de fogo suficiente para um golpe.

Ele apontou com a cabeça para o corpo na parede.

– Estamos nos saindo bem até o momento.

– Só porque o matou você acha que está no comando?

Erguendo a voz, ele disse:

– Está na hora de acabar com essa porra toda. Séculos de pessoas injustamente aprisionadas, trabalhando em condições deploráveis, sofrendo para que uma sucessão de déspotas ganhe dinheiro...

– Já chega com o sermão, lobo. Afaste-se agora e eu agradecerei pelo serviço prestado a mim, sem que haja consequências. Diga uma palavra mais apenas e eu posicionarei 14 guardas nas alas, e ainda sobrarão outros 25 que posso chamar. Você não tem como vencer essa luta, lobo. Vai acabar acordando morto.

– Isso não é um oximoro?

– Não, sou de Boston. Isso só faz sentido para o pessoal do código de área 617. Mas estou divagando. – Ela sorriu de novo, os olhos fatiando-o. – Vocês três têm poucas armas, pouca munição, nenhuma retaguarda. Como eu disse, se você tem o desejo de morrer, posso providenciar isso agora e, depois, pendurá-lo com os seus cúmplices ao lado do Executor. Ou você pode recuar, me deixar entrar nos aposentos privativos e fazer a porra do seu trabalho nas ruas de Caldwell.

Lucan meneou a cabeça e rezou para que Rio tivesse feito o que precisava fazer para se salvar.

– Não é assim que as coisas vão acontecer.

A chefe dos guardas olhou para a porta. E sorriu de novo, daquele seu jeito carnívoro.

Em circunstâncias diversas, ele teria se entendido melhor com ela.

– Há alguém aí dentro? – A fêmea deu um passo para mais perto. – Alguém a quem você está protegendo? Alguém que você tem que esconder porque não era para estar aqui?

– Você entendeu tudo errado. Mas foi um belo pensamento.

– Quer dizer que você só adora feder a incenso, então? – A fêmea cortou o ar com a mão. – Não importa. O que importa é que isso não é um jogo, lobo. Não vou deixar que você assuma o controle desta operação com uma humana só porque é ganancioso.

– Estou pouco me fodendo para o dinheiro…

– Sei que a traficante com quem você tem negociado está aqui. Senti o cheiro dela nas escadas, e também debaixo desse fedor no qual você mergulhou. Acho que você quer deixar todo mundo de fora e ganhar uma fortuna sozinho. E não é que eu não respeite o seu objetivo, mas não posso permitir que assuma o controle.

– Você deveria escrever um romance, leva jeito pra isso.

– Cansei de falar. Deixe-me entrar nesses aposentos. Ou vou abrir caminho por cima de um cadáver ensanguentado.

Rio ficou congelada onde estava por – ah, talvez um segundo e meio. Em seguida, vasculhou freneticamente os bolsos. O celular. Onde estava o celular?

Será que ele o pegara também?

Perscrutou o chão e não viu o aparelho em lugar algum, por isso, mergulhou na bagunça dos lençóis, empurrando as cobertas do caminho, tateando com as mãos por todos os lados, procurando pela telinha espelhada...

– Graças a Deus – murmurou quando o encontrou enfiado no colchão, num dos cantos em que o lençol ainda estava preso.

Suas mãos tremiam tanto que ela quase o deixou cair, então olhou para a porta. Apertando as mãos ao redor da chave do carro, ela fechou os olhos e disse a si mesma que precisava ir embora.

Cuide-se...

Ela era uma maldita policial, pelo amor de Deus, e estava trabalhando. Tudo o que acontecera naquele local tinha a ver com dois objetivos: buscar provas para prender e processar todos os encarregados pelo comércio ilegal de drogas e ficar viva para poder entregar tais provas nas mãos do promotor.

Para que os inocentes pudessem ser libertados e retornassem para suas famílias e seus entes queridos, para que os criminosos parassem na cadeia por causa dos seus crimes.

E só.

E agora era a hora perfeita para ir embora.

Com uma última olhada para a porta pela qual Luke desapareceu... girou e cambaleou na direção da saída dos fundos. Ao passar pela prateleira de armas, esticou a mão e pegou um dos rifles, passando a alça pelo ombro. Apanhando uma caixa de munição, foi para o teclado numérico.

Inseriu a sequência de Mayhem e a tranca se soltou.

No fim, teve que relancear para trás uma vez mais. Não havia mais tiros e as vozes tinham se acalmado. Mas quem diabos sabia o que estava acontecendo lá.

A vontade de mudar de direção era muito forte.

... e não olhe para trás.

– Merda.

Com isso em mente, saiu para a escadinha e desceu os degraus de pinheiro, inserindo a senha uma segunda vez e empurrando a porta para abri-la. Do lado de fora, a noite tinha o cheiro fresco de terra e de neve por cair.

E de cinzas da fogueira.

Não havia nenhuma luz ambiente. Ela só conseguia enxergar sombras na escuridão: uma fila de veículos, o flanco alto da construção, uma floresta densa de árvores parecendo um esboço que ainda tinha que ser pintado. Enquanto ela tentava se orientar, o coração acelerado no peito batia alto nos ouvidos e os pulmões não pareciam estar funcionando...

Que diabos eram aqueles estalos?

Ah. A língua em sua própria boca.

Tirando a chave do bolso, apertou um dos botões. Em algum lugar à esquerda, houve um bipe e um brilho alaranjado, por isso, ela apertou de novo. Acompanhando a luz, encontrou o SUV estacionado de frente entre um caminhão e uma van sem janelas laterais.

Quando ela testou a porta, percebeu que tinha acabado de trancá-lo. Apertou os outros botões, erguendo a parte de trás e...

O alarme do carro soou tão alto quanto um grito, os faróis dianteiros e traseiros um concerto ruim ganhando vida. Empurrando o controle da chave para a frente do corpo, como se fosse uma arma com a qual atiraria no SUV, ela se atrapalhou...

Silêncio.

Olhando ao redor, prendeu a respiração. Quando não houve som de pessoas se apressando na sua direção – nem de tiros –, ela se aproximou do porta-malas e acionou o controle do chaveiro. Enquanto a porta se fechava automaticamente, ela deu uma boa olhada no que havia lá atrás graças ao brilho das luzes internas. Os bancos tinham sido rebatidos, como se um carregamento tivesse sido acomodado ali, e resíduo de pó branco contava tudo o que ela precisava saber sobre o que exatamente tinha sido transportado.

Rio correu para a frente e abriu a porta do lado do motorista. Ajeitando-se atrás do volante, trancou tudo e deu partida no motor. Quando os faróis se acenderam, ela conseguiu ver o prédio com nitidez. Era de tijolos com argamassa cor creme manchada pela sujeira dos anos.

Filas e filas de janelas se assomavam por cinco andares. As alas pareciam ter o tamanho de hangares para aviões e flanqueavam ambos os lados.

Que diabos é esse lugar?, ela pensou ao engatar a marcha à ré.

Saindo da vaga, freou e olhou através do para-brisa.

Tentando encontrar o botão certo, abaixou a janela ao seu lado e pegou o celular, deslizando o dedo por baixo para não ter de inserir a senha de acesso. Tirou fotos de tudo, inclusive da porta pela qual saíra e das marcas de queimado no chão.

Em seguida, acelerou e continuou a tirar fotos enquanto seguia pelo caminho que dava para a parte de trás do prédio. Emergindo pela proteção da ala à direita, ela deu a volta pela frente e parou de novo.

– Onde foi que eu já te vi – sussurrou ao tirar mais fotos com o celular. – Eu te conheço de algum lugar…

Os balcões abertos foram o que atiçaram a sua memória: havia balcões abertos em todos os pisos das alas, e a parte central do prédio era a única coisa sólida.

– Vá embora – disse a si mesma. – Você tem que *ir embora*.

CAPÍTULO 46

AINDA DIANTE dos aposentos particulares, Lucan meneou a cabeça na direção da chefe do pelotão de guardas.

– Tudo bem, vai ter que atirar em mim se quiser entrar ali.

A fêmea pareceu surpresa por ele não seguir suas ordens, mesmo diante da ameaça de morte. Mas, qual é, até parece que ele já não tinha enfrentado um monte de "vou te matar" nessa vida... Ela teria que se esforçar um pouco mais se quisesse impressioná-lo.

– Não me oponho a manter humanos como bichinhos de estimação – disse ela, seu nariz cada vez mais próximo do dele. – Mas não se caga onde se come, pelo menos não durante o meu comando. Ela não é bem-vinda aqui. Portanto, você vai me deixar entrar para lidar com ela e depois vai para a *porra* de Caldwell terminar o que começou com Mozart.

Lucan olhou para Apex e Mayhem, tentando avaliar a prontidão de ambos para lutar. Os dois machos permaneciam firmes como rochas, prontos para usar suas armas.

– Sabe – disse Lucan, preparado para usar seu dom de barganha –, se quer que eu conclua a negociação, precisa de mim. Só eu sei quem são os nossos contatos em Caldwell. Claro, você pode refazê-los, mas isso custará tempo e dinheiro. E quanto a ela? Não sei que diabos você está querendo dizer, mas é melhor repensar o papel dela também. Ela é o braço direito de Mozart. Por que enterrá-la? Se perdermos o negócio, Mozart virá atrás de você com força total. Você acabará tendo que se defender em vez de ganhar dinheiro.

– Você honestamente acredita que humanos podem entrar aqui? Eles são fracos e desorganizados, na melhor das hipóteses. Contra meus machos, eles não têm a mínima chance.

– Continue pensando assim.

– Eu lhe dei uma oportunidade para ser razoável. – A chefe dos guardas acenou com a cabeça para o lado. – Mas se prefere que as coisas sejam assim...

Houve uma comoção. Um gemido de dor. E cheiro de sangue fresco…

A fileira de guardas se afastou e, antes que os olhos de Lucan pudessem discernir adequadamente o que se assomava à sua frente, Apex imprecou e avançou.

Na direção de Kane, que estava sendo arrastado por dois machos muito bem armados.

Lucan agarrou o braço do outro prisioneiro e o puxou para trás.

– Não dê a ela mais do que ela já tem – sibilou baixinho.

A cabeça de Kane cambaleou por cima do ombro, sangue fresco escorrendo das feridas inflamadas, a respiração um ruído nos pulmões queimados por dentro.

– Ah – murmurou a chefe dos guardas –, você achou que eu passaria por cima do seu cadáver? Você tem razão. Preciso de você. Mas não preciso dele.

– Sua *puta* – Apex ladrou. – Solte-o. Ele não representa nenhuma ameaça a você!

– O Executor e eu tínhamos poucos segredos. – A fêmea falou por cima dos protestos do prisioneiro, enquanto Lucan se colocava na frente de Apex para contê-lo. – E os que tínhamos eram apenas da minha parte. Portanto, ele me contou sobre essa sua conexãozinha, sobre a sua lealdade, chamemos assim, a este aristocrata. Questionei o quão duradoura seria a sua preocupação, mas, então, percebi que isso faz parte da sua natureza. Você é um lobo de alcateia sem um clã, e o reflexo de criar o que é intrínseco ao seu DNA faz com que você forje laços onde quer que sejam encontrados. Você recolhe pessoas como lixo largado no acostamento da estrada e elas preenchem os espaços debaixo do painel do seu carro. Mas você não tem como impedir isso, e eu não posso deixar de usar esse seu defeito em meu benefício.

Lucan estreitou os olhos.

– Tome cuidado, fêmea. Sabe o que mais dizem a respeito dos lobos?

– O quê?

Ele fitou a parte exposta do pescoço dela.

– Nós mordemos.

– Ah, que original. – Ela sorriu com frieza. – Eu não sabia disso. Agora, vê se sai da minha frente, cacete.

Quando ele não se mexeu, ela sacou a arma.

– Atire – disse ele. – Estou pouco me fodendo.

Ele falava sério. Não havia futuro para ele e a fêmea pela qual se afeiçoara. Não um futuro real, de todo modo. Então, por que se importar?

– Dá pra parar de tentar ser o meu alvo? Isso faz com que pareça desesperado. – Ela virou o cano da arma, apontando-a para o peito de Kane. – É *nele* que eu vou atirar.

– Mate-o e não terá mais poder algum sobre mim.

– Nesse caso, eu teria que encontrar a sua namorada. Eu a segui por semanas antes de você a encontrar. Mesmo que ela saia daqui, sei onde ela mora, que carro dirige, aonde vai à noite. Eu a entregarei a você em pedaços. Agora, sai da *porra* da minha frente.

Apex grunhiu e tentou partir na direção da fêmea, mas Lucan girou e segurou o prisioneiro com um antebraço no pescoço. Quando seus olhos se encontraram, houve um debate, mas o outro macho ficou parado.

Agora não, Lucan articulou com os lábios.

– Obrigada – a chefe dos guardas disse num tom condescendente. – E, sim, aposto que ela já foi embora depois de toda essas medidas de retardamento. Acha que não sei o que estava fazendo com toda essa sua encenação?

Houve uma série de bipes e Lucan olhou por cima do ombro. A fêmea inseriu a senha e, quando as trancas se soltaram, ela sorriu para ele.

E entrou.

Lucan fez sinal para que Mayhem se aproximasse e mantivesse Apex no lugar – porque, maldição, ele ia entrar naqueles aposentos para se certificar de que Rio tinha ido embora. Só que, quando o cara se adiantou para substituí-lo na tarefa de segurar o outro, houve um vacilo na transferência da tarefa.

Uma mão mal colocada bastou para Apex se soltar e dar uma de touro raivoso para cima dos guardas que suspendiam Kane do chão.

Quando uma briga começou, Lucan teve que deixar seus dois camaradas cuidando de si mesmos. Avançou e segurou a porta bem quando ela ia fechar, esgueirando-se para dentro.

A chefe dos guardas estava perto dos rifles, os dedos compridos e pontudos passando por eles como se estivesse acariciando botões de rosas vermelhas num vaso.

– Cobicei essas armas. – Ela dispensou um olhar para ele, não parecendo surpresa em ver que ele a seguira. – Podem acertar uma cereja pendurada pelo cabo a duzentos metros de distância.

Lucan olhou ao redor, tentando não parecer óbvio.

– Faça-me um favor.

Ela arqueou uma sobrancelha escura.

– Como é?

– Deixe que Apex fique com Kane. A situação está ficando complicada lá fora. Se você pretende assumir o comando, o que parece ser o caso, você vai querer manter aqueles guardas sem muitos ossos fraturados, não?

A fêmea se aproximou. Encarou-o.

– Pensei que você quisesse ser o rei da montanha.

– Não, eu quero acabar com este lugar.

– O que significa que você e eu estamos em polos opostos, embora esteja disposto a me dar esse poder.

– Eu disse que lhe daria alguma coisa?

– Você não tem escolha.

Com isso, ela andou de volta para a porta. Inserindo a senha, abriu--a… e se retraiu.

O cheiro de sangue fresco e dos sons gorgolejantes da morte explicavam tudo.

– Ei! – ela exclamou. – Já basta. *Parem!*

A fêmea sacou a sua arma e descarregou uma rajada de balas no ar – com a mesma calma de alguém que fazia um pedido de comida num *drive-thru*.

Na sequência, não houve nada a não ser silêncio e cheiro de pólvora.

Ela voltou a olhar para Lucan.

– Você vai para Caldwell agora para completar o seu trabalho. E, sabe, se a sua namorada decidir seguir as regras, eu a deixo viver. Se isso me beneficiar.

– Vai se foder.

– A vida dela está nas suas mãos, lobo.

Ganhe tempo, ele disse para si mesmo. A fêmea estava certa. Ele, Mayhem e Apex não bastavam para assegurar o controle daquilo tudo. Não naquele instante. Mas e com o plano certo?

Ele precisava de tempo para pensar.

Cerrando os molares, ele murmurou.

– Tá. Tudo bem.

– Tragam Kane para cá – a fêmea ordenou para o corredor. – Há uma cama… Tudo bem, deixem-no fazer isso, pelo amor de Deus. Se ele quer ser a maca, não estou nem aí.

Houve uma pausa. Então, ela abriu mais a porta e a segurou no lugar com o corpo forte.

Apex não olhou para ela quando passou com Kane nos braços. Uma coisa boa. A luz nos olhos dele era capaz de fazer um mortal saltar para fora das suas botas.

E, olha só, pelo menos Rio não estava mais ali.

Enquanto Apex acomodava Kane com cuidado e se sentava na cama ao lado dele, dois guardas com olhos roxos, como se uma viga os tivesse atingido, recostaram-na nas paredes mais distantes.

Lucan meneou a cabeça e tentou descobrir se Kane ainda estava vivo.

– É melhor que você não o tenha matado.

A fêmea deu de ombros, como se não tivesse nenhuma preocupação no mundo.

– Vivo ou morto, ele é indiferente para mim. "Adapte-se e supere", esse é o meu lema.

– Então você é um parasita.

– Não, sou uma predadora. – Ela parou junto à mesa de comando. – Ora, ora, ora… veja só o que temos aqui.

A fêmea pegou alguns papéis e os folheou. Depois, aproximou-os do nariz e farejou.

– Eram da sua fêmea. – Ela sorriu daquele seu jeito frio. – Sinto o cheiro dela neles. Ótima artista, mas não estava desenhando você. Desapontado?

Quando as páginas foram viradas, Lucan se aproximou e não se deu ao trabalho de disfarçar a curiosidade.

A satisfação da chefe dos guardas era como as manchas de sangue no chão, algo que penetrava o espaço ao redor dela.

– Parece que ela queria se lembrar com exatidão da disposição das coisas em nossas instalações.

Pegando os papéis da mão dela, ele franziu o cenho. Tratava-se, realmente, de esboços do sanatório, andar por andar. Cada sala, cada escada, cada corredor e ligação em que Rio estivera. Em escala. E a chefe dos guardas estava certa. O papel tinha o cheiro dela.

Ela desenhara aquilo.

– Mas ela não está mais aqui, está? – indagou a outra fêmea. – Porque você pediu a ela que se salvasse. Uma pena que os humanos não conseguem se desmaterializar, não?

Ele permaneceu impassível e calado – porque é o que você faz quando descobre que alguém o usou –, mas a fêmea preencheu o vazio com conversa.

– Por que a trouxe para o campo de prisioneiros? E não minta.

– Ela tinha de ver a produção. – Deu de ombros, como se não se importasse. – É um pedido grande. Ela disse que queria se certificar de que conseguiríamos entregar.

– Por que tantos segredos?

– Ela é uma maldita humana.

– O Executor não poria em risco o fluxo de capital. Ela estava segura. Por que escondê-la?

– Não confio em ninguém dentro destas paredes.

– Nem mesmo no seu Kane?

Lucan olhou para a cama. Apex estava curvado sobre o macho, como se tentasse respirar pelo aristocrata com a sua força de vontade. Parecia nem ter notado que seu próprio rosto estava machucado e que havia sangue em sua própria boca.

– Kane não é meu – Lucan corrigiu.

CAPÍTULO 47

EM RETROSPECTO, José se amaldiçoou.

Foi o que concluiu quando, finalmente, saiu da sala da divisão de homicídios e virou à esquerda no corredor para ir ao escritório do chefe. Quando chegou à porta externa, não se surpreendeu ao ver que a janela da sala de espera estava escura, mas ele tinha permissão para entrar, por isso, testou a maçaneta.

Felizmente, a porta tinha sido deixada destrancada e as luzes ativadas por movimento se acenderam assim que ele pôs o pé para dentro. Sem dúvida, Stan dissera a Willie que deixasse tudo destrancado porque esperava um relatório atualizado sobre o caso de Leon Roberts em algum momento depois que ela saísse do escritório.

José certamente não imaginou que já seria tão tarde quando terminasse de digitar; relanceou para o relógio e praguejou. Nove da noite, porra. Tivera que ligar duas vezes para casa. Uma vez às seis, quando uma pista num caso antigo apareceu, e de novo às 7h30, para avisar a esposa de que precisaria ficar para preencher uns documentos.

Muita coisa teve que ser acrescentada ao relatório, e não apenas em termos de autópsia e balística. Muitas pessoas vinham ligando com informações sobre a morte de Roberts. José teve que dar conta de tudo aquilo a tarde toda. Não achava que algo fosse sair de nada daquilo, mas nunca se sabe. Portanto, ele e Trey retornaram as 33 chamadas, que foram então registradas manualmente no sistema a partir das anotações que ele e o garoto rascunharam.

Não que Trey fosse um garoto.

E agora lá estava ele, acenando no escuro para a mesa desocupada de Willie e seguindo para a porta de vidro da sala do Stan, sentindo-se com cem anos de idade.

A coisa de acenar era puro hábito, para falar a verdade. Toda vez que ele ia até lá, passava diante da mesa de Willie, acenava para ela e seguia para a porta do Stan. Ela nunca o impedia, a despeito do que Stan estivesse fazendo – mesmo se ele estivesse numa reunião ou ao telefone. Willie sempre dizia que ele era a única pessoa com permissão para interrompê-lo assim.

Portanto, não houve hesitação quando ele passou. Como a foca bem treinada que era, ele seguiu com a rotina do cumprimento e foi direto para a porta interna de Stan. Só depois que começou a girar a maçaneta o seu cérebro cansado despertou e se deu conta de que sua entrada seria completamente inacessível depois do fim do expediente...

A porta se abriu sem problemas.

– Claro que você não tranca a porta – murmurou José ao entrar e as luzes no teto se acenderem automaticamente.

Stan era um verdadeiro produto dos anos 1980, quando se preparar para o pior depois que o sol se punha não era necessário. Mas, pensando bem, aquilo era uma delegacia de polícia, portanto, todos tinham que se identificar ao entrar no prédio. E havia câmeras em toda parte.

Bem, no corredor havia câmeras. Ali dentro, não.

– Tanto faz.

José andou pelo tapete azul e vermelho e ficou parado diante das pilhas de documentos na mesa. Cara, o *compliance*[12] teria um ataque se soubesse que todas... as tranqueiras departamentais, ou o que quer que fosse tudo aquilo... estavam desprotegidas ali. Mas Stan era assim mesmo. Confiava demais. Em retrospecto, quem é que conseguiria encontrar alguma coisa naquela...

---

12 O departamento ou área de *compliance* em uma instituição é responsável por garantir o cumprimento de todas as leis, regras e regulamentos aplicáveis, tendo uma vasta gama de funções dentro da organização (monitoramento de atividades, prevenção de conflitos de interesses etc.). (N.T.)

O som foi tão baixo que, se José não estivesse parado pensando em onde deveria colocar o relatório em meio àquela confusão, ele jamais o teria ouvido.

E, se não tivesse se repetido, ele não teria se dado ao trabalho de fazer alguma coisa a respeito.

Mas o ruído suave era de um telefone. Um celular vibrando.

Deixou o relatório num canto da mesa, sem que houvesse um motivo especial para ter escolhido aquele local, e seguiu a vibração até a porta aberta do cagadouro particular de Stan.

– Você esqueceu o celular, Stan – ele disse ao abrir mais a porta.

O som continuou abafado mesmo quando ele se inclinou para dentro do local sagrado – em seguida, antes que ele conseguisse determinar a exata localização, tudo ficou silencioso. Ele relanceou pela bancada. Nada ali digno de nota. E atrás do vaso apenas revistas de golfe. E ele não ia mexer nas gavetas do cara…

O som recomeçou.

José se agachou. Um pouco mais adiante. O celular vibrava na gaveta mais baixa do gabinete.

Ele segurou o puxador e abriu a gaveta lentamente. Mas, pelo amor de Deus, ele conhecia o cara desde que iniciara a sua vida profissional. O que poderia encontrar além de rolos de papel higiênico…

Havia uma camisa social enfiada na gaveta. Xadrez, azul e branca. Sem dúvida, uma vítima da mostarda.

Esticando a mão, puxou a camisa para fora.

Embaixo dela, encontrou uma carteira de nylon preta… e um celular. E quando quem chamava desligou, ou foi direcionado para a caixa de mensagens, a vibração parou.

Com uma sensação de total descrença, José pegou um par de luvas de nitrilo do bolso. Depois de tantos anos naquele trabalho, aprendera a confiar nos seus instintos.

E seus instintos lhe diziam que o que ele estava para descobrir partiria a porra do seu coração.

Deixando o celular de lado, apanhou a carteira, abriu o velcro e…

O rosto do policial Leon Roberts o encarou da sua carteira de motorista, que tinha sido guardada na metade com frente transparente. E do outro lado…

…estava o distintivo da Polícia de Caldwell que o homem recebera e fizera por merecer com muito orgulho.

– Sabe, você está calado. Mesmo para os seus padrões, está assustadoramente calado.

Quando V. parou debaixo da escada de incêndio e ergueu o olhar, ponderou se, caso ficasse calado, Rhage partiria para outro assunto. Como… comida. Ou… comida.

Quem sabe… comida?

Isto é, só para mudar um pouco.

– Ei? – Hollywood insistiu.

– Estou concentrado no que estamos fazendo aqui.

Rhage deu um passo para ficar na sua frente. Por conta do seu tamanho, foi como se a terra tivesse tossido e expelido uma montanha linda, loira e enorme. Com uma boca que não parava de se mexer ao vento.

– E já andamos a esmo por quantos quarteirões até agora? – indagou o Irmão. – O que está acontecendo?

– Tá bem, quer conversar? Então, responda: como é que os nossos 350 mil passos desta noite se traduzem em conversa…

– V., o que tá enfiado na sua bunda? – Rhage cruzou os braços diante das adagas negras embainhadas, com os cabos para baixo, em seu imenso peito. E fez uma careta. – Ou melhor, que tal você só me contar o que está se passando pela sua cabeça? Acho que é melhor deixar a sua bunda e o que pode ou não haver dentro dela fora disso. Sem querer ofender.

V. se recostou na boate. Como a música estava bem alta, a vibração atravessava as paredes de cimento como numa cadeira de massagem.

– Sobre o que você sonhou, Vishous? – A pergunta que ele temia foi feita.

Ele balançou a cabeça.

– Você não me conhece.

– O inferno que não. O que você viu? – Quando não houve resposta, o Irmão disse: – Quem morreu?

– Quem disse que alguém morreu?

– Você não tem visões felizes, V. Você nunca me disse ter sonhado com um pacote de Lay's de cebola e creme azedo. Ou de Doritos. Inferno, nem de pretzels da Snyder.

– Pretzels?

– Isso, com pasta de amendoim em cima. Ficam incríveis. – Rhage deu de ombros. – O que eu quero dizer é que você teria mencionado se visse alguma dessas guloseimas no meu futuro. Já viu?

– Deixe-me ver se entendi direito. Você põe essas porcarias na sua boca, mas está preocupado com o que eu tenho enfiado na bunda?

– Não fale mal dos pretzels. E vamos voltar ao assunto principal.

– Certo. Estamos tentando encontrar a policial desaparecida que estava se fazendo passar por traficante e foi aqui que a vimos pela última vez.

– Que porra você viu durante o dia?

Aquele era o problema do Rhage. O Irmão era um filho da puta obstinado – e tinha instintos certeiros.

E também havia o fato inconveniente de V. meio que querer falar sobre o assunto. Ei, a *shellan* do Rhage era terapeuta, certo? Então seria um objetivo meio alcançado.

Não que ele quisesse ter a cabeça analisada.

As palavras saíram rápido da sua boca:

– Sonhei que a cabeça de José de la Cruz era explodida para longe dos ombros.

O Irmão esfregou os olhos como se eles ardessem.

– O antigo parceiro do Butch.

– Não, outro humano com esse nome em Caldwell… – V. ergueu a mão. – Desculpe. Estou irritado.

– Tudo bem. Você deve estar enlouquecendo. Quero dizer, o que se pode fazer com uma informação dessas?

– E sem uma previsão. Nenhuma. Pode ser que aconteça daqui a dez anos. Ou amanhã à noite.

– Ou hoje à noite.

– Puta merda – V. o interrompeu. – É aquele cara.

Rhage se virou e apertou os olhos na escuridão.

– Tem razão. O daquela coisa.

V. deu a volta em Hollywood e atravessou a rua, seguindo o humano que devia ter 1,80 metro de altura, mas só uns 50 quilos. O viciado estava usando as mesmas roupas da outra noite, quando a policial infiltrada o levara para o Alguma Coisa Nossa Senhora da Salvação a algumas ruas dali.

– Cara! – V. o chamou. – Ei.

O homem olhou por cima do ombro, viu os dois assassinos treinados em seu rastro… e saiu em disparada numa velocidade surpreendente. Pensando bem, talvez tivesse treinado esse tipo de corrida.

V. só trotou atrás dele, sabendo muito bem que aquele corpo não aguentaria uma maratona. Como esperado, uns três quarteirões à frente, na direção do rio, houve uma súbita parada no movimento. E quando o esquema clássico da respiração ofegante se manifestou – o cara apoiando os braços nos joelhos, abrindo bastante espaço no tronco para a aspiração dificultosa –, Vishous e Rhage se aproximaram.

O Flash Gordon ergueu o olhar, ainda arfando.

– Eu… não… fiz…

– Fica tranquilo, respira – V. murmurou. – Nós esperamos.

Pegando a latinha na qual guardava seus cigarros, abriu a tampa e aproximou a oferta do rosto do humano – e, como se os cigarros fossem os plugues de um ventilador, ou, no mínimo, uma máscara de oxigênio, o cara esticou os dedos para a nicotina com dedos trêmulos.

– Espere, eu pego um pra você. – V. o fez com a mão enluvada. – É só tabaco, mas é turco. O melhor.

– O-o-obrigado, cara.

O cigarro se posicionou no meio dos lábios finos; em seguida, o cara inclinou a cabeça na direção do Bic que lhe era oferecido. Quando ele tragou, o hábito surtiu efeito e a respiração se acalmou.

Três tragadas depois e o cara disse:

– Não fui eu. Juro.

– Não estou te acusando de nada. – V. apontou com o polegar para trás. – Nem o meu irmão.

Olhos que seriam considerados injetados em alguém de 80 anos se moveram de um a outro.

– Não somos parentes de sangue – V. explicou.

– Ah.

– Veja bem, sei que você tem que estar em algum lugar. – V. desenhou um círculo no ar, indicando toda a região do centro. – Então, não vou desperdiçar o seu tempo.

– Tudo bem.

– Quero saber sobre a mulher com quem esteve na outra noite. Ela tem mais ou menos essa altura. – V. ergueu sua mão a 1,70 metro do chão. – Cabelo preto curto. Estava de jaqueta de couro. Ela te levou praquele depósito de…

– Para a instituição de caridade – Rhage o interrompeu com um olhar bravo. – E, olha, toque aqui, parabéns por procurar ajuda. Isso exige coragem. Boa sorte na sua recuperação.

Quando Hollywood estendeu para ele o punho fechado, grande como uma torradeira, o humano bateu a sua palma nos nós dos dedos, confuso. E quando Rhage deu-lhe um tapinha nos ombros, V. teve que segurar o Flash Gordon antes que ele desabasse na calçada.

– Sabe de qual mulher estou falando? – V. insistiu. – Precisa da descrição dela de novo?

– Eu, ah… eu conheço ela.

– Maravilha. Sabe onde podemos encontrá-la? Tem o número do celular ou o endereço dela?

O cara permaneceu em silêncio, prestando bastante atenção à ponta do cigarro. E fumou um pouco mais. Nesse meio-tempo, a cidade continuou ativa. Uns dois veículos – um sedan e um caminhão – passaram e depois uns caras na casa dos vinte anos, com jeans justos e jaquetas de ombros estreitos, atravessaram a rua.

– Oi? – Rhage chamou.

V. pôs a mão no bolso de trás.

– Toma. Esses cem vão te ajudar. Sei que a vida é difícil às vezes.

Os olhos do homem faiscaram quando se concentraram na nota enrolada.

– Só me responda algumas perguntas e é seu. – V. segurou a nota de cem entre o indicador e o dedo médio. – Número do telefone. Endereço. Onde costuma fazer negócios. Qualquer coisa que você possa nos contar vai ser de grande ajuda.

O humano pigarreou. Depois largou o cigarro e pisou sobre ele com o All Star que já vira dias melhores. E noites.

Flash Gordon balançou a cabeça.

– Não. Não posso contar nada. A Rio é boa comigo. Ela cuida de mim. Ela garante que eu cuide melhor de mim, mesmo quando não estou a fim. Não posso contar nada. Desculpa.

O humano se endireitou e, embora estivesse tremendo, como se esperasse ter uma arma apontada para a cabeça a qualquer segundo, seus lábios permaneceram fechados.

– Tudo bem. – V. assentiu. – Respeito isso.

Até certo ponto.

Passando por cima da nobreza e do livre-arbítrio do cara, ele invadiu a mente do homem e deu uma passeada. Ele estava sóbrio no momento, mas isso não duraria muito – sentia-se mal por estar determinado a se drogar, como se estivesse desapontando aquela sua amiga. No fim, porém, o homem não sabia nada específico sobre ela, a não ser o nome que usava nas ruas, Rio, e o fato de que supostamente estava na alta hierarquia de uma organização gerida por um cara chamado Mozart.

Saindo da mente dele, V. não se deu ao trabalho de remendar seu trabalho. Era melhor não mexer muito com o homem, porque só Deus sabia como aquele cérebro já estava danificado pelo uso de drogas.

De sua parte, o viciado fez uma careta, como se estivesse com dor de cabeça. Seus olhos iam de V. a Rhage, preparando-se para o que poderia acontecer, para algum tipo de vingança.

Vishous enfiou a nota do bolso do homem.

– Fica com o dinheiro. E coma alguma coisa, a noite vai ser longa.

Flash Gordon gaguejou ao agradecer e se afastou meio trôpego, olhando por cima do ombro algumas vezes antes de desaparecer numa esquina do beco.

– Você tem um bom coração sob essas adagas, Vishous.

– Sei... – V. resmungou ao recomeçar a andar. – Vamos continuar procurando. Pelo menos agora temos o nome que ela usa nas ruas. Mas se ela é policial infiltrada e está desaparecida, vai acabar acordando morta.

Rhage o alcançou com facilidade.

– Ei, isso é o que o Butch vive dizendo. É um ditado engraçado.

– É, eu sei.

– Não faz muito sentido.

– É, eu sei.

Cristo na cruz, V. pensou consigo. Encontrar aquele campo de prisioneiros se tornara um pé no saco de muitas e muitas maneiras, não?

CAPÍTULO 48

– Alô?

Quando a terceira chamada ao seu contato direto, Leon Roberts, finalmente foi atendida, Rio sentiu-se aliviada por uma fração de segundo. Porque o homem que atendeu repetiu a saudação e ela soube que não era Leon.

– Alô…?

Sem conseguir ordenar os pensamentos, ela pisou no freio. Os pneus do SVU se agarraram de imediato ao asfalto e a fizeram parar ruidosamente na pista estreita da estradinha. Quando uma onda de medo se apossou dela, sua visão periférica se aguçou, os pinheiros em ambos os lados do acostamento surgindo quase que com uma clareza dolorosa no brilho dos faróis.

Roberts nunca ficava sem o seu celular. E ela telefonara para ele tantas vezes nos últimos três anos que reconheceria seu número e sua voz em qualquer lugar.

– Consigo ouvi-la respirando – o homem do outro lado disse. – Sei que não desligou.

Não, ela não tinha desligado. Mas onde estava Roberts?

– E eu acho… eu acho que sei quem é. Embora o número não esteja na lista de contatos do Roberts.

Rio cobriu a boca com a mão livre. Deus, ela conhecia aquela voz. Sabia quem era.

Lágrimas brotaram em seus olhos e ela piscou rápido.

– Se eu estiver certo e você for mesmo quem eu penso que seja – continuou o homem –, precisa ouvir com muita atenção. Não... não volte para casa. Onde quer que esteja, se for seguro, fique. As coisas não estão boas aqui... em casa. Entende o que estou dizendo? Acho que sei quem você é e isso significa que você sabe o que estou dizendo e por que estou dizendo.

Afastando o celular do ouvido, Rio olhou para a contagem dos segundos que se moviam rapidamente.

Depois, voltou a colocar o aparelho onde devia. Abaixando a voz para disfarçá-la, disse:

– Detetive José de la Cruz.

Houve uma breve pausa.

– Sim. E imagino que possa adivinhar por que fui eu que atendi o telefone.

De uma vez só, ela estava de volta ao centro da cidade, apressando-se para se encontrar com Luke pela primeira vez, aceitando a chamada em seu celular. Claro como água, ela escutou a voz de Roberts em seu ouvido, contando que sua identidade estava comprometida. E também houve outra coisa, enquanto ela falava por cima dele. Ele tinha dito que lhe enviara alguma coisa. Não foi?

O que ele teria lhe enviado?

De repente, não havia mais ar no SUV, por isso, ela abriu a janela um pouquinho, deixando que o ar frio entrasse.

– Casa – disse num falso tom grave. – Vá para casa.

E rapidamente encerrou a ligação.

Talvez ele entendesse o que ela tentara lhe dizer. Talvez não.

Mas, de todo modo, o detetive José de la Cruz, da homicídios, acabara de salvar a sua vida.

Alguém de dentro estava atrás dela. E matara seu colega, seu amigo, por causa disso.

Segurando o celular junto ao peito, ela tentou respirar, tentou pensar. E, algum tempo depois, percebeu que tinha parado ao lado de uma placa verde e branca.

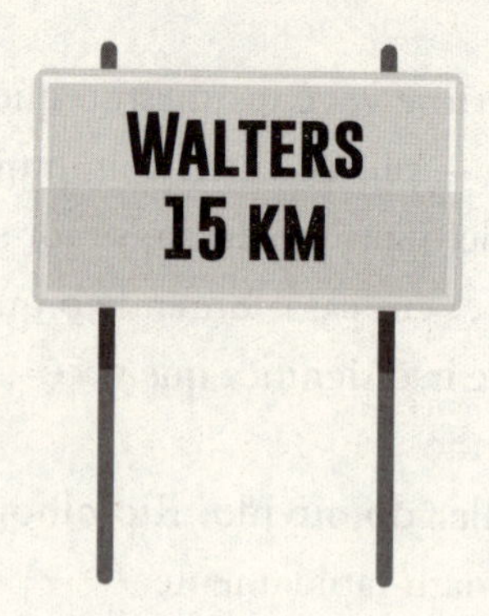

Norte do estado. Ela estava muito ao norte do estado.

A ideia de que não poderia voltar ao seu apartamento fez com que se sentisse num país estranho e não falasse o idioma. Pensando bem, ela não fazia ideia de para onde ir e com quem poderia falar. Do que era seguro. Do que deveria fazer…

Outro par de faróis fez a curva, vindo na sua direção.

Voltando a prestar atenção, jogou o celular pela janela do outro lado da pista e pisou no acelerador, seguindo em frente. Estava num SUV roubado, que pertencia a traficantes de drogas, com um celular que surrupiara de um cara em quem atirara e matara, presa num vácuo de informações em que um movimento errado poderia levá-la ao mesmo lugar onde Roberts estava.

Onde quer que o túmulo dele estivesse.

Rio continuou dirigindo até chegar a uma pequena vila, uma combinação de lanchonete/vendinha, um banco e um posto de gasolina. Não estava com fome, e também não tinha dinheiro.

Pelo menos o tanque estava cheio.

Aquela gasolina e aquele veículo, do qual não era a dona, eram basicamente todos os seus bens.

Deus, o que estava fazendo? Imaginara que, se conseguisse se manter afastada do caminho de Mozart até chegar à delegacia, ficaria bem. Mas agora isso não era uma opção.

Tinha que encontrar um lugar seguro para organizar seus pensamentos e descobrir o que precisava fazer. Mas e ela lá conhecia aquela região?

Quando Lucan saiu pela porta da frente do Willow Hills, a sensação de que as coisas estavam se fechando e começavam a exauri-lo, sufocá-lo, tornara-se um perseguidor tangível, que já alcançava os seus calcanhares. Sabia o que tinha que fazer, sabia onde tinha que fazer, sabia o que tinha que conseguir para ser bem-sucedido.

Mas na curta distância entre os aposentos privativos do Executor e aquela saída imensa e decrépita, ele tomou uma decisão: Rio não seria envolvida no que aconteceria em seguida. Trataria diretamente com Mozart. Dessa forma, ele se certificaria de que Kane continuaria vivo sem colocá-la em perigo. Depois, ele poderia...

Ficar completamente louco bem calma e tranquilamente.

Excelente plano.

Porém, convenhamos. Ela sabia que estava em perigo. Ele a resgatara, pelo amor de Deus. A conversa deveria ter sido sobre tirá-la da vida das drogas, e não a ele, mas estava distraído demais pelas emoções para ser esperto e lógico como deveria ter sido. E não era sempre assim?

Fechando os olhos com uma imprecação, desacelerou a respiração e aprontou-se para se desmaterializar. Só desaparecer dali. Sair em moléculas dispersas...

Quando nada remotamente parecido aconteceu, ele reabriu os olhos e olhou de volta para o sanatório.

Todas aquelas vidas presas ali, sofrendo até a morte, quando seriam jogadas pelo duto de cadáveres para assar até virarem cinzas ao sol. Ninguém para lamentar suas mortes, ninguém para dar por sua falta. Esquecidas.

Pelo amor de Deus, a maioria das pessoas dali nem sequer se lembrava por que e como tinha sido detida.

Mas teriam que esperar pela chegada de outro salvador. Que não seria ele. Ele não era nenhum herói. Nunca tinha sido.

Uma vez mais, ele fechou os olhos. Controlou a respiração. Profunda... lenta. Tranquila...

Quando permaneceu grudado ao chão, quando seu corpo continuou pesado e cheio dentro da pele e o cenário se manteve imutável, ele perdeu a calma e começou a andar. Mais uma centena de metros e ele tentou se desmaterializar de novo. E outra vez mais logo depois, após andar outra centena de metros.

Sua cabeça estava fodida demais para ele se concentrar como deveria para virar fantasma.

Seria uma caminhada longa pra cacete até Caldwell.

Cara, aquela noite ficava cada vez melhor.

Subindo o zíper da jaqueta, entrou na mata de pinheiros, afastando do rosto os galhos desprovidos de folhagem, abrindo caminho até a cerca de metal. Foi forçado a subir se agarrando a ela, balançando o corpo até o outro lado. Quando aterrissou com uma imprecação, seguiu em frente.

Provavelmente teria que "pegar emprestado" o carro de algum humano naquela estradinha.

Claro, porque havia muitas pessoas vagando por lá àquela hora da noite. Era mais provável que acabasse atropelado por um ônibus…

Monte Carlo.

Maldito Monte Carlo, ele pensou ao começar a trotar.

CAPÍTULO 49

José encostou sua viatura sem marcações na calçada em frente ao prédio da policial Hernandez-Guerrero. Quando saiu, certificou-se de que a jaqueta estava aberta para poder sacar a arma.

Era aquele tipo de noite.

O bairro era tranquilo, embora não houvesse casas, mas sim uma congregação de locatários, agrupados debaixo de tetos comunais. Pensando bem, aquele era um tipo de bairro em que nove da noite era a hora de relaxar, mesmo aos fins de semana, e a luz azulada dos televisores oscilava através das portas de vidro deslizantes que davam para sacadas pequenas.

Chegando à calçada, foi até a porta da frente do prédio e entrou, passando pelas caixas de correspondência. No segundo andar, pegou as chaves que Stan lhe dera antes e destrancou a porta. Não demorou nada para entrar no apartamento da policial desaparecida, e ele vestiu as luvas antes de romper o selo que colara no batente.

Acendeu as luzes, embora conhecesse a planta como a palma das mãos. Não era complicada, e ele passou por cada cômodo, um depois do outro, acendendo todos os abajures e luzes de teto que encontrava. Olhou embaixo do sofá, dentro de todos os armários, uma vez mais. Vasculhou todas as gavetas que encontrou, no quarto, no banheiro, na cozinha. O closet mereceu uma inspeção detalhada, e ele verificou os bolsos dos casacos, além de vasculhar com sua lanterna o chão debaixo das roupas penduradas. De joelhos, abriu caixas de sapatos e inspecionou mochilas vazias.

Nada.

Talvez tivesse entendido errado a mensagem…

A batida à porta da sala de estar foi suave. Assim como o "olá?".

José se levantou com o esforço de um homem velho, a lesão por ter jogado futebol americano nos tempos de colégio estalando quando seu peso forçou o joelho ruim.

– Oi – ele chamou ao dar a volta até a sala de estar.

Uma mulher grávida de uns seis meses se inclinava na porta principal. Quando o viu, ela deu um leve sorriso.

– Hum, ah, oi. Meu nome é Elsie Orchard, moro do outro lado do corredor.

– Olá. – Ele pegou o distintivo e o mostrou. – Detetive José de la Cruz.

Aquele sorriso desapareceu, sendo substituído por um semblante de preocupação.

– Está tudo bem?

– Estamos fazendo o que podemos. Posso ajudá-la?

– Sim, eu… – Ela trouxe para a frente do corpo algo que escondia nas costas. – Fui pegar a minha correspondência hoje à tarde e o carteiro disse que não tinha conseguido inserir isto aqui na caixa da Rio. Ele disse que não havia espaço suficiente porque ela não tinha sido esvaziada há alguns dias. Não sei o que é. Prometi a ele que entregaria a ela, mas ela não está… aqui.

Quando a mulher lhe entregou um envelope de uns 20 por 30 centímetros, as mãos dela tremiam.

– Ela está bem? Ela é tão legal. Sempre me ajudou a trazer as compras pra casa... E quando ficamos sem luz por causa da tempestade em agosto, ela bateu à minha porta para ter certeza de que eu tinha uma lanterna. Meu marido não estava em casa. Aquilo significou muito para mim.

José quis fazer o sinal da cruz ao aceitar a correspondência, mas nada de bom resultaria em alarmar quaisquer dos vizinhos, ainda mais uma jovem grávida.

– Muito obrigado.

– Posso fazer alguma coisa para ajudar? Onde ela está?

Os olhos que se fixavam nos dele tinham mais medo do que esperança, e a mulher passava a mão com carinho sobre o volume no ventre, como se tentasse se acalmar.

– Viu algo de diferente no prédio? – perguntou, só para dizer alguma coisa. – Ou neste apartamento?

– Não, não vi. Bem que eu queria. O nosso apartamento dá para aquele lado e…

José deixou que ela continuasse falando e contasse tudo em que conseguia pensar. Às vezes, você tem que convidar as pessoas para a investigação porque é o certo a fazer. Vizinhos e familiares preocupados merecem poder falar.

Além do mais, nunca se sabe quando uma pista útil pode aparecer.

– É isso – concluiu ela com tristeza, encarando as mãos enluvadas dele.

– Aqui está o meu cartão. – Ele o entregou a ela. – Ligue se lembrar de algo.

A mulher assentiu e seguiu para o outro lado do corredor. Ele manteve a porta aberta e a viu acenar para ele e se trancar em casa. Desejou que o marido dela estivesse em casa. Ela precisava de apoio.

Fechando a porta da frente do apartamento de Hernandez-Guerrero, levou o envelope para a cozinha. Tudo estava organizado e limpo, portanto, não havia nada que devesse afastar da bancada para obter uma superfície plana e limpa.

Diferentemente da mesa de Stan.

Quando uma sensação de temor o invadiu, ele virou o envelope. O nome e o endereço estavam escritos com caneta de ponta fina preta e a letra era horrível, tudo meio rabiscado e inclinado para a esquerda, como se alguém que não fosse destro estivesse tentando escrever com a mão direita.

Não havia endereço de remetente no canto superior esquerdo. O carimbo postal era de Caldwell.

Pesado e duro.

Fotografias.

Normalmente, ele não abriria uma potencial prova sozinho, mas nada do que acontecia no momento era normal, considerando o que encontrara na gaveta da pia do cagadouro de Stan.

Pegou seu canivete suíço e deslizou a lâmina na aba, abrindo com cuidado. A parte de trás fora fechada de qualquer jeito, a fita adesiva larga e brilhosa colada sem muito cuidado.

José fechou o canivete e esvaziou o pacote…

Fotografias em preto e branco.

A princípio, seus olhos se recusaram a identificar as duas figuras, uma de frente para a outra. Quando tudo por fim ficou mais claro, ele descobriu que as fotos tinham sido tiradas de longe, com uma teleobjetiva, de modo que eram bem nítidas…

Stan estava à esquerda.

E, à direita, um homem alto e elegante de smoking.

Stephan Fontaine.

Havia cerca de quinze fotos, e a sequência contava uma história. Houve uma discussão a certa altura, os dois homens inclinados um para o outro, gesticulando, lançando os braços para o alto em frustração. Em seguida… havia uma fotografia trocando de mãos. A primeira imagem não a registrava. Mas a segunda capturava uma fotografia antiga no ângulo certo.

Era de Rio. Era a policial Hernandez-Guerrero.

Por que diabos Stan estava entregando a fotografia de uma policial infiltrada, cuja identidade só era conhecida por Stan e outros um ou dois agentes em toda a força policial, para um cidadão civil?

Em qualquer outra circunstância, seria uma quebra de protocolo e de confidencialidade. Considerando-se que outro policial infiltrado estava morto – muito provavelmente o autor daquelas fotos – e Rio, desaparecida...

As fotografias pareciam registrar uma negociação, na qual Stephan dava algo a Stan e Stan… fornecia a identidade de Rio em troca.

Dessa vez José fez o sinal da cruz sobre o coração sem pestanejar.

Em seguida, virou o envelope de novo e examinou a escrita. Podia apostar a sua casa, não hipotecada, que a análise mostraria que era de Leon Roberts. Se não mostrasse, era porque ele tentara disfarçar a letra cursiva usando a mão oposta.

O homem tinha procurado Rio diretamente porque não confiava nos canais competentes, nem mesmo na divisão de assuntos internos.

E soubera que a vida dela corria perigo.

A questão, quase tão importante quanto o que Stan recebera pela informação… era por que Stephan Fontaine precisava ou queria saber quem Rio era.

CAPÍTULO 50

Lucan teria deixado seu lobo sair se não precisasse manter intactas as suas roupas. Por isso, ele entrou na floresta andando tão rápido quando sua forma bípede permitia, embora, debaixo da pele seu outro lado quisesse a todo custo se libertar para cobrir o terreno com as quatro patas.

Mas não era hora para isso.

E aquela casa de fazenda abandonada só ficava a uma distância de três a cinco quilômetros, no máximo.

Estava a cerca de duzentos metros da propriedade, passando por cima de uma árvore caída que obstruía o caminho, quando o cheiro o atingiu pela primeira vez. Desacelerando, teve que se certificar do que era mesmo aquele cheiro.

Gasolina. No meio da floresta?

E era recente – seguido de cheiro de óleo e fumaça. O buquê era sutil, mas inconfundível.

Rastreando o cheiro, mudou de direção, movendo-se lateralmente sobre o terreno para garantir que não chamaria a atenção de ninguém…

Lá estava. Enfiado numa densa moita de arbustos espinhosos, o SUV prata poderia muito bem ter sido coberto por uma lona de vegetação perene.

Seria possível?, pensou quando o coração acelerou.

– Rio? – sussurrou ao se aproximar do veículo.

Circundando as janelas escurecidas, não conseguiu enxergar muita coisa no interior, mas o carro estava trancado.

Lucan se virou e olhou através dos galhos entrelaçados da moita. A casa de fazenda estava logo ali – mas ele sentiu como se estivesse do outro lado do país. Movendo-se à frente, ele se lançou como uma bola de canhão ao correr para a porta da frente. Quando agarrou a maçaneta, parou e se certificou de que seus instintos não captavam nada.

– Rio – ele chamou em voz alta. – Sou eu. Não atire.

Lucan bateu à porta. Algumas vezes. Chamou-a uma vez mais.

A porta rangeu quando ele a abriu, dizendo num tom de voz mais alto ao se esgueirar para dentro da cozinha.

– Rio. Não atire.

Sua voz ecoou pelos cômodos abandonados.

– Rio? – Ele entrou. Fechou a porta. – Sou eu.

E se ela estiver machucada?, ele pensou.

Do outro lado, a porta que dava para o porão se entreabriu e ele ergueu as mãos para o ar.

– Sou só eu. Ninguém mais…

Ele não teve a chance de terminar a frase. Rio correu e se lançou sobre ele. Quando seus braços a envolveram, ele a abraçou com tanta força que teve que afrouxar a pegada por medo de esmagá-la.

– Pensei que você fosse para Caldwell – disse ele.

Ela se afastou.

– Eu não posso.

– Por que não?

Quando ela só balançou a cabeça, ele sentiu as presas formigarem.

– O que está acontecendo?

Rio saiu dos braços dele e caminhou em meio aos pedaços de gesso caídos, aos montes de lixo largado, ao que sobrara de uma cadeira da cozinha que estava mais para virar lenha do que algo em que alguém pudesse de fato se sentar.

– Não é seguro para mim agora. Vim para cá porque precisava de um lugar para pensar por um minuto.

Havia a tentação de entrar na mente dela, de descobrir todos os seus segredos e consumi-los porque estava impaciente e frustrado. Mas isso seria uma violação, tão certa como se ele a tocasse quando ela não queria ou a espiasse quando estivesse nua e ela não soubesse da sua presença.

Era totalmente inapropriado.

– Mozart veio atrás de você, não foi? – Quando ela o fitou de pronto, ele soube que estava certo. – Você não precisa dizer nada se não quiser. Mas não pode fingir que não salvei a sua vida na merda daquele apartamento. Só pode ter sido ele.

– Ele é um homem poderoso.

– O que deu errado? Pensei que você fosse o braço direito dele.

– Acredite, quanto menos você souber, melhor. – Levantou as mãos. – E talvez seja melhor você não negociar mais comigo.

– Mas Mickie está morto. A quem devo procurar?

– O próprio Mozart – ela disse com uma risada áspera. Em seguida, meneou a cabeça. – Não, isso foi uma piada. *Não* tente procurá-lo…

– O que você sabe sobre o homem?

Ela nem sequer hesitou.

– Nada. Ele é impossível de se encontrar. Um fantasma.

– Ninguém é tão bom assim em se esconder. Ninguém.

Rio voltou para perto dele, com os olhos suplicantes.

– Ele vai te matar. Aquele homem é um monstro sem alma.

Ele pensou nos esboços que ela fizera do prédio e soube que a chefe dos guardas estava certa. Não eram lembranças da estadia dela; eram plantas feitas para preparar uma invasão.

Ela o usava. No entanto… o corpo dela não tinha como fingir excitação.

E ele lá era melhor do que ela, com tudo o que não lhe contava?

– Não estou preocupado com o Mozart, tenho alguns truques escondidos na manga. – Lucan resvalou a lateral do rosto dela. E parou quando tudo assumiu uma intensidade diferente. – Sabe de uma coisa? Eu adoro quando você olha pra mim assim.

– Assim como?

– Como quem quer que eu a toque.

O que ele percebeu em seguida foi que as mãos dela estavam nos seus ombros. E que ele se inclinava sobre ela.

– Rio… – Não havia tempo para eles. Não havia futuro. Tudo o que tinham era o presente. – *Rio*.

– Me beija – ela gemeu, como se tivesse lido a sua mente.

Lucan abaixou a cabeça e encontrou os lábios dela, como se ela fosse o ar de que ele precisava, a comida por que ansiava, a luz do sol sob a qual já não podia mais ficar. E, ao contato com a sua, a boca dela manifestou a mesma voracidade, o contato desesperado, ansioso.

Sem um pensamento racional e com todos os instintos sexuais no corpo rugindo, ele os conduziu para a porta da qual ela emergira.

– Vem – ele disse, pegando-a pela mão.

Quando desceram a escada para o porão, ele se voltou e virou a tranca. Não era de cobre, portanto, não adiantaria de nada para manter vampiros afastados, mas pelo menos os humanos teriam o acesso negado.

Pelo tempo necessário até que o hipotético invasor arrombasse a maldita porta.

Mas, pensando bem, tanto ele quanto Rio estavam armados.

No piso inferior, ele não teve como não beijá-la de novo. Ela tinha acendido uma vela no castiçal grosso e corroído, e a luz frágil era como uma estrela distante na noite junto às pilhas de tecido que ele anteriormente ajeitara para ela quando não tivera nenhum outro lugar para levá-la.

Ele a ajudou a se esticar, segurando-a pela mão para equilibrá-la quando ela se ajoelhou e se deitou de costas. Juntou-se a ela, e quando Rio arqueou o corpo e ele a beijou um pouco mais, suas mãos encontraram o caminho por baixo da camiseta que ele lhe dera.

As camadas que a cobriam desapareceram, derretendo-se enquanto ele abria botões, descia zíperes, tirava a camiseta, as calças, o sutiã.

Nada de calcinha. Ele a tinha destruído antes.

– Você é tão linda.

– Você sempre diz isso. – Ela sorriu. – Estou achando que você é parcial por algum motivo.

É porque eu te amo, ele pensou consigo.

Lucan a beijou de um jeito demorado. Em seguida, sentou-se sobre os calcanhares e só observou a luz da vela brincando com os seios de bicos rosados, o abdômen, a curva graciosa do quadril. Enquanto seus olhos passeavam pelo seu corpo, ela juntou as pernas, as coxas se mexendo inquietas, como se estivesse molhada, ansiosa.

Levando o tempo de que precisava, ele seguiu com as mãos o caminho do seu olhar, afagando-a pelo pescoço, detendo-se na clavícula. Os seios empinaram quando ela se arqueou, mas ele a provocou, deixando as pontas dos dedos resvalarem as costelas e a curva do esterno.

Ele fez um círculo ao redor de um dos mamilos e, quando ela arfou, ele a beliscou de leve. Em seguida, a acariciou por completo, deliciando-se com a maciez, com a firmeza, com a seda que ela era – até não se aguentar mais. Abaixou a cabeça e a saboreou, um mamilo, depois o outro.

Quando a mão desceu mais, ela abriu as pernas.

Ela estava tão entregue a ele, tão vulnerável e poderosa ao mesmo tempo. Era antiga e novidade, um mistério e uma resposta, um segredo e uma verdade. As contradições o deixavam desesperado, o que o tornava agressivo – mas ele se deleitou ao manter o autocontrole. Apreciou a tortura que era se manter sob controle.

Deslizando a mão entre as coxas dela, encontrou o seu calor úmido. E quando ele a acariciou e a penetrou, observou-a se contorcer sob a luz da vela. Com um gemido erótico, ela levou as mãos ao rosto, mordeu alguns dedos e então ergueu os braços acima da cabeça, revirando-se, contorcendo-se.

Ela fechou as pernas e começou a gozar, cruzando os joelhos com força e prendendo a mão dele no lugar onde estava.

As contrações ritmadas do orgasmo comprimiam seus dedos e ele imaginou seu pau dentro dela.

Como se lesse sua mente, ela abriu os olhos.

– Quero você dentro de mim. Agora.

Rio sentia-se extasiada sob o olhar sensual de Luke e seus dedos talentosos. Mas não bastava. Felizmente, quando ele liberou suas mãos e de pronto começou a se despir, ficou claro que as preliminares tampouco haviam bastado para ele.

Na luz da vela, ele ficou magnífico todo nu. Seu corpo muito másculo era firme, cheio de músculos; firme e grosso… onde mais contava.

Quando ele desceu sobre a camada de tecidos, ela esticou os braços e afastou as pernas. Para ela, a parte da antecipação já havia se concluído. Precisava dele…

– Não consigo esperar – ele grunhiu.

– Que bom.

Quando ele se acomodou sobre o sexo, seu incrível peso fez com que ela se sentisse presa – e ela quis isso. Queria ficar embaixo dele, pressionada contra a maciez abaixo dela. Queria que ele se enterrasse bem fundo…

Rio gritou quando a cabeça rombuda a cutucou. Em seguida, ela recebeu o que mais queria. Com uma investida decidida, ele a penetrou e alargou, o sexo o melhor que já tivera – e nem tinham começado a se mexer ainda.

Esse pequeno contratempo logo foi corrigido.

Luke retraiu o quadril. Meteu de novo. Retraiu. Meteu. O ritmo foi ficando cada vez mais rápido, mais forte também – e então ele estava socando dentro dela. Contra o ataque dele, ela só conseguia se segurar aos ombros largos, cerrar os dentes, seu cerne tão entorpecido quanto extrassensível – não, espere, seu corpo todo estava assim.

Enterrou as unhas na pele dele e, a certa altura, quase o mordeu no bíceps.

O orgasmo a rasgou por dentro, um prazer tão grande que também foi percebido como dor – e ele travou o corpo contra o dela. E de novo. Mais uma vez.

Sem parar.

Talvez mais tarde ela pensasse em como ele era resistente. Naquele momento, ela estava extasiada demais, fora do planeta, para fazer qualquer coisa que não fosse absorver tudo o que ele despejava dentro dela…

… até, por fim, ficar completamente imóvel.

Quando ele despencou em cima dela, respirando fundo, ela afagou as suas costas com mãos lentas. Embora todo o peso dele estivesse sobre o seu, ela sentiu como se flutuasse.

– Melhor eu deixar que você respire – ele disse com voz rouca.

Quando ele tentou rolar de lado, ela o puxou de volta.

– Não. Ainda não.

– Sou pesado demais.

Como poderia explicar que precisava que ele a mantivesse presa ali embaixo? Ela sentia como se não tivesse peso nem amarras, como se fosse um balão solto do cenário que era a sua vida. Não tinha família, era verdade, mas seu trabalho, sua missão, sua… obsessão… haviam sido uma fundação tão forte quanto todos aqueles Dias de Ação de Graças, Natais, aniversários e casamentos que os outros viviam. Tudo bem, sua noção de lar envolvia crime, perigo, cadáveres e demandava constante instinto de autopreservação, mas, ainda assim, era o que lhe era familiar.

O que a fazia se levantar da cama pela manhã.

O que lhe dava propósito.

Não, não sabia em quem confiar – e não no sentido "das ruas". Mesmo dentro do Departamento de Polícia de Caldwell.

Quando Luke por fim se moveu, ele a levou consigo, os dois ainda enroscados, ele ainda dentro dela. Esticando a mão para trás, ele puxou um punhado de tecido para cima deles.

– Por favor, não vá atrás do Mozart – ela disse ao acariciá-lo no rosto.

Os olhos dele a prenderam na luz da vela – e ela sentiu como se ele pudesse enxergar através dela.

– Por quê? Porque você vai?

Sim, ela pensou, foi isso o que ela decidira fazer. Era a sua única garantia de segurança dentro do departamento. Alguém lá dentro a comprometera perante o homem, mas se ela própria conseguisse apreendê-lo e entregá-lo? Deste modo, ela ficaria bem.

Era a única maneira de sobreviver.

Além do mais, Mozart não sabia com certeza se ela estava viva ou morta, e isso lhe dava uma vantagem.

– Rio? O que está se passando na sua cabeça?

Voltando a se concentrar, ela deu de ombros.

– Há outros traficantes na cidade. – Ela procurou afastar a tristeza da voz. E fracassou. – Eu queria muito mesmo que você não… Eu queria poder ajudá-lo a sair disso. É isso.

– É você quem precisa sair dessa vida, Rio. Está te matando por dentro, como uma doença. Você já perdeu um irmão e os pais para as drogas, não se perca também.

– É tarde demais para isso – disse ela com pesar.

Acometida por uma súbita onda de emoção, ela quis se agarrar a ele e começar a falar um monte de loucuras sobre não só ele sair do radar, mas ela também – só que ela sabia que isso não seria possível. Contos de fadas não existem no mundo real, e certamente não entre policiais e traficantes de drogas.

Permaneceram em silêncio pelo que pareceu uma vida inteira. Em seguida, ele falou:

– Você precisa sair daqui primeiro. Para eu ter certeza de que ninguém está te seguindo.

– Isso não pode ser o fim – sussurrou para si. Embora, tecnicamente, aquele fosse o segundo adeus deles, não?

– Tem que ser. E você sabe disso. Não somos bons um para o outro.

O homem estava certo, claro.

– Estou tão cansada, Luke. Estou correndo há tanto tempo...

– Eu também me sinto assim. – Ele resvalou o lábio inferior dela com o polegar. – E eu sinto muito se fui rude quando montei em você.

– Você é perfeito. – Ela o acariciou no peito, sobre o coração. – Além do mais... Vai ter que durar uma vida inteira, não?

Por um momento, enquanto ele a fitava nos olhos, ela sentiu como se a sua determinação estivesse se esvaindo. Mas, em seguida, ele acenou com firmeza e retirou as camadas de tecido de cima de si. O modo como tomou cuidado para mantê-la coberta a emocionou.

Detestava que cuidassem dela. Que se preocupassem com ela.

Mas não ele.

Ele tinha largado as calças no chão de qualquer jeito. Quando se inclinou para apanhá-las do piso de concreto, ela foi agraciada com uma bela visão da sua bunda. Logo ele vestiu as calças e as subiu pelas coxas grossas...

Algo caiu do bolso delas – um punhado de papéis, o formato quadrado com que tinham sido dobrados agora se desfazendo por terem saído do confinamento em que tinham sido forçados a ficar.

Naqueles papéis... ela viu algo que reconheceu.

Rio esticou a mão e os puxou na sua direção. Alisando as folhas, viu os esboços que fizera das instalações.

Não que tenha sido difícil identificá-los.

– Sei que você é tira, Rio. – Quando ela o fitou, ele ergueu a mão. – Tudo bem. Não vou contar pra ninguém. Mesmo se me torturarem, o seu segredo está seguro. Porém, faça-nos um favor e não tente mentir para mim agora. Você deu um jeito de ficar mais tempo do que precisava sob o pretexto de ajudar Kane, evidentemente desenhou essas plantas e está praticamente me implorando para sair dessa vida. Se você fosse mesmo uma traficante, estaria preocupada com a negociação. E nunca tocou no assunto. Nem uma vez sequer.

Ao baixar o olhar enquanto subia o zíper, seus cabelos caíram para a frente e esconderam sua expressão. Em seguida, ele vestiu o moletom e uma jaqueta que ela não tinha notado. Para calçar as botas, ele se sentou no chão ao lado da cama improvisada, e ela o observou à distância enquanto as mãos fortes davam o laço nos cadarços.

Em seguida, ele ficou parado.

Quando olhou para ela, sua expressão era de total tristeza.

– Sei que me usou. Nunca vou ter certeza do quanto daquilo que fizemos foi real e quanto foi para me seduzir e alcançar os seus objetivos. E a verdade é que... eu não quero a verdade. Prefiro deixar tudo como está agora e ser capaz de fingir que você se importou comigo. Mesmo que só um pouco.

Rio esticou a mão, mas ele se esquivou do seu toque.

– Eu escolho acreditar na minha fantasia – disse ele. – Fantasias nunca são reais, certo? Mas são maravilhosas, não? Ainda mais quando não há nada que se compare a elas em termos de esperança e validação. E, no meu caso, eu tenho uma a mais do que a maioria das pessoas. A minha não é só uma conjectura produzida pela mente, mas uma lembrança real. Uma experiência tangível.

Ela apertou os olhos.

– Luke, não foi assim para mim...

– Foi. Mas você sempre foi boa demais para mim, e eu soube disso o tempo inteiro. E não só porque sou traficante e você é...

Sentando-se para interrompê-lo, manteve uma faixa de veludo azul diante do peito.

– Eu *nunca* menti pra você.

– A não ser por ter escondido quem de fato você é. – Ele baixou o olhar para as mãos. – Porém, como eu já disse, está tudo bem. Você tem motivos muito, muito bons para guardar tudo isso pra você. Eu não a culpo, e só me sinto afortunado por ter estado com você, não importando o motivo ou o pretexto.

– Por favor, deixe-me explicar.

– Sem mais mentiras, não é possível explicar, e eu estou em paz com aquelas que já existem entre nós. – Luke se virou para a escada. – Vou te dar privacidade para você se vestir. Eu te vejo lá em cima.

Ele se afastou, movendo-se daquele seu jeito lindo. Quando desapareceu escada acima, lágrimas caíram dos olhos dela.

Porém, sendo honesta consigo mesma… Como achou que as coisas fossem terminar?

– Ah, Deus… – disse à luz da vela. – Acabou mesmo.

CAPÍTULO 51

QUANDO RIO APARECEU na cozinha, abriu a porta lentamente. Luke estava perto das bancadas lascadas e da pia arruinada, recostado com os braços cruzados diante do peito e mirando as botas.

Ergueu o olhar e sorriu de leve.

– Pronta pra trocar?

– O que disse?

– As chaves. – Ele ergueu uma argola com um molho de chaves. – Dos carros. É melhor que você não esteja num carro que veio daquele lugar.

Ele precisou explicar melhor porque evidentemente o cérebro dela não estava processando nada e ele sabia disso.

– Ah, certo. – Ela andou até perto dele, tirando algo dos bolsos. – Aqui está.

Suas mãos mal se tocaram quando fizeram a troca, e ela olhou por cima do ombro dele para o carro velho ao luar.

– Não consigo acreditar que isso esteja acontecendo – disse ela, sem saber a que parte se referia.

– Vou pedir que faça uma coisa por mim.

– O que você quiser. – *Dentro do razoável*, pensou.

– Feche os olhos e me perdoe.

– Pelo que…

De repente, sentiu uma dor de cabeça perfurante na frente do crânio e seus pensamentos ficaram confusos. A princípio ela não fazia ideia do que estava acontecendo, mas logo se lembrou de como se sentiu quando o guarda, de alguma forma, controlara seu corpo naquela sala de trabalho.

Só peguei o que era absolutamente necessário, ela ouviu Luke dizer em sua mente.

Uma sensação estranha de dissociação levou um tempo para se dissipar e ela esfregou o olho que doía.

– Estou com dor de cabeça.

– Adeus, Rio.

Ela quis abraçá-lo, mas já sentia que as emoções começavam a sufocá-la. E também havia seus pensamentos confusos, nada organizados, nada fazendo sentido.

– Adeus, Luke – murmurou.

– Damas primeiro.

Com o coração na garganta, ela se virou e abriu a porta, que rangeu. A noite lá fora não estava muito mais fria, já que a casa não tinha calefação.

Olhou para trás ao fechar a porta. Luke ainda estava encostado na bancada, encarando as botas, uma figura solitária numa cozinha abandonada, arruinada, com o peso do mundo sobre os ombros muito fortes.

As pontas dos dedos pairaram sobre o vidro empoeirado. Então, ela se virou para o carro.

Quando entrou no Monte Carlo, ainda sentia certa confusão mental, mas pelo menos a dor de cabeça estava passando. E ela sabia o que fazer com a chave, e onde estavam os pedais, e como dar partida no motor.

No entanto, uma coisa estava absolutamente clara: seu coração se partia.

Manobrando a lata velha, ela seguiu seu caminho, desviando o carro de buracos e de uma árvore caída.

Imagens dos momentos que tivera com Luke passavam na sua mente. Acordar na clínica e encontrá-lo a seu lado. Beijá-lo. Aquele banho nos aposentos privativos. Lembrou-se dos outros dois homens, seus dois amigos, e também do paciente. Além do fato de ter executado o... Bem, o Executor.

Também pensou em quando se apertou naquele elevador de comida. E em quando se escondeu debaixo daqueles blocos de droga trancados.

No entanto… algo estava errado. Não conseguia se lembrar de onde estivera. Tudo parecia um sonho em que nada se encaixava por completo, embora os pedaços estivessem intactos. Além disso, quanto mais ela se concentrava, mais tudo ficava indistinto e mais a sua cabeça doía.

Para onde estava indo, perguntou-se…

O animal que apareceu correndo na frente do seu carro era tão rápido que ela não conseguiu desviar, tão grande que, quando ela atropelou o pobre, o carro foi lançado para um lado.

— Maldição!

Ela pisou fundo no freio e segurou o volante com força. Depois, parou e pôs o carro em ponto-morto. Abriu a porta e se inclinou para fora, mas não conseguiu enxergar nada. Com a mão trêmula, soltou o cinto e apoiou um pé no chão. Ao sair, concluiu que tudo o que podia dar errado estava dando…

Era um cachorro.

Um cachorro grande. Talvez um lobo… pelo tamanho da pata traseira que aparecia perto do pneu da frente.

Nenhum grunhido. Nenhum movimento. Nenhum arfar.

Estava na cara que o matara.

Encolhendo-se na própria pele, quis chorar. Parecia que tudo estava contra ela. Embora sua própria vida corresse perigo e ela tivesse acabado de perder o homem a quem amava… a ideia de ter ferido um animal inocente foi completamente insuportável.

E também havia a realidade de que teria que retirá-lo de baixo do carro se quisesse continuar dirigindo.

– Você tem que fazer isso – resmungou.

E essa parecia a música tema da sua realidade sombria e deprimente de modo geral.

Procurando se controlar, sacou a arma e deu a volta ao redor da porta…

E ficou paralisada.

Em seguida, lentamente cobriu a boca com a mão livre e mal conseguia conter o grito que queria escapar garganta afora.

Havia um pé humano na frente da roda dianteira. Não uma pata.

Ou ela estava perdendo a cabeça… ou a visão.

Cambaleando para a frente do carro, ela viu algo que os seus olhos simplesmente se recusavam a processar. Estava… estava acontecendo uma espécie de transformação com o cachorro… lobo… aquilo estava *mudando*.

O lobo estava mudando.

Bem diante dela.

O pelo cinza e branco parecia retrair-se para dentro da pele abaixo dele, e havia uma série de estalos, como se ossos ou juntas estivessem se quebrando. Era como se os membros estivessem se remodelando, empurrando pés e mãos para a frente. E também havia o rosto. O focinho recuou, se transformando em queixo, boca e nariz, enquanto a cabeça expandia, um crânio arredondado tomando o lugar do topo achatado do canino.

Rio deu um passo para trás. E outro.

Sabia que devia se importar por estar diante da luz dos faróis, mas seu cérebro estava tomado por…

Ela se chocou contra algo sólido.

E, quando arquejou, sentiu o cheiro do perfume que Luke sempre usava.

Saltando para longe dele, ela girou e participou de um jogo horrível de ligue os pontos: *Piscada*. Viu o cachorro irrompendo pela porta daquele apartamento e atacar o homem que ia matá-la. *Piscada*. Luke em roupas que não lhe serviam soltando-a das amarras nas estacas do chão. *Piscada*. Lembrou-se de Apex caindo de joelhos, fraco diante da luz do sol que iluminava aquele corredor. *Piscada*. Lá estava ela de novo arrastando Luke de volta para a escada da porta dos fundos, tirando-o da luz do sol enquanto sua pele queimava. *Piscada*. Noturnos. *Piscada*. "Vinculados" e não "casados". *Piscada*. Os pensamentos embaçados que tivera subitamente depois que Luke a encarou fundo nos olhos pouco antes de ela sair da casa de fazenda. *Piscada…*

Só peguei o que era absolutamente necessário.

Rio apontou a arma para Luke, o horror e a descrença tomando conta do seu ser.

– Que diabos é você? – exigiu saber. – *Que diabos é você!*

CAPÍTULO 52

UMA CARACTERÍSTICA MARAVILHOSA dos carros sem identificação oficial, especialmente os mais antigos, é que você consegue apagar todas as luzes. Faróis, lanternas, luzes internas. Nada fica aceso.

Na era moderna, quando todos ficam cuidando da vida alheia, é bom ter a opção de simplesmente dizer: *olha só, não estou com a mínima vontade de chamar a atenção hoje, por isso, vou ficar aqui no escuro. Obrigado.*

Sentado ao volante, no estacionamento de trás da delegacia, José ficou olhando para o escritório de Stan no terceiro andar. Sabia que era a janela certa porque as luzes das salas da divisão de homicídios sempre ficavam acesas, e os dez painéis de vidro iluminados em fila lhe davam a certeza. Ademais, o prédio não era tão grande assim.

Stan estava mexendo em algo lá dentro. E foi para o banheiro – José soube disso porque a janelinha que não combinava com as demais na fachada se iluminou.

José relanceou para o banco do passageiro. O envelope que a gentil vizinha grávida levara ao apartamento de Rio estava sobre a carteira e o celular de Leon Roberts.

O resto do caso que José montava estava na sua cabeça.

E no seu coração partido.

– Que jeito de sair – resmungou, sem saber se falava de Stan ou de si mesmo.

Pensando bem, estavam juntos naquilo. Como estiveram quando começaram, ambos na mesma época…

Quando seu celular tocou, ele se sobressaltou e enfiou a mão no bolso interno do casaco esportivo. Atendeu a ligação e se preparou…

Então, relaxou.

– Oi, amor – murmurou.

A voz da esposa parecia preocupada.

– Onde você está?

– Estou… trabalhando num caso.

– Ah, pensei que já estaria voltando para casa.

– Eu também – disse sério. – Como foi seu dia?

– Longo. – Ele ouviu alguns ruídos seguidos de um baque, e conseguiu visualizá-la colocando aquela bolsa imensa cheia de livros e o laptop em cima da mesa da cozinha. – Tenho prova na semana que vem, então vou ficar aqui estudando enquanto espero por você. Acha que vai demorar ainda?

– Eu não sei. Talvez… algumas horas.

– Tudo bem.

A forma tranquila como ela disse as duas palavras era o motivo de continuarem casados. A mulher era paciente, inteligente, tudo o que havia de bom na sua vida.

– Nós vamos tirar férias e viajar. – A voz dele embargou. – O seu semestre vai terminar na mesma época em que eu me aposento. Você e eu, em uma lua de mel de casados. Uma semana, pra onde você quiser ir. Você escolhe.

A risada dela foi de surpresa.

– José, você detesta viajar. Sabemos disso.

– Não. Desta vez, não. Você e eu, pra onde você quiser, é o meu presente para você.

Houve um soluço do outro lado da linha.

– Mesmo? Está falando sério?

– Eu até vou tirar o passaporte pela primeira vez em… Bem, na verdade, deve ser mesmo pela primeira vez.

– Ah, José, eu te amo.

– Eu também te amo…

– Tome cuidado hoje à noite. Está frio e… eu não sei. Estou com uma sensação ruim por algum motivo.

Eu também, amor, ele pensou.

– Vai ficar tudo bem – disse para ela quando a luz do banheiro privativo de Stan se apagou.

José não prestou muita atenção no que ela disse quando encerraram a ligação, mas, quando desligou, teve certeza absoluta de que aquela semana de folga seria um presente para ambos. Talvez pudesse transformar aquilo num evento anual, uma tradição enquanto ela concluía seu PhD.

Lá no terceiro andar, todas as luzes do chefe se apagaram, inclusive as da sala de espera.

Antes que José pudesse guardar o celular, certificou-se de que estava no silencioso. Em seguida, ajustou o cinto de segurança, cruzando-o no peito.

Se Butch estivesse ali, aquele tira de Southie o teria deixado maluco enquanto esperavam, falando sem parar sobre os resultados dos jogos e se mexendo inquieto e impaciente no banco. O bastardo era a pior companhia em tocaias. Era um homem de ação.

Fora.

E logo José também ficaria no passado. Bem, por ter se aposentado da força policial.

Deus, como desejava que seu antigo parceiro estivesse ali. Butch saberia como lidar com aquilo – na verdade, não. Butch simplesmente teria enfrentado o chefe, empurrando-o contra a parede e começando uma contagem regressiva até a surra.

O protocolo que se fodesse e tal…

A porta dos fundos da delegacia se abriu e uma silhueta solitária surgiu. O chefe tinha uma vaga reservada perto da saída e olhou ao redor antes de entrar no sedan. O cara sempre estacionava de ré, então, quando ele deu a partida, os faróis se acenderam, iluminando o estacionamento praticamente deserto.

José se abaixou, embora estivesse do outro lado da rua em uma parte escura.

O carro de Stan atravessou as vagas vazias e, diante da guarita, que já estava vazia àquela hora da noite, parou para passar seu cartão. Por um breve instante, as luzes de segurança atravessaram o para-brisa e iluminaram seu rosto.

Ele parecia sério demais.

Virando à esquerda, ele desceu pelo Bulevar Muhammad Ali. Quando estava a uns cinco carros de distância…

José ligou o motor e seguiu o chefe de polícia, mantendo as luzes apagadas.

Como soube que o homem voltaria para o escritório naquela noite? Porque mesmo alguém desorganizado e esquecido o suficiente para deixar as portas destrancadas depois do expediente… ainda tinha instintos de sobrevivência suficientes para se lembrar de um erro cometido.

E voltaria para buscar as provas que o ligavam não a um, mas a dois homicídios.

CAPÍTULO 53

Sob a luz dos faróis do Monte Carlo, Lucan ergueu as mãos, num movimento que era o sinal universal de alguém se engasgando sem conseguir respirar: quando você tem uma arma apontada para a sua cabeça, ergue as mãos para longe do corpo. Ainda mais se também estiver armado e não quiser levar bala por um movimento repentino.

Nesse meio-tempo, a mulher que apontava o cano da arma… acabara de somar dois e dois e chegara a um resultado que, na tradição dela, chamavam de *lobisomem*.

Não era exatamente uma notícia que deixaria alguém calmo e relaxado.

Àquela altura, Rio tremia tanto que ele pensou que seria possível ela puxar o gatilho sem querer – e um tiro letal é um tiro letal, quer você tenha tido a intenção de atirar ou não.

– Rio...

Ele tinha a intenção de continuar, mas o que poderia dizer?

– O que você é? – repetiu ela. Dessa vez com um equilíbrio frio no tom.

– Eu sou… o que sou.

– Isso não responde porra nenhuma.

– Não sei o que você quer que eu diga. Você sabe o que está acontecendo…

– Não, eu não sei! Não estou entendendo nada. Que diabos é aquilo… que diabos você é?

– Não sou nada diferente do que era antes…

– Você não é humano! – ela exclamou.

– E nunca fui.

Ela pareceu perder a voz. Ou talvez a cabeça.

– Eu não sabia. – Ela enfatizou seu ponto de vista com o cano da arma. – Um detalhe pra deixar de fora.

– E o que você teria feito? Sério. Queria que eu chegasse perto de você nas ruas de Caldwell e dissesse: "Ei, sou um licantropo mestiço, prazer em conhecê-la. Que tal uma transação de 50 milhões em drogas nos próximos dois meses. Maravilha. Assina aqui"? – Ele se inclinou para a frente. – Isso teria dado muito certo, não acha? Suave como a porra de um veludo.

Quando seu temperamento começou a levar a melhor sobre ele, Lucan deu as costas para ela e ficou andando de um lado a outro na estrada de terra. Se ela quisesse atirar nele? Foda-se. Boa sorte para tirar seu primo bastardo, traidor e inútil de baixo do Monte Carlo...

– Ele é seu primo?

Quando as palavras dela interromperam seu monólogo interno – supostamente interno –, ele voltou a se concentrar e percebeu que dissera tudo aquilo em voz alta.

Tudo bem. Tanto faz.

Ele girou e voltou para junto dela.

– Tudo bem. Você quer saber de tudo. – Ele apontou com o indicador por cima do ombro dela. – Aquele lugar onde estávamos é a porra de uma prisão. E não há nenhum cacete de um ser humano lá dentro. O tráfico de drogas serve para que sobrevivamos com um mínimo de comida, água e cuidados médicos. – Agora, apontou para a forma meio humana morta e presa embaixo do carro. – E foi esse macho, junto a alguns outros, quem me colocou naquele inferno na década de 1980. Pronto. Agora você conhece toda a minha história.

Enquanto os olhos dela alternavam entre ele e o cadáver, Lucan perdeu as estribeiras.

– Se atirar em mim agora, vai ter que remover dois corpos da sua frente antes de acelerar de novo. Eu recomendaria que me usasse para tirá-lo antes de me matar como matou o Executor.

Houve um momento de tensão. Em seguida, ela abaixou a arma.

– Não estou entendendo nada disso – ela balbuciou.

– A sua compreensão não é necessária. A realidade está pouco se fodendo com o que é racional e sensato. Creia-me, eu aprendi isso muito bem ao longo das últimas…

– O que é a outra metade? – ela o interrompeu. – Qual é… a sua outra parte?

Lucan olhou para o céu.

Depois, baixou a cabeça. E curvou o lábio superior.

Pela primeira vez perto dela, ele deixou que suas presas se alongassem – e teve que ignorar a fome tilintante ao considerar todos os lugares macios na pele dela em que poderia afundá-las.

– Tenho certeza de que já ouviu sobre o mito – ele disse em voz baixa. – Mas os humanos entenderam tudo errado. Como de costume.

– *Vampiro* – ela sussurrou horrorizada.

E essa foi a hora de uma pequena pausa.

As pernas de Rio tomaram a decisão sem consultar seu cérebro e o incômodo livre-arbítrio que costuma controlar as negociações entre o corpo e a mente: num segundo ela estava de pé; no seguinte, ela estava sentada, no acostamento da estrada.

A boa notícia – talvez decorrente do seu treinamento – é que ela pensou em se certificar de não puxar o gatilho enquanto caía. E agora que estava de bunda no chão, literal e figurativamente falando, deixou a nove milímetros de lado na terra.

E cruzou as mãos no colo como se estivesse na igreja.

Depois de um momento, ouviu alguns sons: arrasto, puxadas, um grunhido ou dois. Ela não conseguia saber o que Luke estava fazendo, mas entendia o conceito geral.

Em seguida, o rosto dele parou diante do seu. Ele até chegou a acenar diante dos olhos dela.

– Não estou entendendo – ouviu-se dizer. Que era o que ficava se repetindo sem parar na sua cabeça.

Luke se ajoelhou.

– Eu posso fazer isso sumir.

– O quê?

– Posso fazer com que se esqueça de tudo. Você não se lembrará de nada. Será como se nunca tivesse acontecido.

Isso explica tudo, ela pensou.

– O guarda. E depois o que você fez… lá atrás… – Ela fez uma careta quando a cabeça doeu. – Vocês fazem isso com as pessoas, não fazem? Manipulam suas memórias.

– Será mais fácil para você.

– Não – ela disse num fio de voz. – Não quero isso. A minha… mente, você não pode roubá-la de mim.

Quando ele não respondeu, ela começou a reviver tudo – só para tentar descobrir o que podia ter sido removido.

– O meu disfarce foi comprometido e Mozart mandou alguém para me sequestrar no meu apartamento. Eu recobrei os sentidos na casa dele. Ele não mostrou o rosto, me drogou… – Fez uma pausa e olhou para a frente do Monte Carlo. – O que é esse grunhido? Pensei que ele estivesse morto…

– Desculpe. – Luke cobriu a boca com a mão. – Fico um pouco… agressivo, às vezes.

Rio se virou para ele e olhou-o de verdade pela primeira vez.

– Você atacou o cara do canivete. Aquele era você. Não foi um cachorro de rua.

– Bem, tecnicamente, era o licantropo dentro de mim. Mas, sim, eu o enviei para salvá-la.

– Você o enviou…

– É como ter duas pessoas numa mesma pele. Em grande parte eu estou no comando. Mas, em determinadas circunstâncias, ele sai, e faz o que faz. Ele é muito perigoso.

– Por que ele não me machucou? – Ela estava mesmo falando assim? – Porque você disse a ele que não o fizesse?

– Não, ele conhece você. Ele conhece... você. É a única explicação que eu tenho.

– Você parece tão... normal.

– Não, eu só pareço humano na aparência. – Ele franziu o cenho. – Fale-me do Mozart. Foi ele quem a feriu?

– Nunca tinha estado com ele pessoalmente até ele me sequestrar. Nossa comunicação era toda feita por meio de telas e VPNs. Eu estava chegando perto, perto pra caramba. Mas ele me descobriu porque... – Respirou fundo. – Acho que alguém no departamento falou com ele a meu respeito. Outro policial, que trabalhava infiltrado como eu, foi assassinado, e pouco antes de ser morto ele tentou me avisar. Isso foi na noite em que nós nos conhecemos.

– Caramba.

– E é por isso que eu não posso voltar para Caldwell. Não sei em quem confiar, mas não posso deixar Mozart vencer. Não posso. – Ela fechou os olhos. – Mesmo que seja a última coisa que eu faça, eu só quero...

– Matá-lo?

Rio meneou a cabeça.

– Quero mandar o maldito pra prisão. Ele é tudo contra o que sempre trabalhei. Ele matou tantas pessoas, e eu só... Levei dezoito meses para me aproximar dele. Quero que ele fique na prisão pelo resto da vida. – Ergueu as mãos. – Depois disso, posso me aposentar. Estou acabada nesse meio, de todo modo. O meu disfarce foi descoberto, a minha vida está uma confusão.

Eles ficaram por ali tempo suficiente para uma estrela cadente atravessar o veludo azul da noite estrelada... e viajar por todo o plano visível do universo.

– Sabe, conversar com você continua sendo tão fácil agora quanto era antes. – Ela sorriu de leve. – Quero dizer, isso é incrivelmente normal para ser uma situação tão bizarra.

– É porque sempre fui, e ainda sou... eu.

Rio baixou o olhar para as mãos e se lembrou de tê-las passado pelo corpo dele. E de como foi fazer amor com ele. E da conexão que ela sentiu – e ainda sentia.

– Sabe – disse ele –, eu poderia ajudar.

Ela levantou a cabeça.

– Como?

– Posso ajudá-la a encontrar Mozart.

– Mas… como?

Luke cutucou a lateral da cabeça.

– Temos truques, lembra? Se quer encontrar Mozart, eu posso ajudar.

– Mas por que… Por que você faria isso? Se o tráfico de drogas mantém a… prisão… Se o dinheiro é necessário para alimentar e vestir e…

– Você não tem que se preocupar com tudo isso. Só tem que se perguntar se quer pegar o Mozart a ponto... de trabalhar com um cruzamento de vampiro com licantropo para conseguir isso.

Rio desviou o olhar para ele – e se concentrou em seu rosto. Todas as feições eram dolorosamente familiares, exatamente as mesmas de sempre.

– Somos sobreviventes, lembra? – ele disse em voz baixa. – Vivemos o presente porque é só isso que temos. Mas os sobreviventes também acertam as contas. Do jeito certo.

CAPÍTULO 54

A CASA DO CAPITÃO STANLEY Carmichael era térrea, baixa e ficava nos fundos de um terreno que poderia acomodar uma estrutura muito maior. Quando José parou na esquina da esquerda da propriedade atrás da casa, deixou o carro em ponto-morto.

Stan estacionou na garagem, desligou o carro e saiu. Ele agora se dirigia à caixa de correio, como se tivesse estado tão distraído ao chegar que se esquecera de apanhar a correspondência do dia: contas, folhetos de propaganda e tranqueiras diversas.

José olhou ao redor para se certificar de que não havia ninguém nos arredores. Não, não havia ninguém. As outras casas eram separadas por lotes igualmente largos, e o bairro estava mais para um condado rural do que para um subúrbio, a despeito da proximidade com a Northway.

Quando Stan se voltou para a entrada da casa, José relembrou a época em que o cara se mudara para os limites da cidade. Pareceu-lhe um impulso depois do divórcio, não uma escolha inteligente de alguém que nunca cozinhara ou lavara a própria roupa — e que, sem dúvida, acabaria se assentando com outra pessoa logo em seguida.

Ou pelo menos tentaria.

Stan esclarecera o mistério mais ou menos um ano depois. O lugar aparentemente era a cópia da casa na qual ele fora criado. Então esse foi o motivo. Emoções e propriedades com frequência estão ligadas.

Enquanto José observava o homem caminhando, teve a percepção de que estava esperando que sua mente chegasse a outra conclusão:

certamente havia uma explicação diferente para tudo aquilo, uma que não tornava o homem que ele conhecia um monstro capaz de matar um funcionário público inocente por causa de uma ou duas coisas.

Ou era extorsão, porque Stan sabia que Stephan Fontaine era um escroto filho da puta de um traficante de drogas… ou porque Stan estava sendo subornado e entregara a mercadoria encomendada.

De todo modo, Stan fora o responsável por comprometer o disfarce de Rio.

E talvez ela tivesse algo a ver com aquela cena de crime debaixo do apartamento de Mickie, aquele outro traficante. Felizmente, ao que tudo indicava, ela ainda estava viva, portanto, poderia dar seu próprio testemunho a respeito.

Assim que fosse seguro para ela fazer isso.

Stan parou perto do carro e olhou para o céu. Como se estivesse em busca de uma graça divina ou algo assim.

Ou de possibilidades quanto ao paradeiro da carteira e do celular.

– Hora de trabalhar – José murmurou para si mesmo ao acender os faróis e pôr o carro em movimento.

Acelerando, deu a volta na propriedade de Stan e aproximou-se da entrada da garagem. Quando os faróis fizeram a curva, iluminaram seu velho amigo na escuridão, colocando-o sob os holofotes. O cara parecia envelhecido, com os cabelos grisalhos, e exausto, em seu terno amarrotado, quando ergueu o braço para proteger os olhos da claridade.

José parou o carro e abriu a porta. Ao sair, disse:

– Oi, Stan.

Houve uma pausa. Em seguida, o chefe do Departamento de Polícia de Caldwell lentamente abaixou o braço.

– José. O que está fazendo aqui?

– Acho que você sabe, Stan. Acho que você sabe exatamente por que estou aqui.

O centro da cidade de Caldwell estava fervilhando, com pessoas em todas as ruas, entrando e saindo de bares e boates, comendo e bebendo dentro dos estabelecimentos porque estava frio demais para fazê-lo ao ar livre. Enquanto Rio olhava pelo vidro sujo do Monte Carlo, ainda não tinha certeza se tudo aquilo não era um sonho. No entanto, parecia muito real.

Até o perfume de Luke. Ou… cheiro.

– Para onde vamos?

Quando Luke fez a pergunta, ela o orientou a avançar mais uns três ou quatro quarteirões. Não sabia exatamente para onde…

– Ali. – Sentou-se mais ereta. – Lá está ele. Aquele é o cara.

Luke não variou a velocidade nem olhou para o homem alto e corpulento que estava parado na entrada de um prédio de escritórios fechado àquela hora da noite. Só seguiu em frente, dando a volta no quarteirão, sem pressa.

– É conhecido nas ruas como Chins. – Ela olhou através do vidro do carro velho. – Há boatos de que é o olheiro de Mozart nas ruas. Mickie tinha inveja dele. Tentei me aproximar, mas ele é um operador totalmente à parte. Ele só observa, e fecha alguns negócios para fazer parecer que ele é como os outros. Ele é a nossa melhor aposta de alguém que possa de fato conhecer Mozart.

Com um aceno, Luke deu a volta no quarteirão pela segunda vez – e parou bem na frente do cara.

– Espera! – disse Rio. – Ele vai me ver. Me deixa na…

– Não vai fazer diferença. Acredite em mim.

Quando ela se encolheu mesmo assim, Luke abaixou o vidro do carro.

– Ei, tem alguma coisa pra vender?

Rio virou o rosto, como se estivesse inspecionando a porta do veículo.

– O que está procurando? – foi a resposta áspera.

– Na verdade, mudei de ideia. Acho que só vou pegar o que preciso.

Houve um silêncio e Rio olhou para eles. Depois, encarou-os. Não havia nenhum contato entre os dois, nenhuma arma fora sacada... No entanto, Chins estava parado ali, tão dócil quanto uma foca amestrada.

– Obrigado – Luke murmurou. – E você não vai vender mais para ninguém com menos de 18 anos. Você vai passar a recusar os menores de idade, filho da puta.

Chins se afastou do carro quando Luke acelerou e Rio se virou para trás para olhar pelo vidro traseiro. O traficante continuou parado na calçada, com as mãos na cabeça como se ela doesse, com o rosto confuso enquanto olhava ao redor como se não conseguisse entender o que tinha acontecido.

– Não conheço Caldwell – disse Luke. – Mas ele foi a uma casa. Uma casa enorme com colunas brancas na entrada. Tem um portão e um muro de pedras. Árvores no gramado. Mas não tenho o endereço, nem o número, nada assim. Também não tenho um nome de verdade. Nem mesmo número de celular. Ele nunca liga, só recebe ligações.

– Tem certeza de que é em Caldwell?

– Sim, em algum lugar em Caldwell. – Luke olhou para ela. – Ele não ia lá pra tratar de negócios. Eles estão trepando. Ele está apaixonado por esse cara, o Mozart, e parece que o homem sente o mesmo.

– Então, espera... Como é a casa mesmo?

– Só o que consigo dizer é que tem colunas na entrada. Seis, com arabescos no topo. E dois cachorros esculpidos.

Bem, Rio pensou, pelo menos isso restringia os locais de busca. Só havia um bairro em Caldwell que teria uma casa assim.

– Vire à esquerda aqui – ela indicou. – Tenho uma ideia de para onde devemos ir.

CAPÍTULO 55

– Qual é, José, acha que leio mentes? Mal consigo me lembrar do que comi no café da manhã. Entrar na sua cabeça está muito além das minhas funções, mesmo sendo o chefe. E dá pra apagar os faróis? Caramba.

– Sei que você sabe o que encontrei.

– Fé? – Stan deixou a correspondência no capô do carro e enfiou as mãos nos bolsos da jaqueta. – Ah, não, espera, você já frequenta a igreja…

– Mantenha as mãos onde eu possa vê-las. – José aumentou o volume da voz. – Stan, não me faça…

Aconteceu rápido demais. Se o suspeito fosse outro, José teria lidado de maneira diferente com a situação. Mas o passado e o presente se misturaram em seu âmago, a presença de um suspeito com a aparência do seu velho amigo, e com a voz dele também, fazendo dele alguém lento e desajeitado: bem quando ele sacou sua arma de serviço, Stan tirou a dele do coldre e a apontou para o seu coração.

– O que há de errado com você? – ralhou o chefe. – Mas que *raios* está acontecendo com você?

Estavam num impasse, nada entre eles a não ser o ar, dois canos apontados para troncos mortais.

– Por que fez isso, Stan? Matou Leon Roberts e sacrificou Hernandez-Guerrero para Mozart. Foi pelo dinheiro? Qual o propósito?

Mal houve uma pausa, como se Stan estivesse se apegando à sua verdade por tempo demais.

– Ah, é fácil pra você falar. Você tem a sua esposa e uma família. Tem festas e fins de semana, e pessoas que o esperam voltar para casa. Alguém cozinha para você, com os ingredientes de que você gosta, do jeito que gosta, e toda noite há um corpo quente dormindo ao seu lado. Vai se foder com esse julgamento todo, tá bom? Eu volto toda noite para a porra de uma casa vazia…

– Stan, você tem que abaixar essa arma…

–… e sabe no que eu penso? – O homem inclinou o quadril para a frente, a gravata pendurada. – Sabe aquela aposentadoria que eu tenho? Metade dela é pra Ruby. O dinheiro que juntei ao longo de 25 anos de trabalho, puxando sacos até ser promovido o bastante para chegar à posição de ser chutado no traseiro diretamente pela prefeita, agora está pagando a hipoteca da casa em que ela mora com a porra daquele marido novo.

– Stan, presta atenção. Sei que você não vai atirar em mim e eu não quero atirar em você. Então, vamos conversar.

– Nós estamos conversando, José – o cara estrepitou. – Sabe qual a melhor parte de fazer uma grana por baixo dos panos? Ela é minha. Não tenho que declarar para a porra do governo e não tenho que dar para a minha ex-mulher. Ainda bem que ela não conseguiu ter filhos, ou eu estaria afundado até o pescoço em mensalidades de faculdade, assim como você está…

– Eu posso ajudá-lo. – José ergueu a voz. – Escuta, com o que você sabe sobre o Mozart, dá pra negociar um acordo. Ele é o peixe grande, não você.

– Acha que não sei disso? Você já viu onde ele mora? Eu vivo dizendo pra ele que só o presidente tem uma casa maior e mais elegante. – O cara soltou um palavrão. – Além do mais, não preciso de muito. Só quero o bastante para sair daqui, pra ter o paraquedas de ouro que eu *mereço*.

– Sei que você não teve a intenção de ferir Roberts…

– Roberts que se foda. Ele é só mais um peso morto que eu tenho que carregar nos ombros. Todos vocês são. Discutindo sobre dinheiro, equipamentos, dias de folga, férias, aposentadorias… Nunca é o suficiente. Nada que eu fizesse era o bastante pra qualquer um de vocês. E sabe de uma coisa? Eu estou pouco me fodendo pra isso agora. Cuidei de mim e não me arrependo, e agora vou dar um jeito em você...

Houve apenas um instante, uma fração de segundo de desatenção, e a arma pendeu para o lado enquanto Stan continuava a desabafar.

Câmera lenta. Isso sempre acontece em câmera lenta, não?

Sabendo que estava a segundos da morte, José apertou o gatilho e a bala foi disparada – e, como ele estava a poucos metros de um tiro a queima-roupa, não havia dúvidas de que a bala atingiria o meio do peito de Stan.

O impacto empurrou o homem para trás, a luz impiedosa dos faróis transformando aquilo numa HQ da Marvel, um supervilão num terno barato e gravata feia recebendo justiça bem no meio do coração.

Com um baque seco, ele quicou no capô do próprio carro e deslizou para o chão, o corpo parando de costas, voltado para o céu acima.

José ficou onde estava, a arma fumegando, o cheiro de pólvora no seu nariz. Em seguida, pegou o celular do bolso do peito, no qual teria colocado um lenço se fosse esse tipo de homem.

Antes de ligar pedindo ajuda ou reforços, desligou o microfone da gravação que iniciara no aparelho no instante em que estacionara o carro na entrada da garagem. Depois disso, encarou Stan por um momento e abaixou a arma lentamente. A boca do homem se mexia, por isso, José se aproximou e ajoelhou.

Últimas palavras e tal. Talvez esperasse algum tipo de arrependimento.

Contudo, era apenas uma reação automática, os músculos do pescoço e do rosto sofrendo espasmos de maneira aleatória. O tiro tinha atingido o meio do peito. José não poderia ter feito um trabalho melhor nem se fosse um cirurgião com um bisturi.

Baixando o olhar para o celular, inseriu a sequência numérica porque detestava aquela coisa de reconhecimento facial. Quando ficou claro que sua mão tremia demais para digitar com precisão, decidiu só fazer uma chamada de emergência para a delegacia de polícia.

Porque aquela era, evidentemente, uma situação de emergência de merda.

Só que seus dedos ainda tremiam e ele pensou: se não conseguia digitar nem os quatro números da senha, porque achou que poderia digitar sete? Ou talvez dez, se o código de área 518 fosse necessário?

Estava tão concentrado na tela do telefone…

… que não viu Stan juntar suas últimas forças…

… para apontar a arma para a sua cabeça.

CAPÍTULO 56

– STEPHAN FONTAINE.

Quando Rio falou em voz alta, Lucan desviou o olhar da sucessão de lojinhas bonitinhas vendendo tortas e de restaurantes bem cuidados pela qual passavam.

– De quem você está falando?

– Stephan Fontaine. As colunas. – Ela apontou para a colina. – Siga por ali. Acho que conheço a casa.

– Entendido.

Ele não fazia ideia de onde estavam, mas Rio era a encarregada, apontando sem hesitação que curvas fazer, para onde ir. E ele sabia, mesmo sem ter visto nenhum casarão ainda, que ela o levara para o bairro certo. Dos postes de luz com seus arcos graciosos às árvores plantadas ao longo das calçadas, sem falar da completa ausência de lixo nas ruas, era óbvio que estavam no território dos ricos.

Enquanto ele dirigia o velho Monte Carlo ladeira acima, as propriedades começaram a surgir, e elas eram exatamente do mesmo estilo bolo de aniversário com cobertura branca que identificara no banco de memórias daquele traficante.

– Quem é Stephan Fontaine? – perguntou.

– Um filantropo que se mudou para a cidade há alguns anos. Ele sempre aparece nos jornais e na TV devido à suas ações beneficentes. Seu nome até batiza uma ala do hospital St. Francis, assim como uma cadeira na faculdade de Economia da SUNY Caldwell. – Ela olhou na direção dele. – Mas ele mora numa casa com colunas. Seis colunas. Escreveram um artigo no *Caldwell Courier Journal* sobre a reforma que ele fez na mansão que comprou. E a casa fica aqui em cima.

Com isso Lucan seguiu em frente. À medida que avançavam, ele já sentia saudades dela.

Parecia-lhe ridículo lamentar a perda de Rio mesmo ela estando sentada ao seu lado. Pelo amor de Deus, ele podia esticar a mão e tocar nela... Não que fosse fazer isso. Ele já a aterrorizara o bastante.

Que tremendo bom partido ele era.

– Aqui! Para!

Ele freou e olhou através do vidro do carro velho.

– É isso. Essa é a casa.

A mansão ficava nos fundos de um gramado, atrás de portões imensos e de um muro de pedras digno de uma penitenciária federal. De fato, havia seis colunas, bem na frente, altas como árvores e mais do que capazes de sustentar o frontão triangular e o telhado de ardósia acima delas.

Era exatamente como a lembrança daquele traficante a descrevera.

– Entrada de serviço – informou Lucan. – Vamos dar a volta. É assim que o cara entrava na propriedade quando vinha visitar.

Levaram um tempinho para encontrar a viela que cortava a rua e, depois, ele passou diante dos fundos de várias casas, encarando as árvores e imaginando quantas câmeras de segurança acompanhavam aquela peça de ferro velho que violava as ruas do bairro imaculado.

– É aqui? – Rio perguntou ao se inclinar na direção do para-brisa. – A entrada é aqui?

– Isso.

Lucan parou numa porta de serviço do lado mais distante do portão de trás. Havia uma garagem fechada junto ao muro de pedras e, através das grades de ferro, ele conseguia ver parte da piscina e, mais além, os fundos da mansão.

– Como entramos? – murmurou ela.

– Isso não vai ser um problema.

– Mas como... – Ela se deteve, lembrando-se de como o traficante no centro da cidade fora tratado. – Tá bem, vamos em frente.

Depois que ele desligou o motor, saíram e se encontraram na frente do para-choque – e ele pôs as chaves nas mãos dela.

– Fique com isso. Se alguma coisa der errado, quero que entre no carro e saia daqui. Não se preocupe comigo.

Os olhos dela se enterraram nos seus, e ele teve a impressão de que ela tinha perguntas, tantas perguntas. Mas aquela não era a hora para isso. Nunca seria.

– Tudo bem – ela disse depois de um momento. – Eu faço isso.

Lucan fez um movimento para beijá-la, mas se deteve a tempo. Recuando, ele assentiu.

E se desmaterializou. Bem na frente dela.

Quando ele se reformou do outro lado do portão fechado, ela estava cobrindo a boca com as duas mãos. Ele odiou o fato de tê-la assustado de novo, mas precisavam entrar e isso não demorava nada para ele...

Dois pastores alemães vieram com tudo pelo lado da casinha da piscina, treinados para não latir quando fossem atacar. Contudo, seus cheiros os denunciaram, pois ele estava a favor do vento, além do som das patas batendo no chão.

Lucan se virou e agachou. O grunhido que saiu da sua garganta não era dele. Era o seu outro lado falando.

A dupla de assassinos muito bem treinados parou, como se estivessem prestes a saltar da beirada de um precipício.

Movendo-se à frente, ele os fez recuar, o seu rosnado subjugando-os, seu contato visual uma promessa do que aconteceria caso eles se comportassem mal: ele os disciplinaria como se fossem filhotinhos, e não machos adultos de quase 40 quilos.

Depois de obrigar os cachorros a recuar até a casa da piscina, ele se virou e trotou para perto do portão – e foi nessa hora que o guarda saiu de uma porta lateral do chalé. O cara estava puto e sem uniforme. Ou talvez ele fosse só um caseiro.

O homem notou Rio e o Monte Carlo de imediato.

Nesse meio-tempo, Lucan aproximou-se sorrateiramente por trás do humano, exatamente quando o homem dizia:

– Posso ajudá-la...?

Subjugá-lo só demorou um momento. Lucan apenas passou um braço por aquele pescoço e ergueu o tronco dele contra o seu.

E neste momento ele descobriu que o "caseiro" estava, de fato, armado.

Lucan pegou a arma e, calmamente, encostou o cano na têmpora do homem.

– Você vai deixá-la entrar agora.

Havia coisas demais na sua cabeça para que conseguisse entrar na mente do guarda e obter as senhas de acesso e coisas assim. Portanto, a Smith & Wesson era uma boa alternativa. Ou deveria ser.

Quando houve certa resistência, Lucan arreganhou as presas...

– Não! – disse Rio. – Não o mate! Todas as pessoas que encontrarmos nesta propriedade serão levadas vivas e depois presas. Todas podem estar metidas nos negócios. *Todas* vão viver.

Que chato. E inconveniente.

Porém, assim como ocorria com todos os machos vinculados, ele fez o que a sua fêmea mandou – e guardou as pontas brilhantes dentro da boca.

Merda, uma bela luta sangrenta bem que viria a calhar para acabar com um pouco da sua tensão.

O portão começou a se abrir e Rio passou por ele assim que houve espaço suficiente. Do outro lado, ela encarou os olhos arregalados do guarda e soube que aquilo era loucura. Mas não recuaria agora.

– Vamos – disse.

Luke levou o guarda consigo, manipulando o homem como se ele não pesasse nada, e quando passaram pela casa da piscina, ela relanceou ao redor, perguntando-se para onde teriam ido os cães. Deus, lembrou-se do ataque que atingira o assassino de aluguel no prédio do Mickie; a ferocidade de tudo fora chocante demais, desde os dentes arreganhados até a mandíbula travada, o focinho vermelho de sangue, o tronco da vítima destroçado, a garganta, uma ferida aberta.

De repente, lembrou-se de ter recobrado os sentidos bem quando tudo tinha acabado. O lobo tinha se virado na direção dela.

Lágrimas escorreram pelos seus olhos, tanto pelo que vira... quanto pelo que estava para acontecer com ela.

O lobo se aproximara dela, o corpo imenso se movendo num andar coordenado. Mas, em vez de atacá-la, ele choramingou. Mexeu em suas pernas com o focinho, como se quisesse soltá-la, caso pudesse. Em seguida, ele se deitara ao lado dela, como se a estivesse protegendo, a cabeça imponente erguida, os olhos voltados para a porta, o focinho testando o ar à procura dos cheiros dos inimigos.

Evidentemente, ela desmaiara de novo àquela altura. Porque só lembrava de ter visto em seguida Luke soltando-a de todas as amarras.

– Você tirou as roupas do agressor – disse ela. – Quando me salvou... você precisava de algo para vestir, e é por isso que tudo estava pequeno demais em você.

Luke olhou para ela. Assim como o guarda – que, ela percebeu de repente, usava as calças de um pijama de flanela e uma camiseta da SUNY Caldwell.

– Sim – Luke confirmou com um aceno. – Eu não queria que você soubesse o que eu era.

Em seguida, eles chegaram à parte de trás da mansão. Havia um terraço que corria por toda a casa, mas não havia nenhuma mobília nela. Evidentemente, tudo tinha sido guardado por causa do inverno.

Do lado de dentro, tudo tinha sido trancado para a noite: todos os cômodos estavam escuros, nenhuma luz acesa no andar de baixo. No segundo, contudo, avistaram uma fila de luzes ainda acesas.

– Para onde vamos? – Luke perguntou ao guarda. – Como entramos?

– Não posso contar.

– Ah, pode sim.

O guarda então jogou a toalha.

– Você vai ter que me matar agora. Porque, se eu deixar que entrem na casa, ele vai fazer coisa muito pior comigo. Só… atira em mim de uma vez.

Bem, Rio pensou, pelo menos agora sabiam que estavam no lugar certo.

CAPÍTULO 57

Na fração de segundo que durou uma eternidade, José viu de canto de olho a arma na mão do seu velho amigo se erguer, mas era tarde demais para reagir. E, sim, no final das contas, aquela lenda antiga se mostrou verdadeira: a sua vida passa num vislumbre diante dos seus olhos pouco antes de você morrer. Em uma rápida sucessão de imagens, ele se viu junto à esposa no dia do seu casamento e nos aniversários das crianças. Visualizou dias festivos e fins de semana, Natais e Quatros de Julho.

Um compêndio de tudo o que Stan não tinha e decidira que lhe fora roubado, como se um assaltante armado tivesse entrado na sua vida, e tirado dele as coisas que lhe eram devidas pelo simples fato de estar vivo, caráter, responsabilidade e comprometimento não tendo nada a ver com o resultado daquilo tudo.

Deus, José não queria que tudo acabasse. Não assim.

Sabendo que estava fodido, José se retraiu e se preparou para a dor. Ou, quem sabe, acontecesse tão rápido que ele nem sentisse nada.

Estivera tão perto de sair do DPC vivo…

O estampido foi tão alto porque o tiro passou bem perto do seu ouvido, e ele sentiu o calor, um lampejo de calor bem perto da bochecha…

Ping!

O som metálico foi uma surpresa, até ele perceber que era a bala de chumbo passando através do seu cérebro e atingindo a lataria do carro. E, então, viria o colapso. Testemunhara muitas pessoas sendo alvejadas para saber que ele faria o que Stan acabara de fazer: penderia para o lado. Provavelmente, também bateria no carro. Talvez, então, aterrissasse nas pernas de Stan.

Depois disso, perda de consciência. Seguida pela morte.

E, por fim, a esperança de ascender até os portões perolados, graças a todas aquelas novenas e Aves Marias…

Os olhos de José se escancararam – e ele caiu de bunda no chão. Mas não porque estivesse morto: um homem imenso vestido em couro preto, com cabelos pretos, olhos brancos gélidos e um cavanhaque, estava parado ao lado de Stan… e segurava a arma dele.

De alguma forma, o salvador de aparência cruel viera de lugar nenhum e assumira o controle da arma de Stan bem a tempo, desviando a trajetória do disparo para o carro.

Em vez de para a sua cabeça.

José levantou as mãos e tateou o corpo à procura de ferimentos. Abriu a jaqueta. Apalpou o pescoço, as bochechas. Passou os dedos pelos cabelos, descendo pelo escalpo.

Em seguida, se concentrou no homem estranho, e uma descarga fria de reconhecimento o trespassou.

– Eu te conheço – José sussurrou.

– Sim, conhece, mas só dos seus sonhos.

Stan soltou um gemido – e o homem de cavanhaque transferiu sua atenção para o cara que de fato morria. Houve uma pausa de uma fração de segundo… e, então, aquela ameaça em couro preto se agachou, expôs dentes enormes – Jesus, aquilo eram presas? – e sibilou para o moribundo.

Que de pronto teve uma convulsão de terror e começou a agarrar o peito, como se estivesse sofrendo um ataque cardíaco. O esforço fatal seguiu por um ou dois instantes e, então… Stan Carmichael deu seu último respiro.

O homem de couro deu uma risada e relaxou a boca, o lábio superior se abaixando para cobrir aqueles espantosos dentes.

– Sabe – disse ele de modo casual –, já fui acusado de matar as pessoas de medo antes. Agora isso aconteceu de verdade. Vou acrescentar ao meu currículo.

Aqueles olhos gélidos voltaram-se para ele, e José notou que havia tatuagens em uma das têmporas. Também percebeu que havia armas por toda a volta da cintura e, sem dúvida, debaixo da jaqueta, a julgar pelo volume.

Entretanto, José não sentiu medo, e não só porque estava em estado de choque.

– Nos meus sonhos – ele disse quando uma dor de cabeça despontou em seu crânio. – Eu o vi nos meus sonhos.

– O Butch mandou oi.

– Mandou? – Deus, ele estava tão confuso. E, ao mesmo tempo, tudo estava claro. – Mesmo? Ele ainda está bem?

– Está. – O homem relanceou para Stan. – Ele estaria aqui pessoalmente, mas não conseguiu acompanhar o seu carro a pé. Então, sou o substituto dele.

– Você salvou a minha vida.

– Sim, é verdade.

– Obrigado.

O homem o encarou longamente. E inclinou a cabeça para o lado.

– Não tem de quê. De jeito nenhum eu poderia deixar que você morresse. Isso partiria o coração do meu colega de apartamento e não posso permitir que isso aconteça.

– Butch mora com você? – Quando o homem assentiu, José sorriu de leve. – Quer dizer que você saberia de verdade se ele está bem. Que bom.

– Pois é. Bem, tenho que ir. Tem algum recado para o Butch?

– Diga-lhe para ir à igreja.

– Ele vai. Na missa da meia-noite, quartas e sábados, sem falta. Mudamos a escala de trabalho para garantir que ele possa ir.

– A igreja é importante. – José esfregou a têmpora, logo acima da sobrancelha. – Você vai apagar a minha memória agora, não vai?

– É melhor assim…

– Como sabia que isso iria acontecer?

Houve uma pausa.

– É a minha maldição. Saber o "como", mas raramente o "quando" e nunca o "onde". Assim, na maioria das vezes, eu só sigo meus instintos.

– Lamento muito.

– Obrigado, cara...

– Espera. – José ergueu a mão. – Continue cuidando do Butch, sim? Eu tentei. Fracassei. Mas acho... acho que você está se saindo muito melhor do que eu, não é?

O homem ficou sério por um segundo. Em seguida, deu um sorriso breve e assentiu.

– Você é um bom homem, José de la Cruz. E vamos manter isso entre nós, ok? Ouvi dizer que os verdadeiros Bons Samaritanos não precisam que seus feitos sejam conhecidos, e embora eu nunca tenha sido essa porra de salvador antes, e provavelmente nunca seja, tenho um carinho especial pelo tira de Boston que nós dois respeitamos tanto. Além do mais, ele acabaria ficando todo emocionado e, sério, quem é que precisa disso?

O desconhecido que não era um desconhecido então se levantou, e José se viu se preparando para a ferroada familiar...

– Uma semana? – disse o homem de couro. – Não, leve sua bela esposa para uma viagem de duas semanas. Vão e divirtam-se. Feliz aposentadoria...

CAPÍTULO 58

– TEMOS QUE FAZER UM pouco de barulho. Desculpe...

Antes que Rio pudesse perguntar a Luke sobre o que ele estava falando, um tiro ecoou. Em seguida, o guarda despencou do terraço e não se mexeu mais.

– Pensei que eu tivesse dito para não atirar nele!

– Não atirei – ele sibilou.

Nesse meio-tempo, um alarme disparou no interior da casa, o som agudo e bem alto, e a contagem para a chegada da polícia começou.

– Só lhe dei uma pancada na cabeça – explicou Luke. – Antes de atirar na tranca.

Tá, isso explicava por que uma das portas francesas estava se abrindo.

– Você está pronta? – perguntou ele.

Sem uma palavra mais, Rio entrou na frente, mas isso não significava que conhecesse o lugar melhor do que Luke. Ainda assim, não era preciso ser um gênio para saber que quem quer que estivesse no andar de cima faria uma de duas coisas: ou desceria armado ou chamaria reforços.

Que poderiam, ou não, ser da polícia de Caldwell.

Provavelmente, não. Se estavam no lugar certo, Stephan Fontaine tinha muitos recursos provenientes das ruas, a despeito de todos os seus contatos comerciais legítimos e da filantropia.

Começando a correr, ela, de repente, soube o que procurava, e mesmo assim não entendia o motivo de isso ser tão importante, considerando-se o alarme, considerando-se tudo. Mas ela tinha que encontrar a fonte. Ela confirmaria o que ainda era uma especulação até aquele momento.

Se ela conseguisse encontrar o lugar em que fora mantida, porém, poderia fazer a conexão final, ligar o início com o fim.

Correu por uma sucessão de cômodos, sala de jantar, de estar, uma biblioteca, um escritório...

E lá estava ela. A fonte apareceu depois da última curva, naquele cômodo do qual se lembrava, com a cadeira na qual estivera amarrada. Quando derrapou no piso de mármore preto e branco, tudo estava como antes: a água caindo, o relógio dourado na cornija da lareira, as cortinas.

Virando-se para Luke, que a vinha seguindo, ela avistou além do ombro dele um homem descendo pela escadaria elegante num roupão de seda.

E, por um momento, ela ficou completamente imóvel. Ainda mais quando Stephan Fontaine olhou diretamente para eles.

Estavam nas sombras, porém, porque as cortinas de quando ele a trouxera para lá ainda se mantinham fechadas.

Por quê?, pensou ela. *Por que ele tinha corrido esse risco?*

E tão logo se fez essa pergunta ela soube a resposta: porque ele acreditava que podia. Porque se mantivera seguro naquela casa, escondido dos seus joguinhos como Mozart por tanto tempo que se acreditava invencível. Com toda a sua fortuna, legal ou ilegalmente obtida, podia fazer com o mundo o que bem quisesse – e pessoas como ela, pessoas como seu irmão e seus pais, não eram relevantes. Ele tinha a sua fortuna, e seu poder, e seu status falso, e todas as vidas que arruinara pelo caminho não importavam.

Rio começou a correr antes de se dar conta de que partiria para cima dele, vislumbres do seu passado atravessando-a, imagens do rosto de Leon Roberts, do assassino contratado de cabelos e pele brancos naquele apartamento, de Mickie morto naquele sofá... de Spaz vagando pelos becos do centro da cidade, preso numa armadilha da qual jamais sairia… dando-lhe a força de um jogador da linha defensiva em um time de futebol americano.

Quando Stephan se virou na direção dela ao ouvir as suas passadas, ela se lançou no ar.

Derrubou-o com força, a arma que ele trazia nas mãos se soltando, a respiração escapando do corpo dele. E ela não parou nisso. A raiva a cegava, e ela não enxergava nada além da sua vingança enquanto o socava com os punhos, chutando, arranhando. Em algum momento, ela o agarrou pela garganta e começou a sufocá-lo.

Ao redor deles, o alarme continuava a soar, mas não soava tão alto quanto o rugido em seu coração, em sua alma.

– Luis! – Ela berrou o nome do irmão. – *Luis*…

E acabou. Tão rápido quanto começou, acabou. Ela foi puxada da sua presa, simplesmente arrancada, e brigou com quem quer que estivesse…

– Rio! Rio!

Seu nome. Dito naquela voz, aquela voz grave que abriu caminho em meio à sua fúria quando nada nem ninguém mais poderia.

Luke postou-se bem na frente dela.

– Você quer matá-lo ou não?

– O quê?

– Você quer matá-lo? – Quando ela não respondeu, Luke pôs uma arma na mão dela. – Você pode atirar nele se precisar, a escolha é sua. Mas você me disse que queria que ele fosse para a prisão, não para o túmulo. Só tenho que ter certeza de que você sabe o que está fazendo… E também estamos ficando sem tempo. Já estou ouvindo as sirenes.

– Como saberão o que ele fez? – murmurou ela. – Como saberão que ele…

Luke ergueu o olhar e praguejou. Depois se concentrou nela.

– O que você quer fazer? Você não tem muito tempo, a menos que queira estar aqui quando os seus colegas chegarem. Você disse não saber em quem confiar. Este lugar está prestes a ficar entupido de policiais.

Rio se afastou da pegada dele e se inclinou sobre Stephan Fontaine. O rosto estava tão ensanguentado que se tornara irreconhecível, mas ele respirava, embora se mantivesse imóvel. O roupão de seda que vestia estava arruinado, todo manchado e rasgado.

Luke teve razão ao afastá-la. Um minuto a mais e ela o teria matado. E a justiça tinha que ser feita.

– Só há uma pessoa em quem confio – disse com aspereza. – Vamos.

CAPÍTULO 59

– Alô? Alô? Central do Departamento de Polícia de Caldwell, você pode se identificar?

José piscou e olhou para o seu celular como se ele fosse qualquer coisa – e por que aquilo estaria ali, do lado de fora da casa do Stan?

Junto ao corpo do Stan?

Precisou de um instante para que tudo voltasse para ele.

– … alô? – a mulher repetiu pela linha do telefone.

– Ah, aqui é o detetive José de la Cruz. – Ele teve que pigarrear. – O número do meu distintivo é 0594. Preciso de assistência imediata na Alameda Eastwood, número 790. Temos…

José se concentrou no rosto do seu velho amigo. Sentia como se já não o conhecesse mais. E já não o considerava chefe do departamento.

– Temos um morto a bala. – A atendente fez algumas perguntas de praxe, então ele só a interrompeu. – Eu atirei nele. Legítima defesa.

Houve muitas outras perguntas depois disso, e ele as respondeu o melhor que pôde…

Havia uma arma na mão de Stan. Espere… não, isso não estava certo, pensou. Ou estava?

Quando uma dor de cabeça ameaçou acometê-lo, ele desistiu de tudo. E, um pouco mais tarde, já não estava mais ao telefone, só se recostava no carro de Stan.

De repente, os detalhes da noite ficaram muito claros, desde a temperatura baixa até o cheiro da lareira acesa de alguém e o fedor de óleo queimado de um veículo precisando de uns ajustes.

Estava tão silencioso ali.

Mas Stan perdera a paz que tanto procurara. De tantas maneiras.

José baixou o olhar para o celular na sua mão. E fez uma ligação.

A esposa atendeu no segundo toque.

– Oi, você já está a caminho...

– Estou bem. – Sua voz estava tão embargada que quase sumiu. – Estou bem. Está tudo bem.

– José? O que aconteceu? Ah, Deus...

– Eu estou bem. – Fechou os olhos e cobriu o rosto, embora não houvesse ninguém por perto para vê-lo se emocionar. – Eu te amo.

– Onde você está?

– Na casa do Stan.

– Ah, que bom, aí você estará seguro.

José respirou fundo.

– Escuta, a gente vai tirar duas semanas. As nossas férias serão de duas semanas, está bem?

– Está – ela disse com suavidade. Como se soubesse que ele estava destroçado e só descobriria os detalhes mais tarde. – Ei, você ligou para o Treyvon?

– Não. Ainda não. Por quê?

– Eu só vou ligar para o Treyvon. Vou pôr você na espera e...

– Reforços estão a caminho. Eu só... precisava ouvir a sua voz. Porque você é a minha esposa... e quando o mundo não faz sentido para mim, é para você que eu quero ligar.

– Eu te amo tanto. – Ela soluçou, e ele a visualizou puxando um lenço de papel da caixa. – Volte para casa quando puder.

– Sim.

Eles desligaram e ele deixou a mão cair sobre o colo. Em seguida, só respirou. Para dentro e para fora. Para dentro e para fora. Para dentro...

O celular tocou de novo e ele atendeu sem olhar.

– Eu juro, estou bem. – Quando a voz da sua esposa não disse nada, ele franziu o cenho. – Alô?

Houve uma pausa. E então uma mulher disse:

– Detetive de la Cruz?

Ele se endireitou.

– Pois não?

– Acho que sabe quem está falando.

– Rio? – Não deveria chamá-la pelo nome, mas a ameaça contra ela… já não existia mais. Pelo menos, metade dela. – Onde você está… A merda está batendo no ventilador…

– Estou segura. Só preciso que saiba que Mozart é Stephan Fontaine.

José fechou os olhos.

– Eu sei, eu sei… Tenho provas. Você fez bem em me pedir para ir à sua casa. Leon Roberts havia lhe enviado fotografias de Stephan Fontaine se encontrando com uma fonte de dentro do departamento. Essa fonte revelou seu nome e fez de você um alvo. Leon vinha seguindo pistas como parte de uma investigação da Assuntos Internos supersecreta, e ele foi morto… pela sua coragem.

– Graças a Deus você acredita em mim. – A mulher disse lenta e longamente. – Mas há mais uma coisa. Houve uma invasão na casa do Fontaine. Seu caseiro foi neutralizado e Stephan está gravemente ferido devido a um ataque após a invasão da sua casa. Mas está vivo. Eu só quero garantir que ele seja levado sob custódia e que todos os meus relatórios sejam usados para acusá-lo. Ele precisa ficar atrás das grades pelo resto da vida.

José abaixou a voz.

– Você está ferida?

– Não.

– Seja franca.

– Nada que um curativo nos nós dos dedos não resolva.

Ele riu.

– Que bom.

– Não vou voltar.

– Para a polícia? Ou de vez?

Houve uma longa pausa.

– Preciso de um recomeço. Faz… faz tempo demais. Coisas demais.

José fechou os olhos de novo.

– Sim, verdade.

– Obrigada por me avisar.

– Obrigado pelo seu serviço. Eu só quero dizer… – Ao longe, ele ouviu o som conhecido das sirenes se aproximando, e ficou se perguntando quanto tempo levaria até que ele não sentisse que isso era algo em que deveria se envolver. – Cuide-se, policial, e feliz aposentadoria.

– Escuta, não conta pra ninguém que falou comigo. Acho que é melhor que eu… continue um caso não resolvido.

– Ok. Posso fazer isso.

– Obrigada. E adeus.

– Adeus.

Ele encerrou a ligação bem quando a primeira viatura chegou berrando pela ruazinha, vindo na sua direção.

E na de Stan, que, de certa forma, se aposentara também.

CAPÍTULO 60

Rio encerrou a ligação e olhou pela beirada da pedreira. Era um lugar incrível, aquele conjunto de despenhadeiros e o lago imenso lá embaixo, ainda mais com todo o brilho tremeluzente da cidade no horizonte. Depois de um momento, levou o braço para trás e atirou o celular na água.

Em seguida, virou-se e encarou o… homem/macho/lobo/vampiro que a tirara da mansão em segurança e a levara para lá, para longe de olhos curiosos.

Luke estava recostado no Monte Carlo com os braços cruzados, os olhos fixos nela. Imóvel, magnífico e…

Quando ela começou a andar na direção dele, ele se endireitou. Mas não sorriu.

– Conseguiu falar com ele? – Luke perguntou.

– O detetive de la Cruz está com tudo que será necessário. Tudo vai vir à tona, tudo o que Mozart era e fez vai despencar na cabeça dele. Um homem perdeu a vida para levar essa informação para mim e tentar me salvar. O departamento o honrará indiciando aquele cretino.

– Isso é bom.

– É. É tudo o que eu sempre quis. Por isso posso dizer adeus. Você sabe, me despedir e ficar em paz com tudo isso.

Luke assentiu e esfregou as mãos.

– Tudo bem, então. Acho que é isso. Eu, ah, eu diria "até uma próxima vez", mas…

– Eu quis dizer me despedir de Caldwell e da minha vida lá.

– Ah. Então, você vai desaparecer, sair do radar. Você tem dinheiro suficiente? Quer dizer, não que você precise da minha ajuda...

– Ah, veja bem, pensei que você pudesse precisar da minha.

Ele piscou.

– Como é?

Rio andou em círculos.

– Pensei em muitas coisas no trajeto de Walters para cá. E também quando saímos da casa.

– Imaginei que estivesse calada porque sentia medo de mim.

– Medo de você? – Ela parou na frente dele. – Como eu poderia sentir medo de você? Você salvou a minha vida três vezes. E é...

– Um monstro, certo?

Rio esticou o braço e encostou a mão no rosto dele.

– Um mistério. Jamais um monstro.

Luke fechou os olhos como se o seu toque fosse a coisa mais dolorosa que já tivesse sentido, mas também a mais acolhedora.

– Rio...

– Sim, pensei que, talvez, já que me ajudou, eu pudesse ajudá-lo.

– Com o quê? – As pálpebras dele se ergueram lentamente.

– Ajudá-lo a libertar a prisão. – Quando as sobrancelhas dele se ergueram, ela assentiu. – É nisso que está pensando, certo? Você queria matar Mozart para que a transação fracassasse. Para enfraquecer a estrutura de poder, libertar os aprisionados injustamente, salvar Kane e garantir que Apex e Mayhem estejam bem. Certo? – Quando ele não respondeu, ela insistiu. – Certo?

– Bem, sim. Como sabe disso?

– Eu te conheço melhor do que as poucas horas em que estivemos juntos sugerem que eu deveria. De verdade, eu sinto como... se nos conhecêssemos profundamente. – Ela riu um pouco. – Bem, exceto por aquela coisa do lobisomem.

– Licantropo – ele a corrigiu.

– Licantropo, então. E a parte do vampiro é...

– Vampiro.

– Ah. Bom. Essa parte então eu acertei.

Luke meneou a cabeça.

– Do que você está falando, Rio?

– Estou falando de ajudá-lo a libertar aquelas pessoas, pouco importa de que espécie elas sejam. – Ela saiu da frente dele. – Estou morta, tecnicamente. Não tenho uma existência em Caldwell.

– Um fantasma?

– Isso mesmo, sou um fantasma. – Ela sorriu e apontou para ele. – Você é um licantropo e um vampiro. E eu sou um fantasma. É o verdadeiro amor.

Ele se retraiu como se ela o tivesse surpreendido de verdade.

– Sim – sussurrou ela. – Eu ainda estou apaixonada por você.

– Quer dizer que você estava…

– Sim, eu estava. E estou. – Deu de ombros. – A questão é que os sobreviventes também precisam acreditar no futuro. E eu gostaria que você fosse o meu futuro. Sei que muito disso tudo parece impossível, mas vamos fazer isso juntos. Vamos encontrar um jeito. Tenho treinamento, boa mira…

– Disso eu já sei. E depois do que fez com aquele tal de Fontaine na casa dele, você também deve ser muito boa numa briga de bar. Você tem punhos de aço.

– Ah, você diz as coisas mais meigas… – Ela foi de novo para perto, inclinou o corpo para o dele e passou os braços ao redor do seu pescoço. – Convenhamos, você precisa de mim.

– Sério? – Ele abaixou a boca para a dela. – Preciso demais de você, Rio, e eu te amo… e não entendo como pode sentir o mesmo. E, francamente, você não sabe no que está se metendo.

– Quando é que a gente sabe? – Ela pôs os cabelos dele para trás. – A vida é uma série de surpresas inesperadas, algumas boas, algumas ruins… Algumas mudam nossas vidas, quer a gente saiba na hora ou não. E, naquela noite em que te conheci debaixo da escada de incêndio, a minha vida ficou destinada a mudar. E agora, se você não estiver nela, ela será um vazio. Me dá um futuro, Luke, é disso que esta sobrevivente precisa.

– Como posso me opor a isso?

Beijaram-se profunda e carinhosamente. E quando, por fim, se afastaram, ela soube, sem sombra de dúvida, que encontrara o homem dos seus sonhos.

Lobo.

Licantropo. Vampiro. Tanto faz, esses detalhes não importavam.

– Tem certeza disso? – ele perguntou.

– Tenho.

– Então, vamos voltar pra Walters e arrebentar com tudo.

Rio riu alto enquanto ele a conduzia de volta ao Monte Carlo. Como um cavalheiro, segurou a porta aberta para ela e a ajudou a se sentar. Quando ele deu a volta e se colocou atrás do volante, deram-se as mãos e seguraram firme.

– De volta a Walters – ordenou ela.

Assim, eles partiram noite adentro, em busca de justiça e liberdade.

E do amor verdadeiro.

AGRADECIMENTOS

MUITO OBRIGADA AOS LEITORES dos livros da Irmandade da Adaga Negra! Esta tem sido, e continua a ser, uma longa jornada, maravilhosa e excitante, e mal posso esperar para ver o que vem a seguir neste mundo que todos nós amamos. Eu também gostaria de agradecer a Meg Ruley, Rebecca Scherer e todos da JRA, e Hannah Braaten, Andrew Nguyen, Jennifer Bergstrom, Jennifer Long e a família inteira da Gallery Books e da Simon & Schuster.

Para o Team Waud, amo todos vocês. De verdade. E, como sempre, tudo o que faço é com amor e adoração tanto por minha família de origem quanto pela adotiva.

E, ah, toda a minha gratidão a Naamah, minha cadela assistente II, que trabalha tanto quanto eu nos meus livros! E também a Archiball!